Hohenheim

Isolde Kurz

# Ein Splitter vom Paradies

Erzählungen und Erinnerungen
aus dem Florenz der Jahrhundertwende

Herausgegeben und mit einem Nachwort versehen
von Gisela Schlientz

Hohenheim Verlag
Stuttgart · Leipzig

Mit freundlicher Unterstützung von DaimlerChrysler

Die Deutsche Bibliothek CIP-Einheitsaufnahme
Ein Titeldatensatz für diese Publikation ist bei der Deutschen Bibliothek erhältlich


Druck und Bindearbeiten: Ludwig Auer GmbH, Donauwörth
Printed in Germany
ISBN 3-89850-113-2

# Inhalt

# Unsere Carlotta

Über der Arnostadt ging eben die Sonne unter, der Himmel war offen, die Glorie brannte, Türme, Kuppeln, Paläste standen in einer Flammenesse, und hinein schauten verzückt die Zypressen der Villa Isotta.

Wir saßen im offenen Gartensalon, die Rede kam zufällig auf Nationalitäten, und einer wollte in der sinkenden Sonne das Sinnbild und Wahrzeichen des schönen Landes sehen, in dem wir lebten: in eben solcher abendlichen Heiterkeit gehe die italienische Kultur und Rasse unter, um den lebenskräftigeren modernen Völkern Raum zu geben.

Andere widersprachen, es wurde lebhaft für und wider gestritten. Besonders die Hausfrau, von romanischem Blut, aber in langjähriger Ehe einem Deutschen verbunden, wollte von einem Niedergang des italienischen Genius nichts wissen, ohne den in der großen Völkersymphonie die schönste Stimme fehlen würde, und manches denkwürdige Wort fiel in dem Redekampf, der sich entspann.

„Italien", sagte sie unter anderem, „ist und bleibt das Land der großen Menschheitstypen, die ewigen Urbilder wachsen hier immer wieder nach. Freilich haben die modernen Nationen feinere Nuancierungen und kompliziertere Individualitäten, aber das Menschentier, das einfache, mit seinen natürlichen Instinkten fehlt, der Urtypus fehlt, von dem die anderen abgeartet sind. Was sonst des Dichters Aufgabe ist, das tut hier die Natur selber: Sie vereinfacht die Gestalten.

„Zum Beispiel: Verliebte, Eifersüchtige, Rachgierige gibt es in jedem Land; aber die Liebe, die Rache, oder nehmen Sie welchen Instinkt Sie wollen, ganz in einer Person verkörpert wie in der antiken Tragödie, das finden Sie heute nur noch in Italien. Solch ein Mensch gewordener Urtrieb, wie z. B. unsere Carlotta war, das schöne Bronzeweib, das Sie ja alle gekannt haben."

Als sie den Namen Carlotta nannte, stieg eine halbvergessene Gestalt aus meiner Erinnerung auf: ein herrliches Weib, wie eine antike Kolossalstatue, mit braunem unbeweglichem Gesicht und großen goldenen Ringen in den Ohren. Sie stand leibhaftig vor mir, wie sie den Rasen am Hügelabhang der Villa Isotta umschorte, die Schaufel kraftvoll in das trockene Erdreich niedertretend und ruhig Scholle zu Scholle legend. Ich hatte sie nur einmal gesehen und wußte nichts von ihr, als daß sie Carlotta hieß, aber in meiner unbewußten Erinnerung war die Erscheinung haften geblieben, ohne daß ich mich je mit ihr beschäftigt hätte. Sie sah aus wie das letzte Individuum einer untergegangenen Rasse aus einer Zeit, wo die Menschen noch weniger zahlreich, aber körperlich vollkommen waren.

Das Gespräch war plötzlich abgerissen, und eine verlegene Stille ging durch das Zimmer. Man knüpfte eine neue Unterhaltung an, die nicht mehr ins Sprudeln kam, und trennte sich früh.

Sobald wir allein waren, fragte ich die Frau des Hauses, was es mit der schönen Riesin für eine Bewandtnis habe.

„O, wie seltsam ist es doch“, rief sie, den Fortgehenden nachblickend, „daß die Menschen im Leben nicht ertragen können, was sie in der Dichtung überzeugt und zum Beifall zwingt. Es freut mich, daß Sie nach Carlotta fragen, ihre Geschichte liegt vor der Zeit unserer Bekanntschaft, und ich erzähle sie Ihnen gern. Sie haben das Mädchen erst gesehen, als ihre Kraft schon gebrochen war, schließen Sie daraus, was sie in den Zeiten ihres Glanzes gewesen ist!“

Sie legte sich auf ihrem Kanapee zurecht, dachte ein wenig nach und erzählte dann:

Es war bei einem Sommeraufenthalt in Montepiano, daß die Carlotta in unser Haus kam. Sie kennen die Gegend nicht? – gewiß eine der schönsten im toskanischen Apennin, ein von wilden Schluchten zerrissenes und von Bergströmen durchrauschtes Hochplateau, das die Wasserscheide zwischen dem Bolognesischen und Florentinischen bildet: die Setta eilt nach Osten dem Reno und der Adria zu, und die Fiumenta stürzt sich mit dem Bisenzio nach dem westlichen Meere. Ebenso zwiespältig ist der Charakter der Bevölkerung, sie spricht toskanisch und gehört der Landeseinteilung nach zu Florenz, neigt aber schon zu dem rauheren und geraderen Wesen der bolognesischen Nachbarn hinüber. Wir wohnten wunderbar im Müllerhause, durch dessen Gewölbe die schäumende Setta stürzt, aber für die Bedürfnisse war schlecht gesorgt, daher das Wirtschaften seine Schwierigkeiten hatte, und das Dienstmädchen, das ich aus der Stadt mitbrachte, wußte sich nicht zu helfen. Auch fehlte es unserer kleinen Stephanie, die eben das Gehen lernte, an Aufsicht, deshalb ließ ich im Ort nach einer Aushilfe suchen. Da quälte mich eine wandernde Krämerin, die mit ihrem Eselwagen ab und zu vor die Mühle kam, ihre Tochter zu mir zu nehmen; das Mädchen habe zwar noch nie gedient, sei aber so fleißig und bescheiden, daß ich gewiß mit ihr zufrieden sein werde. Die Krämerin war eine alte Hexe, die mit ihrem Eselkarren im Lande herumzog, den Sommergästen schlechte Seifen, dem Landvolk farbige Bänder aufschwatzte und allen Klatsch zwischen den zwei Grenzprovinzen vermittelte. Ihre Empfehlung hatte also wenig Gewicht, aber das Wasser ging mir an den Hals, auch hörte ich, daß die Tochter der Mutter sehr unähnlich sei, und willigte ein, sie mir wenigstens vorstellen zu lassen.

Des andern Tages brachte mir die Alte ein großes schönes Mädchen daher, nicht mehr in der ersten Jugend, und in seiner reifen, fast matronenhaften Fülle mehr einem Weibe gleichend, ein Prachtstück der Natur, mit braunem, ruhigem Gesicht, die Haare wie zwei schwarze Flügel über der Stirn und große goldene Ringe in den Ohren, kurz, Sie kannten sie ja – unsre Carlotta. Man begriff nicht, wie das kleine häßliche Weib diesem edlen Koloß das Leben gegeben haben sollte.

Das Examen fiel nicht glänzend aus. Fast auf allen Punkten, nach denen ich sie befragte, bekannte sich Carlotta zu gänzlicher Unwissenheit, während die Mutter ihr heimlich Winke gab und des Mädchens Aufrichtigkeit durch erlogene Lobpreisungen gutzumachen suchte. Freilich, wenn für Carlotta nichts gesprochen hätte als das Zeugnis ihrer Mutter, so wäre sie wohl nie in unser Haus gekommen, aber das große, wohlgeratene Menschenbild mit dem ruhigen Wesen eines schönen, starken Tieres gefiel mir auf den ersten Blick, und den Ausschlag gab die Kleine, die sich sogleich mit ihr befreundete.

Von Stunde an entspann sich zwischen dem großen, braunen Weib und unserm kleinen blonden Kindchen die zärtlichste Liebe. Carlotta wurde nicht satt, die damals noch spärlich sprossenden goldhellen Härchen anzustaunen, in denen sie das Abzeichen einer höheren Gattung, etwas beinahe Göttliches erblickte, und in unbewußter Poesie erfand sie der Kleinen immer neue Liebes- und Schmeichelnamen, eigentlich keine Namen, sondern Naturlaute lallender Leidenschaft, in denen ihr dumpfes Gefühl nach Ausdruck rang. Ihren Taufnamen konnte sie nicht behalten und verkehrte ihn in Stofale, wie die Kleine sich selber noch lange Jahre nachher nannte.

Wie oft mußte ich ihr das Kind vom Arme reißen, wenn sie sich wie ein Kreisel damit auf dem unebenen Waldboden herumschwang, das zarte Ding an den wogenden Busen gepreßt, und dazu wie in Verzückung: „Stofale! Stofale! Stofale!“ schrie, bis ihr der Atem ausging.

Im übrigen rechtfertigte Carlotta das Zeugnis, das sie sich selber ausgestellt hatte, denn selten hat mir ein Mädchen so viel Mühe gemacht. Sie war durch und durch Bäuerin, ohne Fähigkeit, sich in verfeinerte Bedürfnisse einzuleben, und wenn sie mit Mühe eine neue Aufgabe gefaßt hatte, so durfte man sie beileibe nicht in der mechanischen, immer gleichen Verrichtung derselben stören, sonst stand die Maschine mit einem Ruck stille. Nur was sie für das Kind zu tun hatte, das geriet ihr alles leicht und sicher, wie aus einem natürlichen mütterlichen Instinkt.

Bei alledem wußten wir in Montepiano ihre Dienste wohl zu schätzen, denn sie kannte jeden Bauernhof und wußte immer genau, wo es gerade einen Korb voll frischer Eier oder ein Stück schöner Butter zu holen gab; auch konnten wir ihr mit voller Sicherheit das Kind überlassen, während wir im Gebirge umherkletterten.

Außerdem habe ich es stets als einen Gewinn betrachtet, besonders für die Kindheit, schöne wohlgebaute Menschen im Hause zu haben. Man mußte Carlotta sehen, wenn sie an dem kleinen Röhrenbrunnen, der neben dem Mühlbach aus dem Felsen springt, ihr Wasser holte und mit der Last zurückkam, ohne einen Tropfen zu verschütten, an jeder Hand einen schweren Eimer Wasser hängend, daß die Eimer und die starken braunen Arme aus einem Bronzeguß zu sein schienen – die biblische Rebekka kann kein stolzerer Anblick gewesen sein.

Auch gefiel es mir an Carlotta, daß sie ernsthaft und schweigsam war wie die Natur ihrer Berge; nie hörte man ein überflüssiges Wort von ihr. Sobald sie nichts zu tun hatte, setzte sie sich am Abhang unter den Zypressen nieder, wo der Weg an der Setta hinführt, und sang, ihre Stofale im Schoße haltend, ein eintöniges Lied, immer dieselbe Strophe, die endlos wiederkehrte wie die Welle im Bach.

Überhaupt hatte sie ein nahes und stilles Verhältnis zu der Natur, sie kannte alle Pflanzen mit Namen, was bei dem hiesigen Landvolk selten ist, und sagte mit fast unfehlbarer Sicherheit das kommende Wetter voraus – von ihrem Vater, der ein Apenninenhirte war, hatte sie die Gabe geerbt und zwar sie allein unter sieben Geschwistern. Wir hatten es an ihr ausgefunden, bevor wir wußten, daß sie als die beste Wetterprophetin ringsum zwischen Setta und Fiumenta anerkannt war. – Welche Aufschlüsse über die Natur vermöchten uns erst die Tiere zu geben, wenn wir sie befragen könnten.

Etwas Treuherzigeres als unsre Carlotta ist nie auf zwei Beinen gegangen. Sie war noch keine Woche in unserm Dienst, so erzählten mir die Hausgenossen belustigt, daß die neue Kindsmagd sich mit unsrer Kleinen über ihre eigenen Herzensangelegenheiten zu beraten pflege, und sie sei fest überzeugt, das stille Kind mit den durchdringenden blauen Augen verstehe alles. Nun merkte ich selber auf und hörte auch richtig eines Tages mit an, wie sie die Kleine auf ihrem Schoß ernsthaft fragte: „Soll ich ihn nehmen, Stofale, sag mir's du, soll ich ihn nehmen?"

Und nachdem sie eine Weile in die Augen des Kindes wie in einem Schicksalsbuch zu lesen gesucht hatte, setzte sie in klagendem Tone hinzu: „Aber du weißt ja, daß ich Tag und Nacht an den andern denke."

Und plötzlich riß sie das Kind mit Ungestüm an ihre Brust und rief in Verzückung: „O, wenn ich sicher wäre, daß mir ein solches Engelchen geschenkt würde, dann drückte ich beide Augen zu und nähme ihn doch."

Ich trat unversehens heraus und fragte, was die seltsamen Reden bedeuteten. Carlotta war zuerst betreten, dann faßte sie sich und beichtete, und so erfuhr ich jenes Tages in Bruchstücken, die ich mir selber zusammenreimen mußte, ihre ganze Geschichte.

Carlottas Familie stammte aus dem Bolognesischen, wie sie immer mit Stolz betonte – eine Riesenbrut, der Vater, vier Brüder, drei Schwestern, alle schön und groß und stark wie sie. Diese Leute hausen nur im Sommer auf ihren Bergen, des Winters ziehen sie in Scharen mit Sack und Pack herunter nach der Maremma oder nach Sardinien, wo Arbeitskräfte immer gesucht sind. Gehen sie dort nicht am Fieber zu Grunde, so haben sie Aussicht, es zu einem gewissen Wohlstand zu bringen, denn die Löhne sind in jenen ungesunden Gegenden höher als anderwärts.

So rechnete auch Antonio, Carlottas Verlobter, ein kluger, stattlicher Bursch, der jeden Winter nach Grosseto auswanderte und im Frühjahr sein Erspartes gegen ein paar kräftige Maremmenpferdchen umtauschte, die er daheim mit Vorteil wieder verhandelte. Er hatte schon Aussicht auf ein eigenes kleines Gütchen, das er mit Carlotta bebauen wollte, als ihn kurz vor der Hochzeit die Malaria in wenigen Tagen wegriß. Carlotta betrauerte ihn herzlich, denn sie hatten von Kindheit an zusammengehalten. Doch fiel es ihr nicht ein, um seinetwillen unvermählt zu bleiben, sie verlangte nur, ihr Zukünftiger müsse groß und stattlich sein, wie Antonio gewesen. Aber sie war nun schon aus ihrer Bahn gerissen und sollte den Weg zu ihrer natürlichen Bestimmung nicht wieder finden. Noch im selben Jahr erlag ihr Vater der gleichen tückischen Krankheit, die Mutter, die Nomadenblut im Leib hatte, schaffte sich darauf den Esel an, um von Ort zu Ort mit Nadeln und Bändern zu hausieren; ihr Wägelchen mit dem gelben Wachstuchüberzug war bis ins Mugello hinab bekannt. Die Geschwister waren versorgt, Carlotta, die Jüngste, wurde, da sie das Wanderleben der Mutter nicht teilen mochte, bei einem Verwandten in Prato untergebracht, der ihre Kräfte nicht besser zu verwerten wußte, als indem er sie in die Papierfabrik von Meletto schickte.

Denken Sie sich unsre Carlotta, die für die Stille der hohen Berge und der weiten Ebenen geboren war, in der qualmenden, quirlenden Atmosphäre einer Fabrik, unter all den flinken, geschwätzigen, verderbten Arbeiterinnen. Das arme Ding glaubte lange Zeit, der Kopf müßte ihr vor Lärm und Hitze zerspringen. Schweigend falzte sie täglich so und so viel Bogen blauen Packpapiers und wanderte am Abend einsam ihre fünf Kilometer nach Hause; ihr gewaltiger Wuchs und ihre Stummheit richteten zwischen ihr und den andern eine Scheidewand auf. Zwar stellten sich auch dort ein paar Freier für sie ein, aber sie waren unansehnlich von Person, und die gute Carlotta hätte es damals in der Blüte ihrer Jugend für einen Schimpf gehalten, einen Mann zu nehmen, der kleiner war als sie.

Nur einer lebte in Meletto, auf den Carlotta nicht heruntersehen konnte: Es war ein Papiermaschinenführer mit Namen Rocco Fontana, ein bildschöner Mensch von guter Herkunft und herrlich gewachsen, aber ein Verführer und Frauenverderber von Profession. Den Damen von den umliegenden Villen soll er ebenso gefährlich gewesen sein wie den armen unwissenden Fabrikmädchen, denn er besaß eine angeborene Eleganz und die „*fierezza*“ im Auge – wie Carlotta sich ausdrückte –, der kein Weib widerstehen konnte. In Meletto verdrehte er alle Köpfe und gab zu wütender Eifersucht, zu Zank und Intrigen ohne Ende Anlaß.

Seine Frechheit ging über alle Grenzen. Einmal rief er ein Dutzend Arbeiterinnen im Fabrikhof zusammen wie ein Hahn seine

Hennen und sagte: „So gebt doch euren Streit auf, Kinder, ich will euch ja alle glücklich machen, keine soll über mich zu klagen haben. Nur das bitte ich mir aus, daß ihr wieder ruhig eurer Wege geht, wenn ich sage: Jetzt ist's zu Ende. Und eins vor allem merkt euch: heiraten niemals!"

Durch welchen dunklen inneren Widerspruch warf unsre ernste, sittenstrenge Carlotta ihre Leidenschaft gerade auf diesen? Blendete sie die glänzende Gestalt oder war es vielleicht gerade ihr empörtes moralisches Empfinden, das sie zwang, sich immer heimlich mit ihm zu beschäftigen? Ich weiß es nicht, und sie selber konnte mir die Frage nicht lösen.

Was ihn betrifft, so versteht es sich von selbst, daß die prachtvolle Erscheinung ihm in die Augen stach. Bei jeder Gelegenheit äußerte er öffentlich, es dürfe sich keine andre neben Carlotta stellen, und zog ihr dadurch den ingrimmigen Haß ihrer Kameradinnen zu. Als ausgelernter Kenner wollte er mit der Bäuerin keck und derb zu Wege gehen, wie es in ihren Bergen üblich ist. Aber beim ersten Versuch, sich den großen, schönen Vogel zu zähmen, erhielt er einen tüchtigen Schnabelhieb, der ihm zeigte, daß dieser Wildling keine so leichte Beute war wie die kleinen zwitschernden Fabrikspatzen. Nun geriet er in Feuer, sprach von Liebe und tieferer Empfindung, Carlotta fragte tiefernst, ob er sie zu seiner Frau machen wolle, und da er mit nein antwortete, drehte sie ihm kurzweg den Rücken.

Aber der Pfeil saß schon in ihrem Herzen fest, und sie konnte dem Versucher nicht ernstlich grollen. Rocco Fontana war ein anderer, sobald es sich nicht um Liebessachen handelte; sein Talent und seine Tüchtigkeit mußte ihm jeder lassen. Er war des Direktors rechte Hand und die unentbehrlichste Person im ganzen Anwesen. Jeden Augenblick rief man nach ihm, und wenn ein Unfall passierte, war er der erste, der zusprang. Auch auf sein gutes Herz rechneten alle: Die Arbeiter borgten Geld von ihm, und wenn einer sich hatte was zu schulden kommen lassen, so mußte Rocco Fontana beim Direktor vermitteln. – „Bittet nur den Herrn Fontana“ – „Herr Fontana wird helfen“ – hieß es rechts und links, und wenn er in der Fabrik erschien, gab es immer ein Spähen und Hälseverdrehen von allen Seiten, bis er über die Schwelle trat, nachdem er zuvor prahlerisch seine rauchende Zigarre in den Hof geschleudert hatte, wo immer schon einer wartete, um sie wegzufangen.

Carlotta glühte heimlich wie eine Kohle, aber sie hielt stand. Sie leugnete ihm nicht, daß sie ihn liebe, wie keine andere ihn lieben könne, aber eins liebe sie noch mehr als ihn, ihre Ehre, und darum solle er nicht hoffen, sie zu besitzen, außer als seine rechtmäßige Frau vor Gott und Menschen.

Der schöne Rocco antwortete, sie rede wie ein Blinder von der Farbe, ein Weib, das *liebe,* springe auf den Wink ihres Geliebten in die Maschinenräder, und da er sah, daß er nichts erreichte, suchte er sie wenigstens durch spitzige Reden und höhnisches Gebaren zu quälen.

„Auf was wartest du denn eigentlich?“ sagte er; „sei’s um ein paar Jährlein, so gehörst du auch schon zur Garde der heiligen Katharina, und es ist doch eine große Sünde, ungeküßt in die Grube zu fahren.“

Und ein andermal: „Wenn du nur zum Ansehen da bist, so frage ich den Teufel nach deiner Schönheit. Bilder gibt es noch zehnmal schönere, vor die ich mich hinstellen kann und sie bewundern, zum Beispiel die Fornarina des Raphael, die in meinem Zimmer hängt – ich zeige sie dir, wenn du willst.“

Carlotta wußte von den andern, daß sein Zimmer mit lauter Photographien nach berühmten Meisterwerken geschmückt war, und sie hätte die Fornarina gerne gesehen, denn auch in ihren Bergen oben weiß man vom Raphael, aber sie hütete sich wohl, Fontanas Einladung anzunehmen.

Nie konnte sie mit sich ins Reine kommen über diesen Mann, der so gut war mit allen – „gut wie das Brot“, sagte Carlotta mit Andacht – und doch so schlecht wurde, sobald ein Mädchen ihm Verlangen einflößte. Über dem vielen Grübeln und Grämen verlor sie Appetit und Schlaf, daß ihr die Wangen einsanken und die Kleider zu weit wurden. Rocco Fontana mit seinen Falkenaugen spähte zuerst die Veränderung aus und sagte ihr grausam, sie sei um zehn Jahre gealtert. Er sah sie nun gar nicht mehr an und überließ sie ihrer stummen Pein und dem schadenfrohen Mitleid der Kameradinnen. Carlotta mußte mit ansehen, wie er eine hübsche Blondine, die erst seit kurzem in der Fabrik Lumpen sortierte und ihm noch neu war, mit den Blicken verzehrte, und wie das kleine Mädchen schnippisch tat, aber doch merken ließ, daß sie zu gewinnen wäre – in Carlotta kochte der Zorn bei all dem Zwitschern und Kokettieren, dem Röckenachschleifen und Stiefelchenzeigen der städtischen Zierpuppe, wozu sie selbst so gar kein Talent hatte.

Endlich fand sie eine Linderung für ihre Liebesnot. Sie hatte auf heimlichen Wegen in Erfahrung gebracht, daß der schöne Rocco in Bajano ein Kind besaß, ein bildschönes kleines Mädchen mit schwarzen Haaren und Augen und dem Vater wie aus dem Gesicht geschnitten. Die es geboren hatte, war aus Gram gestorben, und eine andre verlassene Geliebte Fontanas, eine wohlhabende Bäckerswitwe von Bajano, hatte sich aus Leidenschaft für den Vater des Kindchens angenommen und zog es liebevoll auf, obschon dieser den Fuß nicht mehr über ihre Schwelle setzte. Carlotta führte sich bei der Bäckerin ein und wußte das kleine Mädchen an sich zu gewöhnen, sie brachte Spielzeug und Leckereien aus Prato mit und kannte kein höheres Glück, als am Sonntag die schöne Kleine geputzt und bebändert in Bajano spazieren zu führen. Da lebte sie sich in einen langen Traum hinein, in dem all die dunkle Sehnsucht ihrer Natur gestillt und sie Mutter des schönsten Kindes, eines Kindes von Rocco Fontana war.

Aber auch dieses Glück sollte ihr nicht lange ungeschmälert bleiben, denn die andern spürten ihr nach, und sobald das Geheimnis von Gildas Geburt am Tage war, entspann sich eine neue Rivalität. Wie vorher beim Vater, so suchte man Carlotta jetzt auch beim Kinde zu verdrängen, und der Witwe machte man sich unentbehrlich, indem man ihr Roccos neue Liebesabenteuer und andern Klatsch zutrug, von dem Carlotta sich ferne hielt. Die kleine Gilda wurde von einem Arm in den andern gerissen und mit Süßigkeiten krank gefüttert von dem leichtfertigen Völkchen. Als Carlotta abwehren wollte, sah man sie mißtrauisch an, und die freche Blonde fragte unverfroren: „Ist es vielleicht dein Kind?"

Dafür erhielt sie von Carlotta eine schallende Ohrfeige, und nun war zwischen beiden der Krieg erklärt. So oft sie in Bajano zusammentrafen, kam es zu schlimmen Auftritten, und wenn Carlotta auch die schwereren Hände hatte, so blieb sie Miras spitziger Zunge gegenüber am Ende immer im Nachteil. Man überbot sich gegenseitig in törichter Verschwendung für das Kind: Ließ ihm die eine ein weißes Kleidchen sticken, so brachte ihm die andere einen schweren silbernen Löffel, obwohl Rocco sich ebensowenig um diesen Wetteifer kümmerte wie um die Pflege, die sein Kind bei der Witwe fand.

Er hatte unterdessen mit einem Fräulein aus Mailand, das auf einer der Villen um Meletto zu Besuch war, Bekanntschaft angeknüpft und trug sich mit Heiratsgedanken. Die blonde Mira schluckte einen Absud von Schwefelhölzchen, an dem sie beinahe ins Jenseits gefahren wäre, und eine andere wollte sich in den Bisenzio stürzen. Da brach in der Fabrik eine heftige Pockenepidemie aus, und Rocco Fontana war unter den Erkrankten.

Als nun der verwöhnte Mann verlassen im Lazarett von Prato lag, ließ er seine Mädchen in Meletto spöttisch fragen, welche von ihnen wohl so viel Mut und Hingebung habe, zu ihm ins Pockenspital zu kommen und ihn in diesem Zustand auf den Mund zu küssen.

Die Mädchen kreischten laut auf vor Schreck und bedankten sich für die Zumutung, nur Carlotta war gleich bereit, den Handschuh aufzunehmen.

Der folgende Tag war ein Festtag, da putzte sie sich schön, band ihr Schleiertuch über und wandelte festen Trittes nach dem Spital.

Ich weiß nicht, wie sie es angestellt hat, die strenge Absperrung zu brechen; sicher ist, daß sie an das Bett Fontanas gelangte, der schauderhaft entstellt und unkenntlich dalag, denn er war gerade im Stadium der Vereiterung, wo die Ansteckungsgefahr am größten ist. Ehe er es dachte, hatte sie sich herabgebeugt und einen festen leidenschaftlichen Kuß auf seinen Mund gedrückt.

„Du bist eine Gans, Carlotta", sagte der Kranke übellaunig. „Wenn die Pocken dich entstellen, schaut dich kein Mann mehr an, ich selbst am wenigsten."

„Ich weiß", war ihre ruhige Antwort, „aber ich wollte Ihnen zeigen, wie die Carlotta lieben kann."

Dann ging sie ruhig wieder fort und stellte ihr Schicksal Gott anheim. Die Gefahr ging zwar glücklich vorüber, Carlotta blieb gesund, aber der Besuch im Pockenspital wurde ruchbar und kostete ihr den Ruf, den sie bis dahin ängstlich gehütet hatte. Die Mädchen nannten ihr Betragen schamlos, die abgewiesenen Männer verurteilten sie gleichfalls, der Direktor schloß sie wegen der Ansteckungsgefahr mehrere Wochen von der Arbeit aus, und der Oheim drohte, sie aus dem Hause zu jagen, wenn sie je wieder ein Wort mit Rocco Fontana wechsle.

Als dieser das Spital verlassen durfte, stieg ihre Not aufs Höchste. Ihr Besuch hatte die alte Leidenschaft neu angefacht, und Rocco betrachtete die arme Carlotta als ihm verfallen. Er war noch so schön wie je, die schreckliche Krankheit hatte keine Spur hinterlassen, außer einer kleinen Narbe zwischen den Augenbrauen, die ihm etwas Finsteres gab, wodurch er nach Carlottas Meinung noch gefährlicher wurde. Er machte ihr den Vorschlag, sie von ihren Verwandten wegzunehmen und ganz für sie zu sorgen. Er habe eingesehen, was ein echtes Weib sei, und sie solle es gut bei ihm haben, er wolle ihr auch treu sein, solange die Liebe daure, nur daß das ewig sei, könne er nicht versprechen.

„Sag, daß du mich heiraten willst, und ich bin dein", war Carlottas unerschütterliche Antwort. Aber so weit vergaß sich Fontana nicht; es war ja sein Stolz, kein Mädchen je betrogen zu haben, sie liefen ihm alle von selbst in die Arme, und auch mit Carlotta wollte er offenes Spiel spielen. Er verlangte, ihr wenigstens den Kuß zurückzugeben, den sie ihm ins Spital gebracht, aber sie widerstand, und als sie ihre Kraft wanken fühlte, packte sie ihre Siebensachen zusammen, setzte sich in die Diligence und fuhr herauf in ihre alten Berge.

Aber noch ein anderer Bewerber spielte in ihrem Leben eine Rolle.

Eine Wegstunde unterhalb Montepiano, am linken Ufer der Fiumenta, liegt San Quirico, das ansehnlichste Nest im ganzen Bisenziotal und Hauptort der Gemeinde von Vernio mit Rathaus, öffentlicher Piazza und waldumgrünter Burgruine. Dort wohnte dem Rathaus gegenüber ein Krämer namens Modesto; er hatte den großen Laden an der Brücke, mit Osterie und Stallungen, wo jetzt noch wie damals die Fuhrleute einstellen. Als wir einmal vorüberfuhren, zeigte mir Carlotta das Haus, das mit einer luftigen Loggia auf das Wasser hinuntersieht, und sagte nicht ohne einen gewissen Stolz: „Dieses Haus wäre das meinige, sobald ich wollte."

Der Krämer hatte nämlich seit Jahren ein Auge auf sie; er war Witwer mit drei hübschen Kindern, für die er eine Mutter suchte, und Carlotta hatte ihm schon gefallen, als er noch ledig und sie die Braut Antonios war. In der ganzen Gegend genoß er den Ruf eines Ehrenmannes, und man ging, wie Carlotta wissen wollte, damit um, ihn in den Gemeinderat von Vernio zu wählen. An ihm, an seiner Redlichkeit und Treue hielt sie sich aufrecht, wenn der Boden unter ihr wankte und sie vor Roccos unwiderstehlichen Augen ihre Festigkeit hinschmelzen fühlte, und oft hatte sie dem Versucher gedroht, wenn er nicht von ihr ablasse, werde sie sich in ihre Berge flüchten, wo ein Ehrenmann auf sie warte, der sie liebe und heiraten wolle.

„Wie du willst", hatte dieser geantwortet, „aber es wird dir nichts nützen. Ich sage dir voraus, daß du mich nicht vergessen wirst. Kein Mädchen, das mich geküßt hat, kann mich je vergessen."

Und der Versucher hatte wahr gesprochen: sobald sie Modesto wiedersah, erkannte sie, daß ein inneres unüberwindliches Hindernis zwischen ihnen stand. Roccos entstellten Mund hatte sie mit Leidenschaft geküßt, aber die Vorstellung, Modestos breite Lippen mit den ihrigen berühren zu sollen, machte sie schaudern. Daß er zu klein war, hätte sie ihm jetzt, gedrückt wie sie war, verziehen, und von seinem Charakter sprach sie mit Bewunderung, aber irgend ein etwas, über das sie sich nicht klar war, denn bald suchte sie es in seiner Stimme, bald in seinem Gang oder in der Art, wie er beim Stehen die Beine spreizte, machte ihr seine Nähe unerträglich.

Diese Angelegenheit war es, die sie dem Kinde mit den großen fragenden Augen anvertraut hatte, und oft hörte ich sie seufzen: „Ich bin schlecht, schlecht, schlecht, weil ich den Ehrenmann von mir stoße und den schlechten Menschen nicht vergessen kann."

Die alte Hausiererin, ihre Mutter, schürte ihrerseits nach Kräften. Sie kam zweimal wöchentlich mit ihrem Kramkarren in die Mühle, wo sich gleich ein Auflauf um sie versammelte, denn die Alte übte auf das junge Volk einen unwiderstehlichen Zauber. Sie war ganz Runzeln und Beweglichkeit, dabei das geschwätzigste, was mir jemals vorgekommen, und die Kleider hingen um ihren mageren Leib wie um einen Stecken. Man kannte sie nur unter dem Spitznamen „Calzera", den sie von Kindesbeinen führte, aber was das Wort bedeutete, wußte niemand mehr; einige wollten es von *calza* – der Strumpf – ableiten, weil sie als Kind stets mit herabhängenden Strümpfen herumgelaufen sei.

Die Calzera also führte Modestos Sache, aber weniger der äußeren Vorteile halber, als weil ihr die Kuppelei überhaupt im Blute lag. Sie war so unruhigen Temperaments, daß sie nichts beim Alten lassen konnte, und wohin sie kam, eine Verwicklung anzetteln mußte: schüchterne Liebesleute führte sie zusammen, riß solche, die sich gefunden hatten, auseinander, machte junge Mädchen auf junge Männer und diese auf jene aufmerksam, trug Briefchen hin und her und war so im ganzen Lande eine gefürchtete, aber unentbehrliche

Persönlichkeit. Da sie für ihre Liebesdienste keine Entschädigung wollte, genoß sie sogar ein gewisses Ansehen, das sie durch Prahlerei zu vergrößern suchte, denn es wurde vom Reno bis zum Mugellotal keine Heirat geschlossen, die sie nicht für ihr Werk ausgab. Ein wenig hexen konnte sie natürlich auch, das gehörte zur Sache. Wo ihr Karren mit ihren klingelnden Glöckchen anhielt, da umstanden ihn die jungen Mädchen scharenweise und hingen begierig an ihrem Mund und an ihren kleinen glitzernden Augen, die immer aussahen, als ob sie etwas mitzuteilen hätten, und so machte die Alte mit ihrer Zwischenträgerei freilich doch ganz gute Geschäfte. Sie brauchte aber nichts für sich selbst, sie schlief unter keinem Dach, aß an keinem Tisch, der Karren war ihr Bett, Küche, alles. Was sie verdiente, gab sie ihren Kindern, mit denen sie jedoch in stetem Hader lebte. Nur Carlotta ließ sich von ihr befehlen, als ob sie noch in den Kinderschuhen stäke, und die Unterwürfigkeit des großen, starken Mädchens gegen das kleine, häßliche Weib war oft beinahe komisch anzusehen. Allein in Betreff der Heirat erreichte auch die Mutter nichts, als daß Carlotta sich immer aufs neue Bedenkzeit ausbat.

Als wir zur Heimkehr rüsteten, wollte die Kleine nicht mehr von Carlotta lassen, und auch Carlotta glaubte ohne ihre Stofale nicht leben zu können. Des Mädchens gute Eigenschaften waren uns lieb geworden, darum gaben wir ihren Bitten nach und nahmen sie mit uns nach Florenz. Modestos offene Veranda, auf der lange, weiße Laken im Bergwind flatterten und winkten, entlockte ihr beim Vorüberfahren wieder manchen Seufzer, aber als wir im Zwielicht an den Krümmungen des schäumenden Bisenzio hinrollten und nun die feurigen Schlöte von Meletto in Sicht kamen, da wollten ihr die Augen fast aus dem Kopfe schießen, und sie bog sich aus dem Wagen, bis das letzte Rauchwölkchen über den Kastanienwipfeln verschwebt war.

Die Florentiner machten große Augen, als wir das braune Enakskind zur Stadt brachten, wo sogar die Möbel neben ihr zu klein aussahen. Es war auch wirklich zum Nachstaunen, wenn sie in ihrem einfachen dunkelblauen Wollrock, das Schleiertuch auf dem Kopf und die großen Ringe in den Ohren, mit ehernem Tritt zwischen den geputzten trippelnden Städterinnen durchwandelte und durch keinen Zuruf, keinen heranrollenden Wagen jemals zu einem beschleunigteren Tempo zu bewegen war.

Die Leute wußten nicht, was aus ihr machen, und sie knüpfte mit niemanden Bekanntschaft an; ihre Schweigsamkeit und daß sie auch in der Stadt mit untrüglicher Sicherheit das Wetter voraus wußte, umgab sie mit einem fast unheimlichen Nimbus. Am liebsten saß sie unter dem Gebüsch im Garten, ihre Stofale auf dem Schoß, und sang ihr altes eintöniges Lied, das Lied der hohen Berge und der weiten Ebenen, immer dieselbe Tonfolge wie in dumpfer, endloser Erwartung. Nichts von kleinen Wünschen, Eitelkeiten, Kümmernissen hatte Raum in ihrer Seele, die dunkle Bestimmung des Weibes erfüllte sie ganz, jenes unbegreifliche Mysterium, daß sie Mädchen war und daß die Natur sie geschaffen hatte, um Gattin und Mutter zu werden.

Ihre Leidenschaft für schöne Kinder war bekannt, und sobald sich Carlotta mit der Stofale auf dem Arm am Gitter zeigte, riefen ihr die Burschen von der Straße aus neckend zu, sie solle doch die fremde Puppe stehen lassen und sich lieber eine eigene anschaffen.

„Sobald ich den rechten Vater dafür gefunden habe", war dann Carlottas Antwort.

„Oho, wie soll denn der aussehen?"

„Anders als ihr!" kam es in vernichtendem Tone zurück, denn Carlotta machte aus ihrer Verachtung für die schmächtige, kurzbeinige Rasse um sie her kein Hehl. Dafür rächten sich die Florentiner durch hundert spitze Reden, und auf der Straße riefen sie ihr gewöhnlich nach, sie solle den bronzenen Riesen auf dem Piazzale Michelangelo heiraten, damit die Rasse rein bleibe.

Im Sommer zogen wir wieder nach Montepiano; das Müllerhaus mit seinen Wassertoren und dem schattigen Zypressenwäldchen hatte es uns angetan. Dort begann für Carlotta der alte Konflikt. Wenn die Post von Prato mit den Vorräten ausblieb, mußten wir das Mädchen für die Einkäufe nach San Quirico schicken, und so oft sie in Modestos Laden trat, erneuerte der Krämer seinen Antrag. Ich sah wohl, wie es in ihr arbeitete und wie ihr ganzes Wesen sie nach einem eigenen Familienleben, einem Haus voll Kinder – je mehr desto besser, sagte sie – hindrängte.

Sie ging immer mit einer unausgesprochenen Frage um mich herum, denn mich geradezu um Rat zu bitten wagte sie nicht. Nur einmal kam sie schüchtern auf mein Zimmer und zeigte mir Modestos Photographie, ein rundes, stumpfes Gesicht mit flacher Stirn und umschleierten Augen, die kurze stämmige Figur in einen Sonntagsrock gepreßt, der sie zu beengen schien.

Carlotta hatte wohl erwartet, daß ich auch des Krämers Sache führen würde, denn als ich mich etwas abfällig äußerte, antwortete sie fast gekränkt: „Und er ist doch ein solcher Ehrenmann, in ganz Vernio gibt es keinen zweiten."

Das war ihr von der Mutter so oft vorgesagt worden, daß es sich wie ein Evangelium festgesetzt hatte.

„Wenn er dir gefällt, warum nimmst du ihn nicht?" fragte ich.

Da schüttelte sie traurig den Kopf und schlich hinaus.

Leidenschaftlicher wurde der Kampf, als der Kramkarren mit der gelben Wachstuchdecke wieder in der Gegend erschien.

Die Alte hatte auf ihren Fahrten wie gewöhnlich eine Menge Klatsch eingeheimst und wußte zu erzählen, daß Modestos Mutter, die ihm die Wirtschaft führte, eine reiche Witwe aus dem Pistojesischen für ihren Sohn in Aussicht habe, und daß die ganze Verwandtschaft in ihn dringe, auf die Carlotta, die ihn doch nicht liebe, zu verzichten und nach dieser glänzenden Partie zu greifen.

Sie hoffte, ihr auf diese Weise rascher das Jawort auszupressen, aber die Tochter setzte allem Zureden nur ihr angstvolles „Ich kann nicht" entgegen, für das sie keine andere Erklärung beibringen konnte als ein abermaliges „Ich kann nicht!"

Die Calzera spie Feuer und Flammen. Obgleich sie sich von dieser Heirat nicht den mindesten persönlichen Vorteil versprechen konnte, denn Modestos Mutter hatte bereits erklärt, die alte Zigeunerin dürfte ihr nicht über die Schwelle, setzte sie nun einmal ihren Kopf darauf, Carlotta zu zwingen – „und was ich will, das will ich“, pflegte sie zu sagen.

Wenn sie durch San Quirico fuhr, so stand auch gewöhnlich Modesto schon in Hemdärmeln unter der Haustür und schob ihr ein Stück Salame oder ein Pfund Zucker in den Karren, damit sie seinen Anwalt bei Carlotta mache. Die Calzera legte zwar auf die geschenkten Gegenstände keinen Wert, aber es schmeichelte ihrer Eitelkeit, daß ein so angesehener Bürger sich um ihre Gunst bewarb, und sie suchte sich erkenntlich zu zeigen, indem sie die störrische Tochter, wo sie ihrer ansichtig ward, mit Geheul und Schmähungen überschüttete. Längere Zeit trug Carlotta die Spuren der mütterlichen Überredungsversuche in Gestalt brauner und blauer Striemen auf den Wangen herum, weil die Alte ihr einmal im Jähzorn einen Bund lederner Schuhriemchen ins Gesicht geschlagen hatte, und es blieb uns nichts übrig, als dem bösen Weibe schließlich das Haus zu verbieten.

Aber Carlotta fand dennoch keinen Frieden: das Ja und das Nein kämpften unaufhörlich in ihrer Brust. Sie gab der Mutter recht, daß nichts anderes zwischen ihr und ihrem Glück stehe, als ihr eigenes schlechtes Gemüt und der Taugenichts von Meletto. Oft klagte sie den Himmel an, daß er diese große Schönheit an einem so schlechten Menschen verschwendet habe; warum konnte er sie nicht dem guten, redlichen Modesto geben, der es so treu mit ihr meinte, daß sie ihn hätte lieben und durch ihre Person glücklich machen können!

Jeden Morgen lief sie vor Tau und Tage den weiten Weg durch den Tannenwald nach der Badia, wo ihr alter Seelsorger die Messe las, und ging in brünstigen Gebeten die Madonna an, ihr Herz zu erleuchten um des schönen Bambino willen, den sie auf den Armen trug und der die arme Carlotta täglich an den eigenen Herzenswunsch erinnerte. Aber die Himmlische mochte sich so wenig wie wir andern mit der heiklen Angelegenheit befassen.

O hätte ich damals dem großen Kinde klar gemacht, daß die Vorsehung kein anderes Mittel hat, uns zu warnen, als unsern eigenen Instinkt! Aber gerade weil ich die Carlotta ungern vermißt hätte, enthielt ich mich aufs strengste jeder Einmischung. Das wackere Mädchen war mir in diesem Sommer noch näher getreten durch ein Ereignis, das ohne ihre furchtlose Hingebung die schwersten Folgen für uns haben konnte.

Mein Bruder war zu einem kurzen Besuch nach Montepiano gekommen, um in unserer Gesellschaft einige Berggipfel zu besteigen. Es herbstete schon, aber die Tage waren noch wunderbar sonnig und fast zu heiß, so daß man ihre Kürze nicht bedachte. Eines Tages, auf dem Rückweg von der Scoperta, überfiel uns ein Nebel, wie ich noch keinen gesehen hatte, eiskalt und dicht zum Schneiden, mit widerlichem, durchdringendem Geruch. Man konnte den Fleck nicht mehr unterscheiden, worauf man den Fuß setzte, und die Streichhölzer versagten, denn sie waren ganz durchtränkt von Feuchtigkeit.

Wir befanden uns auf einem schmalen, sanft absinkenden Kamm, wo jeder Schritt sorgfältig mit dem Bergstock abgetastet werden mußte, denn rechts und links fiel es jäh hinunter. Zwei Drittel des Weges hatten wir hinter uns, aber eine gefährliche Stelle war noch zu überwinden, bevor wir ein Gehöft erreichen konnten, wo wir Laternen und Wegweiser oder zum mindesten eine Zuflucht zu finden hofften.

Mein Mann als der Kundigste ging voran, wir beide folgten, aber plötzlich war mein Bruder neben mir verschwunden. Ich rief, wir riefen beide und erhielten zum Glück auch Antwort. Er war abgerutscht, doch nur ein Stück weit, denn er hielt sich am Gebüsche fest und konnte an dem langen Bergstock wieder heraufgezogen werden. Aber jetzt erklärte mein Mann das Weitergehen für unmöglich. Wir drückten uns alle drei gegen ein Felsstück, um uns her das stille, unbewegliche Nebelmeer, und riefen mit aller Kraft unsere Lungen um Hilfe. Über vier Stunden verharrten wir so und setzten unser Schreien fort, bis keines mehr einen Ton in der Kehle hatte. Niemand kam, die Bauern schienen taub zu sein; auf Hilfe von Haus konnten wir nicht rechnen, denn wir hatten versäumt, das Ziel unseres Ausflugs anzugeben, und machten uns schon gefaßt, erst von der Sonne aus unserer schrecklichen Lage befreit zu werden.

Plötzlich drang ein schriller Schrei durch den Nebel, dem andere ebensolche Schreie wie die Pfiffe des Nebelhorns zur See in gleichmäßigen Pausen folgten; wir gaben Antwort, so gut wir konnten, zwei Lichter wurden sichtbar, die sich langsam näherten, und vor uns stand Carlotta mit einem alten, ganz in Schafpelz eingehüllten Bäuerlein.

Die Wetterkundige hatte, sobald das Nebelbrauen um die Berge begann, sich mit der Laterne aufgemacht, um uns zu suchen, nur wußte sie nicht wo, und erst nach vielem Fragen und Wiederumkehren fand sie wie ein Spürhund unsere Fährte. Auf dem Gehöft erfuhr sie, daß man stundenlang unsere Stimmen gehört, sich aber nicht herausgetraut hatte, denn die abergläubischen Leute hielten uns für böse Geister. Erst als er die Entschlossenheit des Mädchens sah, ermannte sich der Alte, ihr suchen zu helfen, und unter Führung der beiden Laternen erreichten wir mühsam mit Anspannung aller Sinne den Bauernhof, an Gliedern heil, wenn auch bis auf die Haut durchnäßt.

Dienste wie dieser lassen sich nicht mit Geld und Geschenken belohnen, sie heben den, der sie uns leistet, in unsere Sphäre herauf, darum betrachteten wir Carlotta seit jener Nacht als eine Anverwandte, deren Wohl und Wehe uns persönlich anging.

Freilich gönnte ich das Prachtgeschöpf dem Krämer nicht und konnte sie mir auch gar nicht hinter einem Ladentisch denken; sie gehörte dem Erdboden an, und lieber noch hätte ich sie einem Kolonisten über ferne Meere mitgegeben, um auf fremdem Boden ein neues schönes Geschlecht zu zeugen. Aber ich glaubte nicht hindern zu dürfen, was sie selbst für das Beste hielt, ich sah ja, ihr ganzes Herz stand nach einem Kinde, den Mann nahm sie, da sich kein andrer zeigte, mit in den Kauf.

Denn seit das Mädchen sich keines Zuredens mehr zu erwehren hatte, wurde die Schale, in der sie Modestos Vorzüge wog, schwerer und schwerer, und als der Herbst kam, war ihr Widerstand gebrochen. Sie sah von allen Seiten die Hirten zu Tale wandern wie zu Antonios Zeiten, die Weiber mit ihren kleinen Kindern auf den Armen; Carlotta schaute ihnen oft lange nach, sie wiegte langsam ihr großes Haupt, und die Augen standen ihr immer voll Wasser. Da kutschierte denn eines Morgens die Calzera im Triumph nach San Quirico, der Esel schlug einen Siegestrab an, und alle Knopfschachteln und Nadelbüchsen hüpften auf dem Karren, weil die Alte dem glücklichen Modesto Carlottas Jawort überbrachte.

Am folgenden Sonntag machte der Krämer seine Bräutigamsvisite. Carlotta hatte sich für den Anlaß geputzt und eine Menge Fett auf ihren blauschwarzen Scheitel verschwendet, nicht um schöner zu erscheinen – sie hatte das nicht nötig – sondern weil sie fand, es gehöre sich so. Nachdem sie auch ihre Küche sorgfältiger als sonst gefegt und jeden ausgewaschenen Lumpen an seinen Nagel gehängt hatte, wartete sie resigniert auf ihrem Strohstuhl am Fenster, wobei man sie von Zeit zu Zeit seufzen hörte: „In Gottesnamen. – In Gottesnamen!“ –

Der Bräutigam erschien pünktlich zur Mittagszeit in Begleitung der Calzera, die sich gleichfalls herausgeputzt hatte. Ich sah ihn an der Seite der Alten ehrbar den Mühlweg herunterschreiten in dem schwarzen Sonntagsrock, der ihm auch jetzt nicht paßte, das feiste rote Gesicht unter einem steifen Filzhut halb verdeckt; sein ganzes Wesen troff von selbstgefälliger Biederkeit und bürgerlicher Korrektheit. Bevor er die Schwelle betrat, spuckte er aus, geräuschvoll und wichtig. Braut und Bräutigam reichten sich die Hände und fragten zeremoniös nach dem gegenseitigen Befinden. Dann kam er breitspurig die Treppe heraufgestiegen, um sich der Herrschaft vorzustellen. Sein selbstgerechtes Gehaben mitten im ersten Bräutigamsgefühl fiel mir auf, er sah aus, als wollte er sagen: „Seht her, da steht er, der Ehrenmann, der solide Bürger und künftige Gemeinderat, der sich das Mädchen ohne Geld zur Frau holt."

Wenn ich nicht irre, so sagte er auch ähnliches, nur in gewundener Form und unter einem Schwall sentenziöser Reden, die ihm Carlottas und ihrer Mutter aufrichtige Bewunderung eintrugen. Die Hochzeit wurde auf den Spätherbst festgesetzt, und Carlotta sollte unterdessen in unserem Hause bleiben, bis wir einen Ersatz für sie gefunden hätten.

Während dieser Verhandlung hatte die Braut den Küchentisch gedeckt und ein kleines Mahl aufgetragen, an dem Modesto als wohlerzogener Mann sich erst nach vielen Umständen niederließ und dann für drei aß, wogegen die Calzera, der es nicht lange auf einem Stuhl gemütlich war, sich bald mit ihrem Teller in einen Winkel kauerte. Sie strahlte jedoch in schwiegermütterlicher Glorie und hatte für die Tochter das schönste gelbseidene Tüchlein aus ihrem Kram hervorgesucht, das um Carlottas braunen Hals eine wundervolle Wirkung tat.

Nur einmal trübte ein Schatten die festliche Stimmung, als Modesto, die Gefälligkeit der Calzera, die sich öfters entfernte, benützend, einen Arm um seine Verlobte legen wollte. Da bekam er einen Stoß, daß er fast mit dem Stuhl hintenüber geschlagen wäre.

„Ja, bist du mir denn gar nicht gut, Carlotta?" fragte er betroffen.

Sie schwieg, da rückte er wieder näher und sagte: „Bin ich dir vielleicht zuwider?"

„Ja freilich, du weißt es ja", war ihre ruhige Antwort.

„Aber ich dachte, das sei jetzt anders."

„Ich fürchte, das wird nie anders."

„Warum heiratest du mich denn, wenn du mich nicht leiden kannst?"

„Weil ich so ein schönes blondes Kind haben möchte, wie meine Padrona", sagte Carlotta.

Der Biedermann lachte und meinte geschmeichelt, dazu könne Rat werden; *seine* Kinder seien alle schön und blond seien sie auch. Als er aber später unsere Kleine auf den Arm nehmen wollte, die aufschrie und nach ihm schlug, da riß Carlotta sie ihm mit solchem Entsetzen weg, als ob er mit seinen kurzen, stumpfen Fingern ihren Liebling hätte zerquetschen wollen.

Sie erregten Aufsehen unter den Sommergästen, als sie am Nachmittag spazieren gingen; Carlotta, der schöne Koloß, zwischen der Mutter und dem Bräutigam, der zwar noch kein Recht hatte, ihr den Arm zu geben, aber vor der Öffentlichkeit doch schon merklich als der Besitzer auftrat. Er reichte ihr kaum bis an die Nasenwurzel, denn Carlotta hatte zur Feier des Tages ein paar hochgestöckelte Schuhe angezogen, in denen sie alle ihre Mitgeschöpfe um ein Merkliches überragte.

Doch sollte der festliche Tag nicht zu Ende gehen, ohne ihr die Vergangenheit noch einmal leibhaftig vor die Augen gestellt und Carlottas Herz im tiefsten aufgewühlt zu haben.

Als sie den Verlobten eine Strecke weit gegen Vernio begleitet hatte und mit der Calzera nach der Mühle zurückkam – Carlotta weit voran, um die Kleine, die ihr entgegenlief, mit ausgebreiteten Armen aufzufangen – kamen auf der Landstraße von Castiglione zwei Reiter im Schritte daher auf kleinen Saumpferdchen, wie man sie dort zu Gebirgstouren benutzt. Der Jüngere von beiden hielt sein Tier einen Augenblick an, als er das goldhaarige Kind über die Straße laufen sah. Er hatte einen schönen Kopf mit dunklem Haar und eine Narbe zwischen den Augenbrauen – mit einem Wort, es war Rocco Fontana.

Carlotta hatte ihn schon erkannt, sie stand halb gebückt, die Arme nach dem Kinde ausgestreckt, den Kopf gegen den Reiter gewendet, und schien in dieser Stellung zu versteinern.

Als er in ihr Gesicht gesehen hatte, entfuhr ihm ein Ausruf, dann ritt er näher heran und fragte, ob das schöne Kind ihr gehöre.

Sie schüttelte den Kopf und mußte nach Atem ringen, bevor sie stotternd und stammelnd antworten konnte, daß sie noch ledig sei.

Er lächelte und sah sie lange an mit den gefährlichen Augen, die Carlotta so sehr fürchtete.

„Ich hab' es dir vorausgesagt, daß du mich nicht werdest vergessen können. Ein Mädchen, das mich geküßt hat, kann mich nie vergessen. Das bedenke, ehe du dich unglücklich machst."

Carlotta antwortete, daß sie alles bedacht habe und daß sie im Begriff sei, sich zu verheiraten.

„Mit dem Krämer von Vernio?" fragte Rocco, und als sie bejahte, schüttelte er ungläubig den Kopf.

„Ich habe ihn einmal gesehen", sagte er. „Es ist unmöglich, daß *der* meiner Carlotta gefällt – du hast Bessere als ihn ausgeschlagen. Wegen des Geldes nimmst du ihn auch nicht, dafür kenne ich dich. Folglich nimmst du ihn gar nicht. Und folglich gehörst du mir, denn mir ist's noch immer so zu Mute wie damals."

Er ritt ein paar Schritte weiter, kehrte noch einmal um und sagte in einem besonderen, halb schmeichelnden und halb gebieterischen Tone: „Zwischen heut und acht Tagen wirst du kommen und mir sagen: ‚Hier bin ich, behalte mich.' – Wirst du nicht, Carlotta? Ja, du wirst, denn du weißt, daß ich dich zwingen kann; ich konnte noch jede zwingen, an der mir gelegen war."

Er bohrte noch einmal seine schönen Augen tief in die ihrigen, wandte dann das Pferd und folgte seinem Gefährten, nachdem er dem Kinde, das gleichfalls wie verzaubert zu dem schönen Reiter hinaufstarrte, eine Kußhand zugeworfen hatte.

Carlotta aber blieb wie außer sich zurück. Als er verschwunden war, kam sie auf mein Zimmer gestürzt und erzählte mir alles. Sie schien zu fürchten, daß ihm unsichtbare Mächte dienstbar seien.

Ich lachte sie aus und suchte ihr klar zu machen, wie wenig ein Mann, der so leichtfertige Reden führe, ernsthaft zu nehmen sei. Aber Carlotta glaubte mir nicht, sie brachte wirre Geschichten daher von Mädchen, die er durch seinen bloßen Blick gezwungen habe, ihm zu folgen, wohin er wollte, bis ich ihr die unsinnigen Reden verbot und sie zu Bett schickte.

Am andern Morgen erschien sie verstört und übernächtigt und bat um Urlaub; sie müsse nach San Quirico, ihren Verlobten bitten, daß er so schnell wie möglich Hochzeit mache. Die Gewalt des andern sei über ihr, sie müsse sich vor sich selber schützen.

Ich kannte die sonst so ruhige Carlotta nicht mehr, ihre Augen glühten, und ihre geschwollenen Lippen hatten etwas Fieberhaftes.

„Ich weiß von einer", sagte sie, „die ließ sich von außen einschließen, um nicht zu ihm zu müssen, aber als er sie in Gedanken rief, da stieg sie zum Fenster hinaus. So war mir's heute Nacht, es hat mich zu ihm gezogen wie mit glühenden Ketten. Wenn Modesto nicht in diesen acht Tagen Hochzeit macht, so bin ich verloren."

Ich fragte ungehalten, ob sie denn alle Würde und Pflicht vergessen habe; da rief sie leidenschaftlich: „Ich will ja mein Wort halten, aber gleich muß es sein, Modesto soll noch heut aufs Amt und die Papiere in Ordnung bringen."

Vergebens stellte ich ihr vor, welch üblen Eindruck diese Eile auf ihren korrekten, pedantischen, an allem Hergebrachten ängstlich hängenden Bräutigam hervorbringen müsse. Nach Modestos Empfindungen fragte sie gar nicht, sie hatte nur den dunklen Drang, ihrem eigenen Herzen zu entfliehen um jeden Preis. Da ich sie nicht beruhigen konnte, versagte ich ihr den geforderten Urlaub. Nun übernahm es die Calzera, eine dringliche Botschaft nach San Quirico zu tragen, aber sie brachte, wie vorauszusehen, die Antwort, es müsse alles langsam und in der Ordnung gehen. Übrigens war eine neue Zusammenkunft verabredet worden, bei der Carlotta ihr künftiges Haus, die Kinder und die Schwiegermutter kennen lernen sollte.

Mit Carlotta war in diesen Tagen gar nicht auszukommen, sie vibrierte vor geheimer Aufregung. Ich erfuhr erst später, daß Rocco, der wieder Feuer gefangen hatte, sie heimlich mit Botschaften bestürmte, und in der Furcht, von dem sicheren Anker losgerissen zu werden, gebärdete sie sich so, daß man hätte glauben können, sie empfinde die heftigste Leidenschaft für Modesto und könne den Tag nicht erwarten, der sie zu der Seinigen machte.

Erst der Besuch in San Quirico, der in aller Form und wieder am Sonntag stattfand, gab ihr das Gleichgewicht zurück. Sie erzählte bei der Rückkehr sehr befriedigt von den hübschen Kindern und dem freundlichen Empfang der Schwiegermutter. Den Bräutigam nannte sie wenig, aber sie brachte ein schönes Geschenk von ihm, eine doppelreihige Korallenschnur, mit, und ich gewann den Eindruck, daß sie völlig mit sich selbst und ihren Empfindungen ins reine gekommen sei.

Die künftige Schwiegermutter schilderte sie mir als eine Musterfrau, die nur für den Sohn lebe und keine andern Wünsche habe, als die seinigen. Sie würden zusammen hausen wie im Himmel, meinte sie, und nahm sich vor, die alte Frau auf Händen zu tragen. Carlotta lebte mit ihren Gedanken jetzt schon ganz in San Quirico, sie dachte sich Geschenke für die Kinder und für die Schwiegermutter aus, und es war, als gebe es mit einem Mal keinen Rocco Fontana mehr.

Aber daß die Arme diesen friedlichen Zustand nicht ungetrübt genießen sollte, dafür sorgte nun die Calzera. Als sie die Eintracht der Verlobten sah und nichts mehr zu vermitteln hatte, gefiel ihr die Sache nur noch halb, und sie suchte zwischen den beiden, die sie mit so viel Mühe zusammengeführt hatte, Unkraut zu säen. An dem künftigen Schwiegersohn entdeckte sie jetzt tausend Fehler, und daß Carlotta seine Partei nahm, machte ihn der Calzera erst recht widerwärtig. Was er tat und ließ, erregte ihren Tadel, und mit seiner Mutter lebte sie in offenem Krieg. Sie lag Carlotta an, den Bräutigam noch vor der Ehe, solang die Liebe am heißesten sei, zu überreden, daß der die Alte aus dem Haus entferne. Carlotta wies das Ansinnen entrüstet ab, doch die Calzera gab keine Ruhe und trug ihr nun mißliebige Äußerungen der künftigen Schwiegermutter zu, daß Carlotta zu schwerfällig für eine Krämerin sei und ihrem Sohn die Kundschaft verderben werde. Auch sollten der Alten schon gelegentlich verdächtigende Reden über Carlottas Ehrbarkeit entfahren sein. Das brave Mädchen schenkte der Zuträgerei kein Gehör; daher hielt sich die Calzera verpflichtet, selbst für die Ehre ihrer Tochter einzutreten, und fuhr eigens nach San Quirico, um mit Modestos Mutter vor der Haustür zu krakeelen. Als dieser begütigen wollte, wandte sich ihr Zorn gegen ihn, und sie warf ihm laut vor den Leuten vor, ihre schöne Carlotta hätte zehnmal bessere haben können als so einen Käsehändler, sie frage ihm auch nicht groß nach, und ohne ihre, der Calzera, Vermittlung hätte er nie ihr Jawort erhalten.

Wir waren ganz darauf gefaßt, sie die Verlobung auseinandersprengen zu sehen, aber unvermutet setzte das Schicksal den Umtrieben des unruhigen Weibleins ein Ziel. Man fand sie eines Tages entseelt in ihrem Wagen liegend, ein Herzschlag hatte sie sanft unter Litzen und Bänder niedergestreckt, und noch im Tode setzte sie die Wanderschaft fort, denn der Karren fuhr mit seiner traurigen Last unter Glockengeklingel ruhig auf der Landstraße weiter.

Carlottas Schmerz war unberedt, aber leidenschaftlich wie ihr ganzes Wesen.

Um so fester klammerte sie sich nach diesem Verlust an den Bräutigam, der ihr jetzt der einzige Halt auf Erden schien. Sie war mir dankbar, daß ich ihr erlaubte, jeden Sonntag in San Quirico zu verbringen, wo sie der Schwiegermutter schon im Haushalt an die Hand ging, und gelegentlich entfiel ihr die Äußerung: „Die gute Mutter hatte wohl Recht: Es kommen die wenigsten durch die so genannte Liebe zusammen, und wenn der Mann nur brav und häuslich ist, so kann die Frau von Glück sagen."

Wir stellten ihr frei, sich gleich zu verheiraten, aber Modesto fand es der frischen Trauer wegen nicht passend, so folgte uns Carlotta zum zweiten Mal nach der Stadt.

Sie kam als eine verwandelte Person, das fühlten alle, freundlicher im Umgang, ohne die frühere Herbigkeit, wenn auch ebenso schweigsam, aber ihre Gesundheit schien zu leiden. Man schrieb es der Erschütterung über den Tod der Mutter zu und schonte sie, wo man konnte; von aller gröberen Arbeit hatte ich sie ohnehin entbunden, seitdem sie Braut war.

Modesto schrieb anfangs ziemlich regelmäßig. Jeder Brief war ein Muster spießbürgerlicher Wohlredenheit, in korrekter abgezirkelter Schrift, Haar- und Grundstriche sauber wie gestochen. Carlotta war stolz, daß ihr Verlobter sich so gebildet ausdrückte. Er teilte ihr mit, daß er einen Umbau im Hause vorgenommen habe und mit der Hochzeit warten müsse, bis die Räume trocken seien.

Carlotta grämte sich nicht darüber, sie war auch mit der Aussteuer noch im Rückstand, denn sie wollte einen Teil ihrer Sachen selber nähen.

Das wackere Mädchen hatte sich seit Jahren keine Ausgabe für Putz und Vergnügungen erlaubt, sondern all ihr Verdientes in starken Ballen von ländlicher Leinwand angelegt. Unter diesen Vorräten stand sie jetzt gern bei offenem Kasten und aufgezogenen Schubladen, schnitt mit einer Riesenschere große Tisch- und Betttücher herunter, an denen sie sich die ungeübten Finger zerstach, und sagte öfters mit innigem Stolze: „Modesto ist wohlhabend, aber ich komme auch nicht mit leeren Händen."

Ihre Nachfolgerin war nun schon in den Dienst getreten, aber der Termin der Hochzeit wurde abermals hinausgeschoben, weil Modesto noch eine kleine Summe abzuzahlen hatte, die auf dem Hause stand und um die er jetzt plötzlich gemahnt wurde.

„Das läßt du dir gefallen, Carlotta?" fragten die Mädchen aus der Nachbarschaft, aber Carlotta antwortete jedes Mal unerschütterlich: „Er ist jetzt mein Herr, er hat über mich zu bestimmen."

Erst als in Modestos immer spärlicher werdenden Briefen von der Heirat gar nichts mehr stand, entschloß sie sich, ihn zu mahnen. Die Antwort lautete zweideutig, ob ihr der Verspruch leid geworden sei, ob sie vielleicht Aussicht auf eine andere raschere Versorgung habe, in welchem Fall er als Ehrenmann sich verpflichtet fühlen würde, sie frei zu geben, da seine eigenen Umstände ihm zunächst noch nicht gestatteten, an die Hochzeit zu denken.

Carlotta hatte in unserm Hause schreiben gelernt, sie antwortete in ihrer einfachen treffenden Weise: „Du weißt ja, daß ich dein bin, wozu also die Fragen – ich warte.“

Aber sie wartete umsonst, und immer mehr veränderte sich ihr Äußeres. Ihr Gang wurde träge, die Wangen verloren ihre feste Rundung, und unter ihren Augen lagen oft tiefe schwärzliche Gruben. Wenn sie jetzt das Kind herzte, geschah es mit einer abwesenden Miene, als ginge ihr Blick in die Zukunft und suchte dort ein anderes, noch weit entferntes kleines Wesen.

Ein solcher Blick, den ich auffing, traf mich wie eine plötzliche Erleuchtung und enthüllte mir endlich Carlottas Zustand. Die Unselige hatte sich weggegeben, rückhaltlos, ohne Liebe, ohne Freude, an den Mann, von dem ihr Herz nichts wußte. Sie hatte es getan aus Furcht vor der Leidenschaft und damit ihr das Ja nicht wieder leid würde, die Schlechtberatene hatte sich an den Ehrenmann binden, sich den Rückweg abschneiden wollen, um ihr störrisches Herz zu zwingen – die Calzera hatte, gefällig wie immer, Gelegenheit gemacht. Ein Glück für das törichte alte Weiblein, daß es ihr gnädig erspart blieb, den Ausgang ihres Tuns zu sehen; es wäre eine zu harte Strafe gewesen. Sie hatte mit ihrer unzeitigen Dienstfertigkeit nur einer anderen in die Hände gearbeitet, die schlauer war als sie und die der Heirat leise einen Riegel vorzuschieben gedachte. Diese andere war die Leisetreterin, Modestos Mutter, die zu allem Ja sagte und immer still ihr eigenes Ziel verfolgte.

Diese Verwicklung durchschaute man damals noch nicht, Carlotta selbst am wenigsten. Sie sah in dem neuen Band zwischen ihr und dem Bräutigam nur die Erhörung ihres glühendsten Gebetes und sprach über ihren Zustand harmlos und ruhig wie eine ehrbare Frau, die am Ziel ihrer Wünsche steht.

„Ich hatte ja an meinem Verlobten vieles auszusetzen“, sagte sie, „aber den Vater meines Kindes werde ich lieben können, das weiß ich gewiß.“

Gegen diese Auffassung ließ sich nichts erwidern, die Unglückliche hatte ja nur gegen die Klugheit gefehlt; Vorwürfe wären da ebenso verkehrt wie nutzlos gewesen. Nur bestand ich darauf, daß ihr Verlobter augenblicklich vom Stand der Dinge in Kenntnis gesetzt werde. Carlotta hätte die Überraschung gerne auf das Wiedersehen verschoben, aber auf mein Geheiß setzte sie sich sofort und teilte ihm mit unbehilflicher Handschrift, aber natürlichen wohlgesetzten Worten ihre frohe Aussicht mit, voll Dank, daß der Himmel ihre Ehe im voraus gesegnet hatte, und in der festen Erwartung, daß ihr Verlobter sich mit ihr freuen würde. Kein Gedanke, daß Modesto es anders fassen könnte, dämmerte in ihrer Seele.

Sie lebte auf, als das Geheimnis von ihrem Herzen gewälzt war und sie nicht mehr nötig hatte, sich zu verstellen. Die Ärmste verlor sich in Zukunftsträume, die ganz ausgefüllt waren von dem Kinde und in denen der Vater gar keine Rolle spielte. Ebenso blaue Augen müsse es haben wie das unsrige oder auch schwarze wie die Gilda und mit einem Jahr müsse es sprechen können wie die beiden. Dafür solle es aber auch gepflegt und gehalten sein wie ein Kind feiner Leute; sie wisse ja jetzt, wie man das mache; – und sie schwelgte schon im Gedanken an all die schönen Spielsachen und Bilderbücher und an die gestickten Kleidchen, für deren Herschaffung sie sich gern den Bissen am Munde absparen wollte.

„Ich hatte mir so ein kleines Mädchen gewünscht", sagte sie mir eines Morgens geheimnisvoll, „aber es ist ein Junge, ich weiß es. Heut Nacht hab' ich von ihm geträumt, ich sah ihn groß – ein schöner brauner Soldat, alle Mädchen drehten sich nach ihm um, wo er vorbeiging. Aber ich gönne ihn keiner, er gehört seiner Mutter, ich habe nichts als ihn. Ich will wieder jung sein mit ihm, es soll sein, wie es mit Antonio war, als wir zusammen in die Berge liefen."

Arme Carlotta! Dieser Traum war das einzige, was das Leben ihr an Glück vergönnte.

Modesto schwieg auf ihre Mitteilung. Es vergingen mehr als vierzehn Tage, Carlotta blieb noch immer ruhig.

„Er hat den Brief nicht erhalten", sagte sie.

Ich mochte sie nicht in ihrem Vertrauen stören, aber das Betragen des Krämers wurde mir immer verdächtiger.

Carlotta schrieb ein zweites Mal und fragte dringender nach der Hochzeit; sie stellte ihm vor, daß es sich nicht mehr um sie selber handelte, sondern um das Wesen, das sie unter dem Herzen trug und dem sie für seine künftige Stellung unter den Menschen verantwortlich war.

Darauf erhielt sie ein Schreiben aus San Quirico, an dessen Inhalt sie lange studierte. Sie las viel schlechter als sie schrieb, deshalb brachte sie mir den Brief, damit ich ihr helfe.

„Er schreibt nicht selbst", sagte sie beklommen, „der Brief ist von seiner Mutter, und es stehen seltsame Sachen drin, woraus ich nicht klug werde."

Es standen wahrlich seltsame Sachen in dem Brief. Die alte Katze streckte endlich ihre Krallen heraus. Es zeigte sich jetzt, daß sie die arme Carlotta von lange her mit einem Netz von Spionage umgeben hatte, denn in dem Brief waren alle Verleumdungen aus Meletto und Vajano wie zu einer Anklageschrift zusammengetragen; auch Carlottas jüngste Begegnung mit Rocco Fontana fehlte nicht. Ihrem Sohne, schrieb sie, seien die Augen über Carlottas wahren Charakter aufgegangen, er sage sich von ihr los und betrachte es als einen Schimpf, ihr Verlobter gewesen zu sein. Betreffs der jüngsten Mitteilung Carlottas schwur sie, es sei die frechste Lüge, von der man je gehört; von einem schlechten Baum komme eine schlechte Frucht, aber der Versuch, ihren Fehltritt dem größten Ehrenmann von Vernio, der der Spiegel seiner Mitbürger sei, aufzubürden, der übersteige alles, was man sogar von einer Tochter der Calzera habe erwarten können.

Der Brief schloß mit der Drohung, wenn Carlotta jetzt nicht mäuschenstill sei, so werde man die Gerichte gegen ihre Zudringlichkeit in Anspruch nehmen.

Der jähe Sturz aus ihren Himmeln benahm der armen Carlotta zunächst das Fassungsvermögen. Ihre erste Empfindung war ein grenzenloses Erstaunen, daß Modestos Mutter ihr in diesem Tone schreiben konnte, sie, die freundliche alte Frau, die nur das Glück ihres Sohnes und das Beste aller Menschen wollte! An diesem veränderten Verhältnis arbeitete ihr Hirn sich ab, während sie den eigentlichen Inhalt des Briefes noch immer nicht begriff.

Daß der Edle sich weigerte, ihr Kind als das seinige anzuerkennen und mit diesem Vorwand den Treubruch zu bemänteln suchte, für diese Ungeheuerlichkeit war kein Raum in ihrer ehrlichen einfachen Seele.

„Nicht das seinige?“ sagte sie fassungslos, als ich ihr die Lage beizubringen suchte. – „Wessen sollte es denn sein!“

Aber plötzlich durchzuckte sie's wie ein Blitz: „Roccos! O höllische Niedertracht! Sie werden sagen, es sei Roccos, weil ich an der Landstraße mit ihm gesprochen habe, weil man mir Briefe von ihm gebracht hat.“

Ich durfte die Unglückliche nicht schonen, mußte ihr vollends klar machen, was in halben, teuflischen Worten zwischen den Zeilen des Briefes stand: daß auch das Kind in Vajano, an das sie so viel Zärtlichkeit verschwendet hatte, für das ihrige ausgegeben wurde, daß man ihr vorwarf, schon seit Jahren die Geliebte Rocco Fontanas zu sein.

Carlotta stand aufs neue, als ob sie einen Schlag auf den Kopf erhalten hätte. Die unsinnige Beschuldigung, die ja schon durch das Alter des Kindes widerlegt war, lähmte ihr die Zunge. Doch fielen ihr jetzt die Warnungen der Calzera vor der künftigen Schwiegermutter wieder ein, und sie durchschaute endlich die lügnerische Freundlichkeit, durch die ihr argloses Gemüt getäuscht worden war, während ein Aufschub um den anderen der alten Heuchlerin helfen mußte, aus eingesammeltem Klatsch dieses ganze Gewirre von Lügen, Entstellungen und falschen Schlüssen zusammenzuspinnen, in dem des Mädchens Ehre, Glück und bürgerliche Existenz zu Grunde gingen.

Nur am Vertrauen in die Redlichkeit ihres Verlobten hielt sie auch jetzt noch fest: Modesto war ja ein Ehrenmann, er konnte von dem schändlichen Brief nichts wissen; die Alte mußte hinter seinem Rücken geschrieben haben, um das Paar zu entzweien.

Doch der Brief war so wohl überlegt, alle belastenden Punkte so sorgfältig herangezogen, Ausdruck und Schreibweise so korrekt, daß ich keinen Augenblick zweifelte, Modesto sei selbst bei der Abfassung behilflich gewesen.

Unser Hausfreund, der Advokat Negri, verstand sich dazu, eine kurze bestimmte Anfrage an den Krämer zu richten, wie er sich zu dem Vorgehen seiner Mutter stelle und ob er gesonnen sei, als ein Ehrenmann seine Pflicht an Carlotta zu erfüllen.

Modestos Antwort enthüllte der Unglücklichen erst die ganze Größe ihrer Schmach.

Er schrieb im Ton des Schwergekränkten, der selbst ein Recht zur Klage hat, daß er sich jede fernere Behelligung in Sachen der Carlotta verbitten müsse. Er danke dem Himmel, daß ihre befleckte Vergangenheit noch rechtzeitig entdeckt und dadurch eine ehrbare Familie vor Schande bewahrt worden sei. Es wäre töricht, nach dem Vater ihres Kindes zu forschen, da ja verschiedene auf diesen Namen Anspruch heben könnten; was ihn selbst betreffe, so fühle er sich von jeder Verpflichtung gegen Carlotta frei und habe in einer soliden Heirat Trost gesucht und gefunden. Zum Schluß erklärte er sich jedoch mit einer verlegenen Wendung bereit, ihr aus Nächstenliebe eine kleine Unterstützung anzuweisen mit dem Beding, daß sie sich still verhalte und nie wieder den Fuß nach San Quirico setze.

Carlotta hob mit einer gewaltigen Bewegung die Arme zum Himmel.

„O meine Mutter im Paradiese“, schrie sie, „Euch klag ich an, Ihr habt die Schuld, mein Herz wollte nichts von ihm, mein Herz wußte es besser. – Gott laß’ es Euch nicht entgelten, was Ihr an mir getan habt.“

Ich kann sie noch sehen, wie sie damals vor mir stand, die Arme emporgereckt und das große braune Gesicht von den zuckenden Muskeln durcheinander gerüttelt. Daß mit gleicher Unmittelbarkeit eine Erregung den Weg zur Gebärde fand, habe ich bei keinem anderen Wesen je beobachtet; es bedarf dazu der Unschuld einer so einfachen Natur wie unsere Carlotta war.

Bei dem Anteil, den wir an ihrem Geschick nahmen, befanden wir uns in der schwierigsten und widrigsten Lage. Wir wußten nicht, wie ihr Genugtuung schaffen, und einer solchen Beschimpfung gegenüber Geduld zu predigen, ist eine Unmöglichkeit. Das Gesinde umstand sie betrauernd und aufreizend, aber Carlotta stimmte nicht in die Schmähungen gegen den treubrüchigen Feigling ein; sie war wie zu Stein geworden, nur nach einer langen Weile sagte sie mit einer Gebärde von Ekel: „Ich will mich waschen", und ging ohne Eile nach ihrer Kammer.

Das Verhängnis wollte, daß ich an jenem Abend Gäste erwartete und keine Zeit hatte, mich mit der Unglücklichen abzugeben. Ich sah sie noch einen Augenblick, als ich an der Küche vorüberging. Da saß sie schon wieder an ihrem gewohnten Platz beim offenen Herdfeuer, die Kaffeemühle zwischen ihre mächtigen Knie gepreßt, das Gesicht von der Flamme vergoldet, und mahlte langsam und nachdrücklich. Nichts besonderes war ihr mehr anzumerken, aber während der Kaffee serviert wurde, verließ sie still das Haus.

Man vermißte sie erst spät, als die Gäste schon gegangen waren, und suchte sie lange vergeblich in allen Winkeln. Als Carlotta am Morgen nicht zurückkam, mußte der Polizei Anzeige von ihrem Verschwinden erstattet werden. Ihre Rede vom Waschen, die erst nachträglich auffiel, erweckte den Verdacht, daß sie in der Verzweiflung den Weg zum Arno genommen habe, und es wurde die ganze Strecke von der Porta San Niccolò bis zum Wehr hinunter abgesucht, aber während dessen fuhr sie schon unaufhaltsam wie das Verhängnis ihrem Ziele zu.

Als wir endlich ihre Spur wiederfanden, war die Tat schon geschehen, und die Welt hatte einen Biedermann weniger: unsre arme besudelte Carlotta hatte sich gewaschen – mit Blut.

Sie war noch spät am Abend nach Prato gefahren und hatte dort auf dem Bahnhof gewartet, bis es hell wurde; man sah sie die ganze Nacht mit ihrem schwarzen Umschlagetuch wie ein Bild von Stein im Wartesaal sitzen, ohne sie zu stören. Beim Morgengrauen setzte sie sich in Bewegung und wanderte bergauf nach Vernio zu, das in eine tiefe Schneedecke gehüllt lag. Unweit Vajano holte sie der Postbote mit seinem Wägelchen ein und hieß sie aufsteigen. Er merkte ihr keine Erregung an und erzählte auf ihr Befragen harmlos von des Krämers Hochzeit mit der Pistojeserin, denn Carlottas Verlobung war ihm zufälligerweise nicht zu Ohren gekommen.

In San Quirico stieg sie von dem Wägelchen herunter, vergaß auch nicht zu danken und ging mit ihren gewohnten festen Schritten langsam und ruhig über die Brücke nach Modestos Haus.

Diesen fand sie, wie er eben mit verschlafenem Gesicht die Ladentüre öffnete. Als er sich so plötzlich Carlotta gegenübersah, erschrak er wie vor einem Gespenst und wollte die Tür vor ihr zuwerfen, aber sie drang ihm nach in den Laden, stellte sich hart vor ihn und fragte: „Wessen ist das Kind, das ich unter dem Herzen habe?“

„Mach, daß du fortkommst, ich kann hier keinen Skandal brauchen“, antwortete der Krämer unsicher.

„Wessen ist das Kind, Modesto?“ fragte sie abermals.

Er gab keine Antwort und wagte ihr auch nicht ins Gesicht zu blicken.

Unterdessen stürzten die beiden Weiber in Unterröcken hervor, überschütteten Carlotta mit Schimpfreden und schrieen nach den Karabinieri, deren Kaserne schräg über der Straße liegt. Nun gewann auch der Krämer Mut und mit dem plötzlichen Zorn des Feiglings schrie er auf Carlottas wiederholte Frage: „Geh zu deinem schönen Herrn Fontana, der wird wissen, wem dein Kind gehört.“

„Ich *wollte, es wäre so*", sagte Carlotta mit Nachdruck, „dann wäre sein Vater wenigstens kein Schuft und seine Mutter keine Mörderin."

Dieses sagend, riß sie ein langes, blankes Messer unter der Schürze hervor, und bevor die Weiber ihr in den Arm fallen konnten, hatte sie es dem Krämer bis ans Heft ins Herz gestoßen.

Dann stieg sie noch unter dem Zetergeschrei der Weiber ungehindert an die Fiumenta hinab, spülte das Messer in den schäumenden Fluten rein und ließ sich dort ruhig von den herbeigeeilten Karabinieri verhaften.

Ich will Ihnen noch kurz den Schluß der Tragödie erzählen.

Trotz dem natürlichen Entsetzen über das Vorgefallene taten wir, was in unseren Kräften stand, um die Mörderin zu retten, aber ihre Lage war gefährlich, denn das mitgebrachte Messer stempelte ihre Tat zu einer vorbedachten. Noch bedenklicher war es, daß Modestos Mutter und die zum zweiten Mal verwitwete Pistojeserin eine Privatklage anstrengten und den Staatsanwalt durch zwei berühmte Advokaten verstärkten. Doch kam der Fall zum Glück vor das hiesige Schwurgericht, wo die Stimmung von allem Anfang an für Carlotta günstig war. Viele kannten sie hier, und über ihre tadellose Aufführung war nur *eine* Stimme. Ihr früherer Fabrikherr, der auch vernommen wurde, sagte in gleichem Sinne über sie aus.

Die ganze Stadt strömte wie zu einem Schauspiel zusammen, als Carlotta vor den Assisen erschien; man hörte auf der Straße von nichts anderem mehr reden. Mehrere Tage schwankte die Entscheidung; ich selbst war in dieser Zeit wie von Sinnen. Als ich vorgeladen wurde und die Unglückliche vor allem Volke wiedersah, groß und unbeweglich in ihrem Käfig sitzend, da vergaß ich das Schrecknis ihrer Tat und dachte nur noch an all die Hingebung, die sie uns bewiesen hatte, und an die ungeheuerliche Beschimpfung, die ihr widerfahren war. Ich ließ mich von der Erregung des Augenblicks hinreißen und sagte: „Sprecht sie frei, und ich bin bereit, sie noch heute in mein Haus zurückzunehmen."

Ein Beifallsturm erschütterte den Saal, daß ich nicht wußte wie mir geschah. Viele weinten, und so oft Carlotta von da an hereingebracht oder hinausgeführt wurde, lief es wie ein Strom der Sympathie durch die Versammlung.

Fast noch größere Sensation erregte das Erscheinen Rocco Fontanas, der auch als Zeuge geladen war. Alle Damen richteten ihre Gläser auf den Don Juan von Meletto, der mit äußerstem Freimut und ohne sich zu schonen ein für die Angeklagte ehrendes Zeugnis ablegte. Seine Beziehungen zu Carlotta, die Herkunft des Kindes in Vajano, alles was von Verleumdung gegen das Mädchen in Umlauf gesetzt war, wurde aufgeklärt, und ihr Leben trat rein und makellos aus dem Zeugenverhör hervor bis zur Stunde, wo sie sich ihrem eigenen Herzen zuwider dem Bräutigam, dem Tugendspiegel, ergeben hatte, von dem sie keinen Verrat besorgte.

Advokat Negri führte die Verteidigung, die ein Meisterstück psychologischer Analyse war. Hier liege nicht die landläufige Liebestragödie vor, sagte er, sondern ein anderes tieferes und selteneres Problem der menschlichen Natur. Er schilderte die Angeklagte, wie wir alle sie gekannt hatten, gewissenhaft, sittenstreng und unnahbar für die Verführung. Er erzählte von ihrer Leidenschaft für das fremde Kind, aus der das verzehrende Verlangen nach eigenem Mutterglück erwuchs, und von ihrem felsenfesten Glauben an die Redlichkeit des Mannes, der ihren Augen nicht gefiel und dem sie gleichwohl gewährte, was sie dem Geliebten ihrer Seele standhaft verweigert hatte.

„Carlotta“, sagte er, „war keins von den Mädchen, die aus Leichtsinn fallen. Sie hatte auf die Liebe verzichtet, aber sie wollte Mutter sein und ihrem Kinde einen ehrlichen Namen geben, darum flog sie mit dem, der ihr ein sicheres Nest für ihre Jungen versprach.“

Dann enthüllte er Zug für Zug die Intrige der alten Krämerin, in die der Sohn sich allzu willig einspinnen ließ. Eine Anfrage an Meletto, ein einziger Besuch bei der Bäckerin von Vajano, die bloße Zusammenstellung der Daten, sagte er, hätte genügt, das Lügengewebe zu zerreißen, aber der Biedermann ergriff begierig den Vorwand zum Bruch, nachdem die langjährige eigensinnige Leidenschaft für Carlotta befriedigt war und nun die reiche Heirat ihren Zauber üben konnte.

Die Italiener sind vor allem Menschen, und nichts Menschliches bleibt ihnen verschlossen. Die Parteinahme für Carlotta war allgemein. Die gegnerischen Advokaten – zu ihrer Ehre sei es gesagt – führten nur ein glänzendes Scheingefecht auf, um ihren Ruhm zu retten, und ließen den Kern der Verteidigung unangetastet. Der Staatsanwalt selbst hielt nur noch lau die Anklage aufrecht, und der Prozeß endigte mit völliger Freisprechung.

Ungeheurer Applaus begrüßte den Wahrspruch, und der laute Zuruf der Menge folgte der Freigesprochenen durch alle Straßen nach, als unser alter Gärtner sie im geschlossenen Wagen abholte, denn wir wollten meine öffentlich gegebene Zusage wahr machen. Es wurden Balladen auf sie gedichtet, viele Zeitungen brachten ihr Bild, und Carlotta blieb auf längere Zeit die Heldin des Tages.

Jetzt aber muß ich ihnen ein beschämendes Geständnis ablegen.

Ich hatte mein Wort gehalten und die Unglückliche in mein Haus zurückgenommen, aller Kritik der lieben Bekannten zum Trotz, denn es versteht sich, daß dieselben, die mir Beifall geklatscht hatten, meine Handlungsweise hinterher verdammten. Ich war aufs tiefste durchdrungen von Carlottas Unglück und der Gerechtigkeit ihrer Sache, aber – ich kam über das Grauen nicht hinweg. So oft mein Blick auf ihre Hände fiel, mußte ich denken, daß sie Menschenblut vergossen hatten. Ich konnte mein Kind nicht mehr auf ihren Armen sehen. Die Dienstboten rückten beim Essen sachte von ihr weg, und von den Mädchen wollte keins mehr mit Carlotta in *einem* Zimmer schlafen.

Es war ein rechter Jammer; was sollten wir mit ihr anfangen? In ihre Berge konnten wir sie nicht zurückschicken, wo der Schatten ihrer Bluttat umging, und hier – wer hätte sich ihrer angenommen? Sie hatte Geschick zu Gartenarbeiten, wie sie überhaupt dem Erdboden näher zu stehen schien als andere Menschen. So gaben wir sie dem alten Gärtner, der ohnehin nicht mehr allein fertig wurde, als Gehilfin bei und trennten sie allmählich von dem Kindchen. Das scheint ihr das Herz vollends gebrochen zu haben.

Gewiß, wenn ihr eigenes Kind gelebt hätte, ihre starke Natur wäre mit ihrem Schicksal fertig geworden. Aber das Leben hatte nicht bei der Mörderin einziehen wollen: Sie war in der Untersuchungshaft von einem toten Kind entbunden worden und kränkelte seitdem. Sie schaufelte und jätete zwar unverdrossen, versetzte Blumen und pfropfte Bäume, gab auch noch untrüglichen Bescheid über das kommende Wetter, aber sie lebte nur noch halb. Ihre schöne Fülle war weg, und der goldene Bronzeton ihrer Haut hatte sich in ein fahles Erdgrau verwandelt.

Die Natur griff gnädig ein und löste auf, was nur noch mit Pein zusammenhielt. Eine schwere Krankheit warf sie nieder, von der sie nicht mehr genas. In ihren Delirien sprach sie immer mit ihrem Sohn. Sie lief mit ihm einen grünen Hügel hinab nach einer Wiese, die voll Blumen stand; sie zeigte sie dem Knaben und Blumen pflückend entschlummerte sie.

Oben in Trespiano liegt sie bei vielen andern namenlosen Schläfern, die nicht auf die Seite gerückt sind, als unsre Carlotta einzog. Sie hat wie die anderen ihr Kreuz mit einer Nummer. Advokat Negri, der ihr seinen Ruhm und eine glänzende Praxis dankt, hat die Mittel zu einem eigenen Grabe gegeben. Gras wächst über ihr und ihrer Tat.

Ihre Stofale, die schon lange wieder Stephanie heißt, trägt seit dem Frühjahr sittig ihr Ränzchen zur Schule und hat kaum noch eine dämmernde Erinnerung an das große starke Weib, das sie mit so wilder Zärtlichkeit an die Brust gepreßt und in den Armen geschwungen hat. Ihr Name wird selten mehr genannt, nur wenn ich über Dekadenz und Entartung klagen höre, so denke ich wieder einen Augenblick an jene mächtige, einfache, wie aus den Blättern des Alten Testaments herausgestiegene Gestalt.

# Anno Pestis

Man schrieb das Jahr des Unheils 1527, das Jahr, wo die Ewige Stadt unter den Piken der Lanzknechte blutete, der Papst in der Engelsburg gefangen saß und die Seuche durch alle Gauen Italiens zahllose Opfer mähte. Unter Blut und Gräueln ging jene schöne und übermütige Zeit, jene zweite Jugend der Menschheit, welche man die Renaissance nennt, zu Grabe.

Nur den Florentinern war ein kurzer Hoffnungsschimmer aufgegangen, denn sie hatten die Neffen des Papstes, die beiden letzten Sprößlinge vom Stamm des alten Cosimo, ohne Blutvergießen vor die Tür gesetzt und mitten in dem allgemeinen Jammer ihre Unabhängigkeit wieder hergestellt, aber bei dem frommen Dankfest, das den ruhmlosen Sieg feiern sollte, erhob die eben eingeschläferte Feindin, die Pest, das Haupt aufs neue und genährt durch das Zusammenströmen so großer Volksmassen griff sie um sich mit der Gewalt einer Feuersbrunst, die in trockenem Holze wütet.

Der wohlhabendere Teil der Bevölkerung war auf das Land oder die nahe liegenden Villen geflohen, wen Armut oder Staatsgeschäfte an die Stadt fesselten, der schloß sich in seinem Hause ein, ließ weder Freunde noch Verwandte vor sich und blieb in absichtlicher Unkenntnis ihres Schicksals, um keiner Todesnachricht und keinem traurigen Gedanken Einlaß zu gestatten; andere suchten in rauschenden Bacchanalen Vergessenheit. Die volkreichsten Straßen und Plätze waren verödet, die ausgestorbenen Paläste wurden Diebshöhlen, gefährliches Gesindel trieb sich zur Nachtzeit durch die Straßen und plünderte die unbewachten Häuser und die Obrigkeit, welche die Räubereien nicht steuern konnte, bot lieber selbst die Hand und teilte die Beute.

Obgleich Kirchen und Klöster zu Spitälern eingeräumt wurden, konnten sie doch die Zahl der Kranken nicht fassen und es wurde außerhalb der Mauern eine Lazarettstadt aus Holz- und Strohbaracken gebaut, die sich von der Porta alla Croce bis zu der Porta al Prato hinzog, die Hälfte der Stadt Florenz umschließend. So war man bis zu Anfang des Monats August gekommen, wo die Wut der

Seuche aufs Höchste stieg und man innerhalb der Mauern im Tag bis zu fünfhundert Opfer zählte. Die Menschen wagten nur noch abends und tief vermummt aus den Häusern zu gehen, Spezereikugeln oder von starken Essenzen getränkte Schwämme in der Hand, die sie an das Gesicht gedrückt hielten, „um sich das Hirn zu stärken“, wie man seit Bocaccios Zeiten im Volk sagte, in Wahrheit aber, um nicht die verpestete Luft in die Lungen zu ziehen. Wenn ein Freund dem Freund, ein Bruder dem andern begegnete, wichen sie beide schon von weitem aus oder sie drückten sich mit einem kurzen Kopfnicken, die Kleider fest um den Leib ziehend, eilig aneinander vorüber. Die meisten Läden waren geschlossen, nur die Obst- und Eßwarenhändler, die Fleischer und Bäcker setzten ihr Gewerbe fort, aber sie hatten ihre Gewölbe mit einem eisernen Gitter umzogen und die Käufer mußten die Ware von der Straße aus in Empfang nehmen. Ja, so groß war die Furcht vor Ansteckung, daß man das Geld nicht mehr mit bloßen Händen zu berühren wagte, sondern die Kaufleute streckten den Kunden eine kleine hölzerne oder eiserne Schaufel hin, um die Münzen aufzufangen, und warfen sie dann in eine mit Wasser gefüllte Schüssel statt in die Kasse.

Wohl hatte man einen eigenen Magistrat zur Bekämpfung der Seuche, die *uffiziali della sanità,* die der Volkswitz *uffiziali del morbo* nannte, eingesetzt und von Staats wegen war alles geschehen, was die ärztliche Wissenschaft jener Tage zur Minderung des Übels vorschrieb und was schon in früheren Epidemien als ebenso nutzlos erfunden worden war. Man hatte, um die Landleute fern zu halten, die Tore geschlossen, erst die ergriffenen Häuser, dann die Straßen, am Ende ganze Stadtviertel abgesperrt, die Frommen hofften durch Fasten, Bußübungen und öffentliche Gebete den Zorn des Himmels zu versöhnen und hatten die Madonna von Impruneta, die uralte Schutzherrin gegen Seuchen, in die Mauern von Florenz geholt, während die Weltkinder in starken Spezereien, mit denen sie noch zu Lebzeiten ihren Leib balsamierten, und in einem reichlichen und sorglosen Leben ihr Heil suchten.

Aber die Pest spottete aller Schranken; mit einem Sprung warf sie sich von den ergriffenen Vierteln in das gesunde, wälzte sich, Leichenhaufen im Rücken lassend, nach dem Herzen der Altstadt, dem Mercato, wo die alten Paläste der Großen standen, wie nach den Villen, die als ein grüner Kranz die Stadt umschlossen, den Priester traf der Tod am Altar, in die Versammlung der Frommen schlug er ein wie ein Strahl, der zündet und um sich frißt, die Frauen der Reichen kauften ihn in köstlichen Brokaten, die aus durchseuchten Warenlagern kamen, und machtlos blickte die heilige Jungfrau von Impruneta aus ihrem Rahmen herunter in die Szenen von Not und Jammer, die sie nicht zu beschwören vermochte. Die Teuerung kam hinzu und indem sie Elend und Unreinlichkeit mehrte, gab sie der Pest neue Nahrung.

Bald waren wenige Häuser, die nicht durch ein weißes Tuch vor der Tür dem Volk verkündet hätten, daß einer ihrer Bewohner der Seuche erlegen sei.

Da konnte man auf der Straße, vor den Häusern, oben auf den Dächern die Notare mit ihren Schreibern die Testamente aufsetzen, Priester im Ornat auf öffentlichen Plätzen die Beichte entgegennehmen sehen, so eilig bereiteten sich die Bürger jedes Standes und jedes Alters zum Sterben.

An einem schwülen Augustabend, als die durchhitzte Erde noch von ihrem kurzen und darum nicht erquickenden Regen dampfte und schon ein neues Gewitter an dem bleigrauen Himmel stand, kam ein junger Mann langsam aus dem Arco de' Pecori hervor über die Piazza San Giovanni geschlendert, der sich durch Gang und Haltung von allen Vorübergehenden unterschied. Er war von mittlerer Größe und seinen Gesichtszügen, die sorglose Haltung und der verweichlichte aber geschmeidige Körperbau zeigten den Weltmann, das blonde Haar trug er nicht nach der alten Florentiner Sitte schlicht in die Stirn gekämmt, sondern kurz und frei um die Schläfen flatternd. In kostbarer spanischer Kleidung kam er so gelassen seines Weges, als ob die Bilder der Zerstörung und des

Elends, die an allen Straßenecken kauerten, von seinen Augen gar nicht zurückgespiegelt würden. In der Hand trug er weder Spezereien noch Essenzen, sondern nur eine große weiße Gardenie von tropischem Geruch, die er von Zeit zu Zeit mit einem abwesenden Lächeln an die Lippen drückte, daß es nicht schien, als suche er sich dadurch vor der Ansteckung zu schützen, sondern als zaubere der Duft ihm angenehme Bilder herauf.

Die Begegnenden warfen ihm verwunderte Blicke zu, doch so ganz hatten Rang und Reichtum ihren Zauber nicht verloren, daß man an des reichen Marco Vettori einzigem Sohn vorübergegangen wäre, ohne ihm ein höfliches „Guten Abend, Ser Filippo!" zuzurufen.

Als er um die Ecke der Bigallo biegen wollte, kamen ihm die vermummten Brüder der Misericordia mit einem leeren Sarg entgegen. Er wich ihnen aus, aber statt der Sitte gemäß vor diesen Helden der Bruderliebe sein Haupt zu entblößen, wandte er sich mit Widerwillen weg und sein Auge blieb an einem in grellen Farben lächerlich aufgeputzten Quacksalber hängen, der vor der offenen Tür von San Giovanni auf einem umgestürzten Karren saß und mit einer vom Schreien heiseren Stimme seine Wunderpillen gegen die Seuche anpries.

Wie er so mit abgewandtem Gesicht weiter ging, stieß er auf einen anderen, der eben im dunkeln Reisemantel eilfertig um die Ecke bog, beide prallten Stirn an Stirn zusammen und fuhren erschrocken auseinander.

„Du hier, Alessandro?" rief der Blonde, nachdem er dem andern in das bräunliche Gesicht geblickt hatte, das vom Reisehut halb verdeckt war. „Was führt dich nach Florenz? Aber gleichviel, du kommst zur rechten Stunde."

„Ja", entgegnete der im Reiserock, indem er dem Freund herzlich die Hand schüttelte, „in Zeiten wie dieser gehört der Mann seiner Vaterstadt. Darum bin ich auch hier, der Signoria meine Dienste anzubieten. Eher könnte ich fragen, wie kommt ein Epikuräer wie du in diese ‚Stadt der Schmerzen'? Ich glaubte dich längst nach dem Mugello geflüchtet, um auf einer deiner Villen einen neuen Decamerone aufzuführen."

„Was willst du?" antwortete Filippo. „Ich habe fünfundzwanzig Jahre lang die Lebenskunst getrieben, jetzt will ich lernen, mit Kunst und mit Genuß zu sterben, wenn es sein soll. Ich habe die Pest herausgefordert und will sehen, wer eher vom Platze weicht, sie oder ich."

„So leistet dir wohl eine schöne Frau Gesellschaft oder auch mehrere?"

„Die Zahl tut nichts zur Sache", lachte Filippo. „Die Liebe ist das einzige Kapital, das durch Teilung nicht verliert. Aber sage mir, ist es wahr, daß du eine Schwester der Strozzi zu heiraten denkst?"

„Madonna Clarice ist bereits meine Frau", antwortete Alessandro, „und ich denke, diese Heirat soll mir eine Leiter zu den höchsten Ämtern bauen."

„Ich bitte dich, rede mir nicht von Staatshändeln", unterbrach ihn der andere rasch. „Sie sind den Ehrgeiz eines so glänzenden Kopfes nicht wert, geschweige einen Tropfen Herzblut. Was willst du auch von diesem Volk erwarten? Unser Gonfaloniere ist ein Kopfhänger und hält es mit der Mönchspartei. Niccolò Macchiavelli ist tot, Francesco Guicciardini verbannt. Die anderen sind Schafe, die ein Löwenfell umhängen. Wir haben hier die lächerlichste Posse aufgeführt. Die Herren Medici machten einen Spaziergang vor die Stadt, der blonde Ippolito und sein mohrenköpfiger Vetter, da schlossen wir heroisch die Tore hinter ihnen zu; das war alles. Aber nachher die langatmigen Reden von Freiheit und Bürgergröße! Ich saß eben mit ein paar Freunden bei Tisch, als der Lärm anging. Ich warf eine Münze in die Luft und rief: ‚Die Republik oder die Medici!' Die Lilie blieb oben, da gingen wir auf die Straße und riefen: ‚Nieder mit den Pallesken!' Aber als es nachher auf der Piazza blutige Köpfe gab, ward mir der Spaß zu viel und ich ging nach Hause. Das ist die Art, wie man in Florenz Politik treiben muß. Ob uns der Papst oder der Kaiser in die Tasche steckt, gleichviel, er wird eine leere Stadt finden, denn dank unseren Frommen ist heute der Totengräber Herr von Florenz."

„Es ist nur zu wahr, Filippo", sagte Alessandro, „ich erkenne meine Heimat nicht mehr, in den Straßen ist alles tot und still, kein Volk, das gafft und lärmt, keine Jugend, die ihre Schönheit und Kleiderpracht zur Schau trägt, kein Händler, der seine Ware ausruft. Selbst auf dem Mercato kein Laut, als das Klingeln der Pestglocken; bei der Porta al Prato sah ich ein einziges Fuhrwerk mir entgegenkommen, zwei schwarze Pferde waren vorgespannt, ich glaubte, es sei die Sänfte einer Matrone – es war ein grauenhafter Fasching, der den Triumphzug der Pest bedeuten sollte, aufgeputzte Totengräber tanzten neben dem Karren, klimperten mit Gold und schrien: Es lebe die Seuche! Durch die Barackenstadt bin ich gegangen und wollte die Hütten zählen, die da eine an der andern aus dem Boden gewachsen sind; ich war schon auf sechshundert gekommen, als ich des Zählens müde wurde. Aber das Schrecklichste sah ich im Borgo San Lorenzo, wo ich meinen alten Lehrer, den hochgelehrten, trefflichen Messer Federigo, besuchen wollte. Als ich an sein Haus kam, der Kirchenfassade gegenüber, da sah ich den Alten auf der steinernen Schwelle sitzen im roten Lucco – denn er trug noch immer die alte Florentiner Tracht –, den Kopf an die Tür zurückgelehnt. Ich rufe ihm von weitem zu und winke, er hört mich nicht. Ich komme näher, sein Gesicht ist schwarz, der zahnlose Kiefer hängt herunter. O Filippo, der Alte war tot und saß auf seiner Schwelle, seit einem Tag umsonst Begräbnis heischend. Seine Söhne hatten ihn krank verlassen, seine Nachbarn hatten ihn, als er tot war, herausgeschleppt und gegen die Tür gelehnt, so erzählten mir die Kinder, die gaffend herumstanden."

Der andere schüttelte sich und sagte verdrießlich:

„Ich habe meinen Dienern bei Strafe der Entlassung anbefohlen, mir nie von Krankheits- oder Todesfällen zu erzählen. Auf der Straße wende ich den Kopf ab, sobald ich den Leichenwagen klingeln höre, und wenn mein eigener Vater darin läge. Welcher Dämon treibt dich, alle diese Schrecken aufzusuchen?"

„Auch der Gatte meiner Schwester ist tot", fuhr Alessandro fort, „meine Schwester selbst verschwunden, vielleicht im Lazarett, wer weiß es? Die Ricci, die den Erbschaftsstreit mit mir führen, tot bis auf das letzte Glied und haben mir nicht nur das meine, sondern auch das ihre hinterlassen. So mag die Pest noch manchen alten Zwist mit einem Mal geschlichtet haben. Mein Diener Pagolo tot, die schöne Riccolosa tot! Ach Filippo, in eine Totenstadt bin ich gekommen, ich gehe umher, betaste mich und frage mich, ob ich denn selbst noch lebe!"

„Auch der schöne Cecco hat daran glauben müssen, der Riese, der aussah, als sollte er hundert Jahre alt werden", sagte Filippo. „Bei der Porta Pinti war es, da gingen wir spazieren, als uns der Pestkarren entgegenkam; ein wunderschönes totes Mädchen lag darin. Cecco im Übermut hält den Karren auf und steckt den Kopf hinein, um die Leiche auf den Mund zu küssen. Nach ein paar Stunden erkrankte er und zwei Tage später lag er im selben Karren. Aber was stehen wir da und jammern wie die alten Weiber: Der ist tot und jener liegt im Sterben! Lassen wir die Toten ihre Toten begraben und behalten wir unseren letzten Blutstropfen der Freude vor! Wohl dem, der sich keine einzige versäumte schöne Stunde vorzuwerfen hat! Wüßtest du, wie süß die Küsse sind, die der Tod würzt! Wie die strengsten Lippen dürsten nach einem Tropfen aus dem Becher, der zur Neige geht! Jetzt lebt man rasch, in einen Tag drängt sich der Inhalt von Jahren zusammen. Nackt und aufrichtig, wie sie Gott erschaffen hat, steht jede Seele vor dir. Jetzt kein langer Dienst mehr mit Seufzern und Schmachten, kein Paradieren vor den Fenstern der Schönen, ein Wort öffnet dir alle Türen: Madonna, es ist vielleicht die letzte Nacht, die wir leben. O die letzte, letzte Freude zu versäumen! Diese Zauberformel treibt die Nonne vom Altar weg in deine Arme und die Witwe von der Leiche ihres Gatten. Morgen nicht mehr sein! Die schönen Arme, die dich heute umfangen, ein Raub scheußlicher Verwesung! Es ist ein Tropfen im Kelch des Genusses, der die Sinne umnebelt, der dich taumeln macht, ohne den künftig jeder Trank schal und nüchtern sein wird. Ich glaubte ein Meister der Kunst des Lebens zu sein, und sehe, daß ich nichts genossen habe bis auf diese Tage. Komm Alessandro, wir wollen eine Gesellschaft gründen, von der man noch in hundert Jahren in Florenz reden soll. Meine späten Enkel sollen sagen: Als die Freude aus der Welt vertrieben war, fand sie eine Zuflucht in Filippo Vettoris Haus. Auf meine Schwelle will ich die Statue der Pest stellen, die den blinden Cupido an der Hand führt, vom ersten Florentiner Künstler gefertigt. Dann wollen wir umhergehen, eine andere und klügere Misericordia, und unsere Festgenossen suchen. Was jung und schön und geistreich ist, wem noch ein Funke von Lebenslust in den Adern glüht, sei bei uns willkommen. Mit den feinsten Weinen will ich meine Tafel würzen, die auserlesenste Musik soll unsern Ohren schmeicheln und Gespräche wollen wir führen, um die uns Sokrates und Alcibiades beneiden sollen. Wen das Schicksal ereilt, dem sei nicht weiter nachgefragt, keiner habe Anspruch auf Totenklage! Stirbt das schönste Weib aus unserem Kreise, morgen umarmen wir ein schöneres! Euthanasia soll unsere Gesellschaft heißen und unser Gruß soll sein: Stirb wohl! Bist du der Unsere, Alessandro, oder hält dich Madonna Clarice zu fest im Bann?“

Der andere machte eine Handbewegung, als schüttle er einen Strohhalm vom Ärmel.

„Ich bin dabei, was die Abende betrifft, aber den Tag muß ich mir frei behalten. Morgen früh stelle ich mich den Prioren der Zünfte vor, du weißt, mein Leben gehört dem Staat –.“

„Gut, ich lasse dir den ganzen Tag, um das Vaterland zu retten“, rief Filippo lustig, „aber am Abend bist du mein. Ein paar Freunde und Freundinnen findest du immer bei mir. So mag denn unter unserem Festjubel und dem Geplärr der Dominikaner das alte Florenz seinem letzten Stündlein entgegengehen! Kommst du gleich mit mir?“

„Nein ich danke dir, ich habe heute noch viel zu tun, ich muß erst mein Haus in Ordnung bringen, denn den Verwalter haben sie ins Lazarett geschafft. Aber morgen bin ich bei dir, morgen abend."

„Morgen ist spät, komm lieber heute mit mir. Mein Herz sagt mir, daß du heute kommen sollst. Du kennst den weißen Spruch des großen Lorenz:

*Chi vuol esser lieto, sia!*
*Di doman non c'è certezza!*

Jetzt gelten keine Wechsel mehr auf so langen Termin."

Er wollte sich des Freundes bemächtigen, aber dieser wehrte ab und vertröstete nur immer auf morgen.

Da mußte Filippo nachgeben, er schickte sich zum Gehen an und rief noch dem Freund zurück:

„Komme sicher, gute Nacht! Auf frohes Sterben!"

„Ich komme sicher, gute Nacht!" war die Antwort.

Aber in den Sternen stand es anders geschrieben.

Alessandro di Francesco della Stufa stammte aus einem alten, angesehenen Florentiner Geschlecht. Er war jung, schön und reich und stand an Bildung keinem seiner Zeitgenossen nach. Die ersten Humanisten Italiens waren seine Lehrer gewesen und in der Schule Francesco Guicciardinis hatte er die Staatsweisheit gelernt. Er hatte die letzten Jahre auf auswärtigen Gesandtschaften zugebracht, und die Vaterstadt nur auf kurzen Besuchen wiedergesehen. Er kannte die Höfe von Rom und Paris, war in Venedig von der Serenissima ehrenvoll empfangen worden und hatte überall in der Gesellschaft der ersten Staatsmänner und Gelehrten, der ausgezeichnetsten Künstler gelebt, war von den schönsten und gefeiertsten Frauen seiner Zeit verzogen worden. Vor kurzem hatte er in Lucca eine Landsmännin, die stolze Clarice degli Strozzi, heimgeführt. In Florenz hatte er einst Herz und Hand einer andern Anderen gelobt – aber das war lange her.

Als Filippo ihn verlassen hatte, trat er nachdenklich unter die Tür von San Giovanni, wo er vor sechsundzwanzig Jahren die

Weihe der Taufe empfangen hatte. Beim Eintritt tauchte er den Finger in den Weihkessel, denn obwohl ein Anhänger der platonischen Lehre, war er doch in allen seinen Gewohnheiten ein Sohn der Kirche geblieben. Ein blinder Bettler in Lumpen kniete am Eingang, ein paar Kerzen brannten trüb auf dem Hauptaltar, der Rest der Kirche lag in Dämmerung. Die Schar der Gläubigen, die sonst abends den Tempel füllten wie ein gemeinsames Haus, war verschwunden. Alessandro machte ein paar Schritte durch den hallenden Raum. Dann wandte er sich zum Hauptaltar zurück, wo auf den Stufen des Chors eine knieende Gestalt ausgegossen lag, über die sein Blick zuerst hinweggeglitten war, so nahe kniete sie der Tür, durch die er eingetreten. Von dem Gesicht, das sie dem Hochaltar zukehrte, konnte er nur ein edles blasses Oval erkennen, das lange, schwarze Trauergewand verhüllte den ganzen Wuchs und doch sagte ihm ein unbeschreibliches Etwas, daß diese einsame Beterin jung und schön sein müsse.

Sobald der junge Mann dieser Erscheinung ansichtig ward, schwand der Ernst aus seinen Zügen, er nahm eine leichtere Haltung an, schlug den Mantel zurück, daß das spanische Wams darunter zum Vorschein kam, und seine Schritte hallten stärker durch die leere Runde, während sein Degen leise auf dem Mosaikboden der Kirche klirrte. Da fuhr die Beterin zusammen und wandte ihm ein schönes, aber marmorbleiches Gesicht zu, dem der ungewisse Lichtschein vom Altar her einen fremden Reiz gab.

Der junge Mann trat neben sie und sagte bescheiden:

„Madonna, ich sehe, Ihr seid allein, bald werden sie die Kirche schließen, die Straßen wimmeln von verdächtigem Gesindel – wollt Ihr Euch meinem Schutz und meiner Begleitung vertrauen, um nach Haus zu gehen?“

Die Schöne zitterte bei seinen Worten so stark, daß sie sich mit dem Arm auf die steinernen Stufen stützen mußte, neben denen sie auf den Knien lag. Sie antwortete stoßweis mit unsicherer Stimme und gesenktem Haupt:

„Messere, ich habe kein Haus mehr – das Haus Gottes ist jetzt das meinige."

Der junge Mann beugte sich mit Teilnahme zu ihr nieder und sagte:

„Habe ich Euch erschreckt, Madonna? Ein schwerer Kummer scheint auf Euch zu lasten."

Sie richtete den Kopf auf und sagte mit lieblichem Ton:

„Ja, ich bin erschrocken, als ich die Stimme hörte, die ich nie wieder zu vernehmen glaubte. Kennt Ihr die arme Bianca nicht mehr, die Ihr einst glauben ließet, daß sie Eurem Herzen die Nächste sei?"

„Bianca", stotterte der junge Mann, „Ihr seid es und so allein – zu dieser Stunde."

„Ich habe zum Herrn gebetet, daß er dieses jammervolle Volk erlöse – und mich zugleich."

„O er hat Euch gewiß erhört, Ihr werdet leben", rief Alessandro, der nicht mehr wußte, was er sagte, und war ihr behilflich sich aufzurichten.

Die schwarzen Augen glühten fieberhaft in ihrem blassen Gesicht, sie hielt seinen Arm fest umklammert und ihr Atem streifte seine Wange. Sein Auge ruhte wie gebannt auf ihr und suchte die wohlbekannten Züge in dem bleichen, aber herrlichen Geschöpf, das in der vollen Entfaltung seiner Reize vor ihm stand und ihm jetzt noch tausendmal begehrenswerter erschien, als in der ersten kindlichen Blüte.

„Mein Haus ist ausgestorben, mein Mann ist tot, die Dienerschaft geflohen", flüsterte sie. „Das Grauen trieb mich fort, aus jeder Ecke starrten mich Gespenster an."

Sie sank in den Knien nach vorwärts, als breche sie zusammen, und er mußte sie in den Armen auffangen, so groß schien ihre Bewegung.

„Meine Bianca", sagte er, von Mitleid und Zärtlichkeit übermannt, „du bist nicht allein, ich habe dich wieder gefunden und verlasse dich nicht."

Sie schauerte in seinen Armen zusammen. Ein Blitz von Freude und Triumph schoß wie ein spitzer Dolch aus ihren Augen, aber er sah es nicht und sie senkte gleich die Blicke wieder und fragte schüchtern:

„Wohin wollt Ihr mich führen?“

Er schwieg einen Augenblick und sein Gewissen sagte ihm, daß er an der einst so Heißgeliebten einen neuen Verrat zu begehen im Begriff sei.

Aber die Nähe des schönen Geschöpfes, dessen Herz er an dem seinigen klopfen fühlte, das verführerische Dunkel und die Einsamkeit rissen sein ganzes Sein in einen Wirbel hin, in dem jede bessere Regung unterging. Filippos Reden brausten ihm verworren in den Ohren nach. Das Verderben schwebte so nahe über ihren Häuptern und das Leben war doch so verlockend schön. – Er dachte an die langen Nächte, die er vor ihrem Fenster verseufzt hatte, als die Brüder sie eingeschlossen hielten und sie nur einen flüchtigen Gruß über die Straße tauschen konnten, an ihre Schönheit, die er nur so kurze Zeit besessen hatte, ehe die Signoria ihn mit einer Mission nach Frankreich betraute.

„Zu mir, in mein Haus“, sagte er mit einer Stimme, von der sich jeder Laut wie ein schmeichelndes Hündchen zu ihren Füßen zu schmiegen schien. – „Das deinige ist verwüstet und ausgestorben, auch das meinige ist leer, weil kein häusliches Feuer darin brennt. Ich bin ganz allein – Bianca, komme du mit mir – Bianca, ich habe dich nie vergessen, es war eine höhere Macht, die uns voneinander riß. Diese langen Jahre – wie oft habe ich an dich gedacht! In jeden Gedanken an die Vaterstadt hat sich dein Bild verworben. – Und jetzt, Bianca, sind wir vielleicht Sterbende – sollen wir nicht die kurze Stunde noch glücklich sein?“

„Ja“, sagte sie entschlossen und drückte mit Kraft seinen Arm, „ich folge Euch.“

Ein böses Lächeln ging plötzlich über sein Gesicht, aber um es zu verbergen, beugte er sich zu ihr herab und küßte sie rasch.

Sie riß sich los, trat einen Schritt zurück und wies mit abgewandtem Gesicht nach dem Altar. Bei dieser Bewegung kam ein weißes Tuch zum Vorschein, das sie wie eine Schärpe am Gürtel befestigt trug.

Er erblaßte, wich zurück und fragte betreten:

„Was bedeutet dieses Tuch?“

Sie lachte laut auf, daß es unheimlich durch das Gewölbe hallte.

„Erschreckt Euch dieser Lappen?“ sagte sie. Sie schwieg ein wenig, dann fuhr sie gleichgültig fort:

„Ich habe ihn umgeknüpft, um unbehelligt hierher zu kommen. Ihr sagtet ja selbst, die Stadt wimmle von verdächtigem Gesindel. Seht, unter diesem Zeichen geht man so sicher wie unter Engelsfittichen.“

Ihm war das warme Blut plötzlich erkaltet. Ein Unbehagen schauderte ihm durch alle Glieder, ihr Wesen schien ihm fremd und seltsam aufgeregt. Aber er schämte sich, dieser Anwandlung nachzugeben. Mit einer Art von Zorn riß er ihr das weiße Tuch ab, das wie die Klapper der Aussätzigen im Orient seinen Träger in den Augen der Mitgeschöpfe zum Schreckbild machte.

„Jetzt werde ich dich beschützen“, sagte er.

Von der heftigen Bewegung war ihm der Gürtel zugleich in der Hand geblieben. Ihr weites schwarzes Oberkleid fiel auseinander und zeigte ein duftiges linnenes Untergewand, das sich mit Goldstickereien um die Brust schmiegte und bis auf die Knöchel niederfiel.

Er umfaßte sie wieder, sie folgte dem Zug seiner Arme und legte das Gesicht an seine Schulter, daß die langen losgegangenen Haare über seinen Arm fielen, indem sie ihn mit beiden Händen festhielt, als fürchte sie, er könne ihr wieder entrinnen.

„Komm, komm fort von hier“, flüsterte sie ihm in die Ohren.

Er hob sie auf und trug sie wie ein Kind zum Tempel hinaus. Diesmal vergaß er auf der Schwelle das Weihwasser zu nehmen und wäre fast über den blinden Bettler gestolpert, der unter der Tür eingeschlafen war.

Als sie im Freien standen, war sie es, die ihn so eilig fortzog, als ob ihr in jeder Minute eine Seligkeit verloren gehen könne.

Der Himmel war kohlschwarz geworden, der Wind fegte die Via Calzajuoli herunter und schleuderte ihnen einen Staubwirbel ins Gesicht. Madonna Bianca blieb plötzlich stehen, legte die Hand auf die Brust und seufzte tief und schmerzhaft auf.

„Schließe die Augen", sagte er, „ich führe dich."

Er schlug die eine Hälfte seines Mantels über sie und schlang ihr einen Arm um den Leib, sie beim Gehen leicht unterstützend, daß er sie wie ein Bündel unter dem Arm zu tragen schien.

Auf dem Ponte vecchio machten sie Halt, um Atem zu schöpfen. Die schweren Wolken zerrissen endlich wie ein Vorhang im Wasser und ließen eine ungeheure schwefelgelbe Feuermasse sehen, das Arnotal stand einen Augenblick in Flammen, dann wurde es noch dunkler als zuvor.

„Ist das nicht der Weltuntergang, den uns Frate Ambrogio täglich von der Kanzel verkündet?" flüsterte Madonna, in den Arm des jungen Mannes geschmiegt.

Sie gingen weiter, das Geländer streifend. Da stieß Messer Alessandro auf einen weichen Klumpen und zog mit Grausen den Fuß zurück. Ein schwarzer Fleck lag am Boden, noch dunkler als die Dunkelheit, die ringsum herrschte. Alessandro wußte augenblicklich, daß er auf einen menschlichen Körper getreten war, denn so groß ist die Würde des Menschenleibes, daß er auch in der äußersten Entweihung und im Dunkel der Nacht eine instinktive Scheu um sich verbreitet. Auch war es nicht der einzige Leichnam, den man in diesen Tagen auf der Straße liegen sehen konnte.

„Ein Sterndeuter sagte mir vor kurzem, auf dem Weg der Liebe werde ich den Tod finden", sagte der junge Mann mit gezwungenem Lachen. „Jetzt gehe ich den Weg der Liebe und hier liegt der Tod."

Als sie in die Nähe der Via de'Bardi kamen, wo Alessandros Haus stand, fragte Bianca plötzlich:

„Und wo ist Madonna Clarice?"

Alessandro war betroffen.

„Sprich nicht von ihr, denke nicht an sie", war seine Antwort. „Sie ist fern und hat hier nicht zu gebieten."

„So liebt sie Euch nicht, daß sie darauf verzichtet, die Gefahr mit Euch zu teilen?"

„Sie hat nicht zu lieben, sie hat nur zu gehorchen", entgegnete er hart.

Von da an sagte Madonna Bianca kein Wort mehr auf dem ganzen Weg. –

Als der Morgen dämmerte, fuhr Messer Alessandro aus einem unruhigen Schlaf auf. Seine Schläfen hämmerten, seine Lippen waren wie ausgedörrt, und auf der Brust und unter der Achselhöhle empfand er ein unleidliches Zerren und Brennen.

„Ich werde nach dem Arzt schicken müssen", sagte er beklemmt, indem er den Kopf aufrichtete.

„Messere, Ihr werdet besser tun, den Priester zu rufen", antwortete Madonna Bianca kalt, ohne sich von ihrem Sitz zu erheben, wo sie seit Stunden bleich und regungslos auf den Schläfer herabgeblickt hatte.

Er sah sie starr mit aufgerissenen Augen an. Da schlug sie das weiße linnene Gewand zurück und bei dem fahlen Morgenlicht sah er über der marmornen Brust drei kleine brandrote Bläschen von einem kleinen bläulichen Hof umgeben.

„Seht her", sagte sie, „das habe ich gestern abend vergessen Euch zu zeigen."

Eine eiskalte Hand fuhr ihm in das Herz und vor ihm stand grauenvoll das Gespenst der Vernichtung. Im nächsten Augenblick ward es ihm siedend heiß, er riß sein Hemd auf und auf seiner Brust sah er dieselben kleinen brandroten Flecken, die schwerste Form der Pest, die man damals kannte, die Vorzeichen des sicheren Todes.

Er sprang vom Lager auf, als wolle er das Weib erdrosseln. Aber er blieb mit geballten Fäusten vor ihr stehen und stieß nur mit dumpfer Stimme heraus:

„Du – du – du hast mir das getan!“

„Ja“, sagte sie ruhig mit einem Lächeln, das dem Lächeln der Wahnsinnigen glich, „ich, die unglückliche Bianca, der du ihre Jugendblüte gestohlen, sie dem Zorn ihrer Verwandten preisgegeben und sie einem ungeliebten Mann in die Arme getrieben hast, die du auch gestern nur vom Altar wegholtest, um sie aufs neue zu betrügen. Der du das Leben vergiftet hast und die jetzt auch ihr ewiges Heil verwirkt hat durch die gräßlichste und abscheulichste Tat, von der die Welt jemals hörte. Aber ich bereue sie nicht. Als das Unglück über unsere Stadt hereinbrach und alle auf den Knien lagen und zum Himmel flehten um Rettung, da jubelte mein Herz allein der Vernichtung entgegen. Und ich ahnte doch nicht, welche Rache, welche Seligkeit mir noch vorbehalten war. Nie wird sich mehr die blonde Clarice deiner Liebe erfreuen. O was sind alle Pulver der Borgia und der Medici gegen die Wollust, dem Feinde den eigenen Mund wie einen Giftbecher zu reichen und zu sagen: Trink! War der Becher nicht verlockend, war der Trank nicht süß? – Er hat schneller gewirkt als ich dachte.“

Er brach in wilde Verwünschungen aus und tobte wie ein Verzweifelter durch das Zimmer. Er überhäufte sie mit den schrecklichsten Drohungen, aber war es die Kraft der Krankheit, die ihn lähmte, oder die dämonische Natur des Weibes vor ihm, er wagte nicht, den Finger gegen sie aufzuheben.

Sie ließ ihn wüten und saß unbeweglich.

Plötzlich hob sie die Hand auf und unterbrach ihn.

„Still“, sagte sie mit unheimlichem Lächeln. „Hörst du es die Straße herunterklingeln? Das ist der Karren, vor dem alles, was Leben hat, sich schaudernd verkriecht. In wenigen Stunden werden sie uns zusammen auf diesen Karren legen, in *eine* Grube werden sie uns beide werfen, *ein* Feuer der Verdammnis wird unsere Seelen empfangen. O möchte doch ein Sturmwind uns in ewiger Qual dahintragen, in Ewigkeit zusammengeschmiedet wie jenes andere jammervolle Paar!“

„Scheusal! Megäre!“ sagte er mit dem tiefsten Abscheu. „Pfui über deine feige Tat! Aber wenigstens sollst du nicht triumphieren, in deiner Gesellschaft will ich nicht sterben – ich rufe meine Diener –.“

Er wollte hinausstürzen, aber sie hielt ihm mit Kraft am Arm zurück.

„Bleib“, sagte sie mit einem Ton, in dem Haß und Zärtlichkeit kämpften, „wenn du deine Diener rufst, schaffen sie dich hinaus in die Baracken, von wo dich erst die Totengräber wieder abholen. Bleibe hier, meine Rache ist gesättigt, jede Pflege, die dir das Sterben erleichtern kann, sollst du von meiner Hand empfangen, denn mich hält eine wunderbare Kraft aufrecht.“

Er hörte schon nicht mehr, denn er starrte mit abwesenden Blicken vor sich hin und ließ sich nach dem Lager zurückführen, auf das er taumelnd niedersank. Die Wut schien alle seine Lebenskraft aufgezehrt und dem Fieber die alleinige Herrschaft über seinen Körper gelassen zu haben. Er streckte noch den Kopf vor, denn er glaubte die große Glocke zu hören, die die Bürger von Florenz in Tagen der Not zum „Parlamento“ rief.

„Die Signoria erwartet mich“, lallte er mit schwerer Zunge, aber in seinem Hirn fing es zu brausen an, tiefe Betäubung umfing ihn und sein Blick wurde gläsern.

Nach einer Weile öffneten sich seine Lippen noch einmal und murmelten abgerissene, unverständliche Worte und einmal schien es der bleichen Wärterin an seiner Seite als flüstere er: „Verzeih, Bianca.“

Da beugte sie sich zu ihm herab und küßte ihn mit ihren blutlosen Lippen auf die Stirn. Dann setzte sie sich neben ihn auf den Rand des Lagers und unverwandt in das Gesicht des Sterbenden starrend, wartete sie ruhig wie ein Todesengel auf seine und ihre letzte Stunde.

Als der Freund am Abend nicht versprochenermaßen beim Festmahl erschienen war, machte sich Messer Filippo Vettori noch spät in der Nacht mit fackeltragenden Dienern auf nach seinem Palast, um den Säumenden abzuholen.

Als er an der Haustür den Klopfer fassen wollte, griff er in einen weichen Stoff. Die Diener leuchteten mit den Fackeln her und Messer Filippo fuhr wie von einer Schlange gebissen zurück, denn er hielt ein weißes Tuch in der Hand.

Eine Weile stand er tief erschüttert.

„Armer Alessandro“, rief er, „wer hätte gestern gedacht, daß du heute schon die weiße Fahne aufstecken würdest!“

Dann aber fiel ihm ein, daß Schreck und Kummer den Körper empfänglicher für die Ansteckung machen. Er trat eilig den Rückweg an, indem er aus voller Kehle in die Nacht hinaussang:

*Qunt' è bella giovinezza*
*Che si fugge tuttavia!*
*Chi vuol esser lieto, sia!*
*Di doman non c' è certezza!*

# Die Frauen in der italienischen Renaissance

Die italienische Renaissance war die Zeit der unbegrenzten Möglichkeiten. So sehen wir hier auch die Frau, die zuvor nur eine mehr oder minder wertvolle Sache gewesen, aus der Dumpfheit des Mittelalters zum Gefühl des eigenen Selbst erwachen und sich auf einmal in geistiger Freiheit neben den Mann stellen. Hervorragende Frauen, ja Frauen von unvergänglicher Bedeutung hatte es freilich zu allen Zeiten gegeben, allein sie standen außerhalb ihres Geschlechts und galten als ein Wunder, wenn nicht gar als ein Versehen der Natur. Erst die italienische Renaissance, die in unbedenklichem Jugendmut unter den alten Vorurteilen aufräumte, gab dem Geschlecht als solchem seine Menschenwürde, indem sie die Frau für ein dem Mann ebenbürtiges und wie er mit allseitigen Fähigkeiten ausgerüstetes Wesen erklärte.

Man darf diesen Vorgang in nichts mit der heutigen Frauenbewegung vergleichen. Der Ruck geschah völlig instinktiv, ohne Programm noch soziale Tendenzen, denn er ging nicht von ökonomischen Bedingungen, sondern von einem rein idealen Anstoß aus: Die unwiderstehliche Geistesströmung, die aus der Wiederentdeckung der antiken Kultur entsprang, hatte auch die Frauenwelt ergriffen. Die klassischen Studien erkannte man für den höchsten Lebenswert, man nannte sie Humanitas, Menschlichkeit, schlechtweg und dachte nicht daran, sie der einen Hälfte der Menschheit vorzuenthalten. Von der Begeisterung des Humanismus hat man heutzutage gar keine Vorstellung. Dieses Neuland, das soeben erst aus den Ruinen der Vorzeit und aus den alten Kodizes ans Licht stieg, glänzte ja noch in seiner ersten, zauberhaften Frische; noch hatten nicht unzählige Schülergenerationen es im Schweiß ihres Angesichts verdrossen abgepflügt, noch führten keine ausgefahrenen Gleise da hinein, ein jedes hatte sich den Weg selbst zu suchen, und um so größer war die aufgewandte persönliche Leidenschaft. Ein neuentdecktes Schriftwerk des Altertums, eine ausgegrabene Statue erregten einen Sturm des Entzückens. Die Frau, von der gleichen Geistestrunkenheit hingerissen, eiferte mit dem Mann in

Hingabe an das eine große Interesse. Natürlich ist nicht von der breiten Masse die Rede, die dem noch heute in Italien üblichen System der Mädchenerziehung durch das Kloster treu blieb, aber in den vornehmen Ständen sowie den eigentlichen Gelehrtenkreisen, vor allem in den Herrscherhäusern wurde es Sitte, die Mädchen in den gleichen Lehrfächern wie die Knaben und häufig mit diesen gemeinsam zu unterrichten, so daß ihr Auge von Jugend an für die großen Ausblicke geschärft ward. Wer berufen sei, über Männer zu herrschen, schrieb ein berühmter Humanist an seine fürstliche Schülerin, müsse ihnen an Geist und Kenntnissen gleichstehen, und in den weitesten Kreisen der Gesellschaft war man der Ansicht, daß die Frau den Mann nur dann auf die Dauer zu fesseln vermöge, wenn sie ihm geistig gewachsen sei. Ohnehin war sie durch das stark bewegte Leben zu einer höheren Betonung all ihrer Fähigkeiten aufgerufen. Nicht das bequeme Anschmiegen und Aufgehen in der Persönlichkeit des Mannes erwartete man mehr von ihr, sondern einen eigenen Wesensinhalt und ein persönliches Gepräge. Denn ihr lag es ja ob, ihm Zaum und Zügel anzulegen und das gesetzlose Übermenschentum durch Maß und Harmonie zu binden. So schuf sich diese in der Willkür schwelgende Gesellschaft eine Art von Regulativ aus sich selber, indem sie die Frau über die früher gepflegten negativen Tugenden hinaus in die Sphäre positiver Kräfte und Wirksamkeit drängte und ihr die Mittel gab, dem Manne die Stange zu halten. Es galt nicht einem Wettbewerbe der Geschlechter im heutigen Sinne. Die Frau blieb immer Frau, ihre Domäne der gastliche Herd, ihr Ausdrucksmittel die Konversation und der Briefwechsel mit bedeutenden Persönlichkeiten, sie stand neben dem Manne wie die begeisternde Muse neben dem Künstler, wie die Göttin, die treibt und tröstet, neben dem antiken Heros. Und wenn je die eine oder die andere der Ehe auswich, um sich ganz den Studien oder einer Kunst oder der Ausübung eines öffentlichen Berufes zu widmen, so geschah es nicht zum Broterwerb, sondern aus reiner glühender Begeisterung für die Sache. Aus dieser Lust erwuchs denn gleichzeitig eine Reihe herrlicher und herrschender Frauenbilder, wie sie die Welt in solcher Anzahl weder vorher noch nachher beisammen sah.

Florenz, das sich mit Recht rühmt, die Wiege der modernen Kultur zu sein, hatte auch auf dem Gebiete der höheren Frauenbildung den Anfang gemacht. Schon gegen Ende des vierzehnten Jahrhunderts läßt ein florentinischer Erzähler bei einem moralphilosophischen Redekampf eine schöne Frau die Palme davontragen und gibt ihr dann den Ausspruch in den Mund: „Wir Frauen von Florenz bestreben uns, im Reden und Handeln selbständige Fortschritte zu machen, damit wir nicht von den Männern hinters Licht geführt werden."

Auffallend ist es, daß dennoch gerade diese Stadt auch zur Zeit ihrer höchsten Blüte keine ganz überragende Frauengestalt hervorgebracht hat, wenn man etwa von der geistlichen Dichterin *Lucrezia Tornabuoni,* der Mutter des Lorenzo Magnifico, absieht, die aber doch weit mehr durch ihren großen Sohn als durch eigenes Licht glänzte. Vielleicht hängt dieser Umstand mit dem demokratischen Gleichheitssinn der Bürgerschaft zusammen. Wie es dort für den Mann gefährlich werden konnte, wenn er allzu hoch über seinesgleichen emporstieg, so scheint es auch für die Frau nicht rätlich gewesen zu sein, sich zu sehr auszuzeichnen. Aber ihr gemeinsames Bildungsniveau war jedenfalls das höchste, das je von der Durchschnittsfrau erreicht wurde. Dafür zeugt uns auch die florentinische Malerei, die die vornehme Weiblichkeit am liebsten in ganzen Gruppen und Aufzügen adlig schöner Frauengestalten darstellt, von denen doch keine die übrigen verdunkelt. Die florentinischen Frauen bildeten schon frühe einen einheitlichen Kulturhintergrund für das gewaltige, schöpferische Ringen der Zeit, sie waren würdigende und würdige Zuschauerinnen der größten Geistestaten, während die Römerinnen noch lange für bloße Köchinnen galten und die venezianischen Patrizier ihre Frauen und Töchter in einer fast orientalischen Klausur hielten. Freilich haben beide Städte die Scharte glänzend ausgewetzt: Venedig durfte mit seiner *Cassandra Fedele* prangen, die schon in zarter Jugend durch eine öffentliche Disputation im Dogenpalast vor den geladenen vornehmen Gästen glänzte und noch als Neunzigjährige vom Senat beauftragt wurde, beim Empfang einer fremden Fürstlichkeit die lateinische Begrüßungsrede zu halten. Ihre Gedichte, einst viel gefeiert, mögen ja den Durchschnitt damaliger poetischer Produktionen nicht wesentlich überschritten haben, aber ihre Persönlichkeit war jedenfalls bedeutend genug, daß der berühmte Dichter-Philologe Angelo Poliziano, der Freund des Lorenzo Magnifico, den beschwerlichen Weg von Florenz nach Venedig nicht scheute, nur um sie zu sehen und mündlichen Austausch mit ihr zu pflegen. Und nach Hause gekommen, wußte er von der eben so schönen wie geistvollen Dichterin solche Wunderdinge zu erzählen, daß auch sein großer Freund und Schutzpatron sich beeilte, mit dem Phänomen in lateinische Korrespondenz zu treten. Rom aber hatte ein Menschenalter später den allergrößten Frauennamen der italienischen Renaissance in die Wagschale zu werfen: Vittoria Colonna. Durch diese edle Römerin, pflegten die Zeitgenossen zu sagen, seien die Musen von ihrem alten Wohnsitz in der Toskana ganz und gar nach Latium gezogen worden.

Nirgends jedoch entfaltete sich die weibliche Persönlichkeit freier als in den italienischen Fürstenhäusern. Die kleinen Höfe waren der wahre Herrschersitz des weiblichen Genius. Dort entsprang ihm sein gefeiertstes Kind, die höhere Konversationskunst, die durch das fünfzehnte und sechzehnte Jahrhundert in Italien blühte und später in den französischen Salons ihre Fortbildung fand, wo sie zur gespreizten Karikatur entartete, der Molière seinen „Précieuses ridicules“ und den „Femmes savantes“ ein heiteres Ende bereitet hat. Von solcher Gefahr blieb das italienische Vorbild schon durch die gefährliche schicksalsvolle Zeit mit ihrem häufigen tragischen Glückswechsel bewahrt, nicht minder durch die angeborene Einfachheit und Natürlichkeit des italienischen Geistes, der nicht leicht den Erdboden unter den Füßen verliert.

Wird es jemals in der Welt wieder eine Geselligkeit geben wie die von Urbino, Mantua, Ferrara? Zwei Frauen vor allen waren es, die dort zwischen dem fünfzehnten und sechzehnten Jahrhundert das Zepter der geselligen Anmut hielten: die edle *Elisabetta von Urbino* und ihre Schwägerin *Isabella d'Este,* die entzückende Markgräfin von Mantua. Es war kein leerer Zauber, sondern tiefinnere Lebenskunst, was Literaten und Künstler, Staatsmänner, Kirchenfürsten und vornehme Weltmenschen in die Sphäre dieser beiden Frauen zog. Die feingebildete *Elisabetta Gonzaga,* die ob ihrer Sittenreinheit von dem leichtfertigen Zeitalter wie eine Heilige verehrt war, erfüllte die Herzogsburg von Urbino mit allen Grazien der beglückendsten Gastfreundschaft. Des Abends, wenn der invalide Herzog, der früh schlafen ging, sich zurückgezogen hatte, fand sich der Hofstaat und die von allen Seiten zusammengeströmten Gäste in den Gemächern der Herzogin ein, wo musikalische Aufführungen, Tänze, Improvisationen und Gesellschaftsspiele mit der Erzählung heiterer und tragischer Abenteuer und tiefsinnigen Disputationen abwechselten. Unerschöpfliche innere Produktivität der Anwesenden war die Voraussetzung bei diesem geistreichen Spiel, wo ein jedes gezwungen war, sein Bestes auf die leichteste und graziöseste Weise zu geben. Männer und Frauen mußten Phantasie, Witz und Erfindungsgabe jeden Augenblick bereit haben, um je nach der Rolle, die ihnen zugeteilt wurde, zu dem lustigen, vergänglichen Kunstwerk der geselligen Unterhaltung und Erholung beizutragen. Bei einem dieser Gespräche, das zu dem reizenden Buch des Grafen Castiglione „Il Cortigiano“ den Anstoß gab, fiel es der Gesellschaft ein, gemeinsam das Idealbild des vollkommenen Kavaliers zu erschaffen, dem alsdann sein weibliches Seitenstück gegenübergestellt wurde. So erfahren wir Nachlebenden aus dem Munde der maßgebenden Gesellschaft selbst, wie jene Zeit sich die Norm der höheren Weiblichkeit dachte. Als höchste Tugenden des

Weibes werden gepriesen: ein selbständig entwickelter, in sich ruhender Charakter, der jedem Schicksalswechsel die Stirn zu bieten vermag und den Tod nicht fürchtet; bei freiem Auftreten eine tadellose sittliche Führung und ein gelassener Anstand, der die zarte Grenze des Schicklichen ohne Prüderie zu wahren weiß. In geistiger Ausbildung durfte sie dem vollendeten Manne nicht nachstehen, und hier kam es allerdings beiden Geschlechtern zugute, daß das geistige Gesamtkapital der Menschheit noch nicht so ungeheuer angewachsen war, um sich den Besitz des einzelnen völlig zu entziehen. Eine Frau, die ihren Dante und Petrarca auswendig wußte, die das als höhere Umgangssprache nötige Latein im Reden und Schreiben beherrschte, auch in der antiken Literatur hinlänglich zu Hause war, um jedes Zitat und jede Anspielung zu verstehen, dabei fertig musizierte, vielleicht noch sang und tanzte und Kennerin der bildenden Künste war – diese Frau umspannte so ziemlich den geistigen Horizont der gebildetsten Gesellschaft. Zog es sie darüber hinaus in die Sphäre der wirklichen Gelehrsamkeit, in theologische und philosophische Studien, so war ihr auch das nicht verwehrt, und sie legte damit nur um so höhere Ehre ein. Nur in der äußeren Erscheinung sollte sie dem Manne so unähnlich wie möglich bleiben. Wie er in seinem ganzen Auftreten die männliche Kraft, so sollte sie im Stehen und Gehen, in Kleidung und Gebaren die Anmut der Weiblichkeit zum Ausdruck bringen, daher an jenem denkwürdigen Abend in Urbino nur eine Frage umstritten blieb: ob es ihr gezieme, an den männlichen Leibesübungen teilzunehmen oder nicht. Allein dieses Problem löste das vielgestaltige Leben selbst durch eine Reihe anmutstrahlender Frauenbilder, die halbe Amazonen waren, ohne von ihren weiblichen Reizen das geringste einzubüßen.

Zu diesen gehörte vor allen die schöne *Isabella von Este,* die in noch hellerem Lichte glänzt als die ernste Schwägerin von Urbino. In ihr hat das Frauenideal der Renaissance seinen vollkommensten Ausdruck gefunden. Wie aus einem heiter ernsten Werke von

Shakespeare herausgestiegen mutet diese Erscheinung an, man könnte sie die Schwester der Porzia nennen. Ihr bekanntes Profilbild aus den Uffizien in Florenz, von der Hand des Leonardo da Vinci, mit Rötel umrissen, hält den ganzen Zauber der Unwiderstehlichen fest, neben der, wie einmal eine Freundin an den Markgrafen schrieb, „alle andern Frauen wie ein leeres Nichts erschienen". Man meint ein geistreiches und gütiges Wort um die beweglichen Lippen schweben zu sehen, auf der klaren Stirn thront die unerschütterliche Seelenruhe, die ihr neben freudigem Wagemut eigen war. Von dem glänzenden Hofe von Ferrara hatte Isabella die mit der Muttermilch eingesogene hohe Kultur nach Mantua verpflanzt und ein reiches geistiges Leben um sich her geschaffen wie Elisabetta in Urbino. Aber von den zwei berühmten Frauen war Isabella die talentvollere, beweglichere und vielseitigere, wie sie die schönere und glücklichere war. Sie bezauberte jeden, der in ihre Nähe kam, durch ihren munteren Witz, ihr strahlendes Schwarzauge und das geringelte Goldhaar, aber mehr noch durch ihren wundervollen Gesang, zu dem sie sich selbst mit Geschick auf der Laute begleitete. Im Latein übertraf sie alle andern Frauen und lernte überhaupt mit erstaunlicher Leichtigkeit; die Zeit, wo sie als junges Mädchen die Verse des Virgil und die Briefe des Cicero auswendig hersagte, beglückte den großen Humanisten, der ihr Lehrer war, noch in der Erinnerung. Ebenso wie in der Musik schwelgte sie in der Poesie; aber die Verse, die sie selber schrieb, hielt sie geheim, weil sie dem Lobe der Höflinge mißtraute. An jedem Zeitereignis nahm sie temperamentvollen Anteil, am Widerstand gegen die französische Invasion wie an der Entdeckung Amerikas; sie war die erste, der Ariost den Plan seines großen Gedichts vorlegte; mit echtem Kennerenthusiasmus sammelte sie antike Skulpturen und die Werke der großen zeitgenössischen Meister, für die ihr kein Preis zu hoch war. Zugleich war sie passionierte Reiterin und Jägerin, die sich auch auf ein edles Pferd, einen wohldressierten Jagdhund oder Falken verstand, und ihr Frauenauge wußte ein kunstvoll gefaßtes Juwel oder ein selten schönes Pelzwerk nicht minder zu schätzen. Gleichwohl ging ihr Leben nicht im Genuß auf; sobald die Lage es erfordert, sieht man sie dem ernstesten Geschäft gewachsen. Schon als blutjunge Frau führt sie in Abwesenheit des Gatten die Regierung und nimmt sich mit wahrhaft mütterlicher Umsicht aller Bedürfnisse ihrer Landeskinder an. Als gewiegte Politikerin bewährt sie sich später in schlimmen Tagen selbst dem gefürchteten Cesare Borgia gegenüber. Einen großen Teil des Tages verbrachte sie am Schreibtisch, denn die ersten Geister ihrer Zeit strebten nach der Ehre, mit der geistreichen Fürstin in Briefwechsel zu stehen, und die erhaltene Korrespondenz läßt fühlen, wie alles um sie her Wärme und Leben atmete. Isabella d'Este steht nicht nur im Familienleben unübertroffen da als zärtliche Gattin, als Mutter und Erzieherin bedeutender Söhne, ihr gebührt auch der seltenere Ruhm, echter Freundschaft für eine andere Frau fähig gewesen zu sein. In lebenslanger Treue blieb sie der edlen Frau von Urbino verbunden und überließ der Kinderlosen die eigene Tochter *Eleonora* an Kindes statt, jene spätere Herzogin von Urbino, deren Jugendreize Tizian in seiner berühmten *Bella* verewigt hat.

Von ganz verschiedenem Schlage war eine andere Schwägerin Isabellas, die Gemahlin ihres Bruders Alfonso, der in Ferrara herrschte, *Lucrezia Borgia.* Weder wirklich schön, noch bedeutend, noch irgend mit tieferen Gaben ausgestattet, übte sie dennoch eine ganz eigene Anziehungskraft aus. Sie scheint eins jener graziösen, fast seelenlosen Geschöpfe gewesen zu sein, die etwas Elementarisches an sich haben; mit ungetrübtem Sinn und lächelnden Mundes, weder gut noch böse, gehen sie durch alle Schrecken und Schmerzen des Lebens, von ihrer glatten Stirn prallen die Blitze des Schicksals ab, dem einen erscheinen sie wie Huldgöttinnen, dem andern wie dämonische Wesen, und ihr Lächeln, hinter dem sich das Nichts verbirgt, bleibt allen reizend rätselhaft – wie ein seichtes Wasser mit undurchsichtiger Oberfläche für unergründlich gehalten werden kann. Als willenloses Werkzeug der väterlichen Politik war sie aus einer Ehe in die andere geschoben worden. Den zweiten Gemahl hatte der entsetzliche Bruder in ihren Armen erwürgt, von dem ersten war sie durch einen skandalösen Prozeß geschieden worden, ihr Name wurde unter den schimpflichsten Bezichtigungen in den Kot gezerrt. Aber sie zog unbefangen und mit heiterer Pracht in Ferrara ein, wo der neue Bräutigam die anrüchige Braut mit Widerstreben erwartete, und wo ihre Schwägerin Isabella die Hochzeitsfeierlichkeiten steif und frostig fand. Nur Lucrezia blieb strahlend heiter und unerschöpflich liebenswürdig, sie schien nichts zu vermissen, denn sie wußte, daß ihr der endliche Sieg gehören würde. Und sie verstand es in der Tat, das mürrische Herz des Gatten zu gewinnen und es zeitlebens zu behaupten. Ihr immer strahlendes blaues Auge, das berühmte rotgoldene Haar und eine besondere sorglose Lieblichkeit des Wesens, die sich mit herrschender Hoheit paarte, eroberten ihr schnell die neue Umgebung. Einen Hofpoeten, der zuvor Isabellas feurigster Bewunderer gewesen, bestrickte sie so sehr, daß er zu deren nicht geringem Verdruß seine für die Mantuanerin geschmiedeten Verse in eine Huldigung für Lucrezia umgoß. Selbst der größte Dichter ihrer Zeit, Ariost, hat sie gefeiert; freilich hing sein Wohlergehen am Schutz des Hauses Este. Seit sie der römischen Luft entrückt war, blieb auch ihr Leben tadelfrei, und da Lucrezia mehr als andere Fürstinnen auf ihren Leumund zu achten hatte, herrschte in Ferrara sogar ein steiferer und strengerer Ton als anderwärts, der sich bis auf die von ihr eingeführten, ganz besonders ehrbaren Kleidermoden erstreckte. In den späteren Jahren neigte sie stark zur Frömmigkeit, sie trug sogar in ihrer letzten Lebenszeit unter den herzoglichen Gewändern ein härenes Hemde, und als sie an einem späten Wochenbette starb, wurde sie fast wie eine Heilige betrauert. Leider ist von Lucrezia Borgia kein authentisches Gemälde erhalten, und die Medaillen lassen ihre Züge unbedeutend erscheinen. Dennoch wird sie als eine bezaubernde, hochkultivierte Erscheinung gerühmt. Ihre Schönheit lag wohl in der lebendigen Gegenwart und in jenem ungreifbaren

Etwas, das sich dem Pinsel des Malers entzieht, aber die Phantasie der Beschauer anregt. Auch sie hatte eine vornehme humanistische Erziehung genossen, wie es sich für die anerkannte Tochter Alexanders VI. geziemte; war sie doch schon in früher Jugend berufen, bei den diplomatischen Geschäften im Vatikan den Papst während seiner Abwesenheit zu vertreten. Aber sie besaß die geistigen Werte nicht zur eigenen inneren Bereicherung wie Isabella von Este und Elisabetta von Urbino, sondern nur als Schmuck ihrer Person, und weil es ihr Rang verlangte.

Eine ganz merkwürdige ureigene Stellung nimmt unter den berühmten Frauen Italiens die kriegsgewaltige *Caterina Sforza* ein, auch sie eine echte Renaissancegestalt wie von der Luft der großen Shakespeareschen Tragödie umweht.

Das wilde Kriegergeschlecht der Sforza hatte sehr früh neben seinen prachtvollen trotzigen Männergestalten eine Reihe starker amazonenhafter Weiber aufzuweisen. Caterinas Großeltern waren der mächtige, auf den Thron von Mailand gestiegene Condottiere Francesco Sforza und seine Gattin, die tapfere Bianca Maria Visconti, die in seiner Abwesenheit selber zu Pferde kleinere Scharmützel kommandierte, wobei sie feindliche Soldaten mit eigener Hand niedermachte. Ihre noch kühnere Enkelin Caterina wurde als natürliche Tochter des Herzogs Galeazzo geboren, der sie durch seine Gemahlin adoptieren und zusammen mit seinen Bastardsöhnen am Hofe von Mailand erziehen ließ. Ein Jugendporträt zeigt sie als schlankes, holdseliges Mädchenbild; die schönen, immer so sorglich gepflegten Hände, die in ihren Herrschertagen von Blute triefen sollten, tändeln hier mit einem Blumenstock. Sie hieß die schönste Frau des Zeitalters. Zehnjährig ward sie dem lasterhaftesten der damaligen kleinen Tyrannen, dem Grafen Riario, Herrn von Forlì und Imola, vermählt. Als der Allverhaßte in seinem Schlosse von Forlì ermordet wurde und sie samt ihren Kindern in die Hände der Empörer fiel, wußte sie sich durch List in die treu gebliebene Festung zu retten und bombardierte von dort aus die aufrührerische Stadt. Auf die Drohung der Belagerer, ihre Kinder vor ihren Augen zu schlachten, soll sie die berühmt gewordene zynische Antwort gegeben haben, sie sei imstande, andere zu bekommen. Von mailändischen Truppen entsetzt, brach sie wie ein Gewitter über die Stadt herein und nahm an den Mördern blutige fürchterliche Rache. Dann ergriff sie mit fester Hand die Zügel und regierte wie ein Mann, hob Soldaten aus, die sie in eigener Person kommandierte und zu einer Mustertruppe heranschulte, so daß befreundete Regierungen sich öfter um kriegstüchtige Mannschaft an die Herrin von Forlì wandten. Einzig durch ihr militärisches und diplomatisches Genie wurde ihr kleiner Staat eine Macht, mit der Freund und Feind zu rechnen hatten. Beim Einfall Karls VIII. in Italien standen die feindlichen Heere sich untätig gegenüber, und kein Schwertstreich durfte fallen, bevor Caterina Sforza sich für eine Partei entschieden hatte.

Auf der Höhe ihres Lebens ließ sie sich von der Tüchtigkeit und jugendlichen Schönheit eines ihrer Dienstmannen so mächtig hinreißen, daß sie ihm heimlich Herz und Hand schenkte. Der Niedriggeborene konnte ein so hohes Glück nicht tragen, er trat als Gebieter auf, vor dem am Ende die stolze Caterina selber zitterte, und wurde darum von der empörten Umgebung ermordet. Blind vor Schmerz und Wut stellte die leidenschaftliche Frau, um den Geliebten zu rächen, ein noch viel grausigeres Blutbad an als für den ersten Gatten, und die Greuel, mit denen sie sich damals befleckte, raubten ihr in späteren Jahren, wo das Unglück sie zur Selbstschau trieb, den Schlaf.

Auch ihre dritte Ehe mit Giovanni de' Medici, dem schönsten Jüngling von Florenz, den die Republik ihr als Gesandten schickte, um sie für ein Bündnis zu gewinnen, wurde früh durch den Tod getrennt. Ihm gebar sie den einzigen ihrer würdigen Sprößling, jenen Kriegsgott in Person, der unter dem Namen Giovanni delle bande nere berühmt ist, und durch dessen Nachkommen Caterina die

Ahnfrau der toskanischen Dynastie werden sollte. Obgleich er Medici hieß, war er doch ein echter Sforza, in dem noch einmal die ganze Heldengröße seines Geschlechts auflebte, und vielleicht wäre er der Retter und Ordner des zerrissenen Italien geworden, hätte nicht eine Frundsbergsche Kanonenkugel und die mangelhafte Kunst der Wundärzte seiner Laufbahn ein vorzeitiges Ende gemacht. Auch mit dem Tod des letzten und geliebtesten Gatten, an dessen Leiche die starke Frau zusammenbrach wie irgendein anderes seiner Stütze beraubtes Weib, war ihr bewegtes Lebensdrama noch nicht am Schlusse. Die Tatkraft der Herrscherin schnellte wieder in die Höhe wie gebogener Stahl.

Als Cesare Borgia mit Hilfe der Franzosen den ganzen Kirchenstaat an sich riß und überall die Herrscher aus ihren Schlössern und Burgen flüchteten, während das platte Land sich ohne Schwertstreich ergab, rüstete nur Caterina Sforza in ihrer Festung von Forlì zum verzweifelten Widerstand. Noch zeigt man in Bologna die feingeschmiedete Eisenrüstung, die die heroische Kommandantin unter ihren Frauenkleidern trug, um sich persönlich ins Kampfgewühl zu mischen und den durch eine Bresche eindringenden Feinden noch jeden Zollbreit streitig zu machen, bis sie unter den Trümmern und Leichen einer Pulverexplosion in die Hände der Franzosen fiel. Der romantische Nimbus, der die besiegte, aber ungebeugte „Dame Catherine" umschwebte, weckte in den Siegern eine ritterliche Teilnahme, die ihr noch zur Rettung aus tiefster Not gereichen sollte. Man glaubt sich mitten in den Abenteuern des Ariost, wenn man hört, wie der Borgia, das französische Kriegsrecht mißachtend, wonach keine Frau als Kriegsgefangene gehalten werden durfte, sie nach Abzug seiner Verbündeten in Ketten und Banden nach Rom schleppte und in den Kerker warf; wie dann übers Jahr das französische Heer aufs neue die Alpen überschritt und bei der Nachricht, daß die Heldin von Forlì in der Engelsburg schmachte, in einen Schrei der Entrüstung ausbrach und die Ehre Frankreichs, der die tapfere Frau sich anvertraut hatte, für verletzt erklärte; wie ein Kapitän mit nur drei Mann in höchste Eile nach Rom voraussprengte, um im Namen der Armee dem Papst die Gefangene abzufordern, und wie endlich an der Hand ihres Befreiers Caterina Sforza blaß und abgezehrt, aber noch immer ungebrochen ans Tageslicht stieg, um dann den Rest ihres stürmevollen Lebens zu Florenz in Stille und tief religiöser Sammlung zu verbringen.

Caterina Sforza wirkte auf ihre jeder Kraft und Größe huldigende Zeit nicht abstoßend, weil sie sich bei ihrem rauhen Männerhandwerk die Eleganz der Erscheinung und ihre gewinnenden feinen Weltformen zu wahren wußte. Besonders gerühmt wurden an ihr noch in den späteren Jahren der hohe vornehme Wuchs und die elastische Anmut der Bewegungen. Viele Gemälde und Schaumünzen sind von ihr erhalten. Auf einer der letzteren sieht man die Kriegerin in wildem Ritt mit gezogenem Schwert und flatternden Haaren hinstürmen, dagegen zeigt ein Gemälde in den Uffizien sie als ehrbare Hausfrau neben dem jugendschönen Giovanni de' Medici. Die merkwürdige Frau konnte auch diese Seite hervorkehren. Wenn es gerade keinen Kriegszug zu führen gab, so saß sie im Kreis ihrer Edelfräulein und führte die Nadel. Sie sorgte für ihren Hausstand ebenso gut wie für den ihr unterstellten Staat und war ihren Kindern eine treffliche Erzieherin, besonders dem geliebten jüngsten. Wenn ihre gefährliche Leidenschaft nicht gereizt wurde, zeigte sie eine frauenhafte Güte und Schonung. Wie sehr sie ihre körperlichen Reize, ihr langes Haar und die berühmte Zartheit und Weiße ihrer Haut pflegte, verraten die endlosen kosmetischen Rezepte in ihrem Nachlaß. – Nichts zeichnet die Auffassung der Renaissancemenschen besser als die voraussetzungslose Unbefangenheit, mit der sie diesem dämonischen Naturspiel gegenüberstanden. Mit Haß und Liebe, mit Bewunderung und Furcht hingen die Augen der Zeitgenossen an der gewaltigen „Dame von Forlì", aber niemand wunderte sich, wie eine Frau zu solchen Taten komme: Man sah im Geschlecht keine Begrenzung. Nach der letzten heldenmütigen Verteidigung von Forlì einigten sich alle Stimmen, ihr den Ehrentitel der prima donna d' Italia (der erste Frau Italiens) zu geben.

Aber die blutigen Kriegslorbeeren verwelken, und der Glanz hinreißender persönlicher Eigenschaften schwindet mit der Zeit, auf die er gewirkt hat. Daher von jener blendenden Konjunktion weiblicher Gestirne, die damals am Himmel Italiens standen, nur ein schwacher, zitternder Schein zu den Nachlebenden dringt. Eine aber strahlt in unvergänglichem Licht: die Dichterin *Vittoria Colonna.* Als Tochter des berühmten Feldherrn Fabrizio Colonna und Gattin des noch ruhmreicheren Marchese Pescara stand sie schon von Haus aus unter den ersten Frauen ihrer Zeit. Den Namen aber, der durch die Jahrhunderte dauert, erwarb sie sich selber. Für sie war das Leben eins mit der Liebe, die Liebe eins mit der Poesie. Ins Feld, in die Gefangenschaft sandte sie dem heißgeliebten Mann ihre poetischen Liebesepisteln nach, und als er seiner Todeswunde von Pavia erlegen war, sang sie in dem verwitweten Liebesnest von Ischia wie eine einsame Nachtigall ihre lange melodische Klage, die durch ganz Italien widerhallte. Niemals lüftete die schöne, vielgefeierte Witwe mehr den Trauerschleier. Von der Welt zurückgezogen, lebte sie ganz der poetischen Verklärung ihres Toten, die ihm noch größeren Ruhm gewann als alle seine Siege. Ihre Gedichte liefen in unzähligen Abschriften um und teilten sich von Mund zu Mund mit. Wenn sie auf Reisen ging, so beneidete eine Stadt die andere um ihre Anwesenheit. Nicht nur in literarischen Dingen galt ihr Urteil für maßgebend, auch in der Politik wurde Vittoria Colonnas Wort gehört. Bei den Greueln der Plünderung Roms rettete sie durch ihren Appell an die im kaiserlichen Heere kommandierenden Colonnesen, was zu retten war, und setzte ihr eigenes Vermögen an die Befreiung der Gefangenen und die Unterstützung der verwaisten Familien. Am Abend ihres Lebens neigte sie sich stark der kirchlichen Reformbewegung zu, die seit den Zeiten Savonarolas die tieferen Gemüter beschäftigte, bis sie durch die Gegenreformation verschlungen wurde. In dieser letzten Lebensperiode gab sich die Colonna ganz der religiösen Dichtung hin. Aber die Liebe blieb der Grundton auch hier; wie der glühende Kultus für den toten Pescara schon einen religiösen Charakter getragen hatte, so haben die an den Erlöser der Menschheit gerichteten Sonette noch etwas von der schwärmerischen Innigkeit des Liebeslieds, und die Dichterin läßt uns das leise Hinübergleiten miterleben in dem schönen, ganz auf platonischer Grundlage ruhenden Sonett, worin sie schildert, wie der Nachglanz ihrer untergegangenen sterblichen Sonne ihr Auge langsam für das große ewige Licht bereitet und gestärkt hat.

Ihre Freunde und Bewunderer haben um diese seltene Frau einen solchen Strahlenkranz gewoben, daß vor dem überhellen Schein Vittorias persönliche Züge fast unkenntlich geworden sind. Aber was sie in aller Wahrheit gewesen ist, bezeugt der Eindruck der schon Fünfzigjährigen auf den düstern, menschenscheuen Michelangelo, der nie zuvor ein Weib geliebt hatte. In seinen Sonetten hat er diese Empfindung niedergelegt, die sich nur durch die hohe Vergeistigung von der jugendlichen Liebesleidenschaft unterscheidet. Was er ihr dankte, sprach er in den Worten aus, die Natur habe in ihm nur die rohe Skizze seiner selbst geschaffen und die Ausführung Vittorias bildenden Händen überlassen. Noch im höchsten Alter schmerzte es ihn in der Erinnerung, daß er der angebeteten Frau, als sie auf dem Totenbett lag, nur die Hände und nicht auch Stirn und Antlitz zu küssen gewagt hatte.

An solchen großen Gestalten war das Frauenideal der Renaissance zu seiner nie gesehenen Höhe emporgewachsen. Allein man würde gewaltig irren, wenn man annähme, daß nun auch die rechtliche Stellung des Weibes innerhalb der Familie oder der Gesellschaft besser geworden wäre. Eine Frauenfrage gab es damals nicht, an gemeinsame Fraueninteressen dachte niemand, die Frauen selber hatten nur individuelle Bestrebungen. Es lag nicht im Geist jener Zeit, aus den Erscheinungen ihre logischen Folgerungen zu ziehen; das Weib wurde dem Mann an Geist und Charakter gleichgestellt, aber er blieb ihr Herr über Leib und Leben. Auch als Witwe erlangte sie keine Selbstbestimmung, wenn sie nicht geradezu eine Caterina Sforza war, sie kehrte in die Vormundschaft des Vaters oder Bruders zurück, der sie nach seinen Zwecken wieder verheiraten oder ins Kloster schaffen oder auch, wenn er ein Gewaltsmensch war, gegen ihren Willen daraus hervorholen konnte. Nicht nur in den Fürstenhäusern, auch bei den bürgerlichen Geschlechtern bestimmte lediglich das Familieninteresse die Eheschließung. Mitunter wurden auch durch Magistratsspruch die blutigen Händel feindlicher Parteien mittels einer Heirat geschlichtet, wobei weder Lebensalter noch Gemütsverfassung der füreinander bestimmten Personen in Betracht kamen. Häufig verlobte man die Mädchen schon in früher Kindheit, und es war gewiß ein seltener Glücksfall, wenn eine solche Wahl mit der tiefsten Herzensneigung zusammentraf wie bei Vittoria Colonna. Anderseits konnte es geschehen, daß eine erwachsene Jungfrau oder eine lebensfrohe Witwe einem noch kindlichen Knaben anverlobt wurde und ihre schönsten Jahre in der Zurückgezogenheit vertrauerte, bis der Bräutigam zum Jüngling heranwuchs, von dem die reife Braut alsdann wenig Herzensglück zu hoffen hatte. Stand die Frau im Verdacht ehelicher Untreue, so fühlte sich ihre eigene Familie mit beleidigt, und nicht nur der Gatte, sondern auch der nächste männliche Blutsverwandte war befugt zu richten und zu strafen. Die Paläste von Rom, Florenz, Ferrara wüßten manch unheimliche Geschichte zu erzählen von schönen, jählings aus dem Leben geschiedenen Frauen, deren dunklem Ende nicht nachgeforscht wurde. Die Brüder Strozzi ließen sogar ihre schöne Schwester Luisa sterben, nur weil der Tyrann von Florenz sie bei einem Gastmahl mit begehrlichen Augen angeblickt hatte.

War demnach die Stellung der Frau eine abhängige und gefährdete, solange Glück und Glanz in der Familie dauerten, so schildert kein Wort ihr Elend, wenn der politische Sturm, der fortwährend durch Italien raste, ihr Haus zertrümmerte. Das Kloster der Annalena in Florenz, das von einer unglücklichen Frau für ihre Schicksalsgenossinnen, die Witwen und Waisen politisch Verfolgter, gegründet wurde, nahm manche vielgefeierte Frauengestalt nach kurzer Herrlichkeit auf immer in seine dunklen Mauern. Sie sind Göttinnen gewesen, diese schönen, geistreichen, lächelnden, allbewunderten Frauen, für deren Beifall die Männer kämpften und dichteten, malten und meißelten, aber sie waren es oft genug nur auf eine flüchtige, mit langem Leid bezahlte Stunde.

# Die stille Königin

– – – Nie werde ich meinen ersten Abend auf florentinischem Boden vergessen. Es war Spätsommer, die weiche Luft glühte. Ein eigener, kränklich süßer Duft, an dem ich das sommerliche Florenz auch mit geschlossenen Augen erkennen würde – denn nirgends riecht es so wie dort – stieg aus allen Straßen auf. Dunkle Baukolosse, die ruhmreichen Zeugen der Vorzeit, warfen tiefe Schatten über den Weg und kündigten sich der Seele an, bevor das Auge sie erfassen konnte. Kindliche Petroleumlampen, die einzige Straßenbeleuchtung im damaligen Florenz, gaben eine dämmernde Helle, zu der noch die roten Lichter der Melonenverkäufer und der am Boden irrende Flackerschein der *cicca-juoli* (Sammler von Zigarrenstummeln) einen phantastischen Beitrag gaben. Aus der Via della Scala kamen uns mit qualmenden Fackeln die schwarzverlarvten Brüder der Misericordia entgegen, die eine Bahre trugen und von den Vorübergehenden durch Hutabnehmen gegrüßt wurden. Gleich darauf kreuzte ein eilender Trupp Mandolinisten unsern Weg und verscheuchte mit den Tönen der Lebenslust das Bild des Todes; die jungen Leute zupften ihre Saiten, marschierten und sangen dazu – alles so leicht, so klanghell und mit so stürmendem Schwung, daß es die Seelen und die Füße mitriß. Die florentinische Sommernacht überschüttete uns gleich mit ihrem ganzen Stimmungszauber. Auch die Sterne über unsern Häuptern glichen nicht den Sternen der Heimat; sie standen so wundergroß und so unbeschreiblich hoch an dem völlig blauen Nachthimmel.

Am Tage aber ging das Staunen erst recht an. Die Straßen mit der breiten, fußbodenartigen Pflasterung erschienen mir gar nicht wie Straßen, sondern wie Gänge eines Hauses. Den Insassen mußte es auch so vorkommen, denn sie fühlten sich im Freien ganz und gar unter sich. Säugende Mütter auf der Schwelle der Häuser, spuckende, rauchende Männer daneben im losen Hemde, das sich über einer schlotternden Hose bauscht – man begriff nicht, wie das zusammenhielt – Stühle auf dem winzig schmalen Gehsteig, die den Platz versperrten. Der stehende Gruß der Begegnenden war: *„Fa* *caldo*", und die resignierte Antwort: „*Si suda*". Die Hitze hatte alles in Paradieseseinfalt zurückversetzt, auch jenen Fuhrmann, der, hinter seinen Pferden herschreitend, mit gelassenem Anstand unterwegs das Hemd wechselte.

Die glattgepflasterten Plätze, auf denen nach Sonnenuntergang die elegante Menschheit ziellos durcheinander wogte oder an kleinen Tischchen *gelato* und *granita* aß, kamen mir mit ihren Marmor- und Bronzewerken wie statuengeschmückte Säle vor, und wenn ein plötzlicher Regenguß darüber hinging, so war es wie ein häuslicher Scheuertag, denn gleich darauf lag alles wieder blank und trocken.

Noch gab es kein Hasten und Drängen auf den Straßen, obwohl die ganze Einwohnerschaft sich immer draußen befand! Wohlgesittet fluteten die Menschenwogen aneinander vorüber. Ein jeder hatte Zeit im Überfluß – nie werde ich wieder solche Unsummen von Zeit beisammen sehen wie damals in Florenz. Noch wußte man nichts von einem „*tranvai*", nicht einmal von der allerbescheidensten Pferdebahn; es gab nur die berühmten Droschken, die den sparsameren Fremden zum Hohne straßenweit verfolgten unter dem hartnäckigen Zuruf des Kutschers: „*vuole, Signore?*" – und den guten, alten „*onibusse*", der mich so oft für zehn Centesimi mit einer dem allgemeinen Tempo angepaßten Geschwindigkeit von einem Stadttor zum andern getragen hat. Dazwischendurch rasten, ohne die Ordnung zu stören, die flinken zweiräderigen *calessini*, von den kleinen Maremmenpferdchen gezogen, die wie Spielzeug aussahen, und die ländlichen Eselsfuhrwerke trotteten friedlich vorüber. Auch in den engsten Gassen war noch Raum zum Stehenbleiben und zum Staunen. Und wo ich stehen blieb, da sammelte sich gleich ein Menschenhaufen an, um mir staunen zu helfen und nebenher ganz mühelos ein bißchen überflüssige Zeit loszuwerden. Man fühlte noch so deutlich das alte Florenz hindurch: die Traulichkeit in der Größe, eine Welt, wo die Fürsten Bürger und die Bürger Fürsten waren. – Die Zeitungsverkäufer brüllten, aber in musikalischem Tonfall, um die Wette die beiden sich immer bekriegenden Tagesblätter aus. Der Schirmflicker kreischte sein *ombrellajo – sprangajo–o.* Der Schuhhändler ließ in seinem *Arr scarparr, Siorri! (Al scarpajo, Signori)* das imposante Zungen-R, das ich nie ohne Neid hören konnte, samt dem zischenden S nur so über die Menge hinschnurren und sausen. Jeder dieser Schreihälse hatte seine eigenen, durch das Herkommen geheiligten Kadenzen, die nur seiner Gilde angehörten, und der Eifer, mit dem sie sich gegenseitig zu überschreien suchten, war weit mehr musikalischer als industrieller Art. Die gute Laune lag in der Luft und wurde von allen verstanden. Ein *giornalajo,* der es den Mitbewerbern zuvortun wollte, schrie statt des *„Secolo di Milano“,* den er unter dem Arme trug, „Mailänder Lügen“ aus; ein Obsthändler schob einen Karren voll herrlicher Früchte vor sich her, indem er aus vollem Halse schrie: *„Pere marcie! Pere marcie!“* (Faule Birnen), und auf die erstaunte Frage, warum er seine schöne Ware so herabsetze, meinte er lachend, wenn er sie anpriese, würde niemand auf ihn hören.

Aber was war aller Lärm der Lebendigen gegen die lautlose Übermacht der Toten! Mit ihnen vor allem hieß es sich jetzt einrichten, denn sie waren die eigentlichen Herren des Pflasters. Das erste, was mir am Ponte vecchio gezeigt wurde, war der Ort, wo in der Vorzeit die verhängnisvolle Marsstatue gestanden hatte, das gefürchtete Idol der Stadt, zu dessen Füßen der Ritter Buondelmonte für den an der Tochter des Amidei begangenen Eidbruch verblutete, mit seinem Tode den unauslöschlichen Bruderkrieg entzündend. So lange der Ponte vecchio steht, wird der schattenhafte Hochzeitszug des Buondelmonte darüber hinziehen, wird Mosca Lamberti im Rate der Rächer sein folgenschweres *Cosa fatta capo ha!* sprechen, das er seit sechs Jahrhunderten im Inferno büßt. Wer mit solcher Inbrunst gelebt hat wie diese alten Florentiner, dessen Sein ist nicht an die kurze Erdenspanne gebunden, er behauptet durch die Jahrhunderte den Ort seiner Taten. Aber der Raum ist eng und der Taten sind viele. Gleich wird aus einer der Goldschmiedebuden der tolle Benvenuto Cellini brechen, den kunstvoll geschmiedeten Dolch in der Hand, der nach Menschenblut dürstet. Die Toten müssen sehen, wie sie miteinander zurecht kommen, denn für sie gibt es keine Zeitfolge; sie sind alle auf einmal da. Während Dante in die Verbannung zieht, flammt schon auf der Piazza della Signoria der Scheiterhaufen Savonarolas, und Michelangelo rüstet auf den Wällen von San Miniato seine Vaterstadt zum letzten Freiheitskampf. Jeder mag sich hier die Geister wählen, mit denen er am liebsten verkehren will; es ist für alle Bedürfnisse gesorgt. Ich wählte mir den Lorenzo de' Medici mit seinen Gesellen. Sie bezeichnen so recht den Mittagsstand des florentinischen Genius, der dann schnell gen Abend sinken sollte. Brünstiger, jugendlicher, geistreicher ist das Leben niemals gelebt worden als von ihnen, vielleicht die Tage des Alkibiades ausgenommen. Wie eine Magnolienblüte, die nach langsamer Vorbereitung plötzlich aufbricht und Düfte von überwältigender Süßigkeit und Stärke ausströmt, aber durch das Übermaß des Lebenstriebes rasch den eigenen Kelch zersprengt, so war die florentinische Kultur in ihren Händen. Daß die Gefahr alle ihre Feste umlauerte und daß sie auch mit dem Wonnebecher am Munde immer den Tod im Auge hielten, das hat ihren kurzen Augenblick so reich und so dauernd gemacht, denn nur am Rande des Abgrunds schwelgt sich's mit Adel. Auf dem Domplatz von Florenz, der in den frühen achtziger Jahren noch dieselbe Gestalt hatte wie im Quattrocento und nur den flatternden Tauben, keinen Straßenbahnwagen, zur Herberge diente, ließen sich leicht die Geister jenes Himmelfahrtsfestes von 1478 heraufbeschwören, wo das mediceische Brüderpaar unter den Dolchen des Pazzi und seiner Mitverschworenen blutete. Jeder Pflasterstein wußte noch davon, und die schweigenden Monumente erzählten sich's, wie damals der Platz von der flüchtenden, schreienden Menge gedröhnt hatte, durch deren Mitte der gerettete Lorenzo nach Hause geführt wurde, und wie man am Abend, als das Volk verlaufen war, aus einer Seitentür des entweihten Gotteshauses den toten Giuliano mit seinen neunzehn Wunden in die

Taufkirche hinübertrug, wo sie ihn aufbahrten, „schön und blaß wie eine Perle", wie es in einem zeitgenössischen *lamento* heißt. – Solch ein Finden und Selbsterleben wie in meinen ersten Florentiner Jahren, wo ich in meiner Unschuld meinen konnte, das alte Florenz zuerst entdeckt zu haben, ist in der heutigen, mit Geschichte und Kunstgeschichte durchsättigten Luft gar nicht mehr möglich.

Wie ausdrucksvoll war der Domplatz noch zu jener Zeit! Die schmucklose Vorderseite von Santa Maria del Fiore dachte noch gar nicht daran, mit dem schlanken Campanile an Reichtum zu wetteifern; er herrschte in seiner zierlichen Pracht, und die wunderköstliche Loggia del Bigallo gegenüber wirkte in der Schlichtheit und Geschlossenheit des Platzes wie ein geschmückter Juwelenschrein. Das Arcisvescovato stand noch mit seinem alten Vorderpalast nahe an das schöne Achteck des Täufers angedrängt und schloß mit einer langgestreckten Linie den ganzen Hintergrund, nur durch einen niedrigen Torbogen, den Arco de' Pecori, Durchlaß gewährend. Wenn Dante aus der Ferne seines „bel San Giovanni" gedachte, sah er ihn so von Bauten eng umrahmt und eingeschlossen. In dieser Gedrängtheit hatte der Platz etwas Anheimelndes, und wenn er mit Teppichen und Gobelins behängt war, bekam er das Ansehen eines festlichen Innenraumes, wie ein altes Bild ihn zeigt.

Der jetzt verschwundene Arco de' Pecori führte in das Herz der Stadt, das geheimnisvolle, von wenigen gekannte Centro. Das kleine Viereck, das die Straßen Calzajuoli, Cerretani, Tornabuoni und Porta rossa umschlossen, war die Altstadt, einst der Sitz der großen Geschlechter, aber damals nur noch die unheimliche und trostlose Herberge des Elends und des Verbrechens, mit ihren Diebshöhlen und ihren Pestgerüchen zum großen Teil für die Bewohner der glücklicheren Stadtviertel unzugänglich. Nur der alte Mercato mit seinen nächsten Zugängen war, wenigstens bei Tage, ohne Gefahr zu betreten. Am Viale Margherita wohnend, führte mich der Weg dorthin durch die Via Strozzi, die heute in nichts mehr an ihre frühere Gestalt erinnert, als in der geraden Linie, mit der sie sich der Via del Corso zu vereinigen strebt. Damals war sie eine lange, enge, unendlich schmutzige, von Verkaufsständen und Tischen umsäumte Gasse, auf der ein immerwährendes Gekreisch und Gedränge wie auf einem Jahrmarkt herrschte. Düfte, wie sie sich dort zu einer atemraubenden Stickluft mischten, habe ich niemals wieder gerochen. Es ist nicht zu sagen, was da alles auf offenem Feuer durcheinander protzelte und schmorte und seine Gerüche mit denen des modrigen Trödelkrams auf den Verkaufstischen mengte. Hatte man sich durch die leidenschaftlich feilschende und gestikulierende Menge durchgewunden, so gelangte man auf den Mercato vecchio mit der unvergeßlichen Loggia del pesce; seine Paläste mit den noch übrigen Türmen, die den Platz umgaben wie invalide Veteranen, und die schlanke freistehende Säule, die die Stadtmitte bezeichnete, dämmern mir noch in der Erinnerung. Wie wenig Raum doch diese Alten gebraucht hatten. In diesem kleinen Platz, in dem Gewinkel enger Gäßlein, die sich anschlossen, hatte das glühende Herz des mittelalterlichen Florenz geschlagen. Aus namenlosem Schmutz, aus entstellenden Bauflicken und Verkleisterungen blickten jammervoll die Spuren einstiger Schönheit. Hier ein köstlicher Zierat an zerbröckelnder Fassade, dort die reizenden Formen einer Loggia, die jetzt dem stinkenden Elend als Unterschlupf diente, anderswo ein Steinbogen aus der Römerzeit, in ein späteres Bauwerk verwendet. Kleine, uralte Kirchlein, über frühchristlichen oder römischen Anlagen errichtet, winzige, unregelmäßige Plätze, enge Palasthöfe, von Türmen überragt, die drückend waren wie ein Alptraum; hier das bescheidene Stammhaus der Mediceer mit dem stolzen Kugelwappen, dort der festungsartige Palazzo Amieri – das war noch der Schauplatz aller jener Begebenheiten, von denen die Chroniken erzählen. Dort ist mir das alte Florenz im Geiste aufgegangen. Man mußte diese Enge gesehen haben, um den Dämon der Zwietracht zu begreifen, der ein Volk von solchen Gaben und Leidenschaften zu jahrhundertelanger Selbstzerfleischung zwang. Kein Tapferer konnte sich vor der Parteiung retten, wenn hier der Alarmruf erscholl, wenn die schweren Eisenketten zwischen Haus und Haus den Weg versperrten und von den Fenstern, den rasch herausgeschobenen Verteidigungsbrücken Steine und Geschosse auf die Angreifer prasselten. Hier verstand man auch ganz die Fülle der Verachtung, mit der Dante die Launen, die Neutralen im Vorhof des Inferno stehen läßt: *guarda e passa!* Man konnte es nachfühlen, wie der gefährliche Boden jedes Mal gezittert haben muß, wenn seine Bewohner sich zu Spiel und Freude darauf zusammenfanden oder die Jugend gemeinsam zum wonnigen Maienfeste hinauszog, das so oft in Blut und Schrecken geendet hat.

Doch nicht nur die eiserne Zeit der Guelfen- und Ghibellinenkämpfe war dort in Stein verkörpert, auch an die Anfänge des siegreichen Bürgertums gemahnte diese Enge, an die Tage, wo unsterbliche Künstler als Handwerker in ihrer *bottega* saßen und die frühen Mediceer sich noch hüten mußten, ihre Mitbürger in der Lebensführung zu überbieten. Hier konnte man sich einen Donatello vorstellen, der des Abends in Schlappschuhen auf den Mercato läuft, um rasch noch in der Schürze Obst und Eier heimzutragen, die er mit seinem Brunneleschi verspeisen will.

Mir ist es wie ein verblassender Traum, daß ich diese Welt noch mit eigenen leiblichen Augen gekannt habe! Ich atmete aber jedes Mal auf, wenn ich mich glücklich durch die zwiebelduftende, von Rosticcerien dampfende Via Calimala, die in ihrer Fortsetzung Via de' Succhiellinai hieß, und den Arco de' Pecori bis auf den Platz des Täufers durchgewunden hatte ohne eine allzu unliebsame Begegnung mit den lebenden Bewohnern des Mercato.

Einen Ort jedoch gab es im Centro, den kein Angehöriger der gesetzlichen Welt jemals betrat, ausgenommen die Polizei, und auch die nur in genügender Stärke. Das war der ehemalige Ghetto, der gleich hinter dem Arcivescovato, wenige Schritte von der belebten, eleganten Via Cerretani begann. Er bildete in dem Reiche der Verdammnis, zu dem die Altstadt geworden war, die unterste Höllenstufe. Wer sich dorthin verirrte, konnte für immer verschwinden, denn vor dem unerforschten Gewirre von Gängen, Treppen, Terrassen, die die Häuser des Ghetto unter und über der Erde verbanden, machte auch der Spürsinn der Gesetzesboten halt. Dort, wo die Menschen wie Tiere beisammenhausten, war die Pflanzschule aller Verbrechen und die Brutstätte der Seuchen. Dennoch sperrten sich die Insassen – darunter auch eine wohlhabende Judenfamilie, die seit vielen Generationen dort ansässig war! – zum Teil ganz verzweifelt, als in den achtziger Jahren diese Pesthöhlen ausgeleert und sie selber zwangsweise in neue, gesunde Stadtteile versetzt wurden. Noch einmal feierte der Ghetto eine kurze und verklärte Auferstehung, als im Karneval 1886 seine ausgenisteten und gelüfteten Räume in eine märchenhafte, von Kamelen durchzogene Stadt Bagdad mit Bazaren, Kaffeehäusern, Karawansereien und entzückenden Blumenhöfen verwandelt wurden, worüber der Duft von Tausendundeiner Nacht schwebte. Gleich darauf verschwand der Ghetto mit dem größten Teil des alten Centro hinter dichten Bretterwänden. Und als nach Jahr und Tag die Gerüste fielen, war das alte Florenz nicht mehr, und an seine Stelle trat ein neues, bei dessen Anblick mir das Wort des Donatello einfiel, als der Maler Paolo Uccello im Kirchlein San Tommaso auf eben diesem verschwundenen Mercato hier ein Bild, woran er lange geheimnisvoll hinter Bretterverschlag geschafft hatte, den Augen des Volkes enthüllte: „*Ora che sarebbe tempo di coprire e tu scopri*" (jetzt deckst du auf, wo das Zudecken am Platze wäre). An der Stelle, wo sich der Mercato Vecchio in seiner Bettlermajestät erhoben hatte, gähnt jetzt in öder Langeweile wie ein aufgesperrtes Riesenmaul die Piazza Vittorio Emmanuele, und daß sie den ganzen Mercato zusamt den anstoßenden Gassen und Plätzen verschlungen hat, macht sie dem Auge doch nicht gebietend. Die grausame Zerreißung und Erweiterung des Platzes um San Giovanni, der jetzt nach drei Seiten offen steht und die Taufkirche inmitten des wilden Getriebes wie einen einsamen Felsen in der Brandung erscheinen läßt, hat den Stimmungsreiz des alten Stadtbildes noch mehr verwischt.

Wie aber auch Florenz im Äußern sich verändert, der genius loci widersteht den Neuerungen. An langem Faden reicht die Tradition ununterbrochen bis auf unsre Tage herab. Die Brüderschaft der Misericordia z. B., der die ersten Familien der Stadt und der Landesherr selber angehören, ist über sechshundert Jahre alt. Gewohnheiten, Feste, Spiele, Redensarten der Florentiner sind die gleichen wie vor Jahrhunderten. Seit unvordenklichen Zeiten wird am Epiphaniatag die Hexe Befana gefeiert, die in einem Strumpf Geschenke in den Kamin hängt, und deren Ankunft die Gassenjugend schon Tage vorher durch das ohrenzerreißende Tuten der langen Glastrompeten ankündigt. Noch heute will der Florentiner an jedem Karsamstag den geschmückten *carro* vor der Domtür in die Luft fliegen sehen, so kindlich die Mechanik der künstlichen Taube ist, die ihn entzünden muß. Daß an jedem 24. Juni für den Täufer, den Schutzpatron der Stadt, die alten *fuochi* abgebrannt werden, versteht sich von selbst. Aber ebenso zäh ist der närrische Brauch, daß an Mittfasten jedem Vorübergehenden von den Kindern, diesen besten Hütern der Vergangenheit, das papierene Leiterchen auf den Rücken geheftet wird, obwohl niemand mehr weiß, was der Unfug bedeutet, und daß am Tage von Mariä Himmelfahrt der Liebhaber seiner Schönen eine schwarze Singgrille im Käfig verehren muß. Ein Liedchen, mit dem die Kleinen in den Frühsommernächten das Erscheinen der Leuchtkäfer begrüßen, habe ich wörtlich so in den Gesängen des Poliziano gefunden, und ich frage mich, ob nicht hinter ihrem Popanz *Maramao* vielleicht eine Erinnerung an den Verräter Maramaldo sich versteckt! Einen Schmerbauch hörte ich einen *Giangastone* nennen von Leuten, die in ihrem Leben nichts von dem schlemmerischen letzten Mediceer gehört hatten, und wenn einer mit seiner Hilfe zu spät anrückt, so sagt der Florentiner:

„*É l'ajuto di Pisa*", obgleich heute nur noch die Historiker wissen, wann und weshalb die pisanischen Bundesgenossen in solchen Verruf geraten sind.

Auch ein Gespenst würde sich in Florenz schämen, nicht mindestens seine vierhundert Jahre alt zu sein, wie die schöne Luisa Strozzi, die unter dem Herzog Alessandro geheimnisvoll starb und sich noch immer ab und zu erzeigen soll. Die Umwohner des Bargello schließen selbst in den glühenden Hochsommernächten ängstlich alle Fenster, weil aus dem alten Säulenhof, an dem das Blut der Staatsverbrecher klebt, so seltsame Töne und Schatten heraufsteigen.

Die Zeit hält über der Arnostadt ihre raschen Flügel an. Die alte Uhr auf dem Palazzo Vecchio regelt das Leben von Florenz, und ihr Schlag ruft: Eile mit Weile! Nichts hat hier seine feste Stunde. Der Nobile, der mit der Zigarre im Munde an der Tür des *Circolo* steht, die gepuderte Bürgerstochter, die vom Fenster seufzend den herrschaftlichen Equipagen nachsieht, der Facchino, der sich an der Straßenecke in der Sonne räkelt, sie gehören alle zur großen Familie der Lilien auf dem Felde. Nur ein loser Sommerfaden hält das ganze Getriebe zusammen; will man ihn spannen, reißt er.

Fast rührend mutet es im zwanzigsten Jahrhundert an, wenn man in einer der belebtesten Straßen auf einen Laden stößt, an dem ein geschriebenes Täfelchen aushängt mit der vertraulichen Aufschrift: „*Torno subito*" (ich komme gleich wieder). Der Inhaber ist nur ein bißchen weggegangen, um anderswo zu plaudern; aber der Kunde müßte viel Zeit übrig haben, der auf seine Zurückkunft warten wollte. Wer frisch von außen kommt und noch das Tempo des modernen Lebens in den Gliedern hat, der fühlt sich in Florenz wie eine Kugel, die in einen Wollsack fällt. Seine Tatkraft nützt ihm nicht das geringste gegen den weichen, passiven Widerstand, der ihn umgibt. Und der Ankömmling wundert sich über seine Landsleute, die vor ihm da waren und schon das zeitlose Leben der Eingeborenen teilen. Sie erinnern ihn vielleicht an die verzauberten Lotophagen, die mit stillen Gesichtern wunschlos umhergehen und nimmer heimverlangen nach dem Lande der Väter. Doch bald wird ihm so seltsam wohl in der blauen Unendlichkeit; die Geister der Zeit, die ihn jagten, fallen ab, und am Ende wird er selbst wie jene und begehrt nichts weiter als nur immer dazubleiben und von den Früchten des Lotos zu essen. Aber wehe ihm, wenn er nicht gefeit ist gegen das süße Gift, denn diese Früchte bekommen nicht jedem. Eine wonnige Mattigkeit schleicht durch die Adern, die manchem die Spannkraft auf immer lähmt. Nichts spornt ihn mehr zum Tun auf einem Boden, wo seit Jahrhunderten alles getan ist. Langsam verfeinert sich das Stilgefühl bis zur Unduldsamkeit und schafft beim Anblick jedes Erzeugnisses einer unreiferen Kultur Qualen, von denen der Außenstehende keine Ahnung hat. Nur in Gesellschaft der Toten scheint das Leben noch lebenswert. Aber die Toten sind grausam, besonders gegen den schaffenden Künstler. So mancher legt sich als demütiger Schüler zu ihren Füßen, der daheim Gewinn und Ehren erringen könnte oder schon errungen hat, und wird von ihnen ausgesogen und weggeworfen. Erst reißen sie ihn an sich mit dämonischer Gewalt; sie werfen Hülle um Hülle vor ihm ab, daß er sie erkennt in ihrer übermenschlichen Schönheit, dann beginnt der kalte Hohn, die eisige Zurückweisung: Versuch es und sei wie wir! Er hält es zuerst für möglich. Aber hat er eine Leinwand auf der Staffelei, die ihm Freude macht, so blicken sie ihm über die Schulter, kalt und unerbittlich. Im Pitti gibt es bei seinem Eintritt eine wahre Verschwörung. Leo X. mit dem Kardinal Bibbiena lächelt infam, die stolzen Tizians sehen so über ihn hin, und sogar die schwermütigen Madonnen des Botticelli verziehen ihre Mündchen, bis ihn die Verzweiflung packt, daß er seine Leinwand zerschneidet und ein paar Tage wie ein Toller durch die Campagna rennt. Er hadert mit sich und mit den Toten; er sagt ihnen die schnödesten Worte: Ihr habt nicht nötig, euch aufzublasen, was wärt ihr, wenn nicht die Wogen eurer Zeit euch getragen hättet! Es ist ein Unterschied, ob man für die Stanzen des Vatikans schafft oder für einen Berliner Protzensalon. Ich möchte sehen, wie ihr euch heutigentages anstellen würdet, um unsterblich zu werden! – Er hat gut reden, die lächeln weiter und geben keine Antwort; nichts Niederschlagenderes als mit Leuten hadern, die den Mund nicht zur Erwiderung auftun. Endlich ruft er in heller Wut: Was wollt ihr? Neben den Griechen seid auch ihr nur Krämer! Dann schlagen sie die Augen nieder; das ist seine Rache. Aber der Anblick eines einzigen modernen Bildes genügt, ihn reuevoll zu den Füßen seiner Peiniger zurückzuführen. Ja, die Toten sind eine tückische Nation. – Wer aus den Armen der stillen Königin kommt, der steht als Fremdling unter den Menschen, wie wenn er aus dem Venusberg stiege, und ist er dann noch imstande, der Mitwelt zu dienen, so hat er die stärkste Probe auf seine Lebenskraft abgelegt.

# Die „Allegria“

Ich wollte dir auf diese Blätter irgendeine tiefsinnige Betrachtung zur Jahreswende schreiben, liebe Maria. Aber meine Gedanken lassen es nicht zu. Es ist merkwürdig, wie wenig man seine eigenen Gedanken in der Gewalt hat. Sie tauchen auf und unter, sie verschieben sich, ballen sich wie die Wolken, die ein starker Wind vor sich her treibt. „Der Geist weht, wo er will", man muß ihm den Willen lassen.

Aus den Tiefen längstvergessener Jahre sieht heute ein Gesicht mich an, das Gesicht eines jungen Mannes. Es ist von der Sonne verbrannt und hat Augen, die blau sind und lachen wie der Himmel. Wie der Himmel Italiens, zu dem sie gehören. Wie der Himmel über dem Golf von Spezia, der blauer ist als irgendein anderer. Und nun steht mit einem Male auch der Golf wieder vor mir mit seinen Buchten und Inseln und dem tiefen Wasser, das so blau ist, daß man unwillkürlich seine Hände betrachtet, ob sie nicht blau geworden sind, wenn man sie eingetaucht hat. Aber dieses Bild ist nur der Rahmen für die Luftgestalt eines Jünglings, der schräg her über die Wasser auf mich zu wandelt. Er trägt einen blühenden Asphodelosstengel in der Hand und lächelt.

Und noch andere Gestalten sehe ich, vor allem mich selbst als junges Mädchen. Ich darf von der sprechen, die ich sehe, du weißt ja, daß ich längst eine völlig andere geworden bin. Auch das junge Mädchen hat die Sonne im Auge und auf dem Scheitel. Sie klettert an Klippen auf und nieder, liegt den halben Tag im Wasser wie ein Meerweib und taucht wie eine Möwe. Bei Mondlicht schwimmt sie ins Meer hinaus und läßt wonnevoll das phosphorblitzende Wasser um ihre Glieder rieseln, das sie mit tausend Diamanten bestäubt. Dem Sonnenaufgang sieht sie von der höchsten Felsenspitze zu.

Seht ihr dort die altersgrauen
Schlösser sich entgegenschauen?

Es sind die beiden alten Felsenkastelle von Lerici und San Terenzo, die jede auf dem äußersten Horn einer tiefen Einbuchtung liegen und sich über das Meer entgegenzudrohen scheinen. Am Fuße des letzteren wohnt sie. Aber kein Leander findet zu ihr den Weg, und sie wartet auch auf keinen. Sie ist für ein paar Wochen wunschlos selig, völlig aufgelöst in Sonne, Seeluft und Selbstvergessenheit. Sie will gar nichts, als unter ihrem Ölbaum träumen, die Feige an dem sonnigen Felsenhang reifen sehen oder von ihrem Fenster, das turmhoch aufs Meer hinunterschaut und zuweilen doch noch von dem springenden Schaum der Brandung erreicht wird, den ziehenden Segeln nachblicken und ihre Augen an den kühnen Umrissen des Kastells von Lerici weiden. Und jede Sonne, die sinkt, läßt ihr die Gewähr einer neuen, noch schöneren.

Aber all diese Schönheit, die man doch nicht an sich ziehen und völlig austrinken kann, wie man möchte, durchfährt die Seele zuweilen wie ein schneidendes Schwert. Was nützen uns die fünf Sinne, diese armen Waisenkinder, die uns das Schöne nur zeigen, wenn der sechste Bruder fehlt, der es uns zu eigen geben könnte! Die Möwe hat ihn vielleicht, die da draußen fliegt und gierig den Raum mit ihren Lungen trinkt. Hätte man wenigstens Flügel auszuspannen wie sie, um die lockenden Inseln zu umschweben und dem Südwind die Brust zu bieten. Zuweilen wird diese Ohnmacht fast zu einem körperlichen Schmerz. Wenn aber das Dunkel kommt, die Ferne zu verschleiern, und der Leuchtturm vom Tino seine kreisenden Strahlen über das Wasser wirft, dann ist auf einmal der Raum in mir, und die Sehnsucht ruht.

So schlürfte ich Tag für Tag meine Einsamkeit wie den allerberauschendsten Zaubertrank. Zwar an Gesellschaft fehlte es nicht im Ort, die allerbeste war dort zu haben, nur keine, die meinen Jahren entsprach. Es wandelten damals glänzende Gestalten in San Terenzo, an die ich zurückdenke wie an ein untergegangenes Heroengeschlecht. Sie waren voll Größe und Güte und gönnten dem jungen Mädchen gerne ihr Gespräch, aber sie blickten schon alle nach Sonnenuntergang; ich allein blickte noch nach Sonnenaufgang.

Der Glänzendste unter ihnen war der berühmte Naturforscher, Schriftsteller und Senator Paolo Mantegazza. Er mochte ein Fünfziger sein, stand aber noch auf der vollen Höhe seiner Mannesschönheit und ging immer in weißer Seide wie ein indischer Rajah. Er trug seinen Weltruhm mit einer unwiderstehlichen Grazie und verflocht mich, wo er meiner ansichtig wurde, in seine bezaubernde Unterhaltung. Sein Garten stieg in breiten Terrassen über das Meer empor, daß man die darunterliegende Straße nicht sehen konnte, sondern unmittelbar über dem Wasser zu schweben glaubte. Nirgends sah man die Inseln so schön wie von dort. Die schönsten Dattelpalmen wuchsen vor seiner Tür im Freien, und die stachligen Früchte der indischen Feige habe ich dort zum erstenmal gesehen. Er hatte viele tropische Gewächse von seinen großen Reisen mitgebracht und auf seinem Grund und Boden in San Terenzo eingebürgert, den er dadurch zu einer Sehenswürdigkeit machte. Seine weiße Villa war ganz umrankt von Passionsblumen, deren er dem fremden Gast zuweilen einen Korb voll schickte.

Aber mir noch werter war mein Hauswirt, der weißhaarige Giacomino. Welche Güte und menschliche Feinheit in diesem alten Seelöwen! Immer, wenn ich an ihn denke, fällt mir zugleich Garibaldi ein, dem er glich, und es ist mir dann, als hätte ich den Heros gekannt, denn ich bin gewiß, auch in Giacominos Seele war etwas von Garibaldi, dem Urbild aller Seelöwen, dem irrenden Ritter der Freiheit, dem Heldenmann mit dem Kinderherzen, der ja auch ein Sohn des Volkes war.

Ich zahlte dem guten Alten eine Lira Miete den Tag für sein hohes Zimmer über dem Meere. Aber was gab mir der Mann dafür. Er hielt mir Ordnung, machte mein Bett, kochte und briet für mich, lehrte mich rudern, und wenn ich über den Bergrücken spazieren gehen wollte, so begleitete er mich, denn er sagte, es schicke sich nicht für eine Signorina, allein zu gehen. Seine Dienstbarkeit war Gastfreundschaft und erniedrigte ihn nicht. Steckten nicht auch die Helden und Könige Homers die saftigen Bratenstücke selber an den Spieß und schichteten Glut auf? Ein solcher war Giacomino!

Und die Geschichten, die er mir erzählte! Ich werde niemals wieder solche Geschichten hören. Von dem schönen Briganten Giuseppe Suffardi, der sich vor den Kugeln der Carabinieri in den Fluten der Magramündung barg, und dessen toten Leib eine schöne Gräfin mit Gold aufwägen wollte, um über ihm zu weinen! Von den levantinischen Schiffern, die eines Tages mit einer Seekarte aus den Zeiten Julius Cäsars im Golfe landeten, um die seit Jahrhunderten vom Erdboden verschwundene Hafenstadt Luni zu besuchen! Von der alten Römerstadt Vada, die drüben in Livorno auf dem Meeresgrunde liegt, und deren Straßenzüge man bei besonders klarem Wasser noch mit dem Boot verfolgen kann. Auch von seinen eigenen Abenteuern, von Piraterie und Schiffbruch auf beiden Hemisphären. Dann von der großen Zeit des Risorgimento und dem Alten von Caprera mit seinen Mille. Diese Geschichten waren damals noch nicht Geschichte geworden, sie hatten noch den zuckenden Puls des Lebens. Eins seiner Leibstücke war die Rettung des flüchtigen Verschwörers Felice Orsini durch die Einwohner von San Terenzo, die auf Giacominos Rat ein Volksfest veranstalteten und, während die päpstlichen Sbirren alle Häuser nach dem Flüchtling durchsuchten, den geächteten Mann im Gewühl verbargen. Es war wohl immer Dichtung und Wahrheit, was er zum besten gab, aber es mundete dafür nur um so besser.

Wenn wir zusammen hinausruderten, wurde der ganze Golf lebendig. Erinnerungen wechselten mit Sagen, man mußte alles nehmen wie es kam: Dort bei Lerici lag voreinst Lord Byron mit seiner Jacht, dem Bolivar, vor Anker, von dem er über die ganze Breite des Golfs hinüberschwamm. Hier in dem großen Palast mit der meerbespülten Terrasse hat der Dichter Shelley gewohnt und in dem großen Park sein schönstes Lied gedichtet. Im Schloß von Lerici hat Franz I. von Frankreich genächtigt, als sie ihn gefangen nach Spanien führten, und hat mit seiner Schönheit und seinem Unglück das Herz der Kastellanstochter betört. Diese starrende Klippe im Meer hat der Rasende Roland mit einem Schwerthieb so scharf und glatt gespalten. So ging es unermüdlich weiter, es waren die wechselnden, immer neuen Gesänge des einen gewaltigen Epos vom Meere.

Groß war das Ansehen, das der alte Mann unter seinen Landsleuten genoß. Auch Mantegazza mit all seinem Ruhme galt ihnen nur als hochverehrter Gast, ihr eingeborenes Oberhaupt war Giacomino durch Erfahrung, Weisheit und Rechtsgefühl. In seinem Schutz, unter seiner unausgesprochenen Gerichtsbarkeit stand der ganze Ort. Wer dorthin kam, der trat in den Frieden der gemeinsamen Familie ein. Es gab keine Diebstähle unter den Einheimischen, keine Überteuerung der Fremden dazumal. Alles verkehrte auf dem Fuße der Gleichheit miteinander. Auch mich kannte jedermann, obschon niemand meinen Namen wußte. Ich war die Signorina und wohnte bei Giacomino, das genügte.

Eines Abends nahm er mich auf den Fang des Tintenfisches mit. Wir fuhren in die stillste Bucht hinein. Dort zog er ein Fläschchen Olivenöl aus der Tasche, und eine Redeweise, die ich bisher nur als Metapher gekannt hatte, wurde zur greifbaren Wirklichkeit: Ich sah, wie durch ein paar Tropfen Öl die Wasser sich weithin glätteten. In diese stille, fettglänzende Fläche senkte er ein dreikantig geschliffenes Spiegelglas hinab. Der Tintenfisch, belehrte er mich, gehöre zu den wenigen Fischen, die sich paaren. In dem Spiegel erblicke er sich selbst, halte sein eigenes Bild für das Weibchen, schieße darauf zu und bleibe in dem niedergelassenen Netze gefangen. Was das Glas für eine Anziehungskraft üben mag, lasse ich dahingestellt. Gesehen habe ich, wie gleich, nachdem es hinabgesenkt war, das Wasser sich vom ausgespritzten Gallensaft des Tieres tiefschwarz färbte, und wie Giacomino, still lächelnd im Triumph der Menschenlist, die Beute ins Boot warf. Aber das Gemengsel ringender Arme und glotzender Augen war so greulich anzusehen, daß ich es schleunigst ins Meer zurückzuschleudern trachtete, worüber Giacomino, der seinen Fang verteidigte, sich beinahe im Ernst mit mir entzweit hätte und ärgerlich schwor, mich niemals wieder auf den Fischfang mitzunehmen.

Als wir die Bucht verließen, lag ein kleiner Kutter, der zuvor nicht dagewesen, draußen im tieferen Wasser.

Giacomino sah sich fast die Augen aus. Das Schiff war ihm unbekannt, und er kannte doch sonst alle Fahrzeuge, die in diesen Gewässern verkehrten.

Wir fuhren bei einbrechender Dämmerung noch nach Lerici hinüber, wo ich einen Besuch zu machen hatte.

Unvermerkt ließ ich mich dort festhalten und kam erst mit sinkender Nacht an die Lände zurück, nach Giacomino und unserem Schifflein zu rufen.

Ein Sturm war im Anzug und die Luft so dunkel, daß man sich nur noch an der Stimme erkennen konnte. Das Wasser klatschte schon laut gegen den Staden.

Der Alte war treulich zur Stelle; er drängte sein Boot gegen die moosbewachsene Wasserstufe, wobei er Mühe hatte, es vor dem Anprall zu schützen, und ließ mich einsteigen.

Kein anderes Fahrzeug war mehr im Wasser, man hatte sie alle klüglich ins Trockene gebracht. Ihre Inhaber saßen geborgen in der Osteria, und die Lände lag völlig verödet.

Wir wollten eben abstoßen, da rief eine Stimme durch die Nacht: „*Oh barcajuolo!* Laß mich einsteigen. Ich muß noch nach San Terenzo hinüber."

Durch die Dunkelheit waren die Umrisse einer Männergestalt erkennbar, die rasch die Stufen herabsprang und mit den Armen winkte.

„*Barcajuolo! barcajuolo!* Nimm mich auf!" Giacomino fluchte leise vor sich hin.

„Das hängt von der Dame ab, die ich fahre", gab er zur Antwort.

Die Gestalt hielt Hut und Mantel fest und kämpfte gegen den Wind. Rauh klang die Stimme durch das Geschnaube:

„Darf ich mitfahren, Signora?“

Dieser fliegende Holländer wollte mir nur halb gefallen. Aber es schien mir feige und grausam, einen Menschen, der mitwollte, auf der flutbespritzten Wasserstufe in Sturm und Finsternis stehen zu lassen.

„Steigen Sie ein“, sagte ich.

Giacomino drängte das Boot noch einmal an die Lände, der Fremde sprang herein und setzte sich stumm am Bug, die ganze Länge des Bootes zwischen sich und mir lassend. Er war groß, das Gesicht erschien mir bleich und von schwarzem Vollbart umrahmt, doch ließ die düstere Nacht keine genaue Wahrnehmung zu. Seitdem er saß, war er überhaupt nur noch ein schwärzerer Flecken in der Dunkelheit. Er hielt den Kopf gesenkt, daß man bloß den Rand des Hutes sehen konnte, der Rest seiner Person war in dem schwarzen Mantel versunken.

„Eine rauhe Nacht, Herr“, sagte Giacomino.

Die gemurmelte Antwort verschlang der Wind.

Wir schwankten hinaus auf die einsamen, nacht- und sturmverdunkelten Wasser. Die See ging hoch, und der Weg war lang. Zerfetzte Wolken flogen über den Himmel hin, der gar keinen Schein gab. Giacomino war seltsam stille und ruderte aus Leibeskräften. Er war einer der unerschrockensten Menschen, aber er hatte eine starke Phantasie, und diese, das fühlte ich, war jetzt ganz mit dem stummen Fahrgast beschäftigt, den er über die Schulter hinweg beobachtete. Durch einen dunklen Einfluß übertrugen sich seine Gedanken auf mich.

Er dachte: „Wir sind allein in der Finsternis zwischen Wasser und Himmel mit einem Unbekannten. Wir sind nur ein schwacher alter Mann und ein junges Mädchen. Wer er ist und weshalb er mitfährt, das wissen wir nicht.“

Ich hörte ihn denken. (Er gestand mir später, daß er wirklich das alles gedacht hatte.) Und ich strengte mich an, ihm gleichfalls eine Gedankenwelle zuzusenden:

„Ich fürchte mich nicht. Es ist ja ein bißchen unheimlich, aber fürchten tu ich mich gar nicht. Wir sind doch immer zwei gegen einen."

Wieder kommen seine Gedanken herüber und fragen:

„Wenn er sich auf mich stürzte, mit mir zu ringen, würden Sie mir helfen ihn ins Meer zu werfen?"

Ich telegraphierte zurück:

„Ja, lieber Alter, ich würde dir helfen."

Wenn nur Giacomino ein bißchen pfeifen wollte, wie er sonst beim Rudern tut! Aber heute pfeift er gar nicht, er hält seine ganze Kraft beisammen, um schneller vorwärts zu kommen. Statt seiner pfeift der Wind. Vor uns liegt eine endlose schwarze Wassermasse. Hinter uns liegt eine endlose schwarze Wassermasse. Die beiden Kastelle, die hüben und drüben die Grenze zwischen Meer und Land bezeichnen, sind verschwunden. Nur die Umrisse des fremden Kutters ragen gespenstisch aus der Dunkelheit. Es ist, als wäre die große Flut gekommen und hätte die Erde weggeschluckt. Vielleicht war es doch töricht, in solcher Nacht einen Unbekannten ins Boot zu nehmen. Wenn er uns auch nichts Böses sinnt, wer weiß, ob so eine schwarze Gestalt nicht, ohne es zu wollen, Unheil bringt?

Um mir selber den Mut zu stärken, beginne ich laut zu sprechen:

„Jetzt müssen wir auf halbem Wege sein."

„Ja, wir sind gerade in der Mitte", antwortet Giacomino mit einer Stimme, die anders klingt als sonst.

In diesem Augenblick macht der Fremde eine kleine Bewegung.

Sofort richtet sich Giacomino auf.

Der Fremde sitzt wieder ganz stille, das Gesicht vom Hutrand verschattet. Und der Wind bläst lauter.

Giacomino rudert jetzt im Stehen. Das vermehrt seine Kraft, und vielleicht behält er so auch den Fremden besser im Auge.

Wie die Ruder knarren! Er hat ja keine Muskeln mehr, der alte Mann, er ist ganz Nerv geworden. Aber was für eine Kraft in den fleischlosen Armen.

Das Schifflein sinkt tief hinunter, empfängt einen schäumenden Wasserguß, der alles übersprüht, und steigt steilrecht wieder in die Höhe. Es ist, als ob sich unter uns ein erwachtes Ungeheuer recke und wälze mit dumpfem Brüllen, das jede Minute sich steigert. Und die Fahrt nimmt heute kein Ende. Im hellen Sonnenschein ist sie mir immer viel kürzer erschienen.

Indessen, der Meersturm ist eigentlich eine günstige Ablenkung von den unruhigen Gedanken, die um den dunklen Fahrgast irren. Denn vor dem Wasser darf man sich ja mit Giacomino an Bord nicht fürchten; es kennt doch seinen Herrn und Meister.

Da sieh, mit einem Male reißt eine Wolkenschicht. Groß und hell tritt der Mond hervor. Nur einen Blick wirft er aufs Meer, dann verhüllt er sich wieder. Aber der Blick hat genügt, daß die beiden Männer im Boot sich erkannten.

„Oh Giacò!"

„Oh Signorino! Sie sind's! Ich erkannte Sie gar nicht."

„Ich dich auch nicht."

Was die Phantasie für Spuk treibt! Der schwarze Holländerbart, den ich gesehen hatte, war der aufgeschlagene Rockkragen oder ein dunkles Halstuch – genau unterschieden hatte ich es auch jetzt nicht. Aber deutlich hatte ich ein ganz junges, bartloses Gesicht erkannt, und die Stimme klang aus der Nähe hell und jugendlich. Unser Fahrgast war ein junger Mensch, ein guter Mensch! Es war doch nicht töricht gewesen, daß wir ihn an Bord nahmen.

Gesprächig wurde er auch jetzt nicht. Er versank unter dem Hutrand aufs neue in seinen Mantel.

Als wir landeten dankte er mir höflich für die Aufnahme, warf Giacomino ein rasches Gutenacht zurück und verschwand mit schnellen Schritten in der Dunkelheit.

„Wer hätte das gedacht! Der Signorino!" sagte der Alte, während er seine „Galatea" hochzog. – „Sitzt im Boot wie ein Nachtgespenst und gibt keinen Laut. Freilich, er darf bei starkem Wind nicht sprechen, er muß seine Lunge schonen. Aber daß ich seine Jacht nicht erkannte, die „Allegria“!

Als er mir dann oben in seinem hohen Hause am knisternden Feuer das Abendessen bereitete, erzählte er mir, so viel ich nur hören wollte, vom Signorino.

Er war aus mailändischem Adelsgeschlechte, der letzte von drei Brüdern. Die Mutter, eine Engländerin von blumenhafter Schönheit, hatte ein kurzes Eheglück mit dem Leben bezahlt und lag in Madeira begraben. Dort lag auch ihr Mann, der sie nicht lange überlebt hatte. Durch sie war das Brustleiden in die Familie gekommen, das eins der Glieder ums andere wegriß.

Die drei Brüder, Marco, Mario und Marino, hatten sich eine eigene Jacht gebaut, die „Allegria“, um teils auf den Rat der Ärzte, teils aus eigener Leidenschaft ihr halbes Leben auf dem Meere zu verbringen. An allen Küsten des Mittelmeers kannte man die „Allegria“ und ihre drei lustigen Gebieter. Denn die drei Brüder wußten, daß ihnen nur ein kurzes Lebenslos zugefallen war, und sie wollten seine Freuden auskosten.

„Es mögen fünf Jahre sein“, erzählte Giacomino, „daß sie zum erstenmal im Golf erschienen; Marino, der Jüngste, war damals fast noch ein Kind. Da war es, wie wenn der Frühling gekommen wäre. Jeder Tag wurde zu einem Fest für die Leute von Lerici und San Terenzo. Die Brüder kamen selten an Land, aber wer nur konnte, kam zu ihnen. Da hörte man nichts als Lachen, Singen und Tanzmusik an Bord. Der Marino starb zuerst, er war der Schwächste, weil eine sterbende Mutter ihn getragen hatte. Nun wird es aus sein mit den Festen, dacht ich, als ich es hörte. Weit gefehlt. Im folgenden Sommer erschien die „Allegria“ wieder mit *zwei* Brüdern an Bord. Es wurde gesungen und getanzt, als wäre nichts geschehen. Es hieß, sie seien übereingekommen, daß keiner den andern betraure, weil ja alle drei das gleiche Schicksal erwarte und die kurze Spanne für jeden kostbar sei. Vor zwei Jahren kamen die beiden noch einmal zum Besuch in unser Gewässer. Da stand es mit Marcos Befinden schon recht übel. Aber er wollte nichts davon wissen und tanzte fort, man kann sagen: bis zum letzten Tage. Kaum waren sie abgesegelt, so kam die Trauerbotschaft. Im letzten Sommer hat sich die „Allegria“ nicht sehen lassen, ich glaubte schon, nun sei die Reihe auch an den Mario gekommen. Aber Gott erhalte ihn! – er ist der kräftigste und gesündeste von den dreien, hatte immer die breitesten Schultern und die braunsten Backen. Ich glaube, er reißt sich durch. Der Mario reißt sich durch. Der ist ein Prachtjunge.“

– – – Wieder tritt ein versunkenes Bild aus der Tiefe. Ich sehe mich selbst im glühenden Vormittagsbrand auf der höchsten Klippe sitzen und meine Haare trocknen. Ein großer Seesturm hat eben ausgetobt, die heiße Luft ist still und leicht wie Äther. Nur das Meer wie ein müdgewordener Drache schnappt noch zuweilen auf und sendet eine ohnmächtige Schaumwelle zu mir empor, der es nicht einmal gelingt, meine Füße zu benetzen.

Draußen im tieferen Wasser liegt die „Allegria“ verankert. Ihr Takelwerk ist über und über mit bunten Wimpeln geschmückt, am Mast flattert die Trikolore. Die „Allegria“ ist das große Ereignis des Sommers, man denkt und spricht nichts anderes mehr in San Terenzo. Sie sticht des Vormittags mit allen ihren farbigen Wimpeln in See und verschwindet am Horizont. Am späten Abend kehrt sie zurück: Dann werden bunte Lampen angezündet, Musik kommt über die Wasser herüber – wie oft hab ich an meinem hohen Fenster zugehört! – und auf Deck wird getanzt. Mitunter geschieht es, daß sie über Nacht ausbleibt, dann werden die Leute eifersüchtig, sie fürchten, ein anderer Strand habe sie ihnen weggekapert.

Am ganzen Golf kennt und liebt man den Signorino. Aber nie habe ich seinen Familiennamen nennen hören. So lange noch alle drei lebten, wurden die Brüder durch ihre Vornamen Marco, Mario, Marino unterschieden. Jetzt wo er allein ist, heißt er der Signorino schlechtweg, wie ich die Signorina heiße. Auf Namen legt man keinen Wert in San Terenzo.

Schön muß es sein, so über dem Wasser zu tanzen. Wie schade um mein neues lavendelblaues Kleid, das im Schrank hängt, und das bis jetzt nur die Möwen und die Fischweiber bewundert haben.

„Der Signorino möchte Ihnen gerne vorgestellt sein und sich noch einmal bedanken“, hatte Giacomino mir schon zwanzigmal gesagt. Aber die Gelegenheit gab sich nie. Er hauste auf dem Wasser, ich auf den Klippen, am Lande begegnete man sich schwer. Es gab eigentlich überhaupt kein Land. Da waren nur eine kleine Piazza und ein paar Gassen, die gar keine Gassen waren, sondern steile, roh gepflasterte Felsenstufen, worauf die Holzpantoffeln klapperten. Sonst gab es nur zerstreute Klippen im Uferwasser, olivenbewachsene Berghänge und mächtige, hügelangebaute Gärten mit unglaublicher tropischer Pflanzenfülle.

Der Signorino weiß also nicht, wie und wo er sich mir vorstellen soll. Er grüßt mich, wenn ich von meinem hohen Fenster aufs Meer hinuntersehe, er grüßt mich, wenn ich auf der Klippe sitzend die Haare trockne, er grüßt mich, wenn ich, von Giacominos Boot begleitet, in den Golf hinausschwimme. Einmal trafen wir auch in Mantegazzas Garten zusammen, aber ich hatte mich schon verabschiedet, als er kam; so blieb es bei dem üblichen Gruße. Und jedes Mal muß ich lachen, wenn ich mich erinnere, daß ich in jener Sturmnacht einen Fliegenden Holländer in ihm gesehen habe. Er ist die sonnige Jugend und das Leben selbst.

Ich weiß auch, daß der Signorino den Wunsch hat, mich auf die „Allegria“ einzuladen, und daß er den Weg dazu nicht finden kann. Auch das hat mir Giacomino mitgeteilt. Ich lasse mich nicht aus meinem Gleichmut bringen. Wenn es des Schicksals Wille ist, daß ich auf der „Allegria“ tanzen soll, so wird er den Weg finden. Ist er zu ungeschickt, so werd’ ich’s verschmerzen.

Eigentlich sollte ich ihm böse sein, denn er hat mir die Hälfte meiner Popularität gestohlen. Sonst staunte man die Signorina, die von so weit herkommt, wie ein Meerwunder an, aber vor dem Glanz des Signorino muß sie verbleichen. Freilich mit Blumenschiffen, Serenaden und Venetianischen netianischen Nächten auf dem Wasser hat sie nicht aufzuwarten.

Doch sie gönnt ihm seinen Ruhm. Er hat etwas an sich, daß man ihm gut sein muß. Die Mischung von italienischem und angelsächsischem Blut ergebe einen veredelten Typus, hörte ich Mantegazza einmal sagen, und ich sehe, daß es hier zutrifft. Die Landleute werden ordentlich poetisch, wenn sie von dem Signorino reden:

„Er kommt wie der April mit seinen Gaben. (Der April ist dort der Wonnemond.) Jedem bringt er etwas mit. Er macht die Jungen froh und tröstet die Alten. Gott segne ihn. Gott erhalte ihn und schenke ihm ein langes Leben."

Über den Klippenweg, der nach Lerici führt – er ist wie so manches Schöne unterdessen verschwunden – kommen braune Frauen und Mädchen barfüßig mit Körben auf dem Kopfe. Sie schürzen die Röcke hoch, denn ihr Weg, den auch ich zu gehen pflege, führt stellenweise durch das seichte Uferwasser, das warm ist wie ein Wannenbad. Sie sind geselliger Natur, und auf einen kleinen Zeitverlust kommt es ihnen nicht an. Also ziehen sie die Röcke noch etwas höher, waten bis zu den Klippen heran und erreichen auf- und niederkletternd den höchsten Vorsprung, worauf ich sitze. Alleinsein ist in ihren Augen das größte der Übel, also halten sie es für ein Gebot der Gastfreundschaft, mir ein wenig Gesellschaft zu leisten. Es hat mir nie gelingen wollen, einmal längere Zeit ungestört auf dieser Klippe zu sitzen. Nun müssen meine Haare befühlt werden, ob sie wirklich alle festgewachsen sind. Dann geht es an ein Fragen. Ob in Germanien alle jungen Mädchen solche Haarfarbe haben? Ob es wahr ist, daß ich auch im Mondschein bei den Klippen bade? usw. Dabei sagen sie mir die schmeichelhaftesten Dinge, denn sie sind stolz auf meine körperliche Wohlfahrt, die sie der Luft von San Terenzo zuschreiben. „*Oh come La sta bene! Come La sta bene!*"

Aber nicht mir allein gilt ihre Neugier. Leichte Ruderboote mit sommerlich gekleideten Damen und Herren – es sind die Insassen der umliegenden Villen – nähern sich der „Allegria", die Gesellschaft erklimmt die Leiter und wird oben von dem jungen Schiffsherrn bewillkommt.

*„Eccolo, eccolo, il Signorino"*, heißt es, und nun häufen sich die zärtlichen Beiwörter auf seinen Scheitel:

Wie schön er ist und wie gut. Er ist noch schöner geworden als vor zwei Jahren, sagt die eine. – Und was für ein tüchtiger Seemann! Er kommandiert sein Fahrzeug selbst, sagt die andere. – Ja, und wie freigebig, fügt die dritte hinzu. Jede weiß eine neue Tugend, und gewöhnlich schließen sie mit der wichtigsten von allen, die mit besonderem Nachdruck ausgesprochen wird: *„E ricco!"*

Vor allen Dingen aber freuen sie sich, daß er so frisch und blühend aussieht: *„Sta bene anche lui, sta bene."*

Auf der „Allegria" werden die Segel aufgezogen, denn jetzt hat sich etwas Wind erhoben. Das Schiff neigt sich, schwankt, es macht ein paar Manöver, um den Wind abzufangen und fährt dann mit stolzer Schwenkung nahe vorüber.

Ganz vorn steht weißgekleidet, die Schiffsmütze auf dem Kopf, der Signorino. Sein Gesicht ist gebräunt, das tiefe Blau seiner Augen leuchtet bis herüber.

Im Vorbeifahren zieht er die Mütze. Ich danke.

Wir haben uns jetzt schon so oft gegrüßt, daß wir alte Bekannte sind, ohne noch ein Wort gewechselt zu haben. Und jedes weiß vom andern, daß es an der Begegnung seine stille Freude hat.

Was für ein Fest war das Leben dazumal. Immer schöner wurden die wachsenden Tage. Sie waren um mich her wie eine blaue himmlische Ewigkeit. – – –

Ein neues Bild. Weit draußen auf dem Meere, in grüner Einsamkeit, schwimmt ein kleines Boot. Das junge Mädchen hat sich in Giacominos Abwesenheit seine „Galatea" flott machen lassen und ist allein hinausgefahren, weit, so weit sie konnte. Die Sonne neigt sich schon, sie fährt ihr nach. Sie ist wenig geübt im Rudern, aber auf den leeren, unendlichen Wassern fühlt sie sich sicher und stark. Nur wenn in der Ferne ein Dampf- oder Segelschiff erscheint, wird sie aufgeregt; sie meint immer, solch ein Riese habe kein dringenderes Geschäft als sie und ihr kleines Boot zu überfahren. Auch begegnende kleinere Fahrzeuge sind ihr nicht geheuer. Aber heute ist nichts zu fürchten, die Segel der großen Fischerbarken stehen draußen am fernsten Horizont. Bei der Rückfahrt freilich kann man leicht dem Dampfer aus Spezia begegnen, und in der Nähe der Marina kreuzen die vielen kleinen Ruderboote. Dort liegen auch die geheimnisvollen Gärten am Grund, deren höchste Zweige bisweilen an der Oberfläche spielen wie lange, fingernde Arme, die ihr immer ein neugieriges Grauen einflößen, als ob sie sie niederziehen wollten. Schön sind sie, diese Gärten, aber man kann da so seltsame Verzauberungen erleben, wenn man lange hinuntersieht. Oft blinkt es wie farbenwechselnde Edelsteine aus der Tiefe, dunkelgefärbte Pfauenaugen blicken herauf – sind's Seetiere, ist's farbiges Gestein? Es lockt und ängstet. Und dann sind auch die Klippen da, an denen die großen Polypen hausen mit den gewaltigen Fangarmen, die einen Menschen unrettbar hinunterziehen, wenn sie mit dem freien Arm eins seiner Gliedmaßen erhaschen und mit den übrigen sich an Felsen festsaugen. Gesehen hat sie die Scheusäler ja nur im Kochtopf, aber durch Giacomino weiß sie von ihren greuelvollen Taten. Alle Schrecken der Odyssee werden lebendig, wenn sie an die Heimfahrt denkt. Und weil sie den Augenblick fürchtet, verschiebt sie ihn so lange wie möglich. Hier außen, über der stillen, grünen, undurchsichtigen Tiefe ist sie geborgen.

Die Sonne sinkt tiefer, nicht über dem Meere, dazu ist die Jahreszeit zu frühe, ihr Weg geht noch weiter westlich über die Vorgebirge, nur den Saum zwischen Himmel und Wasser färbt sie mit Purpur, Violett und Safran. Dorthin nimmt das Boot die Richtung. Dort liegen die Inseln der Seligen, wie Böcklin sie malt. (Er malte gerade damals in San Terenzo.) Weit hinaus über die schönen Inseln der Nähe, über unsere lieben, wohlbekannten, im fernsten

Abendgold liegen jene schöneren. O Menschenherz, du bist allein in einer ungeheuren Weite und steuerst nach einem unerreichbaren Glück.

Jetzt kommt ein Boot in Sicht vom Lande her. Es ist so klein, daß es sich kaum unterscheiden läßt. Aber es wächst mit der größten Geschwindigkeit. Schon kann sie seinen Bau erkennen und die zwei blitzenden Ruder, die wie zwei Möwenflügel auf- und niedergehen. Jetzt ist es schon so groß, daß man die Umrisse des Ruderers sieht. Sie fährt weiter und phantasiert.

Das Boot ist weiß wie ein Schwan und scheint zu fliegen. Es hält gerade auf sie. Vielleicht ist Giacomino besorgt geworden und sucht sie. Aber das Boot ist keines von den seinigen. Und der es fährt, ist auch nicht Giacomino. Es ist ein jüngerer Mann im hellen Sommeranzug. Er fährt gerade in ihrem Kielwasser. Das macht sie nervös, wie wenn auf der Straße ein Mensch auf ihren Schatten tritt. Gibt's denn auf der ganzen unendlichen Fläche keinen anderen Weg, den er fahren kann? Zur Unzeit fallen ihr all die Piratengeschichten ein, mit denen Giacomino sie unterhalten hat.

Nun ist der Friede der Natur gebrochen. Ein Mensch teilt diese Einsamkeit mit ihr; sie weiß nicht, wer er ist, und was er will. Fliehen wäre Torheit und völlig aussichtslos. Das sagt sie sich mit aller Klarheit und rudert dennoch unbewußt schneller.

Jetzt schießt er wie ein Pfeil. Noch ein paar Ruderschläge, so hat er sie erreicht:

„Halt! Oder ich entre Ihr Boot. Sie sind gefangen“, ruft er ihr zu.

Aber der es ruft, erweckt ihr keine Furcht. Seine Augen sind blauer als der tiefblaue Himmel und lachen, sein Gesicht ist voll Sonne. Es ist der Signorino.

„Giacomino hat sich um Sie gesorgt und schickt mich, Sie zu suchen.“

„Schönen Dank. Aber es war kein Grund dazu.“

Er machte mit seinem graziösen weißen Boot allerlei elegante Wendungen. Die Ängstlichkeit kam wieder über sie, daß sie sich schon angerannt im Wasser liegen sah und ihn himmelhoch bat, Abstand zu halten und vorsichtig zu sein.

„So wenig Mut haben Sie und fahren doch allein so weit hinaus?"

„Ich habe Mut, aber ich muß das Meer für mich allein haben."

Der Signorino lachte über diese besondere Art von Mut, nahm sich aber in acht, die Signorina nicht zu erschrecken.

„Fahren wir weiter?"

„Nein, ich kehre um, ich bin müde."

„Ihr Boot ist zu schwer für eine Damenhand. Giacomino müßte Ihnen ein leichteres geben."

„Das ist es nicht. Aber der Ruderpflock wackelt, sehen Sie. Das verlangt doppelten Kraftaufwand."

„Ich wundere mich, wie Sie mit dieser Arche Noäh überhaupt so weit gekommen sind", entgegnete er. – „Aber jetzt sollten Sie sich nicht weiter anstrengen, es kann Ihnen schaden. Man spürt es erst in der Nacht, wenn man sich übermüdet hat. Steigen Sie über. In einer halben Stunde führe ich Sie glatt nach Hause. Sie werden sehen, wie mein Boot läuft."

„Schön! Und was würde da aus der ‚Galatea'?"

„Die holen meine Leute."

Sie legen Bord an Bord, die Signorina springt hinüber und setzt sich ans Steuer.

Die „Galatea" bleibt einsam schaukelnd zurück.

Es war ein göttlicher Abend. Der Westen brannte. Das Wasser war kein Wasser mehr, sondern flüssigschimmerndes Metall, in dem der Kiel einen langen weißen Streifen zog wie ein streichender Riesenfinger. Die Inseln verloren ihre Masse und waren nichts mehr als Form und Farbe.

Da sitzen sie, die zwei jungen Leute, ganz in Sonnengold getaucht. Was sie zusammen redeten? Den Worten nach das reine Nichts. Aber wer weiß denn, was die Worte jeweils bedeuten? Wie ich einmal in Florenz einen Bramanen sagen hörte, daß die Gesänge der Bhagavad-Gita neben ihrem unmittelbaren, tatsächlichen Inhalt noch einen anderen mystischen, nur dem Eingeweihten verständlichen Sinn enthielten, so ging es mit dem Gespräch dieser beiden. Wenn sie sagten. „Meer und Inseln sind schön wie ein Traum“, so hieß es: „Dein Anblick ist mir lieber als Meer und Inseln, daß wir hier beisammensitzen ist der schönste Traum.“

Dies und noch viel Tieferes, Wunderbareres teilten sie sich unter den nichtssagendsten Worten mit. Selbst Mantegazza, der Weltwanderer, der mit seinem Gespräch gleich die beiden Hemisphären umspannte, wußte nichts so tief Bedeutsames zu sagen. Seine Welt war eine bestimmte, eine endliche Welt, in uns war das Unerforschte, das Grenzenlose, in uns war die Jugend.

Der Signorino wollte mir die Fahrtgeschwindigkeit seines Bootes zeigen. Wir flogen nur so über das Wasser, das gar keinen Widerstand zu leisten schien.

Zuweilen hielt er inne und sah sich mit trunkenen Augen um.

„Es ist schade, so zu eilen. Wer weiß, wann wieder ein Abend schön wie dieser kommt. Blicken Sie nur einmal nach Portovenere zurück. Es ist keine Wirklichkeit mehr, sondern eine Fata Morgana. Kennen Sie denn Portovenere? Ich wette, Sie sind noch gar nicht dort gewesen.“

„Ob ich es kenne! Es ist ein steinernes Märchen. Eine verzauberte Wasserburg. Man steigt den überbauten Felsenhang hinauf bis zur allerhöchsten Spitze und blickt hinaus aufs offene Meer. Dort versteht man erst das Wort ‚Wasserwüste‘. Unser Golf ist ja nur ein Binnensee.“

„Und die Palmaria? Haben sie Ihren Fuß schon auf die gesetzt? Nein? – Da möchte ich Sie einmal hinführen. Wollen Sie? Wir verankern die ‚Wallegria‘ bei Portovenere und umschiffen im Ruderboot die Palmaria. Giacomino soll uns begleiten, damit es Ihnen nicht an der gewohnten Gesellschaft fehlt.“

Er sprach von den blauen Grotten der Palmaria, die er mir zeigen wollte, die noch blauer seien als die von Capri, und beschrieb mir ihr überhängendes, buntgesprenkeltes Felsgestein.

„Und dann der Tino, unser Fackelträger! Und der kleine Tinetto, der sich hinter ihm versteckt! Möchten Sie die nicht auch sehen?"

Welch ein Traum, von den Segeln der „Allegria" wie von Flügeln getragen dahin gleiten! Die große Sehnsucht endlich gestillt, diese ganze Weite mein! Kein Gedanke, daß das Schicksal mir so viel Freude mißgönnen könnte, kam in meine Seele.

„Zwischen dem Tino und dem Tinetto liegt nur ein schmaler Wasserarm", fährt der Signorino in seiner Beschreibung fort. „Es ist so nah, daß man ganz leicht einen Stein hinüberwerfen könnte, der in einen Brief gewickelt ist. Auf dem Tino stand einst ein Mönchskloster, hörte ich sagen, und gegenüber auf dem Tinetto lebten Nonnen."

„Ich weiß, die wurden von Seeräubern weggeführt", antwortet die Signorina. (Das war eine von Giacominos Lieblingsgeschichten.)

„Seeräuber!" lachte er. „Ich bin auch einer, ich will es Ihnen gestehen. Fürchten Sie sich nicht? Sie haben sich schon einmal vor mir gefürchtet. Wissen Sie noch, in jener Sturmnacht? Giacomino hat es mir verraten."

„Der dürfte schweigen. Er hat sich auch gefürchtet. Wir überlegten gleichzeitig, wie wir es anstellen sollten, Sie ins Meer zu werfen."

„Schöne Gastfreundschaft! Aber heute sind Sie in meiner Gewalt. Ich kann Sie nach der ‚Allegria' bringen, alle Segel aufspannen und Sie bis nach Afrika verschleppen."

„Giacomino wird mich befreien. Er ist der Herr dieses Gewässers, und er sieht uns schon durch sein großes Fernglas. Sehen Sie, hier taucht die Rolandsklippe auf. Gleich sind wir an der Marina."

„Warum nennen Sie sie die Rolandsklippe?"

Ich erzählte, was ich von Giacomino wußte, daß Roland, der Held, die Klippe im Zorn mit einem einzigen Schwerthieb gespalten hatte.

„Mit *einem* Schwerthieb! *Non c'è male.*" – Er freute sich mit mir über einen solchen Helden und einen solchen Zorn. – „Aber was

Ihr Giacomino für schöne Geschichten weiß! Ich möchte auch zuhören, wenn er Ihnen wieder erzählt. Darf ich?"

So geht das Geplauder fort wie Zwitschern junger Vögel.

Wir schwimmen jetzt mitten in der Bucht von Lerici, in gleicher Entfernung zwischen den beiden Kastellen und kreuzen somit die feuchte Straße, die wir in jener Sturmnacht miteinander durchfuhren, ohne uns zu kennen.

Die Villa Maccarani mit ihrer meerbespülten Säulenhalle kommt in Sicht. Ihre Fenster lodern wie eine Feuersbrunst.

„Haben Sie auch schon daran gedacht", fragte er, „daß von der Veranda dort der Dichter Shelley seine Todesfahrt antrat?"

„Wie oft denke ich daran! Ich besitze ein englisches Buch, worin das alles steht: wie der ‚Don Juan' bei Livorno unterging, wie man den toten Dichter auffischte, und wie am Strand von Viareggio das Leichenfeuer brannte, in das Lord Byron Öl und Wein in Strömen goß. Ich kenne auch einen uralten Mann in San Terenzo, der sich an das alles noch erinnert."

„Also an solche Dinge denken Sie, wenn Sie auf Ihrer Klippe sitzen? Kommt es Ihnen dann nie, der tote Dichter könnte aus dem Wasser steigen, Schilf und Muscheln im Haar, und Sie aus weit offenen Augen anblicken, in denen das Grauen des Abgrundes liegt?"

„Nein, so schaurige Gedanken kommen mir nicht. Aber ich denke an die Lieder, die mit ihm versunken sind. Und ich möchte wissen, ob sie da unten Ruhe haben und immer schlafen. Oder ob sie zuweilen jammernd an der Oberfläche irren, und mein Ohr strengt sich an, einen Ton von ihnen zu hören."

„Träumerin!"

„Träumen Sie nicht etwa auch?"

„Selten. Ich habe keine Zeit dazu. Ich will noch so vieles sehen. Im Spätherbst fahre ich nach Griechenland." –

„Sie Glücklicher!"

„Ich bin es."

Wir waren schon so nah am Strand, daß wir Hundegebell und Menschenstimmen vernahmen. Da hielt er noch einmal mit Rudern inne und sagte schnell und eindringlich:

„Morgen Abend gebe ich ein Fest auf der ‚Allegria'. Werden Sie kommen und die Polonaise mit mir tanzen?"

„Das kann ich nicht versprechen."

„Doch. Sie müssen. Mir darf man nichts abschlagen."

„Warum nicht?"

„Weil man in meiner Familie nicht alt wird. Ich bin der letzte von drei Brüdern, das wird man Ihnen gesagt haben. Keinem hat man je einen Wunsch versagt. ‚Laßt sie ihre Freude haben', hieß es. Meine Brüder haben sie gehabt. Sie haben tanzend und segelnd gelebt. Soll ich nicht auch die meine haben?"

Die blauen Augen hatten einen Ausdruck von Bitte und Zuversicht, dem nicht zu widerstehen war.

Natürlich versprach ich zu kommen.

Wie seltsam, ihn so vom Tode sprechen zu hören mitten im lachenden Leben.

„Es ist nichts Trauriges dabei", sagte er. „Ein Hecht lebt hundert Jahre, heißt es, und drüber. Ein Pferd kaum dreißig, ein Hund noch viel weniger. Wer kann sagen, daß der eine glücklicher sei als die anderen? Auf die Länge des Lebens kommt es nicht an, sondern auf die Schönheit."

Das war ganz meine Meinung. Es betrübte mich nicht, daß er so früh sterben müsse. Ich fand, daß es ihm wunderbar stehe, wie ein fremdartiger, unbegreiflich schöner Schmuck.

Das Gespräch verebbte. Er ruderte ganz langsam, und es schien, als söge er alle Süße des Lebens mit tiefen Atemzügen in die Brust. Über uns standen schon groß und zitternd der Arkturus und die Vega.

„Sie haben ein Kleid, das blau ist wie die Gewänder der Thetis", fing er wieder an. – „Ich sah Sie einmal darin. Werden Sie es anziehen zu meinem Feste?"

„Kennen Sie die Thetis persönlich?“ fragte ich zurück.

„Sie hatte einen Sohn, dem ein kurzes Leben bestimmt war“, antwortete er. „Wenn dem ein Leides geschah, so stieg sie aus den Fluten und setzte sich zu ihm. Sie trug solch ein verschwimmend blaues Kleid wie das Ihre. Ich habe meine Mutter kaum gekannt. Aber zuweilen steigt die Thetis herauf und redet mit mir. – Wollen Sie mir zuliebe das blaue Kleid anziehen?“

Ich versprach, das blaue Kleid anzuziehen.

– „Giacomino“, sagte ich an jenem Abend, als mein Hauswirt am Feuer für mich schaffte. „Ich will morgen abend auf der ‚Allegria‘ tanzen. Was sagen Sie dazu? Schickt es sich, weil ich allein bin?“

„Ich werde mitgehen und Sie nicht aus den Augen lassen. Wenn Sie auf dem Deck tanzen, so werde ich mich auf die Kajütentreppe legen wie ein Wächterhund. Dann schickt es sich. Und wenn jemand über Sie reden will, werde ich sagen: Ich bin dabei gewesen.“

Das war die Antwort, auf die ich gezählt hatte.

In jener Nacht erlebte ich noch etwas Unaussprechliches. Ich lag in meinem hohen Turmzimmer zwischen Traum und Wachen, rings um mich her das eintönige Anrauschen des Meeres, das von Zeit zu Zeit eine stärkere Welle mit lautem Gusse unterbrach. Da kam ein Tönen wie von Äolsharfen über das Wasser, eine Musik von so unsagbarem Wohllaut, als ob ein Sternenschwarm in Töne aufgelöst daherzöge. Waren es die versunkenen Lieder Shelleys, die nicht schlafen konnten? Nein, ich wußte es mit innerer Gewißheit, es war mein junger Fahrtgenosse, der mir noch einen Gutenachtgruß sandte.

Die Musik kam näher, ich vernahm leises Eintauchen von Rudern unter meinem Fenster. Aufstehen und ans Fenster treten – so weit konnte ich nicht einmal mehr denken. Die ermatteten Glieder lagen zu fest in Schlummerbanden, das Hirn war zu tief vom Schlafdorn gestochen. Die Musik schwoll höher, ich weiß nicht, kam sie von Instrumenten, von Menschen- oder Engelsstimmen; ich weiß auch nicht, ob es das Wasser oder der Halbtraum war, was sie so ins Überirdische verschönte. Ich habe niemals wieder eine solche Musik gehört.

Das schwellende Riesenbett, in dem ich schlief, wurde zum Wolkenpfühl und erhob sich mit mir aufwärts, von Tönen getragen. Ich schwebte draußen im Sternenschimmer über die schlafenden Inseln hin, höher, immer höher, bis hinauf zum Bootes und zur Vega, während die Musik leise verhallte. Es war vielleicht die reinste Seligkeit, die ich je genossen habe.

Am Morgen fuhr ich zeitig nach Spezia, wo ich mit Freunden von auswärts zusammentraf. Sie führten mich im Wagen nach dem verzauberten Portovenere, erstiegen mit mir das überpflasterte Felsgestein, und von der allerhöchsten Warte überschauten wir den blauen hinter uns liegenden Golf und die vor uns ausgebreitete unendliche Bläue. Dann nahmen wir einen kleinen Kahn, umschifften die Palmaria, die wie das Wrack eines versteinerten Riesenschiffes aus dem Wasser ragt, fuhren in all ihre Grotten und Höhlen hinein, die wirklich ganz so türkisenblau und von so abenteuerlichen Tropfgebilden überhangen waren, wie der Signorino mir gesagt hatte. Und ich dachte daran, daß ich das alles mit ihm noch einmal sehen und es dann noch viel schöner finden würde. So herrlich der Tag war, ich dachte mit Ungeduld an den Abend, an dem ich im thetisblauen Kleide mit dem Herrn der ‚Allegria' tanzen wollte. Und ich blickte oft nach der Bucht zwischen den zwei Kastellen hinüber, konnte aber natürlich unter den dort liegenden Schiffen die Jacht des Signorino nicht unterscheiden.

Als wir uns an Schönheit gesättigt hatten, machten wir in Portovenere Mittag, und fuhren, sobald die Hitze nachließ, nach Spezia zurück.

Die Freunde dachten, ich würde das letzte Dampfboot abwarten, aber ich ließ mich nicht halten. Ich leistete mir den Luxus eines kleinen Segelbootes, um zeitiger in San Terenzo zu sein. Unterwegs flaute der Wind ab, es mußte gerudert werden. Ich bekam das Ballfieber. Immer neue Versprechungen machte ich dem Fährmann, damit er schneller rudere. Als San Terenzo in Sicht kam, brannten schon die ersten Lichter, aber es war noch völlig hell, wir hatten eben den längsten Tag des Jahres. Gottlob, das war gut gegangen. Ich hatte Zeit noch ein Bad zu nehmen, die Haare zu ordnen, das thetisblaue Kleid, das dem Signorino lieb war, anzuziehen.

Die „Allegria" lag wie immer im tiefen Wasser. Aber irgend etwas war nicht wie sonst. Richtig, die bunten Wimpelchen fehlten. Die sollten ja durch frische Blumengewinde ersetzt werden, wie er mir gesagt hatte, und alle Gärten am Golf wollte er dazu plündern. Da waren schon viele Hände geschäftig, schwere grüne Girlanden zu schleppen, die sie am Klüverbaum und an den Schiffsblanken befestigten. Man sah es, an Bord herrschte aufgeregte Tätigkeit vor dem Feste.

Und die am Mastbaum, was machen denn die? Meine Augen sind von dem heißen Tag und der scharfen Seeluft angegriffen, ich glaube ihnen nicht.

„Bootsmann, was machen denn die Leute dort am Mast?"

„Sie ziehen eine schwarze Fahne auf, Signorina."

„Unmöglich! Es wird ja heute getanzt. Was sollte da die schwarze Fahne?"

„Ich weiß es nicht, Signorina."

Als ich an Land trat, wußte ich es. Da standen Frauen, die weinten und klagten: Der schöne Signorino! Der gute Signorino! Er war in der Frühe an einem Blutsturz gestorben.

Der schöne Signorino! Der gute Signorino, murmelte auch ich und wußte nicht, was ich sagte. – Sinnlos starrte ich die „Allegria" an, die nicht für Tanz und Freude, sondern für die letzte Fahrt ihres Gebieters geschmückt wurde. Er sollte noch am späten Abend nach Spezia geführt und von dort nach Mailand in die Familiengruft gebracht werden.

Ich begriff nichts von allem, was sie sagten. Meine Füße zuckten noch vor Tanzlust, mein ganzes Wesen schwang in dem Anstoß, den es erhalten hatte, heute Abend auf der schönen Jacht mit ihrem

Herrn die Polonaise zu führen. Wie dieser Anstoß sich endlich legte, und ob mir dann schlimm zu Mute war, weiß ich nicht mehr.

In der blauenden Dämmerung stand ich am Fenster und sah der „Allegria“ zu, wie sie mit ausgespannten Segeln und im Wasser schleppenden Girlanden hinausfuhr. Von all ihren festlichen Ausfahrten war dies die festlichste.

Weinen wie die andern konnte ich nicht. Warum? Ich weiß es nicht. Vielleicht weil ich die Jugend und den Tod gar nicht zusammen denken konnte. Da fuhr der Schöne fort, ohne mit mir getanzt zu haben, und ich hatte mich doch so sehr gefreut! Das war vielleicht das überwiegende Gefühl.

Erst als die „Allegria“ ohne ihren Herrn zurückkehrte und schwarz und abgetakelt draußen im tiefen Wasser lag, flossen auch mir die Tränen. Die Bucht schien ausgestorben; es gab keine Musik und keinen Tanz mehr in den Nächten. Der Frühling war tot. In der Frühe der Sommersonnenwende war er gestorben.

Später wurde die „Allegria“ an einen Villenbesitzer in Lerici verkauft und ging mit ihrem neuen Eigentümer bei einem Sturme unter. Ihre Trümmer wurden bei Livorno ans Land gespien.

– – – Ein ganzes Menschenleben ist seitdem vergangen. Wo ist das thetisblaue Kleid geblieben? Wo sind die tanzlustigen Füße? Wo alle die alten Freunde aus jener Zeit? Wo modern die letzten Planken der „Allegria“?

Rätselhafter Abgrund meiner eigenen Seele, was weiß ich von dir? Höchste Freuden sind spurlos verweht, Schmerzen, die sich ewig glaubten, sind versaust, tiefste Lebensgeschicke sind von mir abgefallen wie ein vertragenes Kleid. Und da steigt nun mit einem Male aus der Tiefe der Zeiten das Bild des Signorino, dessen Namen ich nicht einmal wußte, mit dem Angesicht voll Sonne, mit den Augen, die blauer sind als der Himmel über dem Golf von Spezia; er winkt mir mit der Asphodelosblüte und lächelt.

# Von Arnold Böcklin

Da ich schon bei einer früheren Gelegenheit zusammengetragen habe, was von dem langjährigen Verkehr meiner Familie mit Arnold Böcklin in meinem Gedächtnis haftet, kann ich, um abermalige Böcklin-Erinnerungen angegangen, nur noch eine kurze Nachlese liefern.

Es war in Florenz zu Anfang der achtziger Jahre, daß mein Bruder Edgar mich zum ersten Mal in Böcklins Werkstatt in der Casa Svertschkoff am Lungo Mugnone mitnahm. Als Böcklins Hausarzt, der trotz seiner großen Jugend des Künstlers ganzes Vertrauen und herzlichste Freundschaft besaß, ging er dort zwanglos aus und ein. Böcklin stand damals auf der Höhe des Lebens, eine große, wohlgebaute und gebietende Erscheinung mit den markigen, klargeschnittenen Zügen, die man aus seinen Selbstbildnissen kennt. Kräftiger Schnurrbart, Kinn und Wangen rasiert, Haltung und Bewegungen kühn, fast kriegerisch anmutend. Ganz ungewöhnlich wirkten seine blauen offenen Augen, aus denen die Persönlichkeit auf den Beschauer zuzutreten schien. Man sah ihnen die erstaunliche Sehkraft, ihren wunderbaren Bau, von dem ein berühmter Züricher Augenarzt sagte, sie seien wie ein Prachtpalast neben gewöhnlichen Wohnhäusern, schon äußerlich an. Im Betragen war er einfach, gewinnend, von vollendeter Natürlichkeit, wie ein Mensch, der nie an sein Ich, nur an sein Werk denkt. Er war auch wahrlich kein vom Glück Verwöhnter. Obgleich schon in den Fünfzigern, stand er damals noch mitten im Ringen. Die Tage waren noch fern, wo ein Böcklinsches Bild ein Vermögen darstellte, und es ist bitter, zu denken, daß diese Tage, als sie endlich für ihn anbrachen, zu denen gehörten, von denen es in der Bibel heißt: „Sie gefallen mir nicht." Sein „Glück" sollte ihn schon auf der Schattenseite des Lebens finden. Aber um die Zeit, von der ich rede, stand noch im Konversationslexikon beim Artikel Böcklin zu lesen: „Reiches, aber krankhaftes Talent, verirrte Kunst" oder etwas Ähnliches. Ein glänzendes Beispiel von „Verirrung" befand sich eben auf der Staffelei, eines jener Bilder, worauf die dämonische Schönheit des Meeres sich zu den unvergeßlichen Elementarwesen verkörpert, die, nachdem ein Auge sie einmal so gesehen hat, für alle glaubhaft sind und aus unserem Vorstellungsbesitz nicht mehr verschwinden. Von den griechischen Fabelwesen haben sie eigentlich nur die Namen geborgt, denn sie sind ganz und gar aus der Üppigkeit und dem Überschwang der so viel derbsinnlicheren italienischen Landschaft herausgewachsen, wobei sie freilich von den Italienern selbst am wenigsten gewürdigt wurden, die für solche Naturbeseelung zu große Realisten sind und weder Reste der alten Mythen im Volksbewußtsein festgehalten haben, noch sich sonst an Märchen ergötzen. Besonderen Eindruck machte mir ein moosbewachsener brüllender Triton inmitten einer spielenden Nereidenschar, der einem sehr dunkelfarbigen, bärtigen Freund, dem englischen Dichter Grant, zum Erschrecken ähnlich sah. Ich habe das Bild später auf keinem der berühmten Böcklinschen Meerbilder genau wiedererkannt; vermutlich hat es sich noch unter dem Pinsel um- und umgewandelt.

Bald darauf machte Böcklin allein Besuch in unserem Hause, daher sich auch in der Folge kein Familienverkehr entspann. Meine Mutter, ganz mit der Pflege ihres schwerleidenden Jüngsten beschäftigt, verließ fast nie das Haus, und des Künstlers Gattin, die mit ihrer großen Familie genug zu tun hatte, befand sich in ähnlicher Lage. Die schöne Frau Angela, wer kennt sie nicht aus den Bildern ihres Gatten, auf denen er nicht müde wurde, ihren prachtvollen Römerkopf darzustellen? Um jene Zeit hatten ihre Züge den Jugendreiz schon verloren und die herbe Schönheit der Linie gab ihr etwas Strenges, das dann mit zunehmendem Alter ins Parzenhafte ging; die nicht große Gestalt neigte bereits zu der den Römerinnen in den späteren Jahren anhaftenden Überfülle. Franz v. Lenbach zeigte mir einmal in der Via Capo le Case in Rom die Stelle, wo Böcklin ihr zum ersten Mal begegnet war. Wie bezeichnend für Böcklins ganzes Wesen, daß der damals noch völlig unbekannte und mittellose Maler der jungen Schönheit nicht auf den Straßen nachstrich, sondern zu ihrem Vormund ging und um die Waise, die einer gut bürgerlichen, aber verarmten Familie angehörte, warb. Nur die Allernächsten konnten der Lebensgefährtin des Künstlers gerecht werden. Durch sie wissen wir, daß Frau Angela eine treubesorgte Familienmutter und immer regsame Hausfrau gewesen ist. Vor der Öffentlichkeit hing und hängt der Vorwurf an ihr, daß sie auch zu einer Zeit, wo das Ebenmaß ihrer Formen schon geschwunden war, dem Gatten kein anderes Modell gestatten wollte als sich selbst. Böcklin, der über die Ehe fast puritanisch streng dachte, hatte ihr gewiß niemals Anlaß zur Klage gegeben. Allein germanisches und romanisches Wesen sind getrennte Welten, die auch beim längsten Zusammenleben nicht restlos ineinander verschmelzen, am wenigsten in der Liebe, die für die Romanen ganz unter den Begriff des Mein und Dein fällt, mit dem bei ihnen nicht zu spaßen ist. Man möchte sich gleichwohl diese römische Heirat nicht aus Böcklins Leben wegdenken, sie war für sein Ringen nach der Schönheit, der er jedes Opfer brachte, symbolisch.

Wie sehr die leidenschaftliche Frau in ihrem Gatten aufging, bewies mir ein kleiner Umstand, der für mich immer etwas Rührendes hatte. Während sonst in den deutsch-italienischen Ehen das Deutsche sehr schnell zu verschwinden und der Landessprache Platz zu machen pflegte, gab sich Frau Böcklin beharrlich Mühe, Deutsch zu sprechen, obgleich sie sich an unseren Lauten fast die Zunge zerbrach und die vokalarmen Worte nur dadurch bewältigte, daß sie nach der Art ihres Volkes jedem Endkonsonanten ein e anhängte, was bei der humorlosen Ernsthaftigkeit ihres Sprechens doppelt wunderlich klang. Böcklin, der Schweizer, war eben in Italien ein viel besserer Deutscher geblieben als die Mehrzahl der Deutschen dort. Vor allem die Muttersprache war ihm eine heilige Sache. Er selber sprach langsam, ein wenig stockend, er suchte gleichsam zielend nach dem rechten Wort und traf dann mitten ins Schwarze, mit der schönen, sinnlichen Kraft, die aus den schweizerischen Mundarten quillt. Für ihn gab es keinen Kulturkreis außerhalb des deutschen. Er verschmolz nie mit italienischem Wesen, das seiner männlichen Art nicht lag. Wie ganz ihm die französische widerstrebte, erzählt sein Schweizer Biograph Fleiner. Die Greueleindrücke der Achtundvierziger Februarrevolution, in die er bei seinem Pariser Aufenthalt wider Willen hineingerissen wurde und deren blutige Unterdrückung er dann von seinem kleinen Fenster aus mit ansehen mußte, hatten ihn für immer von diesem Volke zurückgestoßen. Von den Franzosen wollte er nicht einmal bewundert sein. Wenn Böcklin heute lebte, wäre er kein kühl zur Seite stehender oder gar nach Frankreich schielender Neutraler, sondern stünde mit ganzer Seele da, wo um die Rettung der deutschen Kultur gerungen wird.

Es war gut sein in Böcklins Nähe, wenn er auch im Gespräch wenig aus sich heraustrat. Vieles Reden liebte er nicht, am wenigsten über künstlerische Dinge. Wer mit Zungenschärfe auf ihn eindrang und ihm die reine Luft der inneren Gesichte trübte, dem ging er fortan aus dem Wege. Aber in guter Stunde konnte er auch in Zug kommen und merkwürdige Erlebnisse oder heitere Anekdoten in Basler Mundart, Geschichten aus der Zeit seines Militärdienstes und ähnliches erzählen, Gedichte, die er liebte, ohne Besinnen hersagen. Besonders freute mich seine Liebe zur Antike und daß Homer sein Lieblingsdichter war. So, nun haben Sie Rom gesehen? sagte er mir einmal. Jetzt wird ihnen gewiß die ganze Ärmlichkeit der Renaissance aufgegangen sein. – Natürlich durfte man solche Äußerungen nicht buchstäblich nehmen. Ein ander Mal konnte er mit höchster Ehrfurcht von dem oder jenem Renaissancemeister reden. Ein guter Tropfen mußte stets dabei sein, wenn man Böcklin angeregt sehen wollte. Er pflegte noch die Poesie des Trunkes, die in unserem Zeitalter der schwierigsten, die volle Nervenbeherrschung erfordernden technischen Aufgaben keinen Platz mehr hat. Ein guter Wein half ihm nicht nur über die Nöte des Alltags, sondern mitunter sogar über künstlerische Schwierigkeiten hinweg. Um Lungo Mugnone fanden damals lange nächtliche Sitzungen statt, die in der deutschen Kolonie unter dem ominösen Namen der Götterdämmerung bekannt waren. Einige Schüler Böcklins, darunter der prächtige Österreicher Zurhelle, gehörten mit dem Kunstgelehrten Gustav Floerke, der über des Meisters Reden Buch führte, zu dieser Tafelrunde. Aber auch im engeren Kreise dauerte er gern beim Glase aus. Besonders erinnere ich mich eines Abends in unserem Hause, wo wir schließlich nur noch zu dreien beisammensaßen. Mein Bruder Edgar, der von früh bis spät in Anspruch genommene Arzt, der die kargen Stunden seiner Nachtruhe so nötig brauchte, tat sein Bestes, die Augen offen zu halten, und auch ich bemühte mich, unerschrocken dreinzuschauen. Böcklins Augen blieben immer wacker in ihrem ruhig-leuchtenden Blau. Er saß strack aufrecht und blickte geradeaus in sichtlichem Behagen, die Worte wurden von allen Seiten immer seltener, mitunter schwiegen wir ganz. Man konnte mit Böcklin zwanglos schweigen, das edelste, was sich von menschlicher Geselligkeit sagen läßt. Als er aufbrach, war es dann nicht mehr spät, sondern schon wieder frühe.

Zuweilen besuchte uns auch sein ältester Sohn Arnold, eines der schönsten Menschenbilder, die ich je gesehen habe. Zu den schwarzen Haaren und der südlichen Hautfarbe der Mutter hatte er die strahlenden blauen Augen des Vaters, nur ohne dessen festen, machtvollen Blick. Er wollte gleichfalls Maler werden, aber der Genius des Vaters lähmte ihn, von dessen Übergewicht er sich nicht befreien konnte. Um ihn nur ja nicht nachzuahmen, unterdrückte er dann lieber die Phantasie ganz. Er brachte einmal eine seiner Tafeln mit, die mich durch die Dürftigkeit des Vorwurfs in Erstaunen setzte. Ein andermal trug er die italienische Grammatik bei sich und klagte, daß ihm diese Sprache so viel schwerer werde als mir. Ich sagte verwundert: Die ist Ihnen ja in die Wiege gegeben. Aber er antwortete traurig: Mir ist gar nichts in die Wiege gegeben. – Von seinem italienischen Blut hatte er den unsteten Willen, der kein Ziel verfolgen konnte, und die Größe des Vaters, die er unerreichbar vor sich sah, machte ihn schwermütig. Man konnte ihn nur von Herzen bedauern; es war, als ahnte er schon das Geschick, das ihn frühe in ein Dunkel ohne Ausgang hinabziehen sollte. Die Nachkommenschaft, die im Hause Böcklin blühte, war körperlich eine wahre Auslese, aber ein böses Gestirn waltete über der Schar: Vierzehn Kinder hatte die schöne Angela Pacucci ihrem Gatten geboren, von den sieben, die sie aufziehen durfte, besaß sie nur noch zwei, als sie die Augen schloß.

In jene achtziger Jahre fielen auch Böcklins Versuche mit seinem Flugzeug, dem sein jahrelanges Mühen galt, und das er damals für bedeutungsvoller hielt als seine Kunst.

Auf einem hochgelegenen Grundstück jenseits des Mugnone, das er zu diesem Zweck gemietet hatte, wurde der hohe leichte Bau mit den seidenen Tragflächen aufgerichtet und leuchtete weit ins Land. Dort lagerte und schaffte der Erfinder mit einer Anzahl begeisterter jüngerer Anhänger den ganzen August hindurch, Tag und Nacht; man schlief, bastelte und kochte im Freien. Nach der Beschreibung eines Familienmitglieds hatte das Flugzeug zwei Räder zum Antrieb für die Füße und Flügel, die mit den Armen zu bewegen waren, ein schwanzartiges Steuer und eine lange Ausladung nach vorn zum gleichen Zweck, ähnlich dem vorgestreckten Kopf des Vogels. In der Mitte war der Sitz des Fliegers. Da das Ding mehrere Abteilungen hatte, glaubte der Tapezierer des Hauses, ein Original namens Narcisso, dessen Hilfe bei dem Aufbau in Anspruch genommen wurde, die ganze Familie Böcklin solle fliegen und er, der arme Tapezierer, müsse auch mit; die Schwanzabteilung sei für ihn gemacht zum hintenaufsitzen. Und er jammerte voller Angst, er wolle nicht himmelfahren, er habe seine Kundschaft auf der Erde, *povero tappeziere*. Durch die Reden des Tapezierers und die großen Biwakfeuer, die man des Nachts anzündete, sowie das Singen und Zechen wurde die ländliche Nachbarschaft heftig aufgeregt, und es verbreitete sich das Gerücht, auf dem Campo Caldo sei eine Hexenküche aufgeschlagen, ein fremder Hexenmeister braue gefährliche Dinge unter fremden, seltsamen Bräuchen, die

Ernte sei in Gefahr. Die Geistlichen mischten sich drein und stellten Böcklin zur Rede, ob es wahr sei, daß er Zauberei treibe. Jawohl, war die Antwort, und der Künstler erging sich in ungeheuren Fabeleien über seine Hexenküche. Zur Beruhigung der Bauernschaft wurde daher des Nachts eine Prozession mit Kreuzen und Fahnen vorgenommen und das verhexte Feld exorziert. Freund Zurhelle war entschlossen, es nicht zu dem waghalsigen Flugversuch kommen zu lassen, daher er nach durchschafften Tagen des Nachts alles wieder in Unordnung brachte, daß sich die Probe immer aufs neue verzögerte. Eines Tages erhob sich ein furchtbarer Sturmwind mit Hagelgewitter, und als sich die Wolken verzogen, war das Flugzeug verschwunden. Man fürchtete, der Meister sei mit aufgefahren, der aber saß mit Zurhelle unter einem Regenschirm am Feldrain, beide blau gefroren und bis zum Gürtel im Eiswasser. Die Teile des zerstörten Gestells wurden später aus Feldern und Kluften zusammengetragen. Dieses Mißgeschick hielt den Erfinder nicht ab, sein Flugzeug neu aufzubauen und diesmal wirklich den Flug zu wagen, wobei er aus beträchtlicher Höhe abstürzte, aber zum Glück keinen großen Schaden nahm.

Auch eine Springmaschine hatte er erfunden, gleichfalls ein flügelartiges Ding, zu rascherer Fortbewegung auf dem Boden. Er gab es aber auf, weil man sich immer dabei überkugelte. – Ob nicht, als im ersten Jahrzehnt unseres Jahrhunderts der erste Flieger in noch zagen Kreisen über die Höhen von Fiesole und über Böcklins letzten Wohnsitz hinschwebte, der Schatten des Alten dort am Fenster stand und, mit den Augen, die in die Sonne blicken konnten, dem neuen Vogel nachschauend, sagte: Also das war die Lösung!?

Im Jahre 1885 verzog Böcklin wegen des besseren Schulunterrichts für die Kinder mit seiner Familie nach Zürich. Aber das südliche Land ging ihm in allen Träumen nach, und eine ganze Anzahl der italienischen Meerbilder entstand in dem seltsamen graugestrichenen Kasten, den er sich als Werkstatt in Hottingen erbaut hatte. Schmerzlich vermißte er den Himmel, das Meer, den Wein Italiens.

Dort war es wohl, wo er für das Dahin, dahin! die im Freundeskreis beliebt gewordene Variante fand: „Und Marmortische steh'n und seh'n mich an." Aber eine Vergütung wurde ihm dort zuteil, die ihn über alles Entbehren hinwegtrug, die Freundschaft Gottfried Kellers. Die Verehrung für den geistesverwandten Landsmann und die Hoffnung, ihm näher zu treten, hatten schon bei der Wahl des Aufenthalts mitgewirkt. Als ich Böcklin zum ersten Mal in Zürich besuchte, überraschte er mich beim Aufbruch durch die unvermittelte, etwas zögernd ausgesprochene Frage: Sie wünschen natürlich, Gottfried Keller kennen zu lernen? – In ihm selber war dieser Wunsch so brennend gewesen, daß er ihn bei allen anderen ebenso stark voraussetzte. Ich hatte aber nie das Verlangen der meisten Menschen, einen bewunderten Dichter auch von Angesicht zu sehen, so recht verstanden, denn Besseres als durch sein Werk kann er mir bei einer flüchtigen Begegnung doch im günstigsten Falle nicht geben, und besonders bei Keller war die Gefahr, sich eine erhebende Vorstellung durch allzu barocke Züge der Wirklichkeit zu verderben, größer als der mögliche Gewinn. Ich antwortete also unbedenklich, ich hielte es für schöner, die Leute von Seldwyla ohne ihren Dichter zu genießen. Erst später fiel es mir ein, wie sehr Böcklin, der gewiß gewohnt war, von allen Seiten um eine Vorstellung bei Keller bedrängt zu werden, von dieser Antwort auf seinen halben Vorschlag erstaunt gewesen sein mag. Er hat sie aber jedenfalls richtig gedeutet, denn er sagte, den Gedanken fallen lassend: Man kann freilich nie vorauswissen, wie es ausgeht, wenn man Keller in Damengesellschaft bringt. – Eine von Böcklins schönen Töchtern erzählte mir später, daß der große, wunderliche Dichter in der Tat völlig unberechenbar gewesen sei, und daß auch sie ihn, trotz der nahen Freundschaft mit ihrem Vater, mitunter auf der Straße nicht einmal kennen durften, was er durch Abwinken mit der Hand schon aus der Ferne zu verstehen gab.

Nach Kellers Tode hatte ich zum zweiten Mal die Freude, Böcklin in Zürich besuchen zu können. Als ich im Haus nach ihm fragte, wurde ich durch ein Krautgärtlein gleich in seine Werkstatt gewiesen. Wer ist da? rief es auf mein Klopfen dröhnend heraus. (Ich hatte nicht gewußt, daß er vormittags nicht gestört sein wollte.) Besuch aus Florenz, antwortete ich etwas zaghaft. Auf flog die Tür wie auf ein Zauberwort, und die mächtige Gestalt trat mir mit herzlichem Willkomm entgegen. Ich fand ihn aber schlecht aussehend und erfuhr gleich, daß er viel an Kopfweh leide und sich im Schaffen behindert fühle. Auf der Staffelei stand ein beinahe fertiges Bild: ein altes Pärchen, das in einer Laube mitten im Grünen aufrecht sitzt und schlummert. Der Künstler fühlte sich gedrungen, den Inhalt zu erklären, den er selbst ein Stückchen Lyrik nannte. Den Alten ist es ihr Leben lang sauer geworden, erzählte er, sie haben geschafft und gedarbt, um ein eigenes Fleckchen Erde zu erringen. Spät sind sie ans Ziel gekommen, Gärtchen und Laube sind ihr Eigentum, aber sie selber sind alt und müde. Vergebens duften und blühen die Blumen für sie, ihre Sinne sind stumpf geworden, sie können nichts mehr als im Sonnenscheine sitzen und nicken. – Ein unbewußter Unterton von Leid schwang in seinen Worten mit. Des Freundes Hingang, der ihn, wie er sagte, ganz vereinsamt zurückließ, mochte ihn an die Kürze der eigenen noch übrigen Spanne erinnern. Er fühlte sich selber schon an der Schwelle des Alters und nannte nach so vielem Schaffen noch kein Fleckchen Erde sein eigen. Auch bereitete ihm die Kritik aufs neue Ärgernis. Kaum daß das Philistertum der Alten überwunden war, begann das der Jungen, das sich revolutionär gebärdete, aber ebenso theoretisch in Schlagworte verbohrt war. Bei dem Drucke, der auf ihm lag, spürte er jetzt auch die kleinen Nadelstiche stärker. Er redete jenes Tages mehr und aufgeschlossener als sonst, als fühlte er das Bedürfnis, all die Mißtöne durch die Fülle des eigenen Wesens aufzulösen.

Nicht allzu lange nach jenem Züricher Besuch hörte ich, daß ein Schlaganfall den rastlos Tätigen betroffen habe. Eine neue mißglückte Bemühung um sein Schmerzenskind, das Flugzeug, von dem er auch jetzt nicht lassen wollte, soll den unmittelbaren Anlaß zu der Katastrophe gegeben haben, aber die Kopfschmerzen, über die er damals geklagt hatte, waren schon die dunkeln Vorboten gewesen. Jetzt hielt es ihn nicht länger im Norden. Sobald er reisefähig war, brach er zur großen Beunruhigung der Seinen, die ihn in diesem Zustand nur ungern ziehen ließen, nach Italien auf. Auch hier hatte wieder der treue ärztliche Freund zwischen dem Freiheitsbedürfnis des Kranken und der berechtigten Sorge der Angehörigen zu vermitteln. Ein jüngeres Familienmitglied, das ihn begleitete, war denn auch verständig genug, ihn in Viareggio, wo er sich gleich wohler fühlte, seiner eigenen Leitung zu überlassen. Dort in den Fluten seines so sehr geliebten Tyrrhenischen Meeres fand er vorübergehend die Gesundheit wieder. Der Druck, der noch immer auf seinem Kopfe lag, wich, und eines Tages erschien er strahlend gelaunt in dem benachbarten Forte dei Marmi, wo mein Bruder Erwin seine Bildhauerwerkstatt aufgeschlagen hatte, und blieb durch vierzehn sonnige Tage als Gast in dessen Familie. Er war wie verjüngt und voller Leben, in seiner Einfachheit unwiderstehlich liebenswürdig, und genoß die Ursprünglichkeit dieses italienischen Strandlebens noch einmal mit vollen Zügen. Die Marmortische waren auch wieder da, und was darauf gehört. Eine Inschrift hält dort an dem Hause, das sich jetzt im Besitz einer Schweizerin befindet, die Erinnerung an jenen Aufenthalt Böcklins fest. Wenige Schritte davon baute sich später Frau Angela ihren sommerlichen Witwensitz, und noch viele Jahre nach dem Tode des Gatten konnte man sie dort in ihrer Strandhütte bei Kindern und Enkeln sitzen sehen mit den strengen, leidgefurchten Zügen und der pergament gewordenen Haut einer Niobe ähnlich.

Die Wiederherstellung, die die Freunde des Meisters so froh gemacht hatte, sollte nicht nachhaltig bleiben. Neue Mahnungen stellten sich ein, und die Jahre begannen schneller an dem unterwühlten Felsen zu bröckeln. Die langsamen Bewegungen, das mühsamere Sprechen, das durch einen langen ergrauten Vollbart noch mehr veränderte Aussehen ließen ihn plötzlich als alten Mann erscheinen.

Er hatte unterdessen das wundervolle Besitztum in San Domenico gekauft, dessen Räumen er den Stempel seines Genius aufdrückte. Dort malte er in tiefster Zurückgezogenheit seine späten Bilder, für die von den Verehrern jetzt blindlings jeder Preis geboten wurde, nach dem Worte des Laïs, daß die Hefe kostbarer ist als der Wein. Sein siebzigster Geburtstag war ein Zeitereignis. Die Kritik verstummte vor seinem Ruhm, er wurde mit Huldigungen überschüttet, die ihn kühl genug lassen mochten, die Jugend schrieb seinen Namen auf ihre Fahne. Das Geschäftliche hatte er in die Hände der Familie gegeben und malte, was ihm sein Genius noch eingab, ohne mehr mit Bestellern und Händlern zu tun zu haben. Manches, was er so schuf, wirkte durch Härte der Erscheinung befremdlich, denn er konnte jetzt nicht mehr wie früher ein Übermaß liebevoller Arbeit an das einzelne wenden, wenn er der Fülle seiner Gesichte noch Gestalt geben wollte. Es war oft nur noch wie ein leidenschaftliches letztes Zwiegespräch mit der Farbe, deren Glut jetzt alles überwuchs.

Immer seltener sah man ihn mehr in der Stadt; die langen Sitzungen hatten ohnehin von selber ein Ende. Die Gattin betreute jetzt mit weiblicher Unverwüstlichkeit den siechgewordenen Mann und hielt ihn im Bannkreis des Hauses. Um so länger und häufiger wurden die Besuche des vertrauten Arztes oben in San Domenico, und in der eisigen Nacht auf den 16. Januar 1901 kam der treue Hüter gar nicht nach Hause. Am Morgen hörten wir dann, daß Böcklin unter seinen lindernden Händen verschieden war.

# Deutsche und Italiener

Von den bitteren Erfahrungen, die wir während des Krieges machten, hat keine das deutsche Volksgemüt so unvorbereitet getroffen wie seinerzeit der Abfall Italiens und die Ausbrüche fanatischen Hasses, die ihn begleiteten. Die Kenner der Verhältnisse freilich hatten es kommen sehen, sie wußten ja, daß dem Hasse seit langem eine wachsende Abneigung vorangegangen war, zu der die Deutschen selber den Grund hatten legen helfen, und gegen die man leider bei uns völlig blind war. Es kannte ja so ziemlich jeder bessergestellte Deutsche Italien und hatte sich sein bequemes Bild davon zurechtgemacht. Der eine sah dort alles im rosigsten Licht, er schwärmte für das Land, und seine Bewohner erschienen ihm als liebenswürdig naive, verzogene Kinder. Der andere, schwarzgallige, war nur mit den verderbten Schichten zusammengetroffen, die auf Kosten der Fremden leben, und schloß daraus, die Italiener seien ein räuberisches, in der Kultur zurückgebliebenes Volk. Beide täuschten sich gründlich. Kindlichkeit ist dem Wesen des Italieners gänzlich fremd; was dem Reisenden so erscheint, das ist die naive Selbstsucht eines unverwüstlichen Jugendalters, die sich fröhlich für den Mittelpunkt der Welt ansieht. In Italien sind nicht einmal die Kinder kindlich, die sind schon auf irdische Rücksichten eingestellt und reden wie die Erwachsenen. Daher ihre spätere Gewandtheit im Leben und die frühe geübte Bemeisterung der Sprache. Die Kulturrückständigkeit aber war ein Fehlschluß aus der Statistik des Analphabetentums. Kultur läßt sich ja statistisch gar nicht messen, nur die Zivilisation. Es gibt zu denken, daß gerade die Provinz Florenz, von alters her der Sitz der feinsten und ausgeglichensten Kultur und ungewöhnlicher Verstandesschärfe, einen erstaunlich hohen Prozentsatz von Analphabeten hat, weit höher als der industrielle Norden Italiens. Und was die Räuberei betrifft, so ist es mir in den 35 Jahren, die ich dort lebte, immer aufgefallen, wie selten bei der großen Zahl der Bluttaten gerade die Raubmorde waren, gegenüber den Leidenschaftsdelikten, wie Mord aus Eifersucht, Rache, plötzlichem Zorn oder dergleichen. –

Es fehlte also dem Durchschnittsdeutschen von vornherein zur Bewertung des Italieners der Maßstab. Dafür hatte man ja den Dreibund. Daß dieser nicht volkstümlich war, es immer weniger wurde, wußte man nicht. Deutschland befand sich in der Rolle eines Ehemanns, der sich auf seine verbrieften Rechte stützt, ohne viel von dem Herzen seiner schöneren Hälfte zu wissen. Und solche unbedenkliche Sicherheit pflegt im anderen Teil das Gefühl der Verpflichtung nicht zu erhöhen. Seit den Tagen von Tripolis wußte jeder in Italien lebende Deutsche, daß der Dreibund die Italiener innerlich nicht mehr band, wenn er auch *pro forma* noch einmal erneuert wurde; aber die warnenden Stimmen fanden weder im Auswärtigen Amt noch in der Presse Gehör. So verblendet war das alte System, daß es einerseits den Enkeln Machiavellis blindlings vertraute, andererseits in törichtem Hochmut sich nicht um ihre Sympathien bekümmerte. Das deutsche Volk als solches war an diesem Fehler unschuldig; es liebte aufrichtig und hat es bei dem Unglück von Messina glänzend bewiesen. Aber die schöne Italia schmollte damals schon und hatte für die Millionen, die ihr in überschwenglichem Gefühl zu Füßen gelegt wurden, noch nicht einmal ein Kopfnicken übrig. Warum es aber an der Sympathie, an die wir uns doch politisch gute Rechte erworben hatten, bei den Italienern so ganz gebrach, davon soll heute die Rede sein. Ich will die geschichtlichen Ursachen, die noch hinter die österreichische Herrschaft bis ins Mittelalter zurückreichen, ganz aus dem Spiele lassen, auch das Mißverständnis des wenig geographiekundigen Volkes, das schon immer geneigt war, seinen Freund, den Reichsdeutschen, mit dem ehemaligen Zwingherrn, dem Österreicher, als Tedesco in einen Topf zu werfen, soll nur flüchtig gestreift sein – es mußten ja viele Bächlein zusammenfließen, um den trüben geschwollenen Strom zu bilden –, ich will mich zumeist auf die kulturellen und rassepsychologischen Gegensätze beschränken, die der Abneigung den Boden bereiteten und die politischen Gifte erst wirksam machten.

Wer daheim auf seiner Scholle sitzt, hält das eigene Wesen für das gegebene und einzig mögliche und nimmt es zum Maßstab für alle anderen. Daß jene völlig anders geartet sind und sich gleichfalls für das Maß der Dinge ansehen, pflegt er nicht zu bedenken. Und vor allem fragt er sich nicht, wie sein ihm so selbstverständliches Wesen denn nach außen wirkt, wie er selbst in den Augen der anderen erscheine.

Um Ihnen den Deutschen so zu zeigen, wie ihn der Italiener sieht, muß ich zunächst bei den äußersten Umrissen beginnen; in der blendenden Helligkeit Italiens tritt ja die Silhouette um so vieles plastischer hervor! Wir wollen uns dabei zum Trost von vornherein an Alfred de Mussets hübschen Ausspruch erinnern, daß man im Gasthausspiegel niemals schön sei. Solch ein unvorteilhafter Gasthausspiegel ist für den Deutschen Italien gewesen.

Die italienische Kultur beruht auf einer veredelten und vergeistigten Sinnlichkeit, die zum abgöttischen Dienst des Schönen führt. Aus ihr ist die überwältigende Fülle und Herrlichkeit der italienischen Kunst geboren. Der stark entwickelte Schönheitssinn geht dort durch alle Stände. Ich hatte vor Zeiten im Golf von Spezia einen alten Fischer, Seemann und Weltumsegler zum Freund, der mir wiederholt als Niederschlag einer langen Lebenserfahrung den Rat gab, nur *schönen* Menschen zu vertrauen, weil sie allein gut seien. Er sprach damit aus, was durchweg im Empfinden seiner Landsleute ruht. Häßlichkeit erregt dort ein öffentliches Ärgernis, in das sich so etwas wie eine *sittliche* Entrüstung mischt. Ich könnte davon die bezeichnendsten Anekdoten erzählen, aber es würde zu weit führen. Als Kuriosum will ich nur einen mir befreundeten waghalsigen italienischen Alpinisten anführen, der jedesmal, ehe er allein mit dem Führer zu einer Dolomitenkletterung auszog, eine unglaubliche Sorgfalt auf sein Äußeres verwandte. Als ich ihn einmal fragte, warum er sich denn für die Berge viel schöner mache als für den Kursaal, antwortete er scherzend, aber mit dem Unterton des Ernstes, er würde fürchten, daß der Fels ihn hinunterstieße, wenn er keinen ästhetischen Anblick darböte. Der Sinn war der, daß er in diesem Fall die innere Sicherheit verloren hätte. In dem fanatischen Glauben an die *Pflicht* zur Schönheit als einen Teil der Weltharmonie liegt ja auch eine gewisse Begründung, weil die Seele sich ihr Gehäuse schafft. Es gibt nur leider sonnenfernere Länder, wo äußere Einflüsse hemmend auf die Entwicklung des Ebenmaßes und der Anmut einwirken. Deutsche Kinder, die unter italienischer Sonne aufwachsen, werden der gleichen Vorzüge teilhaft wie die italienischen: leichterer Gang, gelenkigere Glieder, Natürlichkeit und Adel der Bewegung, lauter unmittelbare Geschenke der Sonne.

Unzertrennlich vom Schönheitsbegriff ist dem Italiener eine gewisse Eleganz in Kleidung und Auftreten. Wer dort je in eine kleine Familie des Mittelstandes hineingesehen hat, der weiß, mit welcher fast rührenden Selbstverständlichkeit Vater und Mutter darben und auch die jüngeren Familienglieder Opfer bringen, damit die heiratsfähige Tochter, nach dem neuesten Pariser Modejournal angetan, am Sonntag von der sehr korrekt gekleideten Mutter spazieren geführt werden kann. Das geschieht nicht, um dem Freier Sand in die Augen zu streuen – kein Italiener läßt sich in Fragen der Mitgift Sand in die Augen streuen –, es ist einfach ein Anstandserfordernis. Ich habe jahrelang die florentinischen Bettler daraufhin beobachtet, wie sie mit untrüglicher Witterung diese geputzten Gestalten vorbeiwandeln lassen, um sich auf die am allereinfachsten gekleideten ausländischen Spaziergänger zu stürzen, denn sie sagen sich: Wie reich muß jemand sein, um sich so von der öffentlichen Meinung unabhängig zu fühlen. Für den Italiener selber gibt es keinen Übergang von der modischen Eleganz zu den malerischen Lumpen der untersten Volksschicht, die aber gleichfalls mit dem Bewußtsein der Anmut getragen werden.

Unter solchem ästhetischen Gesichtspunkt betrachtet, erscheint der Deutsche von vornherein im Nachteil. Er ist denn auch durch alle Jahrhunderte in Italien unbeliebt gewesen. Es hing ihm in der Vorstellung des Italieners immer etwas von dem grobgliedrigen ungeschlachten Barbaren an, als der er auf der Trajanssäule dargestellt ist. Noch in den Tagen des ausgleichenden internationalen Humanismus galt er für einen Säufer und für unreinlich. Dann kam unsere tiefe Verarmung und politische Ohnmacht, während deren wir nur immer tiefer in den Augen des Auslands sanken. Jetzt war der reisende Deutsche nicht mehr der Polterer und Händelsucher, der er im Mittelalter gewesen, er wurde der arme Schlucker, der sich bescheiden in die Ecke drückt oder zynisch seine Lumpen zur Schau trägt wie unser unglücklicher Landsmann Waiblinger in dem berühmten römischen „Abenteuer mit der Sohle". Wie bescheiden und scheinlos war selbst Goethes Auftreten in Italien, verglichen mit dem fürstlich selbstherrlichen Lebensstil Lord Byrons, durch den der britische Dichter seine Silhouette der südlichen Volksphantasie unvergänglich eingeprägt hat. Goethe hinterließ keine Spur im Volksgemüt. Der dämonische Lord lebt als legendenhafte Gestalt in Venedig, in Pisa, im Golf von Spezia weiter, denn äußere Großartigkeit, eine kühne ausladende Geste, königliche Freigebigkeit, das ist es vor allem, was dort wirkt, also lauter Dinge, die eine aristokratische Kultur und großen Reichtum voraussetzen. Demgemäß war der ganz nach außen lebende Italiener von je gewohnt, den Deutschen niedriger zu bewerten als die anderen Kulturvölker, die sein Land bereisten.

Von dem seinerzeit auch bei uns viel gelesenen Anthropologen und Publizisten Paolo Mantegazza stammt die sehr bezeichnende Schilderung eines deutschen Reisenden auf dem Gardasee; wie der arme Teufel mit zu kurzen Hosen und Ärmeln in der Gedrücktheit und dem Trotz seiner Armut sich zwischen der eleganten internationalen Gesellschaft des Dampfers bewegt, und auf die Frage des Kellners, was er zu speisen wünsche, *ein Ei* bestellt. Da die italienische Speisekarte das Ei überhaupt nur in der Zweizahl kennt, so bestellt der Kellner in die Küche hinunter: zwei Eier! Der Reisende jedoch beharrt verbissen auf seiner sparsameren Bestellung und muß es nun über sich ergehen lassen, daß der Kellner mit einer

Stimme, die über das ganze Verdeck schallt, sich höhnisch verbessert: Also *ein Ei* für den Herrn! und daß die ganze Gesellschaft auf ihn blickt. Der Berichterstatter dieser grausamen kleinen Szene verstand wohl das stumme Pathos des unglücklichen Schönheitssuchers, der sich mit dem sauer zusammengesparten Reisegroschen durch das Land seiner Sehnsucht durchhungerte und Spießruten lief, aber er war zu sehr Italiener und am Äußeren hängend, um mehr als ein mitleidig ironisches Lächeln für diese typische Kulturerscheinung übrig zu haben.

So spiegelte sich germanische Art noch in den sechziger Jahren in den Augen des Italieners.

Erst nach der Gründung des Reiches wurde der Deutsche für voll genommen. Ich habe selber noch die schönen Tage miterlebt, wo wir geehrte, fast könnte man sagen: vorgezogene Gäste waren. Damals gründete Karl Hillebrand in Florenz die Zeitschrift Italia, die die beiden Völker einander näher bringen sollte, in seinem halbenglischen Hause verkehrte Sidney Sonnino, der jetzige Lenker Italiens und der Urheber des italienischen Abfalls, als naher Freund, er wurde von Hillebrand als zweiter Cavour gepriesen und verhätschelt. In dem bekannten Salon Peruzzi war das deutsche Element gastlich gehegt. Unsere Siege hatten ja die italienische Einheit mitbegründet, hatten Rom zur Hauptstadt des Königreichs gemacht. Das wirkte damals noch im Gedächtnis des italienischen Volks nach, und es ergaben sich Parallelen genug zwischen den beiden lange in Kleinstaaten zerrissenen Ländern, die sich ein jedes durch die Hegemonie seines militaristisch gerichteten Nordens zum Einheitsstaat aufgeschwungen hatten. Damals war es eine Freude, Auslanddeutscher zu sein, und wenn man sich aus der damaligen deutschen Gründerära auf italienischen Boden geflüchtet hatte, so staunte man, seine Züge im fremden Spiegel sogar verschönert wieder zu finden.

An diese goldene Zeit, die Flitterwochen der Triplice, wird jeder Deutsche, der sie mitgenoß, sich für immer mit dankbarer Freude erinnern. Man war im schönsten Lande heimisch, umgeben von der schönsten Kultur, denn das ist die italienische, weil sie der Natur näher geblieben ist als die französische, man lebte mit einem Volk, das durch heitere Grazie und Liebenswürdigkeit einen festlichen Zug in den Alltag brachte. Wenn es in Handel und Wandel nicht nach unseren Begriffen von Gewissenhaftigkeit zuging, so hatte doch auch die Verderbnis noch menschlich versöhnende Züge. Und sahen wir nicht in der Entsittlichung der letzten Jahre gerade diejenigen Eigenschaften, die wir für unzertrennlich vom deutschen Volkscharakter hielten, Redlichkeit, Pflichtgefühl, Gesetzlichkeit, Sinn für Ordnung im öffentlichen Leben abfallen wie ein Kleid und darunter die nackte Selbstsucht hervortreten – leider ohne jede versöhnende Menschlichkeit? Wir werden künftig auch den anderen Völkern entlastende Umstände zubilligen, wenn ihre geschichtlichen Schicksale ihr ethisches Empfinden geschwächt haben. Vielleicht gibt es bei uns auch jetzt noch mehr wirklichen Opfersinn, aber jene äußerliche Güte fehlt, die mit der tieferen Menschenliebe noch gar nichts zu tun hat, in der sich nur die gesellige Natur eines Volkes ausspricht, die aber das Gesicht des Alltags schöner macht. Dieses schönere Alltagsgesicht ist es, was den romanischen Völkern die Gunst der ganzen Menschheit erworben hat. Wie kalt und verschlossen oder rauh und rücksichtslos tritt bei uns der Unbekannte dem Unbekannten gegenüber. Dort fühlte man sich bei der linden Berührung vom Menschen zum Menschen wie geadelt und erhoben.

Die italienischen Dienstboten legten zwar auf jeden Einkauf ihre heimliche Steuer, aber wenn ein Krankheitsfall im Hause eintrat, zeigten sie sich teilnehmend, mitunter geradezu aufopferungsvoll. Wie hilfreich, fast zärtlich war das Publikum gegen Kinder oder alte Leute, die anderwärts oft achtlos zur Seite gestoßen werden. Wie nachbarlich gefällig und gastfreundlich erzeigte sich das Landvolk in den Sommerfrischen. Wie wohltuend war der feste Kreis ererbter guter Formen, in denen das ganze Dasein dieser Menschen sich bewegt. Solche äußere Formen bleiben ja schließlich nichts rein äußerliches: sie bändigen und schmeidigen die Gewalt der Triebe und schaffen durch den beständigen Austausch kleiner Artigkeiten einen Schein des Wohlwollens, der, solange keine gegensätzlichen Interessen ins Spiel kommen, als wirkliches Wohlwollen empfunden wird. Kleine Verbindlichkeiten verbinden ja oft mehr als wirkliche Wohltaten, sie sind wie die kleinen Geschenke, die die Freundschaft erhalten, und durch sie wird das Leben vergoldet. Diese Leute mögen noch so unwissend sein in allem, was nicht ihre unmittelbaren Belange sind, aber sie haben Kultur bis in die Knochen. Wie scharf ist ihr Blick ins Leben, wie gut ihre natürliche Auffassung, wie richtig erkennen sie auch im Ausländer, der ihnen artfremd ist, die wesentlichen Charakterzüge, wie überraschend ist ihre Beobachtungsgabe, wie erfreulich ihr lachender Humor. Am bewundernswertesten aber ist ihr wahrhaft kultiviertes Sprechen, das immer ins Schwarze trifft und ihr Denken schön und restlos ausdrückt, das Wort ein sinnlich greifbares Bild der Sache. Wenn sie dabei großenteils nicht lesen und schreiben können, was tut's? Die Überlieferung nimmt bei ihnen nicht den Weg über das gedruckte Buch, sie geht lebendig von Geschlecht zu Geschlecht. Die italienische Kultur umschließt einen viel engeren Kreis als die unsrige, aber sie ist in sich vollkommener, sie tritt immerdar sichtbar in die Erscheinung und schlingt ein festes Band um alle ihre Angehörigen, was doch sehr wesentliche Aufgaben einer Kultur sind.

Nach der Eröffnung der Gotthardbahn wuchs der jährliche Wanderschwarm über die Alpen gewaltig an. Der Deutsche war wohlhabend geworden, er gab Geld aus, trat geräuschvoll auf und war auch jetzt noch schlecht angezogen. Denn auf das Äußere hielt er noch immer nichts. Er fühlt sich eben bei seiner unpersönlichen Sachlichkeit und dem Mangel an jeglicher Eitelkeit wohin er geht als Zuschauer auf der Lebensbühne, wogegen der Romane immer und überall der Darsteller ist, der sein Auftreten danach einrichtet und die wohlgefälligen Blicke erntet. Dieser vergißt auch nie, daß jeder Volksangehörige in der Fremde die eigene Nationalität vertritt und die Züge dieses seines Volkstums für das Auge der anderen modeln hilft. Diesen letzteren Umstand bedachte der reisende Durchschnittsdeutsche viel zu wenig, oder er ist ihm gleichgültig gewesen. Er kam gerne mit Kniehose, Nagelschuhen und Rucksack, wie er in den Alpen herumgestiegen war, die deutsche Frau im aufgeknöpften Lodenrock oder, wenn sie Künstlerin war, im wunderlichen, schlecht sitzenden Reformkleid und gleichfalls mit dem Rucksack, und so spazierten sie jahraus, jahrein über die Fliesen des vornehmsten Festsaals der Welt, der die Piazza San Marco heißt, so stiegen sie die stolzen Marmortreppen des Pitti hinan. Sie waren trunken von der Schönheit, die ihnen aufging, und vergaßen, daß sie selber aus dem Rahmen dieser Schönheit fielen und durch ihren Anblick die Harmonie störten. Und wie viele kamen mit der Zeit, die auf dem alten Kulturboden nichts zu suchen hatten, die nur kamen, weil ihre Mittel es ihnen gestatteten. Sie brachten nicht die tiefe Andacht im Herzen mit, wie jener hungernde Schulmeister auf dem Gardasee, ihnen war Italien das Land der jubelnden Sinnenlust, sie wollten sich einmal, frei von Polizeischranken, die es dort nicht gab, austoben können, genießen. Und ihre Zwanglosigkeit fragte nicht nach den Landessitten und nach dem Eindruck, den sie machte. Die Klippen, die dort dem Deutschtum am gefährlichsten wurden, könnte man kurzweg mit Wein, Weib und Gesang bezeichnen. Der Italiener trinkt in allen Ständen seinen Wein zur Mahlzeit, aber er weiß nichts von einem Kultus des Trunks, wie er in Deutschland gepflegt wurde. Ein feuchtfröhlicher Mann auf der Straße ist dort ein sehr anstößiger Anblick. In den neunziger Jahren war es in Florenz noch üblich, einen solchen Fall, wenn er einen Einheimischen betraf, in der Zeitung zu veröffentlichen unter der Rubrik der städtischen Nachrichten, bei Unglücksfällen und Verbrechen! Zwar haben sich seitdem die Zügel in dieser wie in jeder anderen Hinsicht auch dort bedeutend gelockert, aber in Weinlaune *singend* umherzuziehen, das kommt dem Italiener nicht bei, auch nicht im Volke. Die musikalische Begeisterung weinfroher Deutscher fand also keine dankbare Aufnahme beim italienischen Volke. Ähnlich ist es mit der Schaustellung des mehr oder minder legitimen Liebesglücks. Mit jedem Frühjahr kamen die Scharen deutscher Hochzeitspaare, vor deren öffentlichen Vertraulichkeiten die ansässigen Deutschen die Augen niederschlugen. Gerade der sinnliche Romane birgt sein Eheglück in dem Schleier der strengsten Zurückhaltung. Höchst selten sieht man dort Mann und Frau Arm in Arm, in Gesellschaft beschäftigen sich junge Gatten so wenig wie möglich miteinander. Eine Italienerin würde sich zur Dirne herabgewürdigt fühlen, wollte ihr der Gatte oder Bräutigam vor fremden Zeugen mit Zärtlichkeiten nahen. Hierin empfinden alle Stände gleich, ja das Volk vielleicht am allerstrengsten. Der Fidanzato des Dienstmädchens macht ihr seine sonntägliche Aufwartung in der Küche mit der Haltung eines Kavaliers, der einen Anstandsbesuch erledigt und erlaubt sich nicht die Spitze ihres Fingers zu berühren. Es fällt ihr nicht ein, sich von ihm zu einer Unterhaltung führen zu lassen. Bei Tanzvergnügungen auf dem Lande sieht man meist die Burschen mit den Burschen, die Mädchen mit den Mädchen sich drehen. Man muß sich diesen seit Jahrhunderten festgelegten, streng konventionellen Hintergrund vorstellen, um zu begreifen, wie befremdlich die Ungezwungenheit unserer Hochzeitsreisenden dort erschien. Schon das Stilgefühl hätte sie warnen müssen. Es ist gewiß ein lieblicher Anblick, wenn ein junges Paar engumschlungen durch einen deutschen Frühlingswald wandelt, aber in den Stanzen des Vatikan und unter der Loggia des Orcagna ist eine andere Haltung geboten. Wo alles monumental ist, da stilisiert sich auch das Betragen der Menschen, und Äußerungen einer naiven Ursprünglichkeit, die einen idyllischen Hintergrund verlangen, müßten sich dort von selbst verbieten. Ähnlich geht es noch mit manchem anderen, das, auf fremden Boden versetzt, sein Angesicht gänzlich wandelt. Was haben wir Köstlicheres als unsere Volkslieder? Aber wer im Golf von Neapel singt: Muß i denn, muß i denn zum Städtele naus – der versündigt sich gleichermaßen an der Heimat wie am genius loci.

Ein deutscher Typus hat vor allem in den letzten Jahrzehnten böses Blut gemacht. Er trat schneidig auf als Angehöriger eines Herrenvolks, dessen Herrentum aber noch viel zu neu war, um so leicht verziehen zu werden. Auch ließ er es bei den unvermeidlichen Reisezwischenfällen durchaus an der gebietenden Gelassenheit fehlen, die das Kennzeichen wirklichen Herrentums ist. Seine Schroffheit wirkte noch schroffer durch die ihm unbewußte Härte der Aussprache – solche harte Konsonanten empfindet das italienische Ohr wie etwas Brutales, fast wie eine Vergewaltigung. (Auch hat ja fast immer im Lauf ihrer Geschichte, wenn sie vergewaltigt wurden, diese Aussprache an ihr Ohr geklungen.) Der Engländer spricht freilich noch härter, aber bei ihm wirkt es nicht mehr ärgerlich, sondern durch die Übertreibung nur noch komisch. Besagter Landsmann, der nicht immer ein Berliner war, vermißte in dem fremden Land auf Schritt und Tritt die geordneten Einrichtungen des eigenen und gab seiner Unzufriedenheit rückhaltlosen Ausdruck. Der Italiener übt selber laut die schärfste Kritik an den Mißständen seiner Verwaltung, aber den Tadel, den man selber ausspricht, mag man doch aus fremdem Munde nicht hören. Auch übersahen die Unzufriedenen, die sich über Zugverspätung, Zugüberfüllung und dergleichen aufregten, gänzlich, was doch die Mängel so liebenswürdig ausglich: die Gefälligkeit des Publikums, das auch dem Überzähligen noch willig Platz machte und sich gegenseitig die Reisebeschwerden erleichterte.

Es ist auch ein Mißgriff, die geschmeidige Höflichkeit des gemeinen Mannes durchweg für bloße Kriecherei vor dem Trinkgeld zu halten. Diese Geschmeidigkeit ist bewußte Kulturform, hinter der sich sogar gelegentlicher Spott verstecken kann, den nur der Landeskundige versteht. Es ist so vieles doppelsinnig in der Rede der Italiener, und hinter der freien Natürlichkeit lauern Falltüren, von denen der arglose Deutsche nichts ahnt. Ebenso unangebracht ist darum eine Vertrauensseligkeit, die gleich das Herz in der Hand trägt und die auch den richtigen Abstand vermissen läßt. Gerade in Fragen des Taktes vergibt sich der Italiener nie etwas, auch nicht in den unteren Ständen. – Der Deutsche war eben ganz unvorbereitet in den Weltverkehr eingetreten, ohne noch die Nachwirkung der Kleinstaaterei und Kleinstädterei in sich überwunden zu haben und ein wirklicher Weltbürger, auch in der äußeren Bildung, geworden zu sein. Daher sein unsicheres Auftreten auf dem glatten Boden des Auslands. Unbeliebt war ja der reisende Engländer in Italien auch, aber seine Zurückhaltung und Unbeweglichkeit macht ihn doch weniger unbequem: Er bleibt eine reisende Insel. Auch kennt man neben dem Zerrbild überall den echten Gentleman. Von den Deutschen aber kannte man unglücklicherweise fast nur die Karikatur. Denn diejenigen Deutschen, die sich tadellos zwischen diesen Spielverderbern bewegten, fielen eben gar nicht von weitem als Deutsche auf, sondern nur als gebildete Europäer von unbestimmter Staatszugehörigkeit. Dem Deutschen fehlt ja bei seinem geringen Trieb zur Formbildung das einheitliche Nationalgesicht, woran man andere Völker sofort erkennt, daher er in den höchsten Bildungsschichten so häufig entweder unausgesprochene Züge trägt oder sich äußerlich an eine fremde Kultur anlehnt. Die eigene gewährt ihm im Ausland nicht durch sichere Umrisse den nötigen Rückhalt, die Anlehnung, die andere Kulturvölker von der ihren haben.

Oft habe ich in Deutschland sagen hören, die Italiener wären uns doch wenigstens Dank schuldig für die Millionen, die durch unsere Vergnügungsreisenden alljährlich nach Italien flossen. Allein wenn auch Gastwirte und Lohnkutscher sich bereicherten – die weitesten Kreise der Bevölkerung und besonders die Gebildeten genossen von dem jährlichen Fremdenstrom doch nur die Preissteigerung, die Überfüllung der Gasthöfe, der Bahnzüge, der Kunststätten, und die Überflutung des Landes durch fremde, ihnen unerfreuliche

Gestalten. Wie oft habe ich die Einheimischen nach den schönen stillen Monaten des Hochsommers seufzen hören, wo Italien den Italienern gehört – und habe selber mitgeseufzt.

In den letzten Jahren vor dem Krieg wurde die Abneigung gegen die reisenden Deutschen bereits auch auf die ansässigen Deutschen übertragen, die sich doch der Landesart anpaßten und von denen die Bevölkerung zumeist nur Gutes erfahren hatte. Ich weiß ein armes kleines Fischerdorf, das durch deutsche Besiedelung in wenigen Jahren in eine blühende Villenkolonie von internationalem Ruf verwandelt wurde, wo alle Verdienst und Brot fanden. Dort, in dieser deutschen Gründung, sollte man denken, hätte die Bevölkerung den Deutschen, durch die sie zu so großem Wohlstand gelangt waren, dankbar und anhänglich sein müssen. Gerade das Gegenteil fand statt. Ich hörte mit eigenen Ohren, wie Feldarbeiter, die auf dem Gut eines Deutschen schafften, sich bitter beschwerten, daß es so weit mit ihnen gekommen sei, daß sie den Tedeschi Fronarbeit zu tun hätten, und die Leute waren nicht zu belehren, daß ja gar kein Zwang vorlag, sondern ein für sie sehr günstiges Lohnverhältnis. Das war schon der Einfluß nationalistischer Verhetzung, die in den unklaren Köpfen eine absichtliche Verquickung des mißliebig gewordenen Reichsdeutschen mit dem ehemaligen österreichischen Bedrücker, dem Tedesco *par excellence*, hervorrief.

In Deutschland wollte und wollte man nicht begreifen. Wie in politischen Kreisen, so verschloß man sich auch im reisenden Publikum gegen jede Warnung. In der Gartenlaube wies einmal Rosalie Braun-Artaria durch einen Artikel über die „Unbeliebten Deutschen" auf den Schaden hin, den reisende Deutsche dem Ansehen Deutschlands zufügten. Alsbald liefen scharfe Verwahrungen aus dem Leserkreis ein. – „Jawohl", wurde ihr von unbekannter Seite erwidert, „wir wollen es uns auch ins Künftige bequem machen und in Loden durch Italien reisen, wir wollen unsere Gewohnheiten mitnehmen" und so weiter. Nun, es gibt freilich kein geschriebenes Gesetz über das Auftreten im fremden Lande, aber jeder dieser Zwanglosen darf sich sagen, daß er an seinem, wenn auch noch so verschwindenden, Teil zu der Abneigung beigetragen hat, die unser ganzes Volkstum trifft. Und ohne die schon vorhandene Abneigung hätte die feindliche Presse nie die Höllenflammen des Hasses gegen uns aufzuschüren vermocht, die die Kriegserklärung vorbereiteten. Wenn auch gewiß das herausfordernde Betragen vieler unserer Touristen nicht *einen* Mann gegen uns mobil gemacht hat, so ist es doch ebenso klar, daß man einem Volk, das schon im Frieden als ein halbbarbarisches verschrien war, im Kriege jede Unmenschlichkeit zutraut. – Im Charakter des Italieners liegt, was die Ärzte das labile Gleichgewicht nennen: Soeben schien er im Streit noch ruhig und besonnen, im nächsten Augenblick *„sieht er rot"*, wie der bezeichnende Ausdruck lautet und sticht zu. Der gleiche Paroxysmus, der Blut sehen will, hat in jenen unseligen Pfingsttagen ganz Italien ergriffen.

Manchem von Ihnen wird es unbegreiflich erscheinen, daß ein Volk, das so Gewaltiges für die Weltkultur und den Menschheitsgedanken geleistet hat wie die Deutschen, nur nach so nichtigen Äußerlichkeiten beurteilt werden sollte. Aber abgesehen davon, daß der Romane die Äußerlichkeiten unendlich wichtiger nimmt, als wir, weil sie ihm die Sprache des Inneren sind, muß darauf geantwortet werden, daß unsere höchsten Geistestaten draußen in der Allgemeinheit blutwenig gekannt sind. Unsere technischen Fortschritte und unseren vorzüglich arbeitenden Verwaltungsapparat hat ja niemand bezweifelt, allein dies sind keine ethischen Werte, an denen die Seele der Menschheit sich erheben konnte. Unsere Sprache ist eine der allerschwierigsten, dennoch hatte ihre Kenntnis im letzten Jahrzehnt in den fremden Ländern, auch in Italien, gewaltig zugenommen. Aber man lernte sie zu einem praktischen Zweck, zum Studium der deutschen Wissenschaft, nicht um der deutschen Seele in den Werken des deutschen Genius nahezukommen. Goethe ist in Italien ein großer Name, aber außerhalb der Fachkreise kein Erlebnis; wenn im Publikum vom Faust die Rede ist, so denkt es an Gounod. Unsere anderen Großen: Lessing, Herder, Kleist, Hebbel, Hölderlin sind nicht einmal Namen. Nur Heine, den Carducci naiverweise pathetisch nahm, war eine Zeitlang hochgepriesen, wenn auch nicht wirklich gekannt, ist aber heute vergessen. Im letzten Jahrzehnt waren es vor allem die zweisprachigen Irredentisten, die in der Presse und an den Lehranstalten deutschen Geist zu vermitteln hatten und die dabei tückisch Gelegenheit nahmen, ihr feines politisches Gift einzuträufeln, um alles Deutsche herabzuwürdigen und zu entwerten. Im übrigen sieht man dort, daß wir jede von außen uns zukommende geistige Mode mitmachen und sie auf eine sonderbar verstandesmäßige Art programmatisch betreiben, daß wir uns brennend auf jedes fremde literarische Tageserzeugnis stürzen, um es zu übersetzen, woraus der naheliegende Schluß gezogen wird, daß wir kein selbstschöpferisches Volk seien. Und wie sollte auch der Ausländer mit Ehrfurcht auf unsere Großen blicken, wenn wir selbst sie so ehrfurchtlos behandeln? Gibt es ein anderes Volk, das immerwährend gegen seine eigene große Vergangenheit Sturm läuft? Wie lange ist es her, daß man in Deutschland als unmodern belächelt wurde, wenn man sich zu Goethe bekannte? – Heute ist sein Kurswert ja wieder gestiegen. Nie würde es die italienische Jugend, auch die revolutionäre, wagen, den Namen Dante oder – im Abstand – Ariost und Tasso in das literarische Tagesgezänk zu zerren. Sie sind geheiligt, sind Nationaldenkmäler; an ihnen zu rütteln käme dem Landesverrat gleich. Daß wir auf allen Gebieten so wenig zusammenhängende Überlieferung haben, daß immer wieder ein neuer Riß mittendurch geht, das gibt unserer Kultur ein so verschwommenes, unreifes Gesicht. Dazu kommt noch, daß Deutschland eine viel schlechtere geistige Akustik hat als England, Frankreich oder Italien. Das Beste braucht bei uns oft Jahrzehnte, bevor es durch den Marktlärm der Nation ans Ohr dringt. Die großen deutschen Dichter sind mit wenigen Ausnahmen stets in diesem Falle gewesen. Der Koloß Grabbe ist ja erst jetzt aus dem Schutt geschaufelt worden, wo er seit mehr als

80 Jahren geruht hat. Wäre er ein skandinavischer oder russischer Dichter gewesen, so besäßen wir längst eine Anzahl konkurrierender Übersetzungen seiner Werke, wir hätten es fertig gebracht, sie allen szenischen Unmöglichkeiten zum Trotz auf unseren Bühnen einzubürgern. Aber er war ein Deutscher und mußte es mit Vergessenheit büßen. Wenn nun auch solche vergrabenen Schätze in der Wahrheit von einem unermeßlichen geistigen Reichtum zeugen, so erscheint unser Zustand doch den Ausländern gegenüber, bei denen ein viel geringerer Besitz im steten Umlauf ist, als Armut. Unsere innere Welt fand also keinen Weg, sich den anderen mitzuteilen, und zwar zum Teil durch unsere eigene Schuld. Man kannte nur das unerfreuliche Auftreten der Deutschen, ihre scharfe kaufmännische Konkurrenz, den rastlosen, fanatischen Fleiß, der vor dem Krieg alle Schichten durchdrang und dessen wirtschaftliche Notwendigkeit die vom Glück begünstigteren Völker nicht einsahen, der aber allmählich auch sie zu vermehrter Arbeit zwang. „Da kommt dieses Barbarenvolk", dachten sie, „und raubt uns auch noch die goldenen Feierstunden. Und was geben sie der Welt, als den überflüssigen Kram, den sie in ihren Fabriken hervorbringen und den sie am Ende auch uns zu kaufen zwingen!" – So wurden wir für die Unkenntnis jener, was für uns die Japaner waren: das undurchdringliche, seelenlose, das rätselhafte Volk, dem man jede unheimliche Absicht zutraut.

Unsere Wissenschaft, ja, die hat zur Zeit der deutsch-italienischen Freundschaft viel gegolten, besonders die exakte. Nachmals wurde es Sitte, auch sie zu verunglimpfen. Man beruft sich jetzt dem bohrenden Fleiß unserer Methodik gegenüber auf die eigene lebendige Intuitionskraft und überschüttet jene, von der man selbst gelernt hat, mit Hohn und Tadel. Außer der politischen Strömung hat hier auch verletztes Selbstgefühl mitgesprochen: Man hatte von Deutschland aus ihrem neuerlichen Aufschwung auf allen Gebieten zu wenig Beachtung geschenkt. Wir hielten den Blick auf ihre vergangene Größe gerichtet, sprachen immer von dieser, bis sie nicht nur gegen uns, sondern gegen diese vergangene Größe selber so bitter wurden wie der Sohn eines berühmten Vaters, dem der väterliche Name überall als kränkender Vergleich entgegengehalten wird.

Die Italiener betrachten sich auch heute noch als das auserwählte Volk des Genies. Zwar hat seinerzeit niemand offenherziger als sie selber über den Niedergang Italiens gesprochen. Aber so um die Jahrhundertwende, als die lethargische *Fin-de-siècle*-Stimmung wich, da war es wie eine plötzliche Verjüngung über Italien gekommen. Ein neues Geschlecht wuchs heran, das eine ungeahnte Regsamkeit entfaltete. Die Industrie, die Finanzen blühten auf, geistiges Leben kam in Fluß, man ging auf Reisen, die Wissenschaft arbeitete stärker, sogar die Gesichter wurden ausdrucksvoller und individueller. Nun wollten aber die Italiener recht wie verwöhnte Kinder für ihre Fortschritte auch gleich gelobt und geschmeichelt sein. Und daran ließ man es von deutscher Seite gänzlich fehlen, weil man ja für sein eigenes Tun auch kein Lob erwartet. Frankreich verstand die Zeichen der Zeit und streckte liebende Arme nach der lateinischen Schwester aus. Die franko-italienische Verbrüderung ist ja nie von langer Dauer gewesen, aber wann sie zur Wahrheit wird, erweckt sie zunächst jedes Mal einen Freudentaumel. Denn Frankreich ist dem Italiener der unversiegbar lebendige Schönheitsquell, das Land, das ihm die ästhetischen Maßstäbe liefert. Dem Franzosen beugt sich sein Nationalstolz, aber allerdings mit heimlichen Vorbehalten, die später wieder ans Licht treten. Denn der Italiener vergißt nicht, daß Frankreich keine Ewigkeitswerke aufzuweisen hat, die den seinigen gleichkommen; für den Augenblick aber erliegt er der Bezauberung. Mit gesellschaftlicher und staatsmännischer Feinheit verstand es Frankreich, zunächst seine kulturellen Fäden zum künftigen politischen Bande auszuwerfen. Ein Teil der Universität von Grenoble siedelte nach Florenz über und bildete dort eine Pflanzstätte französischer Kultur, wo Italiener sich unentgeltlich in französischer Sprache, Literatur usw. unterrichten konnten und in die französische Gedankenwelt hineingezogen wurden. In ihren geselligen Zusammenkünften wurde die franko-italienische Geistesverbindung unter stürmischen Kundgebungen gefeiert. Alles mit dem größten Takt, ohne sichtbare politische Spitze; auch Deutsche wurden mit Zuvorkommenheit aufgenommen. Seine kulturelle Werbekraft ist ja überall Frankreichs Stärke gewesen. Wann hat man bei uns Mittel für ähnliche Zwecke gehabt? In Athen z. B. unterhielt Frankreich auf Staatskosten zwei französische Schulen, wo die griechische Jugend völlig unentgeltlichen Unterricht genoß. Die einzige *deutsche* Schule aber war so schlecht gestellt, daß sie sich von den Griechenkindern, die in deutschem Geist erzogen werden sollten, das doppelte Schulgeld zahlen ließ! Im Krieg haben wir dann Millionen für eine gänzlich nutzlose, ja zweckwidrige Werbearbeit vertan. Für die einzig richtige Werbearbeit, die kulturelle im Frieden, hatte das reiche Reich keinen Pfennig übrig.

Bei dem Eroberungszug nach Tripolis brach das überspannte italienische Nationalgefühl zum ersten Mal im Fieberparoxysmus aus. Damals fielen sämtliche in Italien lebende Ausländer in Ungnade, weil sie alle vor dem jähen Umschlag des sonst so verständigen, friedliebenden Volks befremdet standen. Der glimmende Haß gegen *Deutschland* aber prasselte in Flammen auf. Man hätte damals schon glauben können, die beiden Länder seien miteinander im Kriege. Auch dieses Sturmzeichen blieb bei uns unverstanden. – Kein Volk hat sich so um die Ergründung fremder Völker gemüht wie das deutsche und keines hat praktisch so schlechte Erfolge aufzuweisen. Wenn es zu einem Völkerbunde kommt, müssen wir weniger verstandesmäßige Beschäftigung mit fremdem Volkstum, aber mehr Takt und lebendige Einfühlung mitbringen. Und wir müssen nicht nur suchen die andern zu verstehen, sondern auch von ihnen verstanden zu werden.

Wir besitzen ja ganze Bibliotheken über Italien, aber wie wenig weiß man bei uns von der Wesensart dieses Volkes, von den seltsamen Widersprüchen, die da aufs innigste verbunden sind! Von der überschäumenden Phantastik bei eisiger Berechnung, der freien Natürlichkeit bei labyrinthischen Hintergedanken und von den ganz irrationalen Plötzlichkeiten, die eine lange, heimliche Vorbereitung nicht ausschließen. Der Germane, den die farbigen Lebensäußerungen des Südländers immer entzückten, pflegte nicht zu ahnen, daß der schöne offene Verkehr von Mensch zu Mensch über ein Netzwerk unterirdischer Gänge stattfindet. Wo er es entdeckte, stand er wie vor einem Rätsel: das durchsichtige, allverständliche, gemeinsame Denken und Fühlen und die Undurchsichtigkeit im Handeln. Bei uns ist es gerade umgekehrt: Unsere Gedankenwelt ist im Gegensatz zur romanischen labyrinthisch verwickelt, unser Tun einfach bis zur Einfältigkeit. Der Einfache und der Verwickelte aber können sich gegenseitig nicht verstehen, weil jedem der Schlüssel zum Wesen des andern fehlt. Auch macht uns gerade das, was genial ist an der germanischen Geistesart, der Blick aufs Ganze und Wesenhafte, das Durch-die-Dinge-Hindurchschauen – für die andern unklar und unfaßbar. Der Blick des Germanen geht auf die Idee, der des Italieners auf die Erscheinung, d. h. die einmalige, zeitliche Verkörperung der Idee; er sieht also etwas Engeres, aber Bestimmteres, daher sein größerer gesellschaftlicher Takt, seine Beherrschung der augenblicklichen Lage, sein Erspähen jedes schwachen Punkts beim Gegner, sein schärferer psychologischer Blick, das rasche Erkennen und Nutzen der Gelegenheit. Wenn er im Gespräch eine Falle stellt, etwa um sein Gegenüber auszuhorchen, der Deutsche geht unweigerlich hinein, weil sein Geist mit der Sache beschäftigt ist, nicht mit der Person.

Deutsch sein heißt eine Sache um ihrer selbst willen tun, hat ein großer Deutscher gesagt. Richtig, es heißt aber auch, nicht wissen, daß andere sie aus persönlichen Gründen tun, es heißt, jene nicht verstehen, von jenen nicht verstanden sein. Über solche Unterschiede wissen die Sprachen der Völker allerlei Heimlichkeiten. Ist es nicht eigen, daß nur der Deutsche von dem Richtigerkennenden sagt: er hat *Recht,* während es bei den lateinischen Völkern in diesem Falle heißt: *il a raison* oder *ha ragione,* also wörtlich: er hat *Vernunft.* Der Romane begnügt sich mit der Feststellung des Vernunftgemäßen, Richtigen; wie das Richtige zu seinem Rechte kommt, geht ihn nichts an. Der Deutsche tritt mit der Erkenntnis schon aus der Parteilosigkeit heraus, indem er dem Richtigdenkenden recht gibt, d.h. das Recht, sich geltend zu machen, wobei er im Geiste schon leise für ihn eintritt, wie er es vorkommendenfalls im Leben tut. Damit fällt er aber den anderen, den Bequemen, lästig, und was seine ethische Größe ist, sein abstrakter Rechts- und Wahrheitssinn, das macht ihn gesellschaftlich unbeliebt. Auf geistigem Gebiet ein Held der Wahrheit, im menschlichen Verkehr aber häufig ein Rechthaber und Prinzipienreiter, der ein Netz persönlicher Rücksichten mit einem Wort bedachtlos oder unbarmherzig zerreißt. Unsere so viel tieferen Eigenschaften sind den anderen in der Form zu unverbindlich, und wo wir stolz darauf sind, *sachlich* zu sein, da erscheinen wir jenen oft genug nur *stachlich.*

Auch unsere Unfähigkeit zur Verstellung und unser oft unzeitiges Herausfahren mit der Wahrheit wirkt auf den Romanen gemeinhin als Ungeschicklichkeit und angeborene Plumpheit, und auch in ihren edelsten Äußerungen werden ihm diese Eigenschaften kaum verständlich sein. So zweifle ich, ob jemals ein Italiener den Ehrfurchtsschauer nachfühlen kann, der uns vor Goethes Iphigenie durchrieselt. Diese unbedingte Wahrhaftigkeit, auch wo das geliebteste Leben auf dem Spiele steht, findet in seiner Seele kein Echo, sie muß vielmehr befremdend, erkältend auf ihn wirken.

Es ist ein tragischer Fall, als Deutscher geboren zu sein, und diese Tragik ist nicht erst von heute. Wie leicht ist das Leben den Kindern der Sonne gemacht. Sie brauchen sich nicht anzustrengen, sie brauchen nur da zu sein, um einen gedeckten Tisch zu finden und von aller Welt gehätschelt zu werden. Was sie Gutes haben, liegt ganz an der Oberfläche und macht sie zu den verzogenen

Schoßkindern der Menschheit. Wir haben hart zu ringen und unser Bestes haust in unzugänglichen Tiefen; tritt es heraus, so bleibt es unverstanden, ja, es erweckt Mißfallen. Unsere Fehler und unsere Tugenden machen uns gleicherweise bei den Glücklichen unbeliebt.

Man hört jetzt vielfach die Überzeugung aussprechen, der Haß der Welt habe uns deshalb getroffen, weil wir unserer höheren Sendung untreu wurden und, während man von uns die Rettung der Ideale erhoffe, uns selber an dem Tanz um das Goldene Kalb beteiligten. Es mag auch daran etwas Wahres sein. Allein, so lange Deutschland arm und schwach war und einzig in den Idealen lebte, da ging es ihm wie dem armen Schulmeister auf dem Gardasee. Als wir dann unsere Füße in das Diesseits stellten und gleichfalls nach den Erdengütern griffen wie die anderen Völker, um ihresgleichen zu sein, da wurde uns mit völlig anderem Maße gemessen als allen den anderen. Und nun sind wir an uns selber irre geworden, denn indem wir uns wieder auf den alten metaphysischen Standpunkt zurückziehen, erscheinen uns alle Dinge dieser Erde verschoben. Wir geben den letzten schlagendsten Beweis unserer Sachlichkeit, indem wir uns selbst mit dem Maßstab unserer Feinde messen, was noch keinem Volke jemals eingefallen ist. Das ist vielleicht in diesem tragischen Augenblick unsere größte Tragik.

Wir nennen uns das Volk der Treue und sind gewohnt, diese den Italienern abzusprechen. Auch darüber läßt sich streiten; es kommt darauf an, was man unter Treue versteht. *Eine* Treue gibt es jedenfalls, in der wir von ihnen lernen können. Das ist die Treue zu sich selbst, zum eigenen Wesen, zum Volkstum, zur Sprache, zur Kunst, zur Gegenwart, Vergangenheit und Zukunft des eigenen Landes. Es ist bekannt, wie die fleißigen, genügsamen italienischen Arbeiter im Ausland allen Verdienst zusammenhalten, um ihn nach Italien zu schicken. Die gleiche starke Liebe zur Heimatscholle durchflutet dort alle Stände. Heimatliebe ist ja ein erweitertes Familiengefühl, und das Familiengefühl ist in Italien besonders stark. Ebenso stark ist die Liebe zur Muttersprache. Der vollendete Gebrauch dieser schönen Sprache verschönert und erhebt nicht nur ihr tägliches Dasein, er hat geradezu gestaltend auch in ihr staatliches Leben eingegriffen. In den Zeiten ihrer Knechtung und Entrechtung hat stets der begeisterte Kultus der Muttersprache die Italiener als Volk zusammengehalten, er hat ihnen in ihrer tiefsten Entwürdigung noch eine nationale Würde gegeben. Auch an ihrer politischen Wiedergeburt hatte die Sprache ihren Teil durch die farbenglühende Beredsamkeit in Wort und Schrift, die der Sache Italiens bei allen Völkern Mitkämpfer warb. Wenn man die Garibaldilegende des blendenden Zaubers entkleiden würde, den südliche Geste und südliches Wort um sie gewoben haben, was bliebe im nackten Generalstabsbericht von ihr übrig? Ohne die Resonanz des Wortes sind die Taten stumm. Ohne Homer kein Achilleus. Ganz Italien ist Garibaldis Homer gewesen.

Ein Volk kann sich aus tiefster Schmach, aus Elend und Knechtschaft wieder erheben, wenn es seine Sprache festhält und ehrt. Die Sprache ist der letzte Hort, um den es sich sammeln kann, die letzte Schutzwehr, hinter der es sich zu verteidigen vermag, wenn alle anderen niedergebrochen sind.

Es gibt keine Sprache, die reicher, ausdrucksvoller und mächtiger wäre als die unsrige. Aber auf keine wird im Gebrauch so wenig Wert gelegt, keine wird so unzulänglich, so abgerissen, fast stammelnd, keine so ton- und ausdruckslos gesprochen. Ihr wundervoller Reichtum ist wie unsere Dichtung vergrabenes Gold. Man vergleiche bloß den Umfang des deutschen Wörterbuchs mit dem italienischen, um sich zu überzeugen, wie viel reicher an Worten unsere Sprache ist; aber sie sind nicht im Umlauf, mit einem Bruchteil dieses Überflusses wird das tägliche Bedürfnis des Geistes bei uns bestritten. Ja und dieser Bruchteil ist nicht einmal durchweg deutsch, er ist um und um von Fremdwörtern wie von den Flicken einer Bettlerjacke entstellt, während wir doch das schönste Gewand aus einem Stoffe tragen könnten. Wie sollen uns Völker, bei denen der ganze Schatz reingehalten und flüssig ist, unseren so viel größeren Reichtum glauben! Hier haben Schule und Elternhaus noch viel versäumte Pflicht nachzuholen.

Die geistigen Gegensätze zwischen den Völkern können durch kein internationales Credo aufgehoben werden; es kommt nur darauf an, daß sie nicht zur Feindseligkeit ausarten, an sich sind sie fruchtbar und notwendig für den Fortschritt des Ganzen, sie müssen sein. Denn jedes Volk hat andersgerichtete geistige Organe, mit denen es etwas Besonderes, nur von ihm zu Leistendes zu dem großen Gesamtschatz beitragen muß. Der Deutsche ist revolutionär oder konservativ, aber er sei Deutscher, sonst ist er gar nichts. Die Politik spielt hier nicht herein. Wenn der Weltgeist dem Ganzen einen Ruck nach vorwärts geben will, so bedient er sich nach Bedürfnis des einen oder des anderen Volkes. Ich darf nur die Worte Renaissance und Reformation aussprechen, so werden Sie mir beipflichten. Vielleicht hat kein neueres Volk so tiefe Einblicke getan wie der Deutsche in die geistige, der Italiener in die sinnliche Welt. Beide Völker hätten sich gegenseitig viel zu geben gehabt, aber so gut hat es dem Genius der Menschheit nicht werden sollen.

Unser Vergnügungsreisender dürfte der Vergangenheit angehören. Aber ein großer Teil unserer Jugend wird künftig im Ausland sein Brot zu suchen haben, wenn Deutschland seine Kinder nicht mehr ernähren kann. Und allem Völkerhaß zum Trotz werden deutsche Arbeitskraft und deutsches Pflichtgefühl willige Abnehmer finden und an schweren, verantwortungsvollen Posten bald wieder unentbehrlich sein. Deutsche Techniker, Ingenieure, Kaufleute, Ärzte werden ein neues Vaterland suchen und werden zu seinem wirtschaftlichen Emporschwung über das verarmende Deutschland durch ihre Tüchtigkeit beitragen. Dieser Vorgang wird unaufhaltsam sein. Möchten sie wenigstens an der Muttersprache und an den Überlieferungen der Heimat festhalten, damit sie nicht nur der namenlose Dünger sind, durch den eine fremde Kultur schöner blüht. Der Engländer bleibt, wohin er kommt, Engländer, der Franzose bleibt mit Stolz Franzose, der Italiener bleibt ebenso Italiener. Nur der Deutsche meint mit beiden Füßen in ein fremdes Volkstum hineinspringen zu sollen. Das war selbst in den Zeiten unseres höchsten politischen Glanzes so. Wie viel näher liegt jetzt die Versuchung, ein zertretenes, verarmtes Deutschland zu verleugnen. Aber man kann eine fremde Kultur nicht anziehen wie ein neues Kleid; unsere Kultur ist ein Teil von uns, der sich nicht mehr ablösen läßt, sie hilft unser Wesen bestimmen; nur der gänzlich Oberflächliche, Seelenlose vermag sich ihrer zu entäußern, aber er wird darum doch kein vollwertiger Teilhaber einer fremden. Als Auslanddeutsche kann ich es allen künftigen Auswanderern aus tiefster Überzeugung sagen: Wir werden im Ausland stets nur so viel Achtung genießen, als wir uns selbst in unserer Herkunft achten. Gerade die Völker von starkem Nationalgefühl wie die romanischen und die angelsächsischen haben einen tiefen Widerwillen gegen Abtrünnige. Was hat denn andere kleinere Völker, z. B. die Polen, im Unglück dem Ausland achtungswert gemacht als ihr glühendes Bekenntnis zur eigenen Sache und die Liebe zum Stammland? Die Achtung, die sie sich da erwarben, hilft ihnen heute ihre ausschweifendsten Wünsche auf unsere Kosten befriedigen. Es sei uns ein Sporn, von solchen Vorbildern zu lernen. Dulden wir im Ausland keine Verunglimpfung unseres Vaterlandes. Hören wir nie auf, uns gegen Lügen und Gewalt zu verwahren und um unser Unglück Trauer zu tragen. Und wie der armselige italienische Erdarbeiter jeden erworbenen Pfennig nach Hause schickt, so lasse der gebildete Deutsche jede Ehre, die er durch persönliche Leistung erwirbt, eine Ehre Deutschlands sein.

# Solleone

Die Geschichte, die ich erzählen will, habe ich von einem befreundeten Kunstgelehrten, der im Weltkrieg verscholl. Er war eine feinsinnige, ganz nach innen gerichtete Natur mit starker seelischer Erlebniskraft aber schwach entwickelten Organen zur Aufnahme der Außenwelt und besser in den Schätzen der Galerien als im Naturleben bewandert. Wenn man mit ihm im Freien ging, mußte man scharf auf die Wege achten, denn er hatte die Neigung, im Eifer des Gesprächs ganz unbewußt von der Richte abzudrängen; ging er allein, so geschah ihm leicht dasselbe, weil er sich dann in einsame Gedanken verspann. Die Vermutung liegt nahe, daß ihm diese Eigenheit im Krieg, den er schon in vorgerücktem Alter mitmachte, verhängnisvoll geworden sei. Sein Name war Martin Francke. In jungen Jahren hatte er einmal in Italien einen leichten Sonnenstich erlitten, und seitdem trat die angeborene Zerstreutheit deutlicher hervor. Die Umstände, unter denen jener Unfall sich ereignete, ließen eine tiefe Spur in seinem Leben und waren zugleich in wunderlicher Weise mit einem ihm völlig fremden Schicksal aus längst vergangenen Tagen verknüpft, auf das er mit seinem Denken immer wieder zurückkam.

Martin Francke hatte nach der Universitätszeit vorübergehend eine Hauslehrerstelle bei einer wohlhabenden Familie in Frankfurt eingenommen, wo er einen sonst gut begabten aber in den humanistischen Fächern zurückgebliebenen jungen Menschen für die Abgangsprüfung vorbereiten mußte. Seinen Zögling, dem der Name Manfred gut zu Gesichte stand, liebte er wie einen jüngeren Bruder und hat ihm zeitlebens das zärtlichste Andenken bewahrt. Denn dieser Jüngling war nach Martin Franckes Zeugnis so etwas wie eine Handarbeit Gottes inmitten der menschlichen Fabrikware, ein alleredelstes Stück deutscher Jugend. Zwischen Lehrer und Schüler war der Abstand der Jahre nicht gar zu groß, wenn auch Francke durch den Vollbart, der ihm schon in frühester Jugend gewachsen war, bei weitem älter aussah, und da ein jeder gerade das besaß, was dem andern fehlte, waren sie als Freunde wie füreinander geschaffen.

In dem jungen Manfred kündigte sich auf Schritt und Tritt der Naturforscher an, der er werden wollte. Er beobachtete das Tierleben, sammelte Pflanzen und Steine, und eine Landschaft war ihm ihrer Gestaltung nach beim ersten Schritte durchsichtig. Dagegen fehlte ihm der Sinn für alles Sprachgesetz, und erst als sein Hofmeister den glücklichen Einfall hatte, ihm die Sprache gleichfalls als einen lebendigen, nach ähnlichen Normen wie die Naturgebilde wachsenden Organismus zu zeigen, glückte es ihm, den Geist des Schülers zu fesseln und ihn dann auch heil an den Klippen der Matura vorüberzubringen. Zum Dank schickte die Familie Lehrer und Zögling auf eine gemeinsame Ferienreise nach Italien. Im toskanischen Apennin am Südhang des Monte Giovi lebte dem Jüngling ein Verwandter, auf dessen ländlichem Anwesen er schon als Knabe die Ferien zu verbringen pflegte. Bei diesem sollte er sich samt dem miteingeladenen Lehrer von den Mühen der Studierstube erholen. Als die Mutter dem älteren Freunde beim Abschied empfahl, auf seinen Zögling gut acht zu haben, daß ihm nichts zustoße, fügte der Vater lachend hinzu:

Und du Manfred, gib gut acht auf deinen Mentor, daß auch ihm nichts zustößt.

Das war eine berechtigte Mahnung, denn der Schüler war der lebensgewandtere von beiden, dabei schlank und schön wie ein Olympiasieger, mit Muskeln, die hart und straff waren wie Holz, während der Lehrer schwächer gebaut und nur für geistige Anstrengungen gestählt war, außerdem, wie schon gesagt, in äußeren Dingen ein wenig ungeschickt.

Den Beiden schloß sich als dritter Reisekamerad noch ein Studienfreund Martin Franckes an, der Archäologe Dr. Karl Johannsen, der einige Jahre später bei den Ausgrabungen auf Kreta starb. Ihm zuliebe machten die Freunde einen starken Umweg und durchwanderten zu Fuß das Umbrische und einen Teil des Toskanischen auf den Spuren der Etrusker. Manfred ruhte nicht, bis die beiden Älteren ihr kleines Gepäck mit in seinen Rucksack steckten, der schon den eigenen Reisebedarf nebst einem Kodak enthielt, und unter diesem Ballast, den er noch durch mineralogische Funde vermehrte, marschierte er auch bei der Hitze leichtfüßig weg, ohne ihn zu spüren. Seine Gesellschaft kam den zwei anderen wohl zustatten, denn er sprach fließend das Italienische, und seiner munteren Liebenswürdigkeit und glücklichen Erscheinung öffneten sich alle Türen, auch fiel, wohin sie kamen, die Nachtherberge annehmbar und die Zeche billig aus.

Als sie den Consumapaß überschritten hatten und Johannsen sich von den andern trennen wollte, um über Florenz die Heimreise anzutreten, ließ Manfred es durchaus nicht zu. Sein Verwandter sei der gastfreundlichste Mann von der Welt, er liege ordentlich auf der Lauer, um Fußreisende abzufangen und auf sein Gut zu schleppen, wo er oft monatelang gebildeten Umgang entbehre. Herr Parga würde sich für persönlich geschädigt halten, wenn ein Fremder von Belang in seiner Nähe vorbeigereist wäre, ohne bei ihm einzutreten. Und übrigens habe er, Manfred, bereits den dritten Gast angekündigt. Der also Genötigte ließ es sich gern gefallen, und des anderen Morgens brachen die drei wohlgemut nach dem Monte Giovi auf. Nur daß unglücklicherweise die Stunde des Abmarsches durch einen ländlichen Schuster von Pontassieve verzögert worden war, der einem der Wanderer die zerrissene Sohle auszubessern hatte.

Man trat soeben in die Hundstage, die der Italiener *Solleone,* Löwensonne, nennt – nicht weil, wie das Landvolk meint, die Sonne alsdann Löwenstärke hat, sondern um ihren Stand im Tierkreis zu bezeichnen –, doch ein leichtbedeckter Himmel stellte angenehmes Marschwetter in Aussicht. Niemand konnte erwarten, daß dies der heißeste Tag des Jahrhunderts werden würde, wie man später festgestellt hat.

Wie eine Sphinx mit vorgeschobenem Oberleib kauerte der Berg vor ihnen, den eine bestrittene Überlieferung mit dem alten Jupiterkult in Verbindung bringt. Seine tiefzerklüfteten Flanken glichen ungeheuren versteinten Wellen und waren bis zu halber Höhe mit niedrigem Baumwuchs bedeckt. Und wie nun einmal alles, was mit dem klassischen Altertum zusammenhängt, die Seele des Gebildeten in stärkere Schwingung versetzt, glaubten die beiden angehenden Gelehrten sich dem Sitze des Göttervaters zu nähern, obgleich ihr nüchterner junger Kamerad versicherte, daß der Monte Giovi sich weder durch antike Baureste noch durch alte Ortssagen vor den anderen Apenninenhäuptern auszeichne. Bald war der lange schmale Grat mit Kreuz und Kirchlein nicht mehr zu sehen, denn das Felsgebäu des Unterstocks hing schwer über die Wanderer herein und ließ von der Glut des nahenden Mittags einen beschwerlichen Aufstieg fürchten. Dr. Johannsen seufzte und stöhnte, er war ein Koloß auf tönernen Füßen, denn ein zu schwach geratenes Beingerüste hatte bei ihm die Last eines allzu schweren Oberkörpers zu tragen. Aber unvermutet kam auf holprigem Fahrweg, der sich neben dem Fußsteig, doch nicht so jäh wie dieser, zu Tale stürzte, ein mächtiges Gespann weißer toskanischer Ochsen im Schmuck ihrer roten Troddeln in Sicht, behäbigen Schrittes ein abenteuerliches Fuhrwerk hinter sich herschleppend. Manfred schrie vor Vergnügen laut auf und pfiff durch die Hände, worauf ihm ein gleicher Pfiff und ein Knallen mit der Peitsche antwortete.

Bist du's, Dario? rief er dem jungen Bauern zu, der das Leitseil hielt, worauf ein fröhliches *Gnorsì* (Ja, Herr) antwortete.

Das dacht' ich mir gleich, sagte er dann zu den zwei andern, der alte Herr schickt uns seine Staatskarosse entgegen, diese Aufmerksamkeit ließ er sich natürlich nicht nehmen.

Die beiden anderen umgingen und bestaunten das seltsame Gefährt. Auf einem hölzernen Schlitten oder Bergschleife war ein länglich viereckiger Weidenkorb befestigt, in dem drei Stühle bereit standen, und Manfred erklärte den Reisegenossen, daß alle ansässigen Herrschaften sich solcher Equipagen bedienten, weil der Zustand der höheren Feldstraßen und ihre große Steile das Fahren mit Rädern erschwere. Dieses Fuhrwerk war übrigens nicht allein zur

Bequemlichkeit der Reisenden gekommen, sondern hatte vor allem aus einer am Berge klebenden Ortschaft den Mundbedarf der Gäste heraufzuschaffen, wie eine mächtige in Tücher und Blätter gehüllte Ochsenrippe und eine ebensolche Hammelkeule verrieten. Die Stühle waren nur mitgeschickt, damit der eine oder der andere der Herren „Alpinisten", wie der Bauer sich schmeichelhaft ausdrückte, im Notfall davon Gebrauch machen konnte.

Betrachten wir dieses Gespann mit Ehrfurcht, sagte der bärtige Mentor: Mit solchen großen weißen, troddelumbaumelten Ochsen sind gewiß schon die Urahnen dieses jungen Landmanns ausgefahren, um auf der Spitze des heiligen Berges dem Göttervater zu opfern.

Und von der klassischen Erinnerung angefeuert, kletterte er eilig über die Deichsel in den Wagenkorb. Die beiden andern folgten, der schwarzäugige Bursche, in dem Manfred einen ehemaligen Spielkameraden wiedergefunden hatte, nahm das Leitseil zur Hand, und nun ging es unter *Via!* und *Va-n-là!* bergan.

Nach tausend Schritten fühlten sich die zwei Neulinge an allen Knochen zerschlagen, und Manfred, der schon nach einer Minute wieder herausgesprungen war, sah ihnen lachend zu, wie sie sich samt dem Sitz mühsam an Bord hielten, denn solange es steil hinaufging, mußten sie darauf achten, nicht nach rückwärts mit dem Stuhl hinauszurutschen, und bei einer plötzlichen Senkung des Weges waren sie in Gefahr vornüberzukippen. Er selber ging mit seinem Rucksack, den er nur um die Gepäckstücke der Freunde erleichtert hatte, aber durchaus nicht ablegen wollte, lustig daneben. Er freute sich diebisch, so oft die Cibéa – so nannte sich jenes urtümlichste aller Fuhrwerke – das eine Mal mitten durch ein Loch rutschte, wobei der eingedickte Schlamm aufspritzte, das andere Mal über einen Steinbrocken weg mußte, der breit im Wege lag. Die Ochsen nahmen jedes Hindernis mit unerschütterlicher Gelassenheit und trugen ihre Last sicher an den Abstürzen hin. Aber die Reisenden wurden unzählige Male mit ihren Stühlen gegen den

Rand der Cibéa geschleudert und rieben sich bei jedem Stoß schmerzhaft die Knie. Martin Francke ertrug es nicht länger, er kletterte gleichfalls aus dem Marterstühlchen und nahm den Weg unter die Füße, nur Johannsen erklärte, es sei eine heilige Lebensregel, niemals zu Fuße zu gehen, wo man auch nur zum schlechtesten Fahren Gelegenheit habe, und um seinem Widerspruch Nachdruck zu geben, spannte er den ländlichen grünen Riesenschirm auf, unter dem er sich wie unter einem Baldachin zurechtsetzte.

Manfred hatte sich zu Dario gesellt und vertiefte sich mit ihm in die Erinnerung ihrer Knabenspiele. Martin ging in Gedanken vor sich hin und vernahm nur mit halbem Ohr die Gespräche der beiden.

Sie wissen doch, daß mein Bruder Mario gestorben ist? hörte er den jungen Landmann sagen.

Mein Onkel hat es mir geschrieben. Wie ging es nur zu? war die Antwort.

Vor zwei Jahren hat ihn bei der Ernte ein Hitzschlag getroffen. Sie werden unterwegs die Stelle sehen, wir haben sie mit einem Kreuz bezeichnet. Es war gar kein besonders heißer Tag, noch lange nicht so heiß wie heute, und niemand begriff, wie es geschehen konnte.

Der arme Mario. Ich erinnere mich seiner sehr gut. Er war ein bildschöner Junge und solch ein braver Kamerad.

Ja, Herr, das war er.

Dann gingen sie eine Weile schweigend nebeneinander. Aber lange hielt der Ernst nicht vor. Denn jetzt mußte Manfred den Ruf der Goldammer über den gemähten Feldern nachahmen, worauf Dario sein Licht auch nicht unter den Scheffel stellte, sondern um die Wette alle bekannten Vogellieder samt den Texten, die der toskanische Bauer ihnen unterstellt, zum Besten gab. Die zwei Älteren wurden von der Fröhlichkeit der Jungen angesteckt und übten sich in der gleichen Kunst. Der Berghang widerhallte von dem Lockruf der Amsel, aus dem das Landvolk die Worte heraushört: *Bella mia, ti vedo, sì, sì, sì.* (Schönes Kind, ich seh dich, ja, ja, ja!)

Unterdessen drang die Sonne mit steigender Kraft durch den lichter und lichter werdenden Baumbestand, Staub und Hitze wurden immer lästiger. Langsam kroch das Fuhrwerk die breiten, schattenlosen Kehren an dem glühenden Gebirgsstock empor. Die beiden Fußgänger aber benützten die steileren Richtwege oder klommen auch weglos im dichten Schatten des Gehölzes bergan, nachdem sich Manfred mit dem Lenker der Cibéa über den Ort verständigt hatte, wo sie wieder zusammentreffen wollten, um gemeinsam ihren Einzug in der Villa Parga zu halten. Da sich aber der Jüngling bei jeder Pflanze, die ihm auffiel, verweilte und viel am Geschiebe herumhämmerte, kamen auch sie nur mit Aufenthalten vorwärts. Auf gepflegterem Wege gelangten sie vor eine dicht unbuschte, mit Farn und Frauenhaar behangene Felsgrotte, die ein rohgefaßter Quell tief ins Gestein gewaschen hatte. Hier war Kühle und Schatten. Hohe Buchen und Kastanien stiegen aus dem moosigen Grund und über die Blöcke der Felsenterrasse hinan, alles Pflanzenleben drängte sich gierig um die Feuchtigkeit her. Die steilen Felsenwände umstanden ein künstlich vertieftes und ausgemauertes Becken, das zur bequemen Viehtränke dienen mochte und nur an einer Seite einen schmalen Zugang zu dem Brünnlein freiließ. Ein mäßiger Strahl schoß aus dem Felsen und war überraschend frisch. Es hieß deshalb mit verschönernder Übertreibung die Eisige Quelle, und die Bäuerinnen aus den verstreuten Gehöften scheuten keine Entfernung, um ihre Kupfereimer und Kürbisflaschen für den ganzen Tag zu füllen. Sein unschätzbarer Segen war noch weithin an den blauen Vergißmeinnichtaugen zu erkennen, die in der dürren blumenarmen Jahreszeit den Weg seines Ablaufs in Beeten säumten.

Freund Martin geriet in Entzückung über die Romantik des Ortes und begann von Bergnymphen zu fabeln, die zum Baden hierher kämen und den sterblichen Lauscher mit ihrer Rache bedrohten. Sein Skizzenbuch von jener Reise bewahrt noch die Grotte auf mit einer nackten weiblichen Gestalt, die er auf den Rand des Beckens gesetzt hatte, die Füße im Wasser.

Manfred aber, der seine gesammelten Pflanzen ordnete und an dem Quell erfrischte, äußerte in seiner sachlichen Art auf den Überschwang des Freundes: Von Nymphen sei ihm nichts bekannt, aber es schwebe ihm dunkel vor, daß sich irgendeine unheimliche Geschichte an den Ort knüpfe. Wenigstens komme nach dem Aveläuten keine Bäuerin mehr an den Brunnen um Wasser zu schöpfen. Es solle einmal vor Zeiten, er wisse nicht, ob ein Unglück oder ein Verbrechen da geschehen sein.

Mein Onkel Parga, sagte er, zwang mich als kleinen Jungen jeden Abend bei einbrechender Dunkelheit an die Quelle herunter zu gehen und ihm einen Krug zu füllen. An der Frische des Wassers erkannte er, daß ich wirklich da gewesen war. Er tat es, um mir die Furchtsamkeit abzugewöhnen, die mir ein paar törichte Bauernweiber eingeredet hatten, und ich bleibe ihm zeitlebens dankbar dafür.

Alle Freude an der Schönheit des Ortes verging dem Begeisterten bei dieser Mitteilung. Er streute das gepflückte Vergißmeinnicht zur Erde und sagte:

Die Stelle, wo ein Unglück geschah oder ein Verbrechen begangen wurde, ist verfluchter Grund. Die Blumen, die an einem solchen Orte wachsen, soll niemand zu einem Strauß binden, und wer sich da niederläßt, muß wissen, daß er bei einem Erschlagenen zu Gaste ist.

Sein junger Freund sagte, den Rucksack wieder zuschnürend, kaltblütig:

Mit Dingen, die vorüber sind, kann ich schlechterdings nichts anfangen. Für mich hat sich hier nichts begeben, als daß die kalte Quelle immerzu fließt und ringsumher Vergißmeinnicht blüht. Was vor mir war, ist nicht gewesen. Menschen früherer Zeiten haben nie gelebt.

So hat dich niemals ein plötzlicher Schrecken überkommen, daß zuweilen aus längst verschwundenen Tagen sich etwas Unfaßbares an uns herandrängen will und Schicksal wirken? fragte Martin.

Niemals. Aber wenn ich einmal ausziehen sollte um das Gruseln zu lernen, so müßte mein Herr Hofmeister dabei sein und mich anleiten, denn allein lerne ich es nun und nimmermehr.

Er huckte mit einem Schwung den Rucksack wieder auf, in dem schwere Steine rollten, die er auf der ganzen Wanderung mit Andacht gesammelt hatte und wie Juwelen hütete.

Jeder hat seine Liebhaberei, antwortete er auf das Bedauern seines Mentors, daß er sich an dem heißen Tag mit solcher Last schleppe. Den einen zieht es zu der Kunst, den andern zu altem Gemäuer, die Mehrzahl läuft hübschen Gesichtern nach – ich aber liebe die Knochen der alten Mutter Erde.

Und immer wieder bückte er sich im Gehen forschend nach dem umherliegenden Gebröckel oder löste mit seinem Hämmerchen etwas Glimmerndes aus der Felswand ab. Martin setzte allein den Weg fort, indem sie durch Zurufe die Verbindung aufrecht erhielten. Zuweilen erreichte ihn der Jüngling wieder, um gleich aufs neue über den Abhang hinunterzutauchen. Als Martin ihn einmal ganz verloren zu haben glaubte und seinen Namen überlaut in die Waldschlucht schrie, antwortete Manfred ganz aus der Nähe mit dem Lockruf der Amsel.

Jener hielt es also für ausgemacht, daß ihm der neckende Puck auf dem Fuße folge, und überließ sich dem tiefen Zauber der Mittagsstille im Gebirge. Gedanken spannen ziellos wie beim Einschlafen, die Lockerung des Ichs und seine Auflösung ins Naturweben begann, die den nordischen Wanderer in südlicher Landschaft so gerne überkommt. Er beachtete nicht, daß sein Weg wieder breiter wurde und sich unmerklich abwärts senkte: Er war, einer Karrenspur folgend, abgeirrt und fand sich plötzlich am Rand eines Rübenfelds. Vor ihm lag ein wuchtiges steinernes Bauernhaus mit Tenne und Strohschobern, und hier war der Weg zu Ende. Auf Rufen und Klopfen kam keine Antwort, nur ein Hund brach in lautes Kläffen aus und zerrte wütend an seiner Kette. Umkehren mochte er nicht, so vertraute er sich seinem eigenen, leider so schwach entwickelten Ortssinn an, indem er über geackerte hängende Felder wenigstens die Fahrstraße wieder zu erreichen suchte. Ein kleiner Bauernjunge, der aus einem schmierigen Steintrog zwei schwarze Schweine tränkte, hatte auf seine Frage nach dem Weg zu der Villa Parga schweigend die Arme in dieser Richtung ausgestreckt. Über die Schollen stolpernd stieß er mitten im Felde auf ein niederes hölzernes Kreuz, das ihn an das Gespräch Manfreds mit seinem bäuerlichen Spielkameraden erinnerte: War dies wohl der Ort, wo den Bruder Darios der Unfall getroffen hatte? Aber das Kreuz war morsch, es mußte weit älteren Ursprungs sein, auch hatte ja ein Colone des Herrn Parga keinen Anlaß auf einem weit abgelegenen fremden Besitztum zu sicheln. Auf Zickzackwegen arbeitete er sich bergan, die ihm dadurch eingeprägt blieben, daß er im weglosen Höherklimmen über gemähte Wiesen an einem Abhang abermals auf ein Holzkreuz stieß und nach kurzer Zeit auf ein drittes, und daß der Anblick dieser Kreuze inmitten der tiefen Mittagsruhe ihn mit einer seltsamen Traurigkeit überschattete, wofür das Geschick der unbekannten Toten ihm selber keine genügende Erklärung war.

Er stieg und stieg, es gab nirgends mehr Schatten, und die Sonne glühte erbarmungslos.

Das Volk hat doch recht, daß sie löwenstark ist, dachte er und freute sich an der Bildkraft des Wortes. Nach dem Freunde zu rufen hatte er längst aufgegeben. Zuweilen glaubte er aus weiter Ferne einen Amselruf zu vernehmen, doch gab er keine Antwort, weil der Ton bloß in sein Ohr, nicht in sein Bewußtsein drang, denn der gelehrte Träumer bedachte nicht, daß in dieser Jahreszeit die echten Vögel keine Werbelieder mehr singen. Wie es dann weiter wurde, und wo er noch mit verwirrtem schmerzendem Kopf und halb verdurstend in der Irre umherstieg, wußte er später nicht mehr. Er wußte nur noch, daß ihn am Ende ein schmales Brücklein über eine Schlucht führte, in deren Tiefe ein Wässerlein über die Felsenstufen herunterkam und daß der Rand dieser Schlucht wie auch der ganze Berghang über seinem Haupte goldgelb von blühendem Ginster war. Eine ganze Weile vergaß er sich dort, um zwei Krebsen zuzusehen, die sich grimmig ineinander verbissen hatten und inmitten ihrer feindlichen Umarmung von dem Bächlein über die weißgewaschenen Kiesel herabgerollt wurden. Es war die Stunde der großen Stille und Schwüle, wo alles Leben zu stocken scheint. Nur die Zikaden saßen allenthalben unter Buschwerk und Steinen versteckt und erfüllten ihren einzigen Lebensberuf, dem glühenden Mittag eine Stimme zu geben, die eben so grell, geisterhaft und allgegenwärtig ist wie er selber. In ganzen Klumpen saßen sie da und hatten nichts zu tun als ihre tönenden Leiber solange zu reiben, bis der Sterbliche, der sie hören muß, dem Wahnsinn nahekommt.

Die Augen des Wanderers hingen noch an dem Kampfspiel der Krebse, als eine weiße weibliche Gestalt im grellsten Sonnenlicht an ihm vorüberging. Er hatte nicht gesehen, woher sie kam. Sie bewegte sich mit nackten Füßen, die ihm viel zarter und weißer schienen als die einer Schnitterin, leicht und behend über den steinigen Boden; ein weißer, gewaltig großer zottiger Hund von der Rasse der toskanischen Schäferhunde folgte ihr.

Er wunderte sich zuerst nicht einmal besonders über diese Erscheinung, obgleich manches an ihr befremdlich war: wie daß sie in dieser Hitze ohne Kopfbedeckung ging und daß sie eine riesige Sonnenblume an langem, strackem Stengel, fast wie ein Sonnenschirm anzusehen, in der Hand trug. Sie sah ihm einen Augenblick ins Gesicht und glitt mit unbegreiflicher Geschwindigkeit vorüber. Ihm schwindelte plötzlich, daß er sich am Geländer halten mußte, ein stechender Schmerz war ihm durch die Schläfe ins Hirn gefahren. Gleich darauf meinte er ein Geräusch wie vom Fall eines Körpers ins Wasser zu vernehmen, wodurch er wieder zu sich kam und sich umsah, ob kein Unglück geschehen sei. Weiter abwärts unterhalb des Brückleins hatte sich der Bach ein rundes Becken gewühlt, worein er sein Wasser sammelte. Das Mädchen war verschwunden, es konnte nicht hinabgestürzt sein, denn die Wände der Schlucht, die sich tief hinab fortsetzte, waren nahezu kahl und weithin zu überschauen. Wo war es hingeraten und was suchte es in dieser

Einöde hier? Er hatte die unklare Vorstellung, es sei vielleicht gekommen um zu baden und habe aus Scheu vor ihm nur den Hund ins Wasser geschickt, während es selbst sich vor seinen Blicken hinter Gestrüpp versteckt halte. Oder hatte er eine Fata Morgana gesehen? Die Gräser flimmerten ja vor Hitze, und alle Gegenstände schwammen vor seinen Augen. Mit wankenden Knien setzte er seinen Weg fort, immer von den Zikaden begleitet, die ihm mit dem Lärm von tausend rasend gewordenen Kinderklappern die Sinne benahmen.

Gott sei Dank, Menschenstimmen in der Höhe. Das Haupt aufrichtend, erblickte er über sich eine Wegkreuzung mit hohem Kruzifix, daneben zwei weiße gehörnte Häupter von roten Troddeln umpendelt, und Freund Johannsen begrüßte ihn mit lautem Zuruf. Er thronte noch unter dem grünen Sonnendach in der Cibéa, die seit einer Stunde und mehr im spärlichen Schatten geduldig auf die Fußwanderer wartete.

Als Martin Francke die Stelle erreichte, war er vor Kopfschmerz und Herzklopfen kaum imstande zu sprechen und konnte die Frage nach seinem Gefährten nur durch ein Achselzucken beantworten. Der junge Bauer meinte, dem Signorino, der die kürzesten Steige kenne und lange vor allen andern den Treffpunkt erreicht haben müsse, werde wohl das Warten zu lang geworden sein, und er sitze nun längst hinter der kühlen Mauer der Villa Parga. Johannsen mußte seinen Freund unter dem Arm fassen und den letzten Rest des Weges führen, denn Martin taumelte.

In üblem Zustand kam er auf der Villa an, und der gastfreundliche Hausherr brachte ihn in ein verdunkeltes, klosterkühles Gemach, wo er sich völlig entkleidet zu Bett legen mußte. Manfred war noch nicht angekommen. Man gab dem Erschöpften gekühlten Tee und Limonade, und sein guter alter Kamerad Johannsen setzte sich neben ihn, um ihm bis zum Einschlummern die feuchten Umschläge zu erneuern, denn er hatte einen leichten Sonnenstich. Das köstliche toskanische Bett, das so breit war wie lang, mit dem derbkörnigen lavendelduftenden Bauernlinnen, umfing ihn kühlend wie ein Bad, und er sank schnell in Schlaf.

Plötzlich erwachte er unter dem Eindruck, als habe die weiße Gestalt von der Felsschlucht ihm wieder ins Gesicht geblickt, und auffahrend erkannte er zu seinem höchsten Erstaunen ihr Bildnis an der gegenüberliegenden, sonst kahlen Wand des grobgeweißten Zimmers. Lebensgroß, in verblaßten Farben, die wieder durchgeschlagen waren, trat sie bis zum Knie aus dem herabgefallenen oder abgewaschenen jüngeren Bewurf hervor: eine schlanke Mädchengestalt, noch kaum entwickelt, in der einen Hand eine gelbe Sonnenblume, die andere auf den Kopf eines zottigen weißen Hundes gelegt. Das Gesicht war zerstört, nur ein schmaler Umriß voll Adel war noch zu erkennen und das dunkle, seitlich gescheitelte Haar, das sich in launenhaftem Schwung um eine kurze Stirn legte. Die Malerei stammte nicht von Meisterhand, war aber auch nicht ganz talentlos.

Martin konnte sich in der Entdeckung nicht zurechtfinden. Das Bild in seinem schlecht erhaltenen Zustand deutete um Jahrzehnte rückwärts. Und doch war die Dargestellte ihm vor wenig Stunden ebenso jung und schlank mit Sonnenblume und Hund am Rande der Felsschlucht begegnet. Hatten die Mädchen am Monte Giovi das Vorrecht der ewigen Jugend? Aber sobald er sich Rechenschaft zu geben suchte, fuhr ihm von neuem ein scharfer Stich in die Schläfe. Er mußte sich hüten über die Begegnung nachzudenken oder davon zu sprechen, wenn er seine Vernunft beisammen halten wollte.

Als er sich, ausgeruht und umgekleidet, in der neuen Umgebung vorstellte, wußte man noch immer nichts von Manfreds Verbleib, und Herr Parga, ein aufgeräumter aber gewalttätiger Mann, erlaubte nicht, daß man ihn suchen ging. Martin mußte zugeben, daß sein Ausbleiben keinen Anlaß zu Befürchtungen bot. Dennoch war ihm nicht ganz behaglich zumute, und als der Hausherr seine beiden Gäste durch die Parkanlage führte, die in einen Pinienhain überging und ihnen die großen Wein- und Ölpflanzungen um den ganzen Südhang seines Besitzes zeigte, war er nur halb bei der Sache. In seinem Kopf sah es noch seltsam wüst aus und das deutliche Rückerinnern an Jüngstvergangenes fehlte. Er wußte nur, daß Manfred ihm zuletzt noch zugerufen hatte weiter zu gehen, während er nach Gott weiß was über den Wegrand hinuntersprang.

Indem er sich diese Einzelheit zurückzurufen suchte, überkam es ihn plötzlich: Wie, wenn er gestürzt wäre und irgendwo mit gebrochenem Fuß hilflos in einem Bergschrund läge? Aber diese Vermutung brachte Herrn Parga in Harnisch.

Ein so geschickter Turner und den Fuß brechen! Nichts natürlicher als daß der Junge froh ist, endlich die Schulbank hinter sich zu haben. Da hat er eben im Rausch der Freiheit vergessen, daß er erwartet wird.

Schon als Manfred noch ein kleiner Junge gewesen, erzählte er mit Wohlgefallen, habe das Bürschlein kein größeres Glück gekannt als allein in der Campagna umherzustreichen, und nie sei ihm der geringste Unfall zugestoßen. An seinem zehnten Geburtstag, den er mit seiner Mutter auf der Villa Parga verlebte, habe der Knirps auf alle Süßigkeiten und Geschenke verzichtet und sich einzig ausgebeten, daß man ihn einen ganzen Tag frei laufen lasse, ohne zu fragen, wohin – und bei seiner Rückkehr in später Nacht sei die Ersteigung des Monte Giovi, für den kleinen Jungen eine wahre Forschertat, vollbracht gewesen.

Das Gesicht des Hausherrn strahlte, wenn er von Manfred sprach. Sie waren nicht blutsverwandt, aber Manfreds Mutter war die Zwillingsschwester seiner verstorbenen Gattin und dieser so ähnlich, daß man sie oft verwechselt hatte. Darum erschien der Jüngling mit dem raschen Blick und dem bestimmten Willen ihm über den Unterschied der Rasse hinweg wie ein eigener Sohn, in dem er sein Leben noch einmal aufglänzen sah.

Es war nicht des Neuangekommenen Sache, gegen den Nahestehenden und Einheimischen seine Besorgnisse zur Geltung zu bringen, aber beim Imbiß in der kühlen Eintrittshalle saß Martin

Francke wie auf Kohlen und blickte immer von Zeit zu Zeit nach der Uhr. Der Gedanke, daß der Jüngling auf der Suche nach dem ungeschickten Hofmeister vielleicht selber verirrt und irgendwie zu Schaden gekommen sei, beunruhigte ihn mehr, als er der Sicherheit des Hausherrn gegenüber zu zeigen wagte. Das Unwohlsein lag ihm noch immer lähmend in den Gliedern und dazu lähmte ihn noch Herrn Pargas lautes Sprechen, das seine bebenden Nerven schmerzhaft erschütterte. Auch an Johannsen fand er keinen Beistand. Dieser fühlte sich so glücklich in der kühlen Geborgenheit, daß er alle Dinge im günstigsten Lichte sah.

Wer weiß, ob er nicht unterwegs eine Bekanntschaft angeknüpft hat, bemerkte er anzüglich gegen den Hausherrn, es scheint hier oben hübsche Mädchen zu geben, wie man an den Schnitterinnen auf den Feldern sehen kann.

Diese Worte erinnerten Martin mit einem erneuten Schläfenstich an die Begegnung vom Mittag, die er gegen Niemand erwähnt hatte. Ja, freilich gab es schöne Mädchen hier, nach dieser einen zu urteilen. Aber Herr Parga entgegnete:

Um eines Mädchens willen hat er sich nicht verspätet. Aus dem schönen Geschlecht macht er sich nichts, auf diesem Punkte ist er eigen.

Martin hatte schon selbst bemerkt, daß der schöne Jüngling, dem alle Mädchen nachblickten, seinerseits auf der ganzen gemeinsamen Wanderung kaum jemals den Kopf nach einer hübschen Erscheinung gedreht hatte.

Während sie noch redeten, entstand eine Bewegung unter dem Gesinde: Ein Bauernweib war mit einem Karren voll gebündeltem Heidekraut angefahren, und obenauf lag Manfreds Rucksack, prall von Steinen und langstängeligen Kräutern, die daraus hervorstachen. Aber sie brachte keine Nachricht von dem Vermißten. Den Sack, der ausnehmend schwer war, hatte sie bei der Arbeit gefunden und in ihrem Stumpfsinn mit aufgeladen, ohne sich nach dem Eigentümer umzusehen.

Er hat den Rucksack abgelegt und ist irgendwo eingeschlafen, sagte Herr Parga, aber sein Ton war nicht mehr halb so zuversichtlich wie zuvor.

Laß dein Heidekraut stehen, gebot er dem Weibe und führ' uns an den Ort, wo du das Ding gefunden hast.

Es ist ja Unsinn, sagte er unterwegs zu den Freunden. Wir könnten ebensogut umkehren. Bis wir nach Hause kommen, sitzt er dort und lacht uns aus.

Aber gleich darauf schrie er die Frau an rascher zu gehen.

Den armen Martin trugen seine Füße kaum; seit er den Rucksack gesehen, war die überwältigende Gewißheit über ihm, daß dem jungen Freunde ein Leides widerfahren sei. Mit zitternden Knien folgte er dem Weib, das die drei Herren an dem Kruzifix vorbei und über die Schlucht führte, wo er am Mittag die seltsame Begegnung gehabt hatte. Als sie die Halde zu ersteigen begann, wo sie das Heidekraut geholt hatte, wurden die beiden Hunde, die Herr Parga an der Leine hielt, unruhig und begannen zu schnuppern. Losgelassen, sausten sie den Hang hinauf, die Suchenden folgten so rasch sie vermochten. Unter dem Wachholderbusch lag Manfreds sandgraue Jacke am Boden. Jetzt entfärbte sich sogar Herrn Pargas braunes Gesicht. Die Angst, welcher Anblick ihnen aufgespart sei, versetzte allen den Atem.

Endlich nahe der Schlucht unter gürtelhohem, weißblühendem Heidekraut fanden sie ihn selber bewußtlos und halb entkleidet, das Gesicht leichenhaft fahl mit blutigen Schaumbläschen auf den Lippen und der Puls kaum noch zu fühlen. Erschlagen und beraubt! war der erste entsetzte Gedanke, der auf aller Mienen schwebte. Sie untersuchten ihn genau, doch von Verletzung war keine Spur zu sehen; das Hemd stand offen, und auf dem bloßen braunen Hals flammte ein blutrotes, von der Sonne hineingebranntes Mal. Die Kleidungsstücke hatte er augenscheinlich selber abgeworfen, und eine tiefe Erschöpfung mußte ihn niedergestreckt haben, bevor er das Wässerlein erreichte.

Sie schleppten den leblosen Körper die steinige Schlucht hinunter in den mageren Erlenschatten und ließen ihn vom Wasser überrieseln, das weder reichlich noch kalt genug war um ihn zum Bewußtsein zu bringen. Doch atmete er tief auf, und auf lautes Zurufen öffnete er sogar die Augen, aber die erweiterten Pupillen vermochten nichts zu erkennen, und er fiel gleich wieder in Betäubung zurück.

Ganz mit Zweigen bedeckt zum Schutz gegen Sonne und Mücken, trugen sie ihn auf einem durch die Bäuerin beschafften Betttuch, von dem wie auf Raffaels Grablegung ein jedes einen Zipfel hielt, nach Hause, und die Willkommkränze am Portal, die noch frisch waren, blickten seltsam auf den Einzug des jungen hingewelkten Körpers nieder.

Schwere Stunden folgten, in denen man alles aufbot das fliehende Leben festzuhalten. Herr Parga erlaubte nicht, nach Florenz um Ärzte zu telegraphieren, sie wären freilich auch kaum rechtzeitig eingetroffen. Er brachte aus einer der kleinen Ortschaften einen *medico condotto* zur Stelle, auf den er mehr als auf viele Universitätsprofessoren hielt. Es war ein wissenschaftlich gebildeter Mann von etlichen fünfzig Jahren mit Namen Marchi, in dem der Ausspruch des Herrn Parga: Die gescheiten Leute sitzen nicht allemal auf dem Katheder, seine Bestätigung fand. Der eigenwillige Mann unterwarf sich auch dankbar allen seinen Maßnahmen, die zunächst darauf ausgingen, die Körperwärme des Knaben herabzusetzen.

Aber die glühende atemlose Luft, die noch immer über der Berglehne lag, war dem Kampf mit einem so gefährlichen Feinde nicht günstig. Wohl waren die Zimmer hinter sechs Fuß dicken Mauern klosterkühl, aber alles Wasser war lau und an die Beschaffung von Eis nicht zu denken. Nur die Blutegel taten ihre Schuldigkeit, und die Besinnung kehrte auf Augenblicke zurück, aber gegen Abend entwickelte sich starkes Fieber mit Delirien. Der Arzt blieb zur Stelle, seine Gegenwart erhielt die Hoffnung und führte Umsicht und Ordnung ein. Dem Menschenzudrang zum Krankenzimmer, der sonst in Italien vom Kranksein unzertrennlich ist, hatte er ohne weiteres ein Ende gemacht. Nur er und der Hausherr überwachten abwechselnd den Kranken. Nie in seinem Leben kam sich der arme Martin Francke so überflüssig vor wie in jenen Stunden. Sein Freund Johannsen hatte den Kopf völlig verloren, er wollte helfen und störte jedermann, bis ihn der kluge Doktor bewog, sich der gesammelten Schätze des Kranken anzunehmen. Da erklärte er, in solchen Fällen dürfe keiner müßig bleiben, und schüttete im Hof den ganzen Inhalt von Manfreds Rucksack auf den Boden, um mit einem Eifer Pflanzen zu pressen und Steine zu ordnen, als ob ein Werk für die Nachwelt zu retten wäre. Der unglückliche Hofmeister hatte nichts zu tun als die Sonne sinken zu sehen und in seinem Hirn die unfruchtbare aber von allen aufgeworfene Frage hin- und herzuwälzen, was Manfred bei seiner Ortskenntnis um die gefährlichste Tagesstunde in jene Feueresse verlockt habe.

Nach Sonnenuntergang wurde der halbwüchsige Aldo fortgeschickt, um ein paar große Steinkrüge an der Eiskalten Quelle zu füllen. Er kam mit einer für die Länge des Weges auffallenden Geschwindigkeit und außer Atem zurück, konnte jedoch nur einen einzigen Krug aufweisen, die andern hatte er an der Quelle zurückgelassen, um schneller wieder da zu sein, wie er sagte. Aber es war ihm etwas Ängstliches anzumerken, und die ländlichen Dienstmägde, die hilfeleistend ab und zu gingen, machten bedeutungsvolle Gesichter. Man fühlte mehr als man sah ein Raunen und Köpfezusammenstecken.

Der Hausherr schien die Stimmung seiner Leute zu verstehen, denn man hörte ihn ingrimmig zu dem Doktor sagen:

Das ist wieder Wasser auf die große Mühle der Dummheit. Aber ich will dem Bürschlein das Fürchten austreiben – worauf der Doktor ruhig erwiderte:

Mit dem Aberglauben ist nicht zu streiten.

Die beiden Gäste suchten im Hause zusammen, was es an tragbaren Wassergefäßen gab, dann holten sie sich den furchtsamen Jungen zum Wegweiser, der nunmehr in Gesellschaft von zwei Erwachsenen und durch die Aussicht auf ein gutes Trinkgeld Mut gewann. Er führte sie über Steingeröll auf rauhen natürlichen Felsenstufen den kürzesten aber beschwerlichsten Weg zu der Grotte hinunter. Verschüttetes Wasser an den holprigsten Stellen erzählte von Aldos überstürztem Aufstieg und bezeichnete von selbst den Pfad.

Während die Krüge sich an der Quelle füllten, hörten die Freunde schweigend dem Abendläuten aus dem Tale zu und dachten an den jammervollen Ausgang des schönen Tags. Kaum war der letzte Schlag verklungen, so platschte es hinter ihnen im Wasser, daß beide erstaunt herumfuhren, während Aldo, der die Krüge zum Vollaufen halten sollte, mit einem Sprung das Quellhaus verließ. Darauf erscholl ein langer banger Seufzer, der aus dem Grunde des Beckens zu kommen schien. Nach einer kleinen Pause, während deren sie vergeblich den Ort nach der Ursache dieser Geräusche absuchten, ein Gurgeln oder Glucksen, dem noch bänglicher als zuvor jenes Stöhnen aus der Tiefe folgte. Es machte den armen Aldo, der nicht wußte, ob er allein davonlaufen oder sich in der Angst an die Gegenwart der andern klammern sollte, beinahe toll, bis es Martin einfiel, einen daliegenden mächtige Felsbrocken zu erklimmen, der die Aussicht nach der Fahrstraße bot. Seine Vermutung wurde nicht getäuscht: Ein Wagen, der mit gesperrtem Rad die Steile herunterkam, brachte die Jammertöne hervor, und gewiß wäre auch die Ursache der anderen Geräusche aufzufinden und die Quelle zu entzaubern gewesen, wenn sie die Zeit dazu gehabt hätten. Während sie mit ihren vollen Krügen die moosigen Steige und Stufen hinaufeilten, jammerte ihnen noch eine ungepaarte Zwergohreule, die irgendwo in der Nähe der Quelle verborgen saß, ihr einsames Leid nach, und mitten durch ihr süßflötendes Riuh! Riuh! scholl das grelle widerliche Lachen des Käuzchens. Es waren die bekannten Laute, die man allabendlich in der toskanischen Campagna zu hören bekommt, aber in jener Stunde gingen sie den Hörern durch Mark und Bein.

Zu Hause empfing sie die Sorge mit ihrem düstersten Gesicht: Manfred war in völlige Bewußtlosigkeit zurückgefallen und schrie vor Schmerz, die Hände an die Schläfe pressend. Die Blasenpflaster auf Hals und Nacken, die ihm unterdessen aufgelegt waren, versagten alle Wirkung. Mit dem kalten Quellwasser, das die Freunde brachten, wurden Abwaschungen und Wicklungen gemacht, auf die der Arzt noch einige Hoffnung setzte. Sobald nach dieser Behandlung etwas Ruhe eingetreten war, führte der verständige Mann alle Anwesenden aus dem Zimmer, indem er sagte:

Wir wollen ihm nicht die Luft beengen. Kommen Sie und nehmen Sie ein paar Bissen zu sich. Sie werden heute Nacht Ihre Kräfte noch brauchen.

Herr Parga war ganz verstört, er mochte sich Vorwürfe machen, daß er durch seinen Eigensinn die Auffindung des Kranken so lange verzögert hatte.

Um ihn ein wenig abzulenken, erzählte Martin von dem scheinbaren Spuk an der verrufenen Quelle und fragte nach Art und Ursache des Aberglaubens, der sich an diesen Ort zu knüpfen schien.

Es soll da so etwas wie ein weibliches Gespenst umgehen, antwortete Herr Parga mit Widerstreben. Ich habe der Sache niemals nachgeforscht, denn Hirngespinste sind mir zuwider, auch fällt es schwer, unseren Bauern, die gegen Höhergestellte sehr verschlossen sind, die Würmer aus der Nase zu ziehen. Aber unser Doktor hier ist aus der Gegend gebürtig und weiß in allem, was das Landvolk angeht, Bescheid. Er wird vielleicht Ihre Frage beantworten können.

Dr. Marchi war, wie sich herausstellte, Sohn eines Müllers an der Argomenna und hatte schon seine Jugend in der Umgebung verlebt, in die ihn später sein Beruf zurückversetzte. Er besaß neben einem kräftigen und gewinnenden Äußeren das ruhig erfassende Auge des Italieners aus dem Volke, worin sich der starke Wirklichkeitssinn dieser einfachen Naturen offenbart. Man fühlte, bevor er zu reden anhob, daß seine Worte Hand und Fuß hatten.

Während Herr Parga an der Tür des Krankenzimmers lauschen ging, sagte er halblaut zu den beiden Gästen:

Sie werden wohl beim Heraufkommen die hölzernen Kreuze bemerkt haben, die da und dort am Wegrand und in Stoppelfeldern aufragen. Es sind Wahrzeichen der in hiesiger Gegend nicht selten vorkommenden Fälle von Hitzschlag oder Sonnenstich, wofür das Landvolk nicht die ziemlich verbreitete Neigung, dem Wein auch zur Erntezeit gut zuzusprechen, verantwortlich macht, sondern sich ein eigenes Phantom erfunden hat – man könnte es, grob ausgedrückt, eine Verkörperung des Sonnenstichs nennen. Dieses Phantom gab es freilich auch schon in meiner Jugend, nur hatte es damals noch keine bestimmten Züge, es glitt vorüber und hauchte einen an, daß er umfiel, aber gesehen hatte es keiner. Vor etlichen dreißig und mehr Jahren aber geschah drunten an der kalten Quelle ein Unglücksfall – ich will ihn so nennen, obgleich die öffentliche Meinung von einem Verbrechen munkelte. Ein junges Mädchen von edler Herkunft wurde in dem Becken tot aufgefunden, unter sehr eigentümlichen Umständen, die den Verdacht nahelegten, sie sei nicht, wie die Familie zu glauben vorgab, ertrunken, sondern gewaltsam ertränkt worden. Da aber jeder Anhalt fehlte und kein Kläger sich erhob, so blieb der Tatbestand unaufgehellt. Seitdem knüpft sich der Fluch an den Ort, daß er nach Sonnenuntergang nicht mehr betreten wird. Sie würden zwar schwerlich einen Landbewohner finden, der Ihnen das zugäbe. Auch über das Verbrechen und seinen Urheber, wenn die Annahme eines solchen zutrifft, wurde nie gesprochen. Unser Landvolk hat eine ganz besondere Art seine Gedanken durch Schweigen auszudrücken, und diese Gedanken waren überall, ein jeder fühlte sie und gab sie schweigend weiter. Von da an war, wie gesagt, der Quell verrufen. Von da an hatte aber auch jenes Phantom, von dem ich sprach, eine Gestalt gefunden. Wenn am überheißen Sommertag ein junger hübscher Bursch bei der Feldarbeit vom Hitzschlag betroffen wurde, so wußten die Leute, was sie zu denken hatten: Es war der ruhelose

Geist der unglücklichen Contessina, die um die Erntezeit aus der Familienkapelle in Florenz, wohin man sie gebracht hatte, entwich, um auf den Feldern, die sie liebte, ihrem ungestillten Liebesdrang ein Opfer zu suchen. Immer auf die schönsten und stärksten unter den jungen Burschen sollte sie es abgesehen haben und jedem sollte sie ein flammend rotes Mal auf Hals oder Brust hinterlassen. Die Volksphantasie vergaß, daß es auch schon vor der Zeit der armen Contessina in hiesiger Gegend Sonnenstiche gegeben und daß sie auch damals schon von einem umgehenden Mittagsschemen gewußt hatte.

Hier unterbrach Dr. Johannsen den Erzähler mit der Bemerkung, daß nach mythologischen Gesetzen örtliche Sagen sich gern einmal in einer neueren Gestalt verjüngen, worauf der Arzt antwortete:

Das mag sein. Aber Sie begreifen, daß es eine seltsame Erfahrung ist, ein Wesen, das man gekannt und, ich darf es wohl gestehen, mit scheuer Knabenliebe aus der Entfernung verehrt hat, sich in eine mythologische Figur verwandeln zu sehen.

Da der Zustand des Kranken sich zu bessern schien und auch Herr Parga, ruhiger geworden, sich zu der Gesellschaft setzte, gab der Doktor, der zur Zeit nicht am Krankenbette nötig war, dem Drängen der Freunde nach und erzählte mit Unterbrechungen, was er von der dunklen Geschichte, die durch das Gespräch angeregt war, sich noch erinnerte.

Die Contessina, begann er, war einige Jahre älter als ich, sie lief mit den Bauernkindern barfüßig über Steine und Dornen. Die hochgräfliche Großmutter, die sie aufzog, eine sehr bigotte und sehr hochmütige alte Dame, erklärte, barfuß gehen machen die Füße schön, worin sie gewiß recht hatte, aber die Dienstboten munkelten, daß es aus Sparsamkeit geschehe, und sie hatten ebenfalls recht. Denn die gräfliche Herrschaft, die ehedem zu den reichsten Adelsfamilien des Landes gehört hatte, war jetzt eine der ärmsten, Schloß Castelnero mit seinen herrlichen Parkanlagen, wo noch der junge Graf Folco das Licht erblickt hatte, war seit langem wegen Überschuldung an einen Herrn Carpi aus Florenz übergegangen, der die baufälligen Zinnen abgetragen und den Besitz wieder in die Höhe gebracht hatte, ihn auch noch ständig zu erweitern suchte. Die gräfliche Familie selber bewohnte ihre eigene ehemalige Faktorei, die in noch früheren Zeiten zu den Schloßbefestigungen gehört hatte und gleichfalls mit Zinnen versehen war. Darum hieß sie seit dem Verschwinden der Schloßzinnen als allein noch zinnentragend: die Villa Merlata. Sie stand an der Stelle der heutigen Villa Parga, in die sie verbaut ist, nur daß sie nicht so umfangreich war und in so gutem Stand wie diese. Die trotzigen Zinnen über dem verkommenen Anwesen waren recht ein Sinnbild für die ahnenstolze Armut, die darin wohnte. Einen Fattore hatten sie längst nicht mehr nötig, der Bauer Catasta bewirtschaftete den wenigen Grundbesitz, der ihnen geblieben war.

Sie selber lebten nicht besser als ihre Bauern, wenn auch der alte Kammerdiener Nando die dürftigen Gerichte noch immer mit Handschuhen herumreichte. Aber Gräfin Eleonora wickelte sich die Stirnlocken wie in den Zeiten ihres Glanzes und ging in Haus und Hof mit Handschuhen umher, von denen sie die Spitzen abschnitt, um das „Gesinde" anzuleiten, das aus besagtem Nando und einem kleinen Bauernmädchen, der einarmigen Faustina, bestand. In der Messe erschien sie feierlich in einem ganz aus der Mode gekommenen raschelnden Seidenkleid, das Kind an ihrer Seite im weißen Kleidchen mit gelbem Gürtel und einer Bernsteinkette um den Hals. Jeden Nachmittag machte sie den gleichen Spaziergang auf die Höhe, wobei die Enkelin sie begleiten mußte. Sie ging aber seit zwölf Jahren niemals weiter als bis zur Grenze der Pinienwaldung, wo sie sich auf einer rohen Steinbank unter dem vorspringenden Felsen niederließ. Noch ein paar Schritte weiter um den Felsenvorsprung, so wäre ihr Castelnero zu Gesicht gekommen, und gar von der Höhe des Felsens herab hätte sie Park und Schloßterrasse mit der mächtigen Libanonzeder und den steinernen Riesenfiguren des Gian Bologna gerade unter sich gehabt. Diese Schritte machte sie aber nie, denn der Anblick der dunklen Schloßmauern und der hohen Zypressenwipfel nährte die Bitterkeit gefallener Größe. Währenddessen mußte die Contessina im Wald nach Pilzen suchen, die oft den einzigen Gang der gräflichen Tafel bildeten, oder wie es die Jahreszeit mit sich brachte, an den glühenden Hängen Lavendel pflücken, der hernach zu wohlriechenden Kolben verarbeitet und in die Stadt verkauft wurde. Die Armut hinderte also die gräfliche Familie nicht, ausnehmend hochmütig zu sein, ja ihr Hochmut nahm noch immer zu, je mehr sie verarmten. Auch die Contessina war hochmütig und bildete sich gewiß nicht weniger als die Großen auf ihren Ahnherrn Gualtiero ein, der sich in der Schlacht von Lepanto unter Don Juan d'Austria ausgezeichnet hatte und von Cosimo I., in dessen Diensten er stand, zum Stephansritter ernannt worden war. Seit dem 16. Jahrhundert hielt die Familie den Brauch aufrecht, daß jeweils der älteste männliche Sproß zu seinem Rufnamen hin den Namen Gualtiero empfing, wie man noch jetzt an dem Stammbaum drüben auf Castelnero sehen kann, der von den neuen Besitzern, die jetzt auch schon angestammte sind, als geschichtliche Merkwürdigkeit gehütet wird. Der alte Graf Camillo Gualtiero hatte sich's zum Lebensziel gesteckt, die Geschichte dieses hochgelobten Ahnherrn zu schreiben, er verbrachte darum jede Woche einige Tage in Florenz, um dort in Bibliotheken und Archiven seine Spuren aufzustöbern und dann hier oben in der ländlichen Ruhe die gesammelten Belege zu verarbeiten. In seinem leichten Eselkarren ließ er sich von dem Bauern zu Tale führen, stieg in Pontessieve in die dritte Klasse, in Compiobbi aber nahm er eine Fahrkarte erster und fuhr standesgemäß in der Stadt, wo er von Seinesgleichen gesehen werden konnte, ein. Auf der Rückfahrt beobachtete er dieselbe Vorsicht in umgekehrter Reihenfolge. Der Allerhochmütigste aber war Graf Folco Gualtiero, des alten Grafen Sohn aus erster Ehe, der in irgendeiner vornehmen Anstalt erzogen wurde und selten zu Besuch nach Hause kam. Er hatte ein Ohrfeigengesicht, dessen bloßer Anblick unsereinem die Galle regte.

Als ich der Contessina zum erstenmal ansichtig wurde, dürfte sie zwölfjährig gewesen sein. Die Erscheinung des seltsamen Mädchens wirkte auf den acht- oder neunjährigen Müllerjungen mit solcher Gewalt, daß er vor Bewunderung fast ins väterliche Mühlrad getaumelt wäre. Sie trug das weiße Kleid mit der Bernsteinkette und eine Sonnenblume im Gürtel und saß auf besagtem Eselwagen neben dem Findling Ezio, der die gräflichen Kornsäcke in die Mühle führte um das fertige Mehl dagegen einzutauschen; ein großer weißer Schäferhund, mit Namen Colombo, der dem jungen Mädchen überallhin folgte, umsprang das Fuhrwerk. Dieser Ezio diente bei dem Bauern Catasta und wurde von dem Grafenkind vor allen ihren andern bäuerlichen Spielkameraden bevorzugt. Er war ein bildschöner Junge, ein Innocentino – die Herren wissen, daß man so die Findlinge aus dem Florentiner Hospiz nennt – und war als Pflegesohn des Bauern Catasta aufgewachsen, sah aber kaum weniger fein aus als seine kleine Herrschaft und war vielleicht – wer kann es wissen? – dem Blute nach nicht weniger als sie. Er wurde von dem Bauern sehr gut gehalten, der ihn sogar seinen leiblichen Kindern vorzog; wenn er ihn gelegentlich im Zorn einen Bastard schimpfte, so dachte er nichts Schlimmes dabei, er nannte seine eigenen ebenso. Denn das Hospiz hat ein wachsames Auge auf seine Zöglinge und duldet nicht, daß sie in schlechte Hände kommen. Es gibt wohl kaum eine menschenfreundlichere Anstalt als diese, die so viele Kindsmorde verhindert und den ledigen Müttern, die bei der Abgabe des Kindes gar nicht gesehen werden, Schande und Opfer erspart. Eine ländliche Amme nimmt das Kind mit sich und zieht es in frischer Luft mit den eigenen auf, wo es bald die Pflege durch Arbeit vergilt und häufig ein wertvoller Zuwachs der Familie wird. So war es mit Ezio, der alle seine Ziehgeschwister an Fleiß und Brauchbarkeit übertraf. Eine Wiese, die er gemäht hatte, kannte man von weitem, so gleichmäßig lief der Schwung der Sense durch die Stoppeln, daß es einer Handschrift glich. Zu allem hatte er Geschick, man wußte nicht, wo er die vielen Handfertigkeiten her hatte. Auch im Grafenhaus, wo es genug der Schäden auszubessern gab, wollten sie ihn immer haben. Aber bei all seinem Talent zeichnete er sich doch nicht sowohl durch geistige Strebsamkeit aus als durch eine seltene, für seinen Stand geradezu einzige Feinheit der Empfindung, die ihn besonders bei Höhergestellten empfahl. Seine schönen blauen Augen unter langen dunklen Fransen hatten etwas Willenloses wie die eines zahmen Tieres. Der Gedanke lag nahe, daß dieser zarte, windverwehte Keim von einem edlen Stamme gefallen sei, und niemand würde sich gewundert haben, wenn eines Tages ein gebildeter oder vornehmer Herr erschienen wäre, den Findling als seinen Sohn zurückzufordern. An der Contessina hing er mit der Inbrunst eines Sklaven. Da war aber noch ein anderes, kleineres Kind, das dieses Umgangs gewürdigt wurde oder vielmehr sich mit der Gewalt eines Naturzwangs an die beiden herangedrängt hatte: die kleine Lisa vom Ulmenhof drunten, der zum Besitz des Herrn Carpi gehörte und von dem Bauern Renai bewohnt wurde. Diese war seit ihren frühesten Kinderjahren von dem Findling unzertrennlich, obschon er sie wenig freundlich behandelte und sie trotz seiner sonstigen Friedfertigkeit oft genug anschrie und wegpuffte. Es half nichts, sie lief dem Ezio nach, seitdem sie gehen konnte, und wurde schließlich als fünftes Rad am Wagen geduldet. Sie war auch jenes Tages dabei, als die beiden auf dem Eselkarren zur Mühle fuhren, die kleine Lisa in ihrer blauen Schürze und den schmutzigen braunen Füßchen. Wer aber niemals in die Kinderfreundschaft aufgenommen wurde, das war die mit der Contessina gleichaltrige Flora Carpi, die in dem ehemaligen Grafenschloß drüben im Überfluß aufwuchs, von Erzieherinnen betreut und von Dienstboten umgeben, die mit einem eigenen Ponywägelchen, dem ein Bedienter hintenauf saß, in der Gegend umherfuhr, und die gewiß gern einen Teil ihres Glanzes geopfert hätte, um zu der hochmütigen Contessina, an der sie heimlich doch emporsah, und zu ihrem barfüßigen Hofstaat Zugang zu finden. Aber wie sie sich auch bei jeder Begegnung die Augen aus dem Kopfe sah, die andere wandte das Gesicht zur Seite, denn die Verachtung für die Emporkömmlinge war ihr von der Großmutter ins Blut geimpft.

Seit dem Besuch der Contessina hatte ich nichts mehr im Kopfe als sie, und wenn gelegentlich von der Mühle etwas bei der gräflichen Herrschaft zu bestellen war, so gab es keinen eifrigeren Botengänger als mich. Auch bei Ezio suchte ich mich wohlgelitten zu machen, denn nur auf diesem Umweg wagte ich mich an die Contessina heran. Da teilte mir eine gemeinsame Betrübnis ganz unerwartet die Rolle eines Vertrauten zu.

Eines Morgens fanden sie den Colombo traurig neben seiner Hundehütte stehend, und beim Herankommen seiner Herrin wedelte er nur schwach statt ihr entgegenzuspringen. Sein Futter stand unberührt, und als man ihm eine Schale mit Wasser vorsetzte, wendete er den Kopf ab. Alsbald lief ein ängstliches Raunen durch das Haus: Colombo hat die Hundswut. Es war Hochsommer und solche Fälle keine Seltenheit. Der junge Graf, der gerade anwesend war, wollte den Hund ohne weiteres vom Fenster aus erschießen, aber seine Schwester warf sich schreiend vor das treue Tier, und auch Gräfin Eleonore widersetzte sich der Tötung, weil der Colombo seinen Geldwert hatte und ein unvergleichlicher Wächter war. Dagegen verlangte sie, daß er zur Sicherheit angebunden werde, allein die Hausgenossen, die in vorsichtiger Entfernung herumstanden, drängten sich nicht zu dieser Aufgabe, und schließlich mußte Ezio vom Felde geholt werden. Dieser ging unbedenklich auf den wutverdächtigen Hund zu und führte ihn am Halsband zu der Hundehütte, wo er ihn festband, dann entfernte er sich unter den Lobsprüchen der Alten wie ein Held, indem er triumphierend mit der Peitsche knallte. Was hätte ich darum gegeben, so unter den Augen der Contessina lorbeergekrönt hinweg zu spazieren. Weil niemand abkömmlich war um den Tierarzt zu rufen, erbot ich mich zu diesem Gang, um doch auch etwas zu bedeuten, und ich war sehr stolz und glücklich, daß ich dem Gesuchten auf seinem Wägelchen unterwegs begegnete und gleich wieder mit ihm zurückkam. Der Mann stellte sich außer Schnappweite vor dem Hunde auf und orakelte: Achten Ew. Gnaden nur vor allem sorgsam darauf, ob der Hund sich leckt. Solange ein Hund sich leckt, braucht man nicht um ihn zu sorgen. Wenn sich aber der Hund nicht mehr leckt, so kann ihm auch kein Mensch mehr helfen. – Mit dieser Weisheit empfahl er sich, und die Hausgenossen begaben sich wieder in die Wohnung. Nur die Contessina hockte sich auf einen Eckstein des Hofes um ihrem Liebling zuzuschauen, ob er sich lecke. Und ich kleiner Knirps hockte mich unbeachtet auf den anderen, weil es mich aus ihrer Nähe nicht losließ. Wie manchesmal habe ich in späteren Jahren, wenn Berufspflicht mich heraufführte, nach den zwei Steinen umgeschaut und im Geiste die beiden Kinder noch darauf sitzen sehen.

Als die Sonne hochstieg und das kranke Tier bei seiner Hütte zu belästigen begann, hielt das kleine Fräulein sich nicht länger. Sie sah sich um, ob niemand vom Hause zugegen sei, dann ging sie furchtlos hin und koppelte den Colombo los. Ich gestehe, daß ich diesen Mut nicht gehabt hätte, so sehr war ich benommen von der Weisheit des Tierarztes. Sie bückte sich über ihren treuen Kameraden, streichelte sein wolliges Fell, wobei er schmerzhaft zuckte. Da tat sie einen leisen Schrei, sie hatte unter blutverklebten Zotteln drei tiefe Löcher in seiner Flanke gefunden, die nur von den Zinken einer Heu- oder Mistgabel herrühren konnten. Die herbeigerufenen Hausgenossen waren sofort darüber einig, daß nur der Bauer vom Ulmenhof, der für seine Roheit gegen Tiere und Menschen bekannt war, der Täter sein könne. Er besaß eine sehr schöne weiße Hündin von der gleichen Rasse wie Colombo, die zufällig auch Colomba hieß. Diese lockte, wenn es Abend wurde, ihre vierbeinigen Verehrer aus der ganzen Nachbarschaft zusammen, daß man um die Dämmerstunde vor Hundegebell fast taub wurde. Seit einiger Zeit war der Colombo wie besessen auf die Colomba. Gleich beim Abendläuten, wenn rings um den Ulmenhof das vielstimmige Geheul begann, verließ der treueste Wächter seinen Posten und raste mit Riesensprüngen den anderen Besessenen nach. So war er auch am vergangenen Abend davongestürmt, und der Bauer Renai, der längst geschworen hatte, daß er den ersten Ruhestörer, der ihm in den Weg komme, kalt machen wolle, hatte offenbar an ihm seine Wut gekühlt. Solche Dinge werden ja unter den Landbewohnern gar nicht mit Worten verhandelt, ein jeder fühlt sie und weiß sie; ich fühlte sie ebenfalls, so klein ich war. Es litt mich jenes Abends gar nicht daheim in meiner Mühle; sobald der Tag sank, ersann ich mir einen Vorwand und lief allein über die Richtsteige wieder herauf. Der Hund lebte noch, aber sein mächtiger Körper lag kraftlos zusammengesunken und atmete schwer. Die Contessina hockte zärtlich neben ihm und wehte ihm mit einem Papierfächer Kühlung zu, während sie ihn mit zärtlichen Vorwürfen überhäufte: O Colombo, wie oft hab ich dich gewarnt: Geh nicht auf den Ulmenhof, aber du wolltest nicht hören. Und der Hund blickte sie aus seinen halbgebrochenen Augen beweglich an, als ob er verstünde und um Verzeihung bäte. Ezio kühlte ihm mit feuchten Lappen die Wunde. Ich setzte mich als leidtragender Dritter daneben, denn auffallenderweise fehlte Ezios Schatten, die Lisa, an jenem Abend. Wahrscheinlich hatte ihr Vater ihr aus schlechtem Gewissen zu kommen verboten. Die Hausgenossen warfen ab und zu teilnehmende oder neugierige Blicke auf den sterbenden Hund, Graf Folco gab ihm gelegentlich im Vorbeigehen einen Fußtritt, daß die Schwester zusammenfuhr. Die beiden liebten sich nicht, und er tat ihr bei seinen Besuchen auf Villa Merlata zuleid was er konnte. Die Flanken des Tieres arbeiteten immer qualvoller, es schien jeden Augenblick, daß er verenden werde, denn er lag mit der Schnauze am Boden und hatte alle Viere von sich gestreckt. Aber jetzt geschah etwas, das sich mir mit der Wucht einer menschlichen Tragödie in die Seele geprägt hat. Die Sonne war gesunken, wir glaubten schon, Colombo habe ausgelitten, denn sein starkes kurzes Atmen hatte aufgehört und seine Augen waren geschlossen. Plötzlich erscholl Hundegebell am Ulmenhof; von Castelnero, wo eine große Dogge freilief, kam Antwort, auf allen Bauernhöfen wurde es laut, und bald zog sich das Geheul wie eine Kette von einem Gehöft zum andern. Colombo, der wie tot gelegen, erhob die Schnauze und seine Ohren spitzten sich.

Da huschte draußen in der Campagna auf geringe Entfernung eine weiße vierfüßige Gestalt geschmeidig hin.

Die Colomba! rief das Mädchen, und Ezio schickte dem Tier eine Verwünschung nach.

Aber gleichzeitig hatte auch der sterbende Colombo sie erkannt, ein Zucken lief durch seine Glieder, er reckte sich, er stand! Wie durch ein Wunder schien er sich dem Tode zu entwinden. Wir wollten ihn zu dreien aufhalten, aber er schüttelte uns mit einem Ruck von sich, daß wir taumelten, und setzte sich gegen die Campagna in Bewegung. Er kam nur langsam fort, aber er ging unaufhaltsam, und als wir uns aufs neue von rechts und links an seine weißen Zotteln hingen, schleppte er uns mit unwiderstehlicher Gewalt nach, bis wir ermattet abließen.

Colombo! Colombo! schrie die Contessina dem Hunde nach, der weiß in der Dunkelheit eines Grabens hinschwand. Geh nicht zu der Falschen! Du hörst ja, wie sie den andern ruft. Komm zurück, Colombo!

Da sprach der Findling ein seltsam feierliches Wort, seltsam in seinem Munde und für meine Ohren, die es noch nie vernommen hatten. Er sagte: *Die Liebe ist stark wie der Tod.*

Wie zu erwarten, kam das Tier nicht mehr zurück. Am anderen Tage, der ein Sonntag war, half ich in aller Frühe den zwei Betrübten die ganze Umgegend absuchen. Ezio ging voran und peitschte mit einem Zweig den Tau von Büschen und Gräsern, daß er die Contessina nicht netze. Wir durchstöberten jeden Busch und jeden Graben, in dessen Richtung sich das Hundegebell am Vorabend hingezogen hatte. An einer Ecke fanden wir die Lisa in ihrer gewöhnlichen Haltung, stumm, den Finger im Mund, aus halb gesenkten Augen unverwandt auf Ezio schauend. Wir waren gleich mit Fragen über ihr her, aber sie gab nach ihrer Art keine Antwort. Erst als Ezio sie wütend anschrie, zu gestehen, was sie wisse, kam es wie ein eingelernter Spruch in weinerlichem Ton aus ihrem Mund:

Colombo ist nicht bei uns gewesen, Vater hat den Colombo nicht mit der Gabel gestochen.

Da gab Ezio, der Sanftmütige, ihr einen Stoß, daß sie in den Graben flog. Sie kroch wieder heraus, schüttelte ihr beschmutztes Röckchen aus und ging wie ein geschlagenes Hündchen hinter ihm her.

Auf einem Stück Heideland, über das heute der Fahrweg läuft, neben einem Wacholderbusch, lag ein Stein und neben dem Stein ein weißer Fleck, im blendenden Lichtglanz kaum von diesem zu unterscheiden. Es war der arme Colombo, der dalag, den Kopf und die Vorderfüße bergwärts gerichtet, wie im mühseligen Aufstieg hier zusammengebrochen, und es sah aus, als ob er noch immer nach seiner Treulosen hinaufschaue und horche. Das Mädchen wollte sich auf ihn stürzen, aber als sie erkannte, daß dies nicht mehr ihr Getreuer war, sondern eine vom Tau durchfeuchtete, von der Sonne versengte Masse, da setzte sie sich ein paar Schritte entfernt am Berghang nieder, die Knie heraufgezogen, und starrte auf das tote Tier, ohne ein Wort zu sagen. Wir beiden Knaben aber gruben unter dem Wacholder ein breites und tiefes Loch, in das wir den schweren Körper senkten. Der Findling wollte mit dem ihm eigenen Feingefühl durchaus nicht leiden, daß ich Erde auf ihn häufte, sondern brach eine Lage breiter Blätter, womit er ihn bedeckte, bevor wir das Grab zuschaufelten und den großen Stein daraufwälzten, um es vor der Habgier des Renai zu bergen, der das schöne Fell zu ergattern hoffte. Daß die Lisa uns nicht verraten würde, waren wir sicher. Ein paar Wochen später lag dann anstelle des rohen Steines eine halbaufgerichtete Grabplatte, darauf die grobgemeißelte Inschrift: *Povero Colombo,* und in kleineren Lettern der Spruch: Die Liebe ist stark wie der Tod. Der geschickte Ezio hatte selber seiner Herrin zuliebe den Denkstein heimlich ausgehauen und den Spruch, der ihm Gott weiß woher zugeflogen war, daraufgesetzt.

Eine so ausgiebige Gelegenheit, der Contessina nahe zu sein, fand sich für mich nicht wieder, denn ich war zu schüchtern, um unaufgefordert meinen Besuch zu wiederholen, aber ich trieb mich manchen Abend in der Nähe herum und sah mit Sehnsucht den dünnen Rauch aus den Schlöten der Villa Merlata steigen. –

Hier machte der Doktor eine Pause, um nach seinem Kranken zu sehen, der wieder unruhiger geworden war. Der Hausherr hatte Sorge getragen, daß immerzu frisches Wasser von der Quelle heraufkam und die Wicklungen fortgesetzt werden konnten. Aber die beruhigende Wirkung war immer nur von kurzer Dauer. Als der Arzt aus dem Krankenzimmer zurückkam, fuhr er mit noch leiserer Stimme in seiner Geschichte fort:

Bald nach der Liebestragödie des Colombo kam ich in das Lizeum zu Florenz und von da auf die Universität, und über all der Neuheit traten mir die heimatlichen Gestalten in den Hintergrund. Bei meinen Ferienbesuchen sah ich zuweilen die gräflichen Damen aus der Ferne: die Alte stolz und würdevoll in den abgetragensten Kleidern, die Enkelin wie ehedem mit der Bernsteinkette um den Hals, nur daß sie jetzt Schuhe trug und sich merklich in die Länge streckte. Im übrigen streifte sie noch immer allein über die waldigen Hänge, um Pilz zu sammeln, und ein großer neuer Schäferhund, der seinem Vorgänger zu Ehren Colombo genannt wurde und weiß und wachsam wie der erste war, begleitete sie. Noch immer liebte sie die Sonnenblumen, von denen Ezio ihr an sonnigen Rainen, da wo jetzt die neuen Wirtschaftsgebäude stehen, lange Reihen zwischen die Schwertlilien säte. Noch immer war der Findling das Faktotum des Hauses: Bald mußte er die Uhren in Gang bringen, bald eine neue Fensterscheibe anstelle einer zerbrochenen einsetzen; an den Namenstagen der Herrschaften verteilte er herrliche Blumen, die er selber zog, durch das ganze Haus. Man konnte sich das arg verkommene gräfliche Anwesen ohne diese hilfreichen Geist nicht vorstellen. In der ganzen Gegend verbreitete sich der Ruf des geschickten und liebenswürdigen Findlings. Und eines Tages kam auch ein feinaussehendes älteres Paar im Wagen heraufgefahren, das nach einem im Hospiz verschollenen Knaben forschte. Aber die Erkennungszeichen stimmten nicht, und Ezio blieb bei den Bauern.

Die Contessina in ihrer herrischen Art, die doch nicht ohne Lieblichkeit war, behandelte ihn wie einen Leibeigenen, mit dem sie machte was sie wollte, den sie aber nicht entbehren konnte. Allmählich begannen die Bauern selber die Köpfe zu schütteln, daß der Graf und seine hochmütige Mutter die ungleiche Freundschaft solange duldeten. Aber die beiden Alten merkten überhaupt nicht, daß das Kind heranwuchs, sie lebten rückwärts in den Zeiten ihres Glanzes. Sie ahnten nicht, auf was für Sprünge das unbewachte Mädchen geriet. Die Nachbarschaft jenes anderen Mädchens jenseits der Mauer von Castelnero, auf das sie herabzusehen vorgab, das sie aber doch heimlich aus der Entfernung beobachtete, erweckte durch ihr Beispiel die schlummernden Triebe. Eines Tages kam sie zu dem Findling und erzählte ihm geheimnisvoll, daß sie in den Parkwegen die Flora Carpi in Gesellschaft eines Kadetten gesehen habe.

Es ist ihr Vetter, ich weiß es von der Lisa, sagte dieser gleichgültig.

Aber die Contessina hatte von ihrem erhöhten Standort noch mehr gesehen: Hinter den Zypressen hatten sich die beiden geküßt.

Das ist schändlich! rief Ezio ehrlich entrüstet, wie es unsere Bauern bei jedem Bruch des Herkommens sind.

Warum schändlich? fragte die Contessina.

Ich weiß nicht.

Dann rede auch nicht, wenn du's nicht weißt.

Ich meine, es schickt sich nicht.

Warum schickt sich's nicht?

Ich weiß nicht.

Du bist ein dummer Junge, antwortete die Contessina und sah ihn seltsam lächelnd an.

Wenn du mich küßtest, Ezio? fragte sie nach einer Weile.

Er erschrak, als ob der Blitz neben ihm eingeschlagen hätte.

Das würde ich niemals wagen, sagte er ganz verwirrt.

Warum nicht, Ezio?

Der Herr Graf würde mich peitschen.

Du bist ein Feigling, sagte das Kind, indem es verächtlich den Mund verzog. Wenn ich ein barfüßiger Findelknabe wäre und ein hochgeborenes Fräulein erlaubte mir sie zu küssen, meinst du, ich würde mich vor ihrem Vater fürchten?

Ich fürchte mich auch nicht vor Ihrem Vater, stammelte er.

Sondern?

Vor Ihren Augen, war seine Antwort.

Die Contessina lächelte überlegen und schloß die Augen halb, indem sie nach dem Findling hinblinzelte. Da hatte er sich schon ein Herz gefaßt und sie auf den halboffenen Mund geküßt. Erstaunt sahen sie sich beide an, dann versuchten sie es noch einmal, ganz ernsthaft wie ein wohlzuüberlegendes Geschäft. Darauf entfernte sich das Mädchen, augenscheinlich zufrieden, daß sie den Vorsprung der Flora Carpi eingeholt hatte. Der Findling aber warf sich ins Gras und wälzte sich wie ein Verzweifelnder. Das Süße und Grausame, was da plötzlich über ihn gekommen war, zerriß ihn ganz. Auch Schuldgefühl war dabei, sich an der Herrschaft vergangen zu haben. Von da an verrichtete er seine Arbeit nur wie im Traum und starrte verloren vor sich hin, bis die rauhe Hand seines Bauern ihn zurecht schüttelte. Die Contessina aber tat, als wäre nichts geschehen. Sie lag im Grase und sah den Vögeln nach oder pflückte ungeheure Blumensträuße, die sie band, wieder auflöste und anders band, und niemand beschäftigte sich mit ihr und ihrer Zukunft. Die ländlichen Sibyllen, die in der Mühle zusammenkamen, prophezeiten ihr wenig Erfreuliches: Es werde schwer halten, war die Meinung, sie zu verheiraten, denn die jungen Leute ihres Standes fragten vor allem nach der Mitgift, einen bürgerlichen Bewerber aber würde der Herr Graf gar nicht über die Schwelle lassen.

Unterdessen diente Ezio bei den Soldaten, und als er nach drei Jahren zurückkam, war er einer der hübschesten Burschen geworden, die man sehen kann.

Da hatte ich einmal während meines ersten Wintersemesters in Florenz eine Überraschung. In der Nähe des Pitti fuhr ein Wagen hart an mir vorbei, in dem ich die Gräfin Eleonore und ihre Enkelin erkannte. Ein schmucker, sehr formgerechter Diener in Livree saß neben dem Kutscher – ich riß die Augen weit auf: Es war Ezio.

Er erkannte mich auch und blickte zur Seite; an der dunklen Röte, die sein Gesicht bedeckte, überzeugte ich mich, daß er es wirklich war. Man muß wissen, mit welcher Geringschätzung der freie, auf seine Unabhängigkeit so stolze toskanische Bauer auf den Livreebedienten heruntersieht, um mein ganzes Erstaunen zu ermessen. Ich war auch gleich darüber im Klaren, daß kein Gewinn, nur die innigste, selbstloseste Hingabe den armen Jungen zu dieser Selbsterniedrigung vermocht haben konnte. Später erfuhr ich durch ihn selber den Zusammenhang.

Während seiner langen Abwesenheit war in dem gräflichen Hause eine Veränderung vorgegangen. Donna Eleonora mußte plötzlich entdeckt haben, daß ihre Enkelin sich zu einer Schönheit entwickelte, denn sie faßte den Plan, die Familie durch eine glänzende Heirat wieder in Flor zu bringen. Der Graf verkaufte abermals ein Grundstück unter Wert an den ewig lauernden Nachbar Carpi, um die Kosten für ein adliges Fräuleinsinstitut aufzubringen; und während der Findling zum Soldaten gedrillt wurde, erhielt seine Spielkameradin den Weltschliff. Gerade im Spätherbst, wo Ezios Dienstzeit um war, zog die alte Gräfin nach Florenz, um die Enkelin in die Gesellschaft einzuführen. Der Vater blieb auf dem

Land, sparte, rechnete, schrieb an seinem Geschichtswerk und lebte weitaus schlechter als seine Bauern.

Bei Beginn des Karnevals trug ihm seine Mutter auf, einen der Colonen als Diener in die Stadt zu schicken, weil das standesgemäße Auftreten eine männliche Bedienung erheische. Es gab zur Zeit keine Arbeit, die Olivenernte war vorüber und die Bauern saßen müßig um ihren rußigen Herd, als der Graf mit dem Briefe seiner Mutter hereintrat. Weil aber das Dienen in einem Herrschaftshaus dem toskanischen Bauern wenig zusagt, so entstand auf den Vorschlag des Grafen ein verlegenes Schweigen. Da sagte Ezio, der kerzengrade aufgestanden war, mit erbleichtem Gesicht:

Wenn Ew. Gnaden glauben, daß ich die Stelle ausfüllen kann, so schicken Sie mich.

Einen Besseren konnte der Graf sich nicht wünschen, so kam der arme Junge nach Florenz.

Er betrübte sich fast, als er die Contessina wiedersah, denn ihre große Schönheit war wie ein Schrecken über ihm. Von dem barfüßigen Kinde war nichts mehr übrig als eine seltsam bestrickende Herbigkeit. Herkunft und Beispiel hatten ihr schnell die Formen der großen Welt gegeben. Sie fand beim Empfang ein paar freundliche Worte für ihn, die ihn beseligten, denn er wußte sich ja nichts Höheres als ihr zu dienen. Aber schon der nächste Tag riß ihn aus seiner Wonne. Er hatte vom frühen Morgen an gescheuert und geklopft, um der kleinen Mietwohnung ein herrschaftliches Ansehen zu geben, als ihm die Portiersfrau einen alten Bortenrock überbrachte mit dem Auftrag der Frau Gräfin, nie anders als in Livree die Besuche zu empfangen. Er wurde rot und blaß und warf mit Tränen der Empörung die Livree zu Boden.

Aber nun mischte sich die alte Gräfin ein, und weil sie nicht befehlen konnte, bat und schalt und schmeichelte sie und stellte ihm vor, daß Glück und Zukunft der Contessina von einem standesgemäßen Haushalt abhingen. Die Alte war trotz ihrem Hochmut unwiderstehlich, wenn sie etwas durchsetzen wollte, der arme

Findling wehrte sich aber dennoch gegen die beschämende Zumutung, bis ein Wagen vor der Türe hielt und die Contessina selber heraustrat und mit vorwurfsvollem Tone: Ezio! sagte. Da hob er schnell den Rock auf, und als der Besucher die Treppe heraufstieg, fand er den feinsten, tadellosesten Lakaien am Eingang.

Ezio wußte nicht, welcher von den jungen Kavalieren, die im Hause ein- und ausgingen, der Contessina zum Gatten bestimmt war, aber er sah sie alle daraufhin an und haßte alle. Am meisten haßte er den Herrn Giorgio Varese, einen glänzenden Löwen der Gesellschaft, der nicht von altem Adel, aber reich genug war, um über die dürftige Mitgift wegsehen zu können, und der die Damen von ihrem ersten Erscheinen an mit Aufmerksamkeiten umgeben hatte. Donna Eleonora dachte aber jetzt, da sie schon beim Ehestiften war, zwei Fliegen auf einmal zu treffen. Deshalb hatte sie auch die früher gemiedene Flora Carpi herangezogen, die in gemeinsamen Institutsjahren sich an die Contessina angedrängt hatte. Reichtum, Luxus und Schliff gaben der Tochter des Geldes die Ebenbürtigkeit. Flora sollte dem jungen Grafen Folco Gualtiero, den ein guter Wuchs und eine schmucke Uniform bei den Damen empfahlen, nahe gebracht werden und Castelnero auf diesem Weg in die Hände der angestammten Besitzer zurückkehren.

Die Alte machte zwar keinen Versuch, ihren Gästen Sand in die Augen zu streuen, das wäre auch unnütz gewesen, da ihre Vermögensumstände allen bekannt waren, sie scherzte sogar gelegentlich über ihre Armut, aber sie hielt den Reiz hochadliger Lebensformen aufrecht, und dazu war ihr der flinke, gewandte, immer bereite Diener unentbehrlich. Was in diesem vorging, bekümmerte sie nicht. Auch die Contessina ging mit freundlicher Gleichgültigkeit an ihm vorüber, als hätten sie nie gemeinsam um den Colombo getrauert, von bedenklicheren Vertraulichkeiten ganz zu schweigen. Der Arme fühlte sein Herz wie eine große eiternde Wunde in seinem Leib, und wenn er allein war, griff er zuweilen unbewußt nach der schmerzenden Stelle, um sich zu überzeugen, ob sie noch nicht nach außen gebrochen sei. Er wollte sich ja gern zum Schemel ihres Glückes machen, aber warum mußte es um den Preis seiner Erniedrigung sein! Wenn er die Erfrischungen herumreichte, so zitterte das Tablett in seiner Hand, sobald er den Varese mit der Contessina sprechen sah, und eines Abends goß er bei einer solchen Gelegenheit ein Täßchen Kaffee auf ihr neues Kleid. Graf Folco, der von seinem alten Geschlecht nur die Anmaßung, nicht die Haltung geerbt hatte, fuhr auf und nannte ihn einen Tölpel. Jetzt war das Maß voll. Der arme Junge rannte aus dem Zimmer, riß sich draußen die Livree vom Leibe, zertrat und zerstampfte sie mit den Füßen und verließ dann ohne Abschied in den Bauernkleidern, mit denen er gekommen war, das Haus. Er wußte nicht, wohin er lief, es zog ihn nach dem Flusse, aber als er einen Augenblick an der Brüstung Halt machte, sah er sich gleich von lärmenden Masken umringt und rannte weiter. Im Laufen stieß er zuweilen einen Schrei aus und streckte die Arme in die Luft, wie von einer plötzlichen Kugel getroffen. Unerwartet trat er in eine Lücke des Pflasters, denn der Laternenschein hatte aufgehört, und schlug zu Boden.

Als er den Kopf erhob, überraschte ihn ein Anblick, den er zuvor im sinnlosen Vorsichhinstürmen gar nicht geachtet hatte: Rechts und links vom Flusse, so weit das Auge sah, flammten unzählige Lichterreihen in eiliger Bewegung durch die dunkle Campagna, und vieltöniger Gesang erreichte in verlorenen Schallwellen sein Ohr. Da fiel ihm ein, daß es der letzte Abend des Karneval sei, an dem die Bauern mit brennenden Strohwischen ihre Felder umgehen, um sie mit einem Liede zu besprechen, und wie oft er selbst als Kind mit der Contessina diesen Brauch geübt. Er blieb liegen wo er lag und drückte sein heißes Herz gegen den übereisten Boden. Er sah sie wieder, wie sie neben ihm den brennenden Strohwisch schwang, und hörte ihr durchringendes Kinderstimmchen singen. Ein grenzenloses Heimweh überkam ihn, er stand auf besann sich und merkte, daß er schon den rechten Weg eingeschlagen hatte. Also wanderte er weiter in der kalten dunklen Nacht dem Schein der Lichter entgegen, und mit anbrechendem Morgen war er wieder zu Hause.

Der Graf schalt nicht, als er ihn wiedersah, und fragte auch nicht nach dem Grund seiner Rückkehr. Der alte Catasta war froh, den besten Arbeiter wieder zu haben, denn jetzt mußte der Boden umgegraben werden und die Sommersaat gesät. Ezio arbeitete mit einer wahren Wut und zuweilen, wenn er eine gebrochene Scholle umlegte, zertrat er sie unter den Füßen wie einen gestürzten Feind.

Auf dem Ulmenhof schaffte und wirtschaftete die Lisa mit dem gleichen Feuereifer. Der Catasta hätte sie wegen ihres großen Fleißes gern in der Familie gehabt, aber sein Ältester war schon beweibt und den Jüngeren hatten sie eben auf das Frühjahr einberufen. Über den Findling aber hatte er keine väterliche Gewalt, und Ezio nahm jede dahin zielende Anspielung unwirsch auf; er hatte überhaupt sein freundliches Wesen verloren. Der Lisa konnte er aber doch nicht ausweichen. Sie hatte sich mit der jungen Frau angefreundet und wußte sich immer irgendwie im Hause des Catasta nützlich zu machen, so daß Ezio sie wie in der Kinderzeit ständig um sich hatte, schweigsam aber verlockend anzuschauen und ihrer zwar zu kurz geratenen aber sonst wohlgebauten Gestalt und dem silbernen Pfeil im dichten schwarzen Haar.

Da kam eines Tages unerwartet Gräfin Eleonora mit ihrer Enkelin, beide in schlichten Kleidern, auf einem zweirädrigen Wägelchen angefahren. Ihre schönsten Aussichten waren durch das Laster des Grafen Folco in die Brüche gegangen. Der Unglücksmensch hatte Spielschulden gemacht, die von der Familie auf unbekannte Weise getilgt wurden. Um den Verlust wieder einzubringen, spielte er falsch und wurde gezwungen seinen Abschied zu nehmen, ohne Aufsehen zwar, um den alten Namen zu schonen, aber doch vernichtend für den doppelten Heiratsplan der Großmutter. Der alte Carpi dankte für einen solchen Schwiegersohn, und der Varese dankte für einen solchen Schwager. Die Freundin Flora aber benützte diesen Augenblick, um den hübschen Kavalier für sich zu angeln.

Diesen Doppelschlag überlebte die alte Gräfin nicht lange. Sie ging noch ein paar Wochen mit ihren Haarwickeln und den abgeschnittenen Handschuhen umher, schlank und aufrecht wie ein Pappelstamm, aber als die Nachtigall sang, legte sie sich zum Sterben nieder. Vor ihrem Ende faßte sie noch einmal ihr Ich mit allen seinen Ansprüchen und Überlieferungen zusammen und wollte wie die Ahnfrauen ihres Hauses aus der Welt scheiden. Man mußte ihr ein verschossenes Brokatgewand mit vielen reichen Stickereien anlegen, in diesem empfing sie aufrecht sitzend, trotz des schmerzhaften Leidens, das sie ins Grab führte, zum Abschied ihre Getreuen. Nando, der alte Kammerdiener, der im Hause das Gnadenbrot aß, steckte sich noch einmal in Livree und hielt mit zitternder Hand den hohen silbernen Leuchter neben dem Ruhebett. Dann wurde das Hausgesinde in Person der einarmigen Faustina vorgelassen, die ganz verwirrt von dem ungewohnten Glanz bei ihrer sterbenden Herrschaft niederkniete, um ihr die Hand zu küssen, ihr folgte die Familie Catasta mit Schwiegertochter und Enkelkindern, sowie ein paar junge Mädchen aus der Nachbarschaft, die zuweilen zum Putzen und Nähen gekommen waren. Zuletzt erschien auch Ezio, der angesichts des Todes seinen Groll vergaß. Alle nahmen ehrfurchtsvoll Abschied, und jedes erhielt ein paar wohlwollende, mit verlöschendem Atem gesprochene Worte, die Zuletztgekommenen, da schon die Stimme versagte, wenigstens noch ein huldreiches Kopfnicken. Inmitten dieser Zeremonie, die bei den Augenzeugen einen würdigen und feierlichen Eindruck zurückließ – denn wem die Überlieferung zur Seite steht, der erscheint auch im gesunkenen Zustand, und da erst recht, noch ehrwürdig – entfloh die Seele der Gräfin Eleonora.

Was die Contessina beim Tode der Großmutter empfand, weiß ich nicht, jedenfalls wurde er für ihr Schicksal entscheidend. Denn an Stelle der Verstorbenen waltete nun Donna Beata, eine verwitwete Schwester des Grafen, die noch bigotter und noch engherziger war als jene und ohne Herz für das verwaiste Kind. Die Gevatterinnen in der Mühle orakelten jetzt, daß die arme Contessina wohl den gleichen Weg gehen werde wie verschiedene ihrer Tanten, nämlich in ein gewisses Kloster, das zum Entgelt für früher empfangene Stiftungen den Töchtern des gräflichen Hauses unentgeltlich offen stand. Denn nach den jüngsten Taten des Grafen Folco, worüber die Familie noch einmal einen Mantel geworfen hatte, meinten sie, würde es dem alten Herrn schwer fallen, über das bißchen mütterliches Vermögen der Contessina einem etwaigen Schwiegersohn Rechnung abzulegen.

Unterdessen hatte sich Ezio unter allseitigem stummem Druck, dem er nicht wiederstehen konnte, doch mit der Lisa verlobt. Mit der Hochzeit sollte bis zur Ernte gewartet werden, denn der alte Bauer war zu berechnend, um einen weiteren Mund mitzufüttern, bevor zwei weitere Arme für ihn schafften. Der Findling war kein verliebter Bräutigam, aber er hielt sich, wie es die Sitte erfordert, und kam jeden Mittwochabend zur „Veglia“ auf den Ulmenhof. Dort saß er auf der Tenne, wo einst das Blut des armen Colombo geflossen, mitten unter der Familie Renai, einen Arm vorschriftsmäßig um den Leib der Braut gelegt, die ihre Augen gesenkt hielt, stumm und glühend.

Eines Abends war die ganze Gegend in Bewegung, denn aus der Villa Carpi stiegen mit einbrechender Dunkelheit Raketen und Leuchtkugeln in die Luft, um die Hochzeit der Flora mit dem Varese zu feiern. Die vom Ulmenhof durften bei dem Feste ihrer Herrschaft anwesend sein und hatten die Familie Catasta mit hinübergenommen. Nur Ezio, der nicht neugierig war, hatte sich ausgeschlossen und machte sich noch bei den Ställen und Scheunen zu schaffen. Da stand mit einemmal die Contessina vor ihm. Sie trug den Zopf im Nacken wie in ihren Kindertagen und eine seiner Sonnenblumen auf der Brust.

Ist es wahr, daß du die Lisa heiratest, Ezio? fragte sie.

Der Bauer hat sie mir ausgesucht, antwortete er finster.

Du wirst nun bald sehr glücklich sein, Ezio. Die Lisa ist ein schönes Mädchen geworden.

Ein hoffnungsloser Blick war die Antwort.

So glücklich wie der Mann der Flora drüben, fuhr sie fort.

Ich weiß nicht, ob er glücklich ist, brummte der Findling fast barsch und hantierte wild in der Scheune herum.

Sie fragte wieder: Weißt du noch den Spruch, den du auf das Grab des Colombo setztest: *Die Liebe ist stark wie der Tod* –? Liebst du die Lisa mit einer solchen Liebe?

Er bebte.

Warum haben Sie eine Freude daran, mich zu quälen? Bald werden auch Sie so einen reichen schönen Kavalier heiraten, und ich werde zusehen, wie man für Sie das Feuerwerk abbrennt.

Nein, Ezio, sagte sie und trat ganz nahe zu ihm heran. Um mich wirbt keiner. Ich bin zu vornehm und zu arm. Auf mich wartet das Kloster, und es ist doch etwas so Furchtbares, wenn man jung ist und nicht lieben soll.

Was wollen Sie, daß ich für Sie tue? fragte er. Soll ich dem Herrn Varese das Messer in den Leib stoßen? Oder dem Grafen Folco, der Sie um die Heirat gebracht hat? Befehlen Sie. Für sie tu' ich alles.

Aber damit war ihr nicht gedient, ihr Blut trieb sie zu einer anderen Rache an Familie und Gesellschaft.

Laß, Ezio, sagte sie. Mein Bruder ist keinen Messerstich wert, und der Varese kann heiraten, wen er mag.

Was also kann ich somit für Sie tun? beharrte er.

Mich sollst du lieb haben, und nicht die Lisa.

Er kam zitternd einen Schritt auf sie zu und sagte:

Ein Bauer ist doch viel zu schlecht für Sie.

Da öffnete sie die Arme, in die er sich hineinstürzte wie in den Tod. Und sie nahm ihn an sich wie eine Tigerin ihre Beute.

Von diesem Augenblick an war das Schicksal über ihnen. Es gab keine Lisa mehr, keine Familie, keinen Stammbaum, kein Herkommen, keine Furcht vor den Folgen. Hart vor den Pforten der ewigen Klausur klammerte sich die Verzweifelte am Leben fest, das man ihr rauben wollte, sie faßte es in Gestalt des Findlings, mit dem sie von je gemacht hatte, was sie wollte. Um die Mittagsstunde, wo alles Leben auf den Feldern schläft, trafen sie sich, so oft sie konnten, in einer Vogelhütte nahe der Scopeta, die halb in die Erde gebaut war. Ezio hatte dort in der Nähe das Heidekraut auszusengen, um den noch unbebauten Boden stückweise für die Saat zu gewinnen. Er schaffte mit Wut, den ganzen Tag sah man die Flamme mit bläulichem Rauch über das Feld rasen. Aber noch wilder raste ein anderer Brand, der nicht mehr zu dämpfen war. Die stolze Enkelin des Stephansritters hatte alle Scheu und Menschenfurcht von sich getan, mochte es jetzt gehen wie es konnte. Den armen Findling aber ängstete die Gefahr worin sie schwebten, und er sah nicht mehr, wo aus noch ein. Ich war seit langem sein Vertrauter, denn seine Seele hatte nicht die Kraft, das schwere Geheimnis allein zu tragen. In jenem Sommer sah ich ihn des öfteren, weil ich meinen Amtsvorgänger, den alten Bezirksarzt, der erkrankt war, zu vertreten hatte, aber ich konnte dem Unglücklichen weder raten noch helfen. Seine Heirat mit der Lisa war ohne das größte Aufsehen nicht rückgängig zu machen, und Aufsehen hatten sie doch vor allem zu scheuen, wenn sie nicht entdeckt werden wollten, was ohnehin auf die Dauer unvermeidlich war. Die Contessina hatte ihm auch nicht verboten, seine Braut heimzuführen, aber er hatte ihr schwören müssen, sie nicht zu berühren. Wohin das bei der Hochspannung der Lisa führen würde, ließ sich voraussehen. Daneben marterte den armen Jungen eine seltsame Eifersucht: Da er sich so tief unter seiner Geliebten fühlte, war es ihm auch völlig klar, daß ihre Liebe in nichts der heiligen, opferbereiten Hingabe glich, mit der er seit seinen frühesten Jahren an ihr hing, und daß er nur der Spielball einer Leidenschaft war, die jeden Augenblick auch auf einen anderen überspringen konnte. Denn was hatte er in seinen eigenen Augen vor den anderen voraus, da er doch auch nicht ihresgleichen war!

Die Hochzeit fand also statt, nachdem die Bauern eigenhändig noch ein Zimmer für das junge Paar an ihrem Hause angebaut hatten. Die Lisa, die klug war, ließ sich nichts merken und zeigte allen ein heiteres Gesicht. Sie konnte ja nicht zweifeln, wohin das Herz Ezios neigte, aber sie ahnte nichts von den Beziehungen der beiden und hoffte im stillen, daß es ihr doch gelingen werde, den Gatten an sich zu ziehen.

Unterdessen ballte sich das Unheil mehr und mehr über der Villa Merlata zusammen. Graf Folco, der sich jetzt mit der Hoffnung auf eine amerikanische Heirat trug, aber von der Miss in der Schwebe gehalten wurde, hatte sich, unbeschäftigt wie er war und mittellos, in das väterliche Haus zurückgezogen und wurde von Tante Beata gefüttert und gehätschelt. Aus Mißmut und Langeweile belästigte er die ganze Umgebung und warf sich zum Tyrannen der Gegend auf; er brachte den kleinsten Wildfrevel zur Anzeige und ließ arme alte Weiblein einsperren, wenn sie einen Karren voll Reisig in der gräflichen Pineta aufgelesen hatten. Es hieß, er leide an epileptischen Krämpfen, und auch die Wutanfälle, von denen er bisweilen heimgesucht wurde, mögen krankhaften Ursprungs gewesen sein. Es war alsdann nicht ungefährlich, ihm zu begegnen, denn er ging immer mit der Flinte und feuerte, wenn er schlecht gelaunt war, ins Blaue ab.

Um jene Zeit machte das Schicksal noch einmal einen Rettungsversuch an dem gräflichen Hause, allerdings einen schmerzhaften. Der Nachbar Carpi erbot sich, dem jungen Grafen ein anständiges Unterkommen im Ausland zu verschaffen, wenn er einwillige, seinen Titel abzulegen, seinen Namen zu ändern und niemals wieder in die Gegend zu kommen. Titel und Namen hatte er für seinen eigenen Sohn im Auge: Graf Camillo sollte den Knaben, der wohlgeraten war, durch Adoption in das alte Geschlecht aufnehmen und in ihm seine Linie fortsetzen. Dafür wollte sich der Antragsteller des weiteren verbindlich machen, die Villa Merlata stattlich herzurichten, wie auch dem alten Grafen einen standesgemäßen Unterhalt und der Tochter eine angemessene Mitgift auszusetzen. Aber er stach in ein Wespennest. Graf Camillo runzelte die Stirn und erklärte, daß seine Ahnherren nicht verkäuflich seien, und Graf Folco, der keineswegs die Absicht habe, sich für das Wohl der Seinen zu opfern, bebte vor Entrüstung. Als gar Herr Carpi, dem seit der neuen vornehmen Verschwägerung der Kamm geschwollen war, sich im Wortwechsel einen verdeckten Hinweis auf die bewußte kleine Trübung des gräflichen Wappens entschlüpfen ließ, durch die sich sein Wert denn doch etwas verbilligt hatte, mußte er sich schleunigst davonmachen, sonst hätte ihn der junge Herr erschlagen. Von da an hatten sie auch noch ihren gewichtigsten Hypothekengläubiger zum Todfeind.

Nur einmal noch sollte ich die Contessina wiedersehen. Ich war nach der Villa Merlata gerufen worden, wo Donna Beata sich den Fuß verrenkt hatte und gleichzeitig der alte Nando im Sterben lag: Der Ärmste war nur noch Haut und Knochen und ging augenscheinlich an den noch verschärften Fasttagen der gräflichen Küche zugrunde.

Als ich wieder aus dem Hause trat, saß die Contessina im leichten Sommerfähnchen unter der dichten Gruppe hochgewachsener Sonnenblumen, eine davon hielt sie auf dem Schoß und zupfte den reifen Samen heraus, den sie in den Mund steckte, wobei ihr der neue Colombo andächtig zuschaute. Sie schien mir noch wunderbarer als sonst, aber die knospenhafte Herbheit war weg. Eine der Sonnenrosen von riesenhaftem Umfang mit ungeheuren Blättern stand am hohen Stängel gerade über ihrem Haupt und glich mit den langen gelben Fransen einem Sonnenschirm; sie war so schwer von Reife und Fruchtbarkeit, daß sie den Kopf tief heruntersenkte wie in Scham und Gram. Das war unsere letzte Begegnung. Die Contessina erwiderte gelassen meinen Gruß und zeigte keine Befangenheit, obgleich sie wissen mußte, daß ich wissend war. Ich war auch nicht der einzige Wissende, allmählich lag es wie ein öffentliches Geheimnis in der Luft; die ganze glühende, zikadendurchschrillte

Campagna schwieg von dem, was ich wußte. Der Augenblick konnte nicht ausbleiben, wo sie reden würde von dem tiefen Fall des Grafenkindes.

Wer zuerst die Lisa auf die Heimlichkeiten der Vogelhütte aufmerksam machte, weiß ich nicht. Es kam zu einem wilden Auftritt zwischen ihr und Ezio. Dieser leugnete natürlich, wie er mußte. Danach diente die breit und dicht gewordene Wacholdergruppe, die ihre Äste über das Grab des ersten Colombo senkte, den zweien als Zuflucht. „*Die Liebe ist stark wie der Tod*" war dort noch immer zu lesen, wenn man die Zweige aufhob.

Aber ach, es war nicht die Liebe, die der Spruch meint, was das schönste herrische Mädchen in die Gefahr dieser Zusammenkünfte riß, ihre Hemmungslosigkeit glich der, die den armen Colombo in den Tod geführt hatte. Bald war es auch bei der Wacholdergruppe nicht mehr sicher, denn die Lisa spionierte überall. Noch wußte sie nichts bestimmtes, denn Ezio blieb undurchdringlich, und an die stolze Gelassenheit der Nebenbuhlerin wagte sie sich nicht heran. Die beiden mußten ständig den Ort des Stelldicheins wechseln, Ezio, der alle Vogelrufe mit solcher Vollkommenheit nachahmte, daß sich die Vögel selber täuschen ließen, hatte eine ganze Signalsprache bereit, um die Contessina, wenn sie sich näherte, vor Späheraugen zu warnen. Aber das Gerücht, daß das stolze Mädchen die Geliebte des Findelknaben geworden sei, war nicht mehr zurückzuhalten, und am Ende brachte doch einmal eine Unvorsichtigkeit die Entdeckung.

Die ganze Familie Renai spie Feuer, und die sonst besonnene Lisa geriet ins Rasen. Sie stürzte augenblicklich zu der Gräfin Beata, um die sofortige Entfernung der Frevlerin zu fordern, doch die Gräfin hatte noch Schmerzen am Bein und empfing sie nicht. Nun drang sie bei dem alten Grafen ein und fand dort auch den Sohn, was nicht in ihrer Absicht gelegen war, aber sie wollte und konnte nicht mehr zurück, sondern sprudelte alles heraus. Wie diese zwei es aufnahmen, läßt sich denken. Sie lebten ja beide noch im Mittelalter, wo bei einem weiblichen Fehltritt der Familie das Richteramt zufiel. Unbegreiflich war nur, daß sie selber so gar nichts bemerkt hatten. Sie nahmen der Lisa das Versprechen ab, zu schweigen und auch die ganze Familie Renai zum Schweigen zu bewegen, wogegen sie sich verpflichteten, das Ärgernis zu beseitigen und ihr zu ihrem Rechte zu verhelfen. Etwas getrösteter ging die Lisa.

Am andern Abend kam Ezio nicht vom Feld nach Hause. Die Lisa stand wartend unter der Tür, und so oft die alte Bäuerin, Ezios Ziehmutter, sie hereinrief, sie regte sich nicht. Sie stand wartend bis zum Morgen. Aber der Ezio kam nicht – kam niemals wieder. Ihr erster Verdacht war, daß er von der Absicht, die Contessina wegzubringen, Wind bekommen habe und mit ihr entflohen sei. – Wohin? Mit was für Mitteln? Die Eifersucht machte sie blind, daß sie an diese Möglichkeit glaubte. Aber als sie trotzdem ruhelos umherlief, nach ihm rufend und suchend, begegnete sie der Contessina, die gleichfalls suchte. Jähe Angst und eine brennende Reue, daß sie den, der ihr auf der Welt das Liebste war, vielleicht in Gefahr gestürzt habe, trieb sie zu der Verhaßten hin, und sie suchten nun beide zusammen. Alle Waldungen und Schluchten widerhallten von dem gellenden Ruf der Lisa: Ezio! Ezio!, als ob er sich wie ein kleiner Junge irgendwo versteckt halte. Der Bauer Catasta erstattete Anzeige von dem Verschwinden des Findlings, die Carabinieri kamen, forschten, verhörten und suchten ihrerseits, ohne jeden Erfolg: Seitdem er sich zum letzten Mal entfernt hatte, um das Heidekraut aufzusengen, war er von niemand mehr gesehen worden. Ebenso wenig fand man aber eine Spur, die auf ein Verbrechen hingedeutet hätte, und allmählich gewann das von dem alten Renai genährte Gerücht die Oberhand, daß Ezio nach Amerika verduftet sei: Ein Mann aus Pontassieve wollte ihn im Hafen von Livorno gesehen haben, und irgendein unbekannter Gönner, vielleicht der natürliche Vater des Findlings, hatte, wie jener zu verstehen gab, die Hand im Spiel. Die Lisa ging mit starren Augen umher wie eine Verhexte und redete nicht mehr.

Nur wenige Tage vergingen, da mußten die Carabinieri eine neue Untersuchung anstellen: Die Contessina war, wie ich schon erzählte, in dem Wasserbecken unterhalb der Eiskalten Quelle tot gefunden worden. An diesen entlegenen Ort, zu dem sie den kürzesten Zugang kannte, hatten sie in den letzten Tagen vor Ezios Verschwinden ihre Zusammenkünfte verlegt, denn im geisterhaften Mittagsglast kam nicht leicht jemand an die Stätte. Wenn irgendwo, so mochte sie dort noch seine Wiederkunft erwarten, und dort war es, wo das Schicksal sie ereilte. Der Augenschein ließ die Annahme zu, daß sie beim Wassertrinken auf dem glatten Rande des Beckens ausgerutscht und mit dem Kopf an der Steinwand aufgeschlagen sei, denn sie hatte eine Wunde auf der Stirn und lag mit dem Gesicht nach unten im Wasser. Ihre Bernsteinkette war zerrissen, und auf der Oberfläche schwamm – seltsam anzuschauen – eine Sonnenblume.

In der Gegend wurde viel gemunkelt über dieses Ende. Die einen meinten, sie habe sich aus Verzweiflung über das Verschwinden ihres Geliebten ertränkt, andere, daß sie aus Schreck über die beginnenden Folgen ihres Verkehrs in den Tod gegangen sei, noch ein weiteres ungreifbares Gerücht hing mit der Jähwut ihres Bruders zusammen, der ihr aufgelauert haben sollte, um, uneingedenk der eigenen Verirrung, das befleckte Wappenschild reinzuwaschen. Aber niemand fühlte das Bedürfnis den Schleier zu lüften, der über dem tragischen Ausgang der Contessina lag, denn wo kein Kläger ist, da ist kein Richter. Und es war kein Kläger da als der neue Colombo, dessen jammervolles Heulen nicht zur Ruhe kommen wollte, bis ihn der junge Graf – aus Barmherzigkeit, wie er sagte –, erschoß. Ob der steinerne Stephansritter auf seinem Sarkophag errötet ist, als diese Enkelin bei ihm einzog, ist mir nicht bekannt geworden. Ich weiß nur, daß es ihr in der kalten Gruftkapelle nicht zu gefallen scheint, denn so oft die Hochsommersonne über unseren Feldern glüht, soll sie unruhig werden und umhergeistern, um junge Burschen zu verführen.

Noch ein Nachspiel bleibt mir zu berichten. Graf Camillo hatte sich lange gewehrt, das Stück Ödland zu verkaufen, auf dem das Grab des Colombo lag, obschon sich ein Käufer gefunden hatte, der dort einen Sommersitz errichten wollte und der eine ganz ansehnliche Summe dafür bot. Es fiel nicht weiter auf, denn der alte Herr war greisenhaft grillig und sonderbar geworden, seitdem sich Graf Folco nach Entgang der amerikanischen Brautschaft seinen Gläubigern durch einen Revolverschuß entzogen hatte. Vor dreizehn oder vierzehn Jahren aber kam die Gemeinde und enteignete das Grundstück, um einen Weg hindurchzulegen. Als die Wacholdergruppe umgegraben wurde, fand man unter dem Inschriftstein, der noch immer lag, ein zerfallenes menschliches Gerippe mit den Hundeknochen vermengt. Nun erinnerten sich viele wieder des Findlings, der vor langer Zeit in so rätselhafter Weise aus der Gegend verschwunden war und nie wieder ein Lebenszeichen gegeben hatte. Aber wie in dem Falle der Contessina begnügte man sich mit einer amtlichen Feststellung, denn niemand legte Wert auf eine Untersuchung längst vergangener Dinge: Der Catasta, der seinen Pflegesohn nie verschmerzt hatte, war tot, die Lisa befand sich als unheilbar im Irrenhaus, und die übrigen Glieder der Familie Renai nannten den Namen des Verschollenen niemals.

Als die Nachricht von dem düsteren Funde den Grafen Camillo erreichte, blieb er mit offenem Munde sprachlos: Ein Schlagfluß hatte ihn getroffen. Er kam wieder zu sich und fand auch noch einmal die Rede. Aber nur um nach dem Geistlichen zu verlangen. Als dieser das Haus verließ, standen die neuen Bauern am Wege und blickten ihm schweigend nach. Es war, als ob jeder die schreckliche Gewissenslast, die er unter dem Beichtsiegel mit hinwegnahm, in seiner Seele lese. – – –

Als der Doktor schwieg, erkundigte sich Martin Francke, wer das Bild der Contessina auf seine Zimmerwand gemalt habe, denn daß sie die Dargestellte sei, konnte er nach dem Vernommenen nicht mehr bezweifeln.

Der Doktor hatte das abgelegene Gastzimmer, das sich in einem Seitenbau befand, noch nie betreten und wußte gar nicht, daß dort beim Abblättern des alten Bewurfs ein Wandgemälde zum Vorschein gekommen und von Herrn Parga in der Hoffnung auf einen wertvollen künstlerischen Fund vollends bloßgelegt war.

Ja, sie ist es, sagte er betroffen, als ihn Martin vor die Bildwand führte und sie durch emporgehaltene Kerzen beleuchtete. Dann fiel ihm auch wieder ein, daß einmal ein wandernder Maler auf der Villa Merlata während eines Gewitters Unterschlupf gefunden und auf Ezios Bitte die Contessina samt dem Hund an die Wand einer Kammer gemalt hatte. Als Herr Parga einzog, war der Bau verwahrlost und von dem Bilde nichts mehr zu sehen, eine mehrfache Schicht von weißer Tünche verdeckte es ganz. – –

Der Doktor schickte die übermüdeten Gäste zur Ruhe und wachte allein mit dem Hausherrn bei dem Kranken. Martin Francke, in dem sich nachträglich die Ermüdung des Tages fühlbar machte, sank schnell in Schlaf und sorglosen Traum aus vorigen ungetrübten Tagen. Tief in der Nacht erwachte er an einem ländlichen Geräusch unter seinem Fenster, das ihn wie das Dengeln einer Sense klang. Er stand auf und sah hinaus. Auf der höher gelegenen Wiese seinem Fenster gegenüber stand im Schein des abnehmenden Mondes eine schattenhafte Gestalt, die die Sense schwang. Mit keinem Hintergrund als Luft und ohne Baumwuchs zum Vergleich, erschien sie von außermenschlichen Maßen, mythisch. Ihm wurde kalt am Rücken, er blieb stehen, ob der gespenstische Mähder nicht verschwinden wolle. Aber dieser mähte gleichmäßig weiter. Da rief Martin Francke mit gedämpfter Stimme hinüber: Bist du es, Dario?

Gnorsì, kam es ebenso zurück.

Warum mähst du denn in der tiefen Nacht? –

Weil es am Tag zu heiß ist, Herr. –

Aber du könntest den Kranken stören.

Sein Zimmer liegt auf der anderen Seite, Herr.

Martin Francke wankte auf sein Bett zurück, seine ganze Fassung war mit einem Male gewichen. Er brach in hemmungslose Tränen aus, während gleichzeitig drüben auf dem anderen Flügel des Hauses ein junges blühendes Leben einem anderen, größeren Schnitter erlag.

Der Tod Manfreds hat ihm den Rest seiner Tage verdüstert. Imme quälte er sich mit der Frage, ob er nicht durch sein Irregehen an jenem glühenden Augusttag das Unglück mit verschuldet habe. Aber die dämonische Gestalt der Verderberin war ihm eine Wirklichkeit, an der er keinen Zweifel zuließ. Denn niemals gab der auf anderen Gebieten streng und kritisch denkende Gelehrte der naheliegenden Vermutung Raum, daß er zuerst in seinem verwirrten Zustand vor dem Einschlafen ihr Bild unbewußt an der Wand wahrgenommen und dann erst die Begegnung an der Schlucht geträumt, in der Erinnerung aber die Reihenfolge umgedreht habe. Nein, mit den Schritten einer gesättigten Tigerin war sie an ihm vorübergegangen, nachdem sie den schönen Jüngling gewürgt, und hatte ihn noch mit einem Blicke gestreift, von dem er siechte.

# Die Pilgerfahrt nach dem Unerreichlichen

Nicht als ob dieses Bild augenblicks den entzückten Sinnen aufgegangen wäre. Das nordische Auge war damals nicht geschult, ohne weiteres die Herrlichkeiten des Südens aufzunehmen. Die monumentale, von innen beleuchtete Nacktheit der großen südlichen Linie, der plastisch zugeschnittene Baumwuchs mit der strotzenden Dicke der Blätter, das ganze reiche, in sich ruhende Sein, das nur zu den Augen sprach, wollte mir in seiner Stille und Unbewegtheit beinahe leblos wie ein Staffeleibild erscheinen. Erst mußte die Romantik des deutschen Naturwebens in meiner Erinnerung zurücktreten, bevor mir das hesperische Land „die Schöne im Olivenkranz/die nachgeborne Schwester Griechenlands" wurde, und der zarte Silberglanz der stillen Ölwälder, die von allen Seiten das heroische Stadtbild umschlossen, mir unverlierbar in die Seele wuchs.

Aber die Stadt, die Stadt war bezwingend auf den ersten Anblick und stilgebend für immer! Begreiflich Edgars Hochgefühl, der sie sich so rasch erobert hatte und nun Mutter und Geschwister wie in seinem Eigenen herumführte. Florenz, dieses Wunder von Hoheit und Traulichkeit, war wie ein einziger großer Palast mit Gängen und geschmückten Sälen, denen der kostbare Belag von großem, unregelmäßig geschnittenem, festverfugtem Bruchstein, auf dem sich's so leicht und federnd ging, erst recht das Ansehen eines Innenraumes gab, und vertraulich wie in einem solchen bewegte sich auch das Leben der Bewohner auf Straßen und Plätzen. Zum freundlichen Einstand heftete mir gleich bei der Einfahrt in Florenz eine Blumenverkäuferin unentgeltlich ein Sträußchen an, und als wir vom Bahnhof nach unserem ersten Quartier in der Via della Scala fuhren, da klang mir der weiche Hufschlag auf dem edlen Pflaster so wohlig und irgendwie bedeutsam in die Ohren – und er klingt mir auch jetzt noch so, wenn ich wieder einmal dort in einen der kleinen Einspänner steige und mir von dem altvertrauten Hall bezeugen lasse, daß ich wirklich nach Florenz zurückgekehrt bin. Niemand hatte Eile; die Uhr des Palazzo vecchio ging immer falsch, der mittägliche Kanonenschuß von der Festung regelte das Leben der Bewohner. Auf den hohen Bänken der alten Palazzi lagen die Blumen zum Verkauf und durchdufteten die ganze Stadt, Obsthändler mit ihren Karren – ein in der Heimat noch ganz unbekannter Anblick – zogen umher und boten Früchte von niegesehener Pracht und Fülle aus. Der Ponte vecchio lockte mit seiner Doppelreihe der altberühmten Juwelierslåden, in denen es gleißte von zauberhaftem Gestein. Der schauerliche mittelalterliche Pomp der abendlichen Leichenbegängnisse mit Larven und Fackeln folgte mir bis in meine Träume. Schlaf gab es wenig, denn das Straßenleben mit Gesang und Gitarrenklang dauerte die halbe Nacht: Wenn auch die Petroleumlaternen nur schwache Helle gaben, der hohe, weitgespannte Himmel selbst mit seinem unerhörten Sternenglanz übernahm die Beleuchtung. Die Monumente blieben vorerst noch stumm, sie gaben nichts her von ihrem Wissen. Zweckfremd und wundersüchtig, wie meine ganze Jugend verlief, sah ich die herrscherliche Stadt wie eine Persönlichkeit voll Reiz und Adel an, mit der ich fortan zu leben, mich mit ihrer Eigenart einzurichten hätte.

Im übrigen vollzog sich die Anpassung ohne Schwierigkeit, ein Heimweh konnte nicht aufkommen, schon weil der Wurzelstock mitverpflanzt war und die beiden Zurückgebliebenen, Alfred und Erwin, in Bälde nachkamen. Die Sprache war mir längst vertraut, die andern lernten sie schnell beherrschen. Heiter und sorglos wie nie zuvor und niemals wieder schaute damals mich das Leben an.

Den ersten Besuch machten wir mit einer Einführung von Heyse bei einem neapolitanischen Nobile, dem Cavaliere Vincenzo Giusti, in seiner Villa auf dem Romito, wo seine Frau, eine Landsmännin aus dem Schwarzwald, aber eine völlig südliche Schönheit, uns gastlich begrüßte. Dort fand meine erste Bekanntschaft mit dem für deutsche Begriffe äußerst fremdartigen italienischen Lebensstil und den noch halb in dem galanten 18. Jahrhundert stehenden Anschauungen der damaligen Gesellschaft statt, wo noch der Cavaliere servente, zwar nicht mehr unter diesem Titel, aber doch als unentbehrliches Zubehör des Hauses waltete, wo er der Dame zur Seite stand, die Empfänge leiten half usw. Herr Giusti war ein guter Kenner der deutschen Sprache und Literatur, er hatte viele Novellen von Heyse übersetzt und war eben mit einer solchen beschäftigt. Mich erstaunte er einmal durch die Bemerkung, daß im deutschen Roman die Liebe gar keine Rolle spiele. Ich antwortete, soweit meine Kenntnis des deutschen Romans reiche, sei vielmehr die Liebe ihr stehender Inhalt, wurde aber belehrt, daß Liebe zwischen Jüngling und Mädchen, wie der deutsche Roman sie darstelle, überhaupt keine Liebe sei: *lieben,* mit Leidenschaft lieben könne man nur die Frau eines anderen. Herr Giusti zog mich bei seinen Übersetzungen zu Rat und ich ihn bei den meinigen, denn ich überzeugte mich schnell, daß auch eine ausreichende Kenntnis der fremden Sprache keinen ausreichenden Schlüssel für das Verständnis des fremden Werkes bietet, wenn nicht die Vertrautheit mit dem Land und den Lebensbedingungen der Menschen, ja mit allem, was nur dem Eingeweihten verständlich in Winken und Andeutungen lebt, noch dazukommt. Solche Besprechungen, wobei so viele geheime Untergründe und Bezüge freigelegt wurden, gehörten immer zu den anziehendsten Formen der Unterhaltung. Durch die Gefälligkeit Herrn Giustis wurde ich über mancherlei Gewohnheiten, Meinungen und Vorurteile seiner Landsleute aufgeklärt, mit denen ein Fremder lange zusammenleben kann, ohne sie kennenzulernen. Eine besonders unheimliche Anziehungskraft übte auf mich die neapolitanische Jettatura oder das Malocchio aus, worüber mein Gewährsmann genau Bescheid wußte. Es verkehrte in seinem Hause ab und zu ein anderer Neapolitaner aus vornehmer Familie, ein tief unglücklicher Mann, weil er im Rufe stand, ein Jettatore zu sein und darum von allen Seiten gemieden wurde. Freund Giusti, der sich als aufgeklärt gab, aber heimlich doch den Aberglauben nicht los wurde, versicherte, diesem Manne nur auf der Straße zu begegnen, ziehe unvermeidlich ein Mißgeschick, einen Fehlschlag oder sonst etwas Unangenehmes nach sich, so daß ihm die meisten seiner Bekannten auf Straßenlänge auswichen. Daß die Begegnung noch schlimmere Folgen haben könne, ließ er ahnen, ohne es auszusprechen. Seiner weit jüngeren, mit viel Verstand und Mutterwitz begabten Frau, die als Ausländerin gegen diesen Widersinn gewappnet war, machte es Spaß, ihren Mann durch mein Weiterfragen in die Enge getrieben zu sehen, denn der Gegenstand war ihm ganz und gar nicht geheuer. Mit Mühe brachte ich ihn dahin, daß er mir von drei großen Familien in Neapel erzählte, in denen die Jettatura vorzugsweise erblich sei, und zwar in der Weise, daß jeweils nur ein Glied der Träger des furchtbaren Erbfluches werde, der selber von seiner verheerenden Wirkung solange gar keine Ahnung habe, bis er sich rings von aller Welt gemieden, und wenn seine Besuche gar ein Kindersterben oder andere schreckliche Begebenheiten nach sich zögen, einfach ganz aus der menschlichen Gemeinschaft ausgeschlossen sehe. Er erzählte davon eine Reihe wahrhaft erschütternder Fälle, die auch Frau Clara nicht leugnete, weil sie sich zum Teil unter ihren Augen begeben hatten, nur daß sie ihnen völlig andere Auslegungen gab. Auf meine Bitte nannte er mir auch zwei der so geschlagenen Familien, den Namen der dritten, allerverderblichsten, wollte er mir nicht sagen, weil ihn auch nur auszusprechen gefährlich sei, bequemte sich aber schließlich ihn auf einen Zettel zu schreiben, den er mir mit abgewandtem Gesicht überreichte, wobei er aus tiefstem Herzen seufzte: *Dio ce la mandi buona!* (Gott laß es gut vorübergehen!) Daß er dabei unter dem Tisch das neapolitanische Abwehrzeichen machte, verriet mir ein listiger Blick seiner Gattin.

Ich habe, was ich damals im Hause Giusti über die Jettatura erfuhr, die im neuen Italien ausgestorben sein dürfte, später in der Novelle „Der Jettatore" in der „Stunde des Unsichtbaren" verwendet.

Das Haus Giusti war neben zwei Familien freundlicher schwäbischer Landsleute, beide Gasthofbesitzer und von Anfang an zu Edgars Klientel gehörig, unser frühster Umgang in Florenz.

Unsre nächste und für alle Zukunft bedeutsamste Begegnung war die mit Adolf Hildebrand. Der noch junge und wenig bekannte, nachmals so groß gewordene Bildhauer lebte mit seiner schönen Rubensfrau Irene, geb. Schäufelen, geschiedenen Kobell, in seinem köstlichen, selbsterworbenen Besitz, dem alten Kloster von San Francesco, das seine Gattin durch ihre reichen Mittel und ihre gesellschaftliche Kultur zu einem Sitz der Schönheit und des verfeinerten Lebensgenusses machte. Die Anknüpfung geschah nicht ohne eine gewisse kitzliche Besonderheit, die sich jedoch in Wohlgefallen auflöste. Adolf Kröner, der die schöne Lebensgenießerin aus den bacchantischen Tagen ihrer ersten Ehe kannte, hatte einmal beim Champagner, als sie sich in glückjauchzendem Übermut vermaß, daß diese Liebe ewig dauern müsse, mit ihr eine verwegene Wette auf das Gegenteil eingegangen. In einem scherzhaften Brief an meine Mutter ließ er die schöne Frau neckend an die verfallene Wette erinnern und gab seinen Anspruch auf zugunsten der von ihm empfohlenen Landsleute, die er freundlich zu empfangen und ihnen den Einstand in Florenz zu verschönern bat. Mama, die kein Arg bei der Botschaft hatte, ließ sie den Brief sehen, aber Frau Irene in ihrem neuen, so viel tieferen Glück mochte nicht gern an die Vergangenheit erinnert sein und war sichtlich von deren Wiedererweckung nicht ganz angenehm berührt. Doch mit dem Takt der großen Welt und ihrer angeborenen Verbindlichkeit antwortete sie, jene Irene sei tot und könne also für keine Wetten mehr einstehen; die neue wisse jetzt erst, was Liebe sei, aber sie freue sich über den willkommenen Besuch und bitte dem Vermittler ihren Dank zu sagen. Noch schöner und freier fiel die erste Begegnung mit ihrem Gatten aus, der wenige Minuten später mit seinen Siegfriedaugen ins Zimmer trat. Er hatte uns schon am Tor empfangen und ins Haus gewiesen, war aber von uns seines äußerst jugendlichen Aussehens und seiner bescheidenen Haltung wegen für einen Werkstattgehilfen angesehen worden. Um ihn war im Gegensatz zu seiner Gattin keine spielerische Grazie, nichts von gesellschaftlichem Glanz; er war durch und durch Natur und sagte mit jedem Wort genau was er meinte, aber was er meinte war immer etwas Besonderes und zugleich doch merkwürdig Selbstverständliches. Die Freundschaft, die sich an jenem Septemberabend in Florenz entspann, sollte ungetrübt durch vierzig Jahre bis zum Tode des Meisters und noch darüber hinaus in der Überlebenden weiterdauern. Sie wurde durch einen schnellen Gegenbesuch des Paares angebahnt, und bei dem ersten im Hause Hildebrand eintretenden Krankheitsfall durch die Berufung Edgars fest verklammert, der fortan durch alle Jahre seines Lebens die Familie ärztlich betreute und allen den rasch aufeinanderfolgenden Sprößlingen ins Leben half. Seltsam berührt es mich in der Erinnerung, daß Böcklin, der damals am Lungo Mugnone sein lustiges und lüsternes Meergesindel malte, mir eines Tages unter vier Augen ernsthaft bedeutete, daß er als Vater mir nicht erlauben würde, im Hildebrandschen Hause zu verkehren, weil es für ein junges Mädchen nicht statthaft sei, eine Frau zur Freundin zu haben, die von ihrem ersten Gatten weggegangen sei, um mit einem andern zu leben. Er hatte sehr strenge Begriffe von der Ehe, der Basler Meister, von dem es ja bekannt war, daß er sich kein anderes weibliches Modell gestattete als seine schon stark ins Formlose übergehende römische Lebensgefährtin. Um welchen geistigen Gewinn ich ärmer geblieben wäre, wenn ich aus bürgerlicher Ängstlichkeit die Warnung befolgt hätte und ein Haus gemieden, dem ich nachträglich den stärksten Einfluß auf meine Entwicklung zuschreiben muß, ist nicht auszudenken.

Auf dem gleichen Stockwerk Tür an Tür mit uns wohnte ein russisches Schwesternpaar, die Fürstinnen Galitzin, von denen die ältere, Sophie, mit ihrem Kosenamen Sonja, vermählte Potemkin und Mutter eines kleinen Mädchens, die meiste Zeit ohne ihren Mann lebte, der sich, nachdem er das Vermögen seiner Gattin durch Luxus aufgezehrt hatte, mit allerlei Beschäftigungen auswärts herumtrieb und nur ab und zu schnell einmal nach Florenz kam. Die jüngere, Tatjana oder Tanja, war meines Alters, und zwischen uns entspann sich eine leidenschaftliche Freundschaft. Beide Schwestern waren hochgewachsen und schön, die ältere sogar eine wirkliche Schönheit, an byzantinische Madonnen erinnernd, dabei trotz ihrer Herkunft aus dem russischen Hoch- und Hofadel und aus ursprünglich märchenhaftem Reichtum so anspruchslos, daß die beiderseitigen Lebensverhältnisse keine Schranke bildeten. Freilich hatte der alte Fürst, ihr Vater, der als großer Musikfreund immerzu mit eigener Kapelle reiste und in allen Hauptstädten Europas Konzerte für geladene Gäste gab, durch geradezu orientalischen Aufwand sein Riesenvermögen verschwendet, so daß nicht viel auf die beiden Schwestern und den in der russischen Kriegsmarine dienenden Bruder gekommen war, und Herr Potemkin hatte, wie gesagt, noch seinerseits nachgeholfen, weshalb der Lebensstil der beiden Schwestern sich nicht allzuviel von dem meinigen unterschied. Durch sie kam ich in Verkehr mit der russischen Kolonie, die gewiß von allen in Florenz eingenisteten Fremdenkolonien die anziehendste, weil weiterherzigste und freieste war, und die hohe Achtung, die in diesen Kreisen allem Geistigen gezollt wurde, überbrückte jeden Unterschied, war doch das zaristische Rußland das einzige Land, wo Geist und Bildung ohne weiteres dem Adel gleichstellten. Edgar war schon vor unserer Ankunft als allgeschätzter junger Arzt in diesen Kreisen heimisch gewesen, und auch das in keine Kategorie zu bringende Wesen meiner Mutter, für das dem konventionell gebundenen Italiener jedes Verständnis mangeln mußte, fand unter den Russen, denen ihr kurländisches Blut sich ohnehin immer nahe gefühlt hatte, die richtige Einreihung. Gesprochen wurde nur Französisch, da die Schwestern kein Deutsch konnten; auch die schwachen Reste des Russischen, die mir aus meinen Tübinger Studien und meinen Übersetzungen geblieben waren, mußten gelegentlich herhalten. Nur daß man einmal einen Serben neben mich setzte, der keine als seine Muttersprache kannte, und wir beide uns angstvoll abmühen mußten, aus den gemeinsamen slawischen Elementen der beiden Sprachen unter dem Lachen der Anwesenden wie unserem eigenen eine Unterhaltung zustande zu bringen, das fand ich grausam. Aber es wurde mir erklärt, daß sich schon alle anderen der Reihe nach mit dem unverdaulichen Bissen abgequält hätten, da sei es nicht mehr als billig, daß auch ich einmal drankomme.

Die leichte und feine Luft dieser Kreise, ihre ebenso vornehme wie natürliche Haltung taten mir so wohl, daß ich mich willig nach ihrer Weise modelte und auch mit einer geringeren geistigen Ausbeute zufrieden war, weil mir die Verbindung von gesellschaftlicher Hochzucht und erdnaher Naturhaftigkeit immer neue gegensätzliche Anziehung bot. Was mir Tatjana von ihrer Jugend auf russischen Gutshöfen erzählte, von den rasenden Schlittenfahrten durch die Steppe über Stock und Stein, wo es nichts zu besagen hatte, wenn einer der Insassen unterwegs abhanden kam und später aus dem Schnee wieder hervorgesucht werden mußte, das gab mir ein Gefühl jener Grenzenlosigkeit des russischen Raumes und der sich darin abspielenden menschlichen Möglichkeiten, woraus die Russen ihre berühmte „schirokaja natura“ (weite Natur) ableiten. Ich, die ich mein Leben lang vor engen Begriffen, engen Wänden und engen Tälern mit gleichem Schrecken floh, fühlte mich darin der slawischen Seele verwandt.

Da der ewige Trieb nach dem Meere, der von klein auf mit mir ging, noch immer nicht gestillt war und meine Mutter mir nicht gestatten wollte, allein einen der berühmten Strandplätze aufzusuchen, was auch nach Landesbegriffen sehr anstößig gewesen wäre und mir Belästigungen zugezogen hätte, erbarmten sich die Freundinnen meiner und fuhren mit mir nach Livorno. Als die Gegend flacher und flacher wurde und endlich ein blauer Streifen am Horizont erschien mit einem senkrechten Strich darauf, das erste Segel eines Meerschiffs das ich sah, da wollte mir vor Entzücken das Herz aus dem Leibe schießen. Thalatta! Thalatta! An dem schönen Klippenstrand von Antignano fanden wir eine weite, ins Meer hinausgebaute Badehütte, deren Vorderseite fast in ganzer Breite nach dem Meere offen war. Schwimmanzüge hatten wir keine mitgebracht, das machte meinen unbefangenen Russinnen nichts aus, ohne

Umstände warfen sie die Kleider ab und tauchten ins Wasser, verwundert ob meines Zögerns. Da tat ich das gleiche, und wir schwammen hinaus ins Tiefe, dessen wundervolles Tragen ich zum ersten Male empfand. Es war ein herrliches Schwimmen, das außer uns selbst kein Menschenauge sah, bis hinter einer Klippe ein Boot voll junger Leute herauskam und uns zu schleuniger Umkehr nötigte.

Nun hatte ich endlich Seewasser gekostet und blieb fortan dem Meere für immer verhaftet.

Als der Hochsommer kam, stand es fest, daß wir drei Freundinnen zusammen ein Seebad aufsuchen würden. Ich konnte mir das gestatten, denn ich hatte aus den von Deutschland mitgebrachten literarischen Aufträgen einen kleinen Überschuß über das tägliche Leben hinaus erzielt. Die Wahl des Ortes wurde mir überlassen, und bei mir stand von vornherein fest: Rimini! Der Name hatte mir's angetan, es hing den drei gleichen Vokalen etwas vollkommen Zauberhaftes an, das nicht von dem darüber hingegossenen Glanz der großen Dichtung ausging, sondern wie mit persönlichem Zwang auf mich wirkte. Wir mieteten eine Wohnung in der kleinen glühend heißen Stadt, mit deren steinernen Zeugen des Mittelalters ich leider damals nicht viel anzufangen wußte; zu wenig hatte sich noch das städtebauliche Sehen bei mir entwickelt, das um jene Zeit noch Fachbesitz der Eingeweihten war, und auch von der Vergangenheit Riminis hatte ich so gut wie keine Kenntnis. Die spitzigen Pflastersteine der engen Straßen, auf denen man wie auf Nadeln ging, entlockten mir nur die erstaunte Frage, ob denn die zarten Damen und die stolzen Kavaliere am Hof der Malatesta eiserne Schuhe getragen hätten, und der Name Isotta, die italienische Form meines eigenen, als Straßenbezeichnung gab mir ein Rätsel auf; ich kannte bislang nur eine Francesca, keine Isotta da Rimini. Das einzige, was mich von Denkmalen anzog, war der große Torbogen des Augustus und der Steinblock, von dem Cäsar nach der Überschreitung des Rubikon zu seinen Soldaten gesprochen hatte. Aber diesen weltberühmten Schicksalsfluß zu sehen war mir nicht vergönnt, niemand wußte mehr, wo er einstmals floß oder welcher der jetzt vorhandenen Flüsse, die bei Rimini ins Meer gehen, diesen Namen getragen hat, und man weiß es bis heute nicht.

Doch dies alles versank vor dem Glück der Wundernähe. Rimini liegt ja nicht unmittelbar am Meere, man mußte eine halbe Stunde zwischen staubigen Bäumen in der Straßenbahn fahren, ehe der Silberschimmer der Adria in Sicht kam. Jeder Tag war ein Geschenk des Himmels; die Vormittage wurden teils im Wasser, teils im Sande liegend verbracht, nach der Mahlzeit und Siesta im verdunkelten Hause fuhr man wieder hinaus und badete aufs neue. Wie oft verwünschte ich die Philisterei meiner Heimat, die mich verhindert hatte, mir schon von klein auf ebenso sichere Vertrautheit mit dem Wasser zu erwerben wie Tatjana, die darin wie in ihrem Elemente lebte: Kaum daß sie sich hineingeworfen hatte, war sie auch schon außer Blickweite. Einmal geriet ich wirklich in Gefahr, als ich ihr folgte. Dem Strand von Rimini war in mäßiger Entfernung vom Ufer unsichtbar eine Düne vorgelagert, auf der die Schwimmer, nur bis zur Brust im Wasser, zu rasten pflegten. Dorthin strebte ich wie gewöhnlich, als plötzlich der ganze Schwarm zerstoben war. Als ich keinen Grund unter den Füßen fand, schwamm ich weiter und geriet immer mehr ins Tiefe, bis mir aufging, daß ich den sicheren Rastort unbemerkt überschwommen hatte. Umkehrend sah ich die Düne nach wie vor unkenntlich und das Ufer mit den Badenden bedenklich weit entfernt, und ich suchte mir vor allem völligen Gleichmut einzureden. Ein bolognesischer Graf, den ich vom Kasino her kannte, ersah von fern die Gefahr und kam mit schnellen Stößen heran. Er rief mir zu, wenn ich versprechen könne, vollkommen ruhig zu sein und ihn keinesfalls am Halse zu fassen, so werde er mich ganz bequem und sicher ans Ufer bringen. Ich gab meiner Stimme einen so fröhlichen Klang, daß er sich vertrauend näherte und mir seine Schulter zur Stütze bot, damit ich die linke Hand darauf legte, während ich mit der rechten rudernd von dem vortrefflichen Schwimmer schnell vorangetragen wurde, bis wo man festen Grund hatte. Ich habe öfters in kritischen Augenblicken, sei es zu Pferd, sei es auf einem Gletscheranstieg, die Erfahrung gemacht, daß man vor sich selbst ein wenig Komödie spielen muß und sich sicherer geben als man sich fühlt, um tatsächlich Sicherheit zu empfinden und zu verbreiten.

Rimini! Aus einem Ozean von späterem Lebenskampf und Lebensleid steigt dein Strand wie eine Insel der Seligen für einen kurzen Augenblick in meiner Erinnerung auf. Ich war wie Aschenbrödel, die mit Mond- und Sternenkleidern kommt, um im Königssaale zu tanzen. Alle Wünsche erfüllten sich von selbst. Ich sehe mich zu Pferd in der Begleitung eines Offiziers auf dem nassen Sande hinfliegen unter der anrollenden Welle, die je und je die Pferde bis zu den Knien besprengt, oder auch ein Stück weit durch das seichtere Uferwasser reiten. Ich sehe mich mit den zwei schönen Schwestern am Strande liegend mir die Haare trocknen, während das reizende Kind daneben im Sande spielt, oder vom Bootsrand in die Tiefe springen – Freuden, die ich von da an in jedem Sommer an einem noch viel schöneren Strand genießen sollte, die aber nie so hauchzart und lichtgeboren wiederkehrten wie in jenem ersten Jahr an der silbrigschimmernden Adria. Das liebevolle Schwesterherz, das mir durch ein Wunder zugefallen war, fing all mein Glück wie in einem hellgeschliffenen Spiegel auf.

Auch an geistiger Anregung fehlte es nicht. Unter den Badegästen befand sich der Professor und Senator Mantegazza, der durch seine großen Reisen und naturwissenschaftlichen Werke einen Weltruf besaß. Er war ein schöner, ungemein anziehender Mann, dessen Gespräch durch sein weites Blickfeld fesselte, denn er war in beiden Hemisphären heimisch, und was er Wissenschaftliches einmischte, kam weniger aus der Studierstube als aus dem unmittelbaren Leben. Ich habe später seine öffentlichen Vorträge an der Universität zu Florenz gehört, wo er eine große und begeisterte, großenteils weibliche Gemeinde hatte; seine Rede sprühte von Geist und Feuer, er sprach auf erhöhter Bühne auf und nieder gehend zu seinen Hörern nicht lehrhaft, sondern wie ein Hausherr zu geladenen Gästen. Was er vortrug, war der Darwinismus seiner Zeit, man brachte davon nichts Wesentliches nach Hause. Sein Buch über die Liebe war in alle Sprachen übersetzt und von der ganzen Frauenwelt – wohl zumeist nur heimlich, ob seiner dazumal erschreckenden Kühnheit – gelesen; heute nach den über uns hingegangenen wissenschaftlichen Ausartungen würde man, wenn es noch aufläge, über seine Harmlosigkeit erstaunen.

An jenen Abenden in Rimini zeichnete er mich vor allen durch seine Unterhaltung aus, weil es ihn freute, deutsch zu sprechen. Da entfiel ihm einmal die Bemerkung, daß die unmittelbaren Erben der Griechen die Italiener seien, was mich sehr betroffen machte, denn ich hatte stets gehört und geglaubt, daß die Nachfolge des hellenischen Geistes bei *meinem* Volke sei, und ich kannte auch die gewaltigen Leistungen und Opfer, welche die italienische Renaissance für die Wiedergewinnung des Griechentums gebracht hatte, noch nicht. Ich trug also einen kleinen Dorn in der Seele herum, bis ich genügend selbständige Erfahrung gewann, um zu erkennen, daß beide Teile recht haben, weil der griechische Geist ein so unendlich weiter ist, daß kein heutiges Volk sich rühmen kann, ihn allein zu besitzen, da jedem Kulturvolk ein besonderes Erbstück davon zugefallen ist.

An einem Abend im Kasino wurde ich auf einen wie mir schien bejahrten Herrn mit gedunsenem Kopf und schwerer Körperlichkeit aufmerksam gemacht, der nicht weit von uns allein an einem Tische saß, von allen Vorübergehenden mit besonderer Auszeichnung gegrüßt.

Es sei Carducci, raunte mir mein bolognesischer Graf zu, ob ich ihn kennenlernen wolle, dann würde er mich zu ihm führen.

Ich sah auf und verneinte, wo jede andere mit Entzücken Ja gesagt hätte. Es war die gleiche bedauernswerte Torheit, die ich viele Jahre später genauso wieder beging, als Böcklin mich in Zürich fragte, ob ich Gottfried Keller kennenzulernen wünsche. Beide

Male war es die Furcht, über der poesiewidrigen massigen Körperlichkeit den beschwingten Dichtergenius entschweben zu sehen. Ich konnte es der Natur nicht verzeihen, wenn sie eine hohe Begabung geschaffen hatte und dann zu geizig war, sie mit einer würdigen Außenseite zu bekleiden; lieber noch die Elendshülle eines Leopardi, als das behäbig bürgerliche Äußere der beiden genannten Großen. Ich habe überhaupt nie den Drang gehabt, von dem Dichter, der seine Züge so unwidersprechlich selber in seinen Vers meißelt, auch die ihm von den Eltern mitgegebenen zu sehen, die ihm – seinem höheren Ich – häufig so gar nicht ähnlich sind.

Vor allem aber mochte ich jenes Abends an nichts Literarisches erinnert sein. Ich wollte nicht von dem italienischen Dichter nach meinem Vater gefragt sein, weil ich ja nicht antworten konnte:

Er war ein deutscher Dichter,
Bekannt im deutschen Land,
Nennt man die größten Namen,
Wird auch der seine genannt.

Der gute Kenner der deutschen Literatur, für den Carducci galt, hätte, so schien mir, stutzen müssen, daß ihm der Name fremd war. Denn die Italiener, die so stolz sind auf ihre geistigen Größen, wissen nichts von einem unterdrückten Dichtergenius: Was sie nicht von Ruhm bestrahlt sehen, das glauben sie darum auch keines Ruhmes wert. Ich hätte ihm von dem Ariost-Übersetzer Hermann Kurz erzählen können, aber damit hätte ich den deutschen Dichter in den Abglanz eines fremden Gestirns gestellt. Nein, mein Vater sollte mir erst aus dem Grabe steigen, wenn die Zeit bereit war, seine volle Größe zu verstehen. Also keine Dissonanz in diese festlichen Tage. Jetzt wollte ich nichts als jung und frei sein, mir selbst zum Märchen werden, mit dem Sternenkleid aus der Nußschale im Königsschloß tanzen, die Tragik, in die ich hineingeboren war, vergessen.

Und nun bereitete mir der Zufall in jenem weitgespannten Rahmen ein flüchtiges Idyll von solchem Schmelz und solcher Zartheit, daß es kaum in Worte gefaßt sein will und doch bedeutsam genug war, um sich für immer in mein Gedächtnis zu prägen.

Als ich aus dem Ablegeraum, wo ich mir meinen abgetretenen Gewandsaum richten ließ, wieder zu unserer Tafelrunde trat, hatte sich neben meinem leeren Stuhl ein reiferer Mann von edler Haltung und schöner soldatischer Erscheinung niedergelassen, der von der Gesellschaft mit offensichtlicher Auszeichnung behandelt wurde. Er war, wie ich erfuhr, anläßlich eines Manövers an der Spitze seines Reiterregiments in die Gegend gekommen und hatte an unserem Tisch eine ihm befreundete Familie aus seiner Garnisonsstadt begrüßt. Bei meinem Erscheinen erhob er sich und wurde zunächst mir, dann erst den zuvor schon dagewesenen beiden Fürstinnen und dem Rest der Gesellschaft vorgestellt. Daß es aussah, als hätte man meine Zurückkunft abgewartet, um diese Zeremonie vorzunehmen, mochte ihn von vornherein auf mich hinweisen, wenn man ihm nicht zuvor schon von mir gesprochen hatte; so richtete er auch seine ersten Worte an mich. Es ist ein seltsames Ding, wenn zwei Menschen, die noch vor Minuten nichts voneinander wußten und nicht die fernste Beziehung gemeinsam haben, sich beim ersten Begegnen durch geheimen Zwang zusammengezogen fühlen, daß sie mitten in der Gesellschaft miteinander allein sind, eines auf das andere bezogen und doch gegenseitig nichts voneinander wissend. Was wir redeten, war gewiß nicht mehr als was gebildete Menschen bei der ersten Begegnung zu reden pflegen, aber ein herzerweiterndes beiderseitiges Wohlgefallen ging dabei spürbar hin und her und breitete sich zu einem allgemeinen Glücksgefühl aus, in dem die Erde als etwas ganz Vollkommenes erschien. Ich spürte wohl, daß ich nicht etwa einen bedeutenden oder besonders geistreichen Mann vor mir hatte, wohl aber eine Persönlichkeit von fester und gebietender Prägung, von der eine große Sicherheit und ungewöhnliche Anziehungskraft ausging. Mit der Liebenswürdigkeit des Südländers mischte sich in ihm der Ernst des Nordens, denn er war Lombarde. Wir sprachen beide den ganzen Abend nur miteinander, er kannte Deutschland, nannte mit Wohlgefallen meine Heimatstadt Stuttgart, und ich empfand es mit Stolz, die Tochter einer großen Nation zu sein, denn Deutschland stand damals auf der Höhe seines Glücks. Das ist das Wunder, dachte ich. Die andern rückten leise weg, um nicht dazwischenzutreten. Ab und zu kam der eine oder der andere meiner Kavaliere, dem ich einen Tanz versprochen hatte, dann begleitete mich der Ankömmling, den die Sporen am Tanze hinderten, zur Saaltüre und sah zu. Ich wurde aber immer schnell des Tanzens satt und kam zurück, um die unterbrochene Unterhaltung fortzusetzen, bis man uns ungestört beisammen ließ. Unerwartet und zu meinem hellen Schrecken bat mein Partner mit soldatischer Geradheit über den Tisch hinüber eine ihm befreundete vornehme Dame, mich für den nächsten Karneval zu sich einzuladen, was von ihrer Seite mit Herzlichkeit geschah und von ihrem Gatten noch dringender wiederholt wurde, mit dem Versprechen, alles zu meiner Annehmlichkeit dienende für mich tun zu wollen. Der Graf, so wurde mein neuer Bekannter angeredet, verstärkte die Anerbietungen, indem er sich für die ganze Zeit meines Aufenthalts mit allem, was in seinen Kräften stand, mir zur Verfügung stellte. Ich dankte lächelnd, wenn auch mit wehem Herzen, ich könne von Hause nicht abkommen. Das Märchen paßte ja nicht in den wachen Tag. Es tue ihm leid, weil er nur wenige Tage bleiben könne, sagte er, indem wir unser Sondergespräch fortsetzten, aber er versehe wohl mein Nein und dürfe es mir nicht vorwerfen. Er würde sich jedoch dadurch nicht abhalten lassen mich wiederzusehen, sondern im Winter Urlaub nehmen und selber nach Florenz kommen. Ich hatte aus der Haltung der Gesellschaft begriffen, daß ich einen Mann aus vornehmem Geschlecht und von glänzender Lebensstellung vor mir hatte, von dem ausgezeichnet zu werden für eine Ehre galt und der natürlich von vielen begehrt war; um so weniger schien mir bei der Kürze der Bekanntschaft ein Entgegenkommen am Platze. Ich mußte an eine Häuslichkeit denken, in der sich wohl die völlig unkonventionellen

Russen zurechtfanden, aber schwerlich ein Träger festen gesellschaftlichen und geistigen Herkommens. Dazu Mütterleins unbewachte Reden und Edgars plötzliche Ablehnungen, die häufig nur Folge überstarker beruflicher Nervenspannung waren, und es schrie aus meiner Seele nein und abermals nein. Ich hätte sagen müssen, daß unser Haus kein geselliges sei, weil mir ein Bruder an langem Leiden hinsterbe und meine Mutter keine Besuche empfange. Aber mir schauderte davor, die traurige Wirklichkeit in das Märchen hineinzuziehen, da sich doch beide niemals miteinander vertragen konnten; so ließ ich alles zu Boden gleiten. Nur nicht den Zauber brechen, nur nicht über das Wunder der Stunde hinausdenken. Aber wenn es zu Ende war, mit dem Sternenkleid aus dem Königssaal fliehen und dem Suchenden keinen goldenen Schuh, woran ich zu finden war, zurücklassen.

Er fühlte den Widerstand und schlug mir nun bei der nächsten Begegnung einen ihm befreundeten Salon in Florenz vor, wo viele angesehene Fremde verkehrten und wo ich mich leicht hätte einführen lassen können. Dort meinte er, würde sich bei seiner Hinkunft ein Wiederbegegnen am zwanglosesten einleiten lassen. Ich schwieg. Ich sah da keine Brücke und es gab auch keine. Vor allem war schon mein Stolz viel zu groß, um anders denn als gleiche vor einem Werber stehen zu wollen; ich glaubte ja auch gar nicht, daß ein Mann mich durch Namen und Stellung zu mehr machen könnte, als ich mich von Geburt aus fühlte. Und zu dem allem noch Mamas Abscheu vor dem Soldatenstand. Ich freilich dachte auf diesem Punkt wie auf so vielen Punkten anders: Hatte doch sie selbst, die Soldatentochter, mir, o Widersinn! aus ihrem väterlichen Blut ein Wohlgefallen an militärischen Schauspielen, an Waffenübungen und Reiterzügen und eine wahre Lust an der Darstellung kriegerischer Abenteuer vererbt. Mehr Eindruck machte mir ein Wink der welterfahrenen Sonja: In der Uniform liege die Begrenzung, die das Wort selber aussagt. Die Begrenzung, das traf! Gebundenheit an unverwischbare Prägungen und nicht zu entwurzelnde Anschauungen, die den einzelnen zur Gattung machen, war mir immer tief unheimlich. Wie viel besser der Wildwest und das Reiten auf Prärie-pferden, das einmal meine Jugendhoffnung gewesen war! Es machte mich wohl glücklich, meine alte Sehnsucht nach lebendiger hoher Kulturform und Schönheit auf dem klassischen Boden gestillt zu sehen und mich darin wie mitgeboren zu bewegen, aber es war nur eine Gastrolle die ich spielte; dauernd hätte ich nicht in ihren Bindungen und Schranken leben können. Dem Dichter ist das Gehen von Sphäre zu Sphäre nicht zu persönlichen Zwecken gegeben: er muß als Bruder neben dem König und dem Bettler stehen, von keiner Daseinsform sich verwirren lassen und in allen heimisch sein, er selber aber darf keinen Stand haben. Das lag mir im Gefühl, bevor es in mein Bewußtsein trat. Meist empfand ich mich ja nicht einmal als Zeitgenossin, sondern als Bürgerin einer Welt, die erst kommen würde, wenn ich nicht mehr war. Aber vielleicht waren diese Tage doch die schönsten meiner Jugend, gerade weil sie so unwirklich waren, und ich sie so ganz nur als Poesie genoß, deren Erinnerung ich vor jeder späteren Dissonanz bewahren wollte. Wenn ich neben dem ritterlichen Mann durch die Säle ging an der spalierbildenden Jugend vorüber und uns ein Beifallsmurmeln durch die Reihen folgte, so freute ich mich, weil er es mitvernahm; und wenn die jungen Offiziere mit liebevoller Verehrung ihren früh zu hoher Stellung gelangten Kommandeur nannten, so freute ich mich wieder. Eines war es, was mich vor allem an der edlen Erscheinung anzog und was die innige Bezauberung nährte: Daß in seiner Haltung nicht eine Spur von Leichtfertigkeit lag und mehr Ehrfurcht vor dem weiblichen Geschlecht, als ich sie sonst bei romanischen Männern gefunden hatte. Nur den augenscheinlichen Sinn, der sich hinter seinen Worten barg, mußte ich mir gewaltsam fernhalten.

Noch erinnere ich mich einer gemeinsamen Meerfahrt am letzten Abend, wo der Liebenswürdige beim Aussteigen meine Hand festhielt und etwas abseits von den anderen schnell und dringend abermals die Frage stellte: Wo also sehen wir uns wieder?

Im Paradies, antwortete ich leichthin, in dem angenommenen Tone bleibend – ein verhängnisvolles Wort, bei dem mir gleich selber nicht wohl war und das mir später erst recht aufs Herz fiel. – Nein, so lange werde er nicht warten –, mehr konnte er nicht mehr sagen, weil die Gesellschaft sich Abschied nehmend dazwischendrängte. Nur noch ein stummer Händedruck und ein langer Blick, dann gingen wir auseinander, und am nächsten Morgen war die Phantasmagorie zerstoben, die Gegend leer.

Der Besuch, den ich weit mehr fürchtete als wünschte, wurde nicht zur Wahrheit. Nur einmal, bald nach der Heimkehr, erreichte mich noch ein flüchtiger Beweis, daß ich nicht vergessen war. Der Winter ging hin und das Frühjahr brachte die Nachricht von seinem Tode.

# Gedichte

**Immer zu zweien**

…

O komm hinweg, dies ist die Heimat nicht,
Du kannst nicht leben, wo der Raum gebricht,
Wo alles nutzbar ist und Früchte treibt,
Kein Fußbreit Erde für die Schönheit bleibt.

O komm, ich weiß den schönsten Himmelsstrich!
O komm, ins Land der Länder führ' ich dich,
Wo noch die Schönheit ihre Tempel hat,
Die ewig stehen wie die ewige Stadt.

Siehst du die Schöne im Olivenkranz?
Die nachgeborne Schwester Griechenlands,
Der Sonne liebstes Kind im Festkleid rein,
O komm zu ihr, sie will dir Mutter sein.

O komm hinweg, zu ihren Blumen komm!
Wenn du sie anschaust, wirst du still und fromm.
Dort trinkst du Licht und Liebestau, und sacht
Beschwichtigt dich die blaue Wundernacht.

So sang er fort und wollte nie ermüden,
Und Wunder glaubend, folgt' ich ihm nach Süden.

Schön ist der Ort, an den mein Stern mich wies,
Ein Splitter vom zerstückten Paradies,
Mit seines Meers und Himmels Saphirreine,
Dem warmen Duft durchsonnter Pinienhaine,
Der Rebe, die von Baum zu Baum sich schwingt,
Wie wenn sich Hand in Hand zum Tanz verschlingt,

Toskanas Bächlein mit Zypressenauen,
Dem Spiel der Wolkenschatten überm blauen
Gebirge, das in keuscher Nacktheit ruht
Und abends bei der Purpurwolken Glut
In einen lichten Riesenamethyst,
Durchscheinend, ohne Fehl, verwandelt ist.
Und wer vergäße je der Sprache Klang,
Die auf den Lippen hinschmilzt wie Gesang!
Natur ist hold, doch herrlich ist vor allen
Der stumme Wohllaut dieser Säulenhallen,
Wo eine Welt von Marmor geistdurchweht
Mit unbewegten Augen göttlich steht
Und auf die Menschensaat die ringsum sprießt
Noch einen Abglanz ihrer Schönheit gießt,
Der Zeit gemahnend, da in diesen Reichen
Ein Menschenfrühling aufging ohnegleichen.
...

**Nun bin ich stark**

Nun bin ich stark, nun will ich denken,
Den irren Geist von mir zu tun.
Ins Meer will ich die Liebe senken,
Bei Perlen und Korallenbänken,
Bei Meereswundern soll sie ruhn.

Dann hör' ich nachts in meinen Träumen,
Wie sie erwacht und rege wird,
Ich hör' sie mit der Brandung schäumen,
Hör', wie auf ungemeßnen Räumen
Ihr ruheloser Schatten irrt.

Fahr hin im Sturm! Laß Wellen jagen!
Ich liege still und horch' in Ruh,
Magst schmetternd an das Ufer schlagen,
Ich hör' dem Brausen, Zürnen, Klagen
Wie einer fremden Stimme zu.

**Jenseits des Blutstroms (1915)**

...
Mein Haus! Mein Haus am Meer! Auch heute türmen
Die Marmoralpen schimmernde Kastelle
In deinem Rücken auf und draußen breitet
Sich tiefblau, endlos die Tyrrhenerwelle.
Du träumst den Segeln nach, die ferne streichen,
Und an den Zauberinseln hängt dein Blick,
Die mein Erinnern Tag und Nacht umflügelt.
Es kann der Wunsch, wie glühend er sie male,
Die Schönheit, die lebendige, nicht erreichen.
Dort über Serravazza flammt im Stein
Durch all das Weiß die offne rote Wunde,
Und Wälder legen kühlend sich hinein,
Doch in der Berge weißen Flanken schläft
Die ungeborne Welt der Kunst, und oftmals
Am Abend rötet wie von innrer Glut
Sich das Gestein, als rief' es ungeduldig:
Es sinkt der Tag und wir sind unerlöst!
Glückseliger Strand, Gestade der Entrückten,
Schön wie der Ort, wo frei von irdischer Schwere
Die Helden und die Liebenden sich finden,
Wo fern der Zeit Achill und Helena
Im Schein versäumten Erdenglücks sich sonnen.
Ihr Sommer, deren Stunden leicht wie Träume

Der Himmlischen um unsre Stirn zerronnen!
In immer gleicher Fülle lebten wir
Unalternd, unsre Leiber waren Dinge
Aus Licht und Luft, die Sonne schien hindurch.
O Sonnenglühtrank, den ich heiß geschlürft
In jenen Sommern, die kein Ende hatten,
Du glühst noch jetzt in meinen Adern nach
Wie göttlich unverlöschbares Jugendfeuer.
Der Himmel gab es uns wie er zu lächeln,
Die Winde brachten Hauch der blauen Ferne,
Die Welle gab uns ihre Leichtigkeit.
Ach, welch ein Frevel riss dich Wunderküste,
Die Traum und Schönheit nur gebären sollte,
Dich kummerlose in den Kampf der Zeit!
...

**Entrückung**

Zur Zeit wenn lautlos selbst die Welle ruht
Und nichts lebendig ist als Licht und Glut,
Am blauen Meergestade tief allein
Im Mittagsweben ist mein wahres Sein.

Kein Windhauch. Die Libelle träumt im Schilf,
Auf loser Ranke schläft der müde Sylph.
Nur der Zikade endlos schriller Sang
Erfüllt die Weite wie mit Geisterklang.

Da webt der Mittag zaubrisches Gesicht,
Die Dinge stehen körperlos im Licht,
Ich selbst ein Schemen luftig, weiß und stumm,
Mit andern Mittagsgeistern geh' ich um.

Die trunkne Seele kennt sich selbst nicht mehr,
Das Ich versank, und was ist jetzt noch schwer?
Ich bin ein Rauch, der sich vom Boden hebt,
Ein Sommerfalter, der ins Blau verschwebt.

Es fällt die Schranke, die vom All mich trennt,
Die Seele strömt erlöst ins Element,
Und leicht wie Wölkchen an der Alpe Saum
Lös' ich mich auf, ein kurzer Mittagstraum.

**Letzte Fahrt**

Nach den Stürmen und des Mittags Pein
Still und selig muß der Abend sein.
Treibt mein Nachen in die stillste Bucht,
Wo ihr Nest die müde Möwe sucht.
Träges Wasser schläft am Felsenport,
Schweigende Zypressen stehen dort.
Keine Sonne, die den Scheitel sengt,
Letzte Einsamkeit, die mich empfängt.
Nur von meinem Kahn die Phosphorspur
Sagt's den Wassern, wo ich überfuhr.

## Deutsche Gespenster

Mich trug ein Traum zurück zum Neckartale,
Im Nebel lag die altersgraue Stadt,
Wo jeder Stein mir zum Gedächtnismale,
Zur Rune ward auf meinem Lebensblatt.

Der Feste dunkle Zinnen sah ich ragen,
Das Storchennest auf hohem Rathausdach.
Das Rößlein wiehert, das mich oft getragen,
Und ruft die Geister meiner Jugend wach.

Fern grüßt ein Berg, ein Kirchlein krönt den Gipfel,
Und überm Strombett bebt der schwanke Steg,
Die Linden heben die beschneiten Wipfel,
Und scheinlos zieht der Mond den Wolkenweg.

Musik ertönt, welch hastig buntes Regen!
Die glatte Fläche schimmert kalt und weiß,
Bekannte Augen winken mir entgegen,
Und unterm blanken Stahlschuh knirscht das Eis.

Vorbei! Vorbei! Ich kann die Hand nicht fassen,
Ein Nebelschleier schiebt sich wallend vor,
Ein dunkler Steg, ein Kreuzweg, öd, verlassen,
Und einsam steh' ich vor dem Friedhoftor.

Ich muß die Stirn ans Eisengitter lehnen,
Die Kniee sinken auf den kalten Stein,
Und übermächtig quellen meine Tränen –
Da weckte mich italischer Sonnenschein.

# Nachwort

„Wer weiß, ob nicht meine angeborene und schon ganz früh ausgeprägte Abneigung gegen jede Art von politischer Dichtung dem Umstand zuzuschreiben ist, daß ich schon im Mutterleib durch einen Prozeß wegen politischer Verse belästigt worden bin.“

Das schrieb die Schriftstellerin Isolde Kurz in der Biographie ihres Vaters, als Fünfzigjährige, zu Anfang des 20. Jahrhunderts. Der Beginn ihres Lebens stand im Zeichen der Revolution. Im aufständischen Jahr 1848 begegnete das radikaldemokratisch gesinnte Freifräulein Marie von Brunnow zum ersten Mal ihrem künftigen Ehemann, dem schwäbischen Schriftsteller Hermann Kurz. Noch ehe sie ein Paar wurden, waren sie Kampfgefährten für Freiheit und Völkerglück, die rote Baronesse und der Redakteur des Oppositionsblatts „Der Beobachter“, der wichtigsten politischen Zeitschrift Württembergs. Nach dem Scheitern der Revolution mußte sich die hochschwangere Marie Kurz vor dem Stuttgarter Schöffengericht für eines ihrer politischen Brandgedichte verantworten. Sie wurde freigesprochen, und wenig später, am 21. Dezember 1853, brachte sie in Stuttgart ihre einzige Tochter Isolde zur Welt.

Gestorben ist Isolde Kurz in Tübingen. Im Spätherbst 1943, kurz vor ihrem 90. Geburtstag, verließ sie das von Bomben zerstörte München und kehrte im Sanitätswagen heim ins Schwabenland. Im Tübinger Tropengenesungsheim fand sie, die seit langem krank war, eine Zuflucht. Nach ihrem Tod, am 5. April des folgenden Jahres, organisierte das Reichspropagandaamt der NSDAP den Trauerakt bei der Urnenbestattung in Tübingen. Doch der Nachruf, den der NS-Kurier der vielgelesenen Schriftstellerin widmete, ist frei von Deutschtümelei und nationalsozialistischen Parolen.

„Wie sie das Leben gesehen hat, davon sprechen immer ihre Werke, und wir erkennen aus ihren eigenen Worten das Bild einer Frau, die klar zu denken wußte, mit gezügelter Leidenschaft gestalten konnte, Meisterin der Form war, den großen Stoff beherrschte ... Sie steht als schöpferischer Mensch neben den Großen und sie wird besonders den Schwaben unvergessen bleiben."

Isolde Kurz hat fast ein Jahrhundert deutscher, europäischer Geschichte begleitet, in dessen Verlauf die revolutionäre Sehnsucht nach Einheit und Freiheit aller Deutschen mit der Reichsgründung von 1871 ihr Ziel erreicht glaubte. Doch der patriotische Impetus führte in die imperialistische Hybris. Die vermeintlich ewigen Werte der bürgerlichen Kultur versagten vor dem Nationalismus und schließlich auch vor dem Rassenhaß. Isolde Kurz erlebte vier Kriege und vier verschiedene Staatsformen, vom württembergischen Königreich bis zur Diktatur des „Dritten Reiches". Doch die Dichterin verstand sich nicht als Zeitzeugin. Ihre Kunst sollte überzeitlichen Gesetzen genügen. Politisch Lied schien ihr ein garstig Lied. Dieser Überzeugung wurde sie untreu, als sie vor dem Ausbruch des Ersten Weltkriegs aus Italien nach Deutschland zurückkehrte und mit ihren Kriegsgedichten die Heimatfront poetisch aufrüstete. Jetzt galt es zu zeugen mit der Feder für das Vaterland.

„Zeugen für ihre Lieben", wie sie es unbewußt mit diesem männlich definierten Wort nennt, war ihr eine hohe Aufgabe. Wie für das Vaterland, das sich zurückgesetzt fühlte unter den europäischen Völkern, „zeugte" sie auch für ihren Vater, in dem sie ein unverstandenes deutsches Dichtergenie sah.

„Mir aber war von der Vorsehung mit dem Erbe des väterlichen Berufs auch der Auftrag mitgegeben, der langen Ungerechtigkeit entgegenzutreten und für den Verkannten, Halbvergessenen den Platz im Nationalheiligtum seines Volkes einzufordern."

Hermann Kurz, der aus einer Reutlinger Handwerkerfamilie stammte, hatte die in Schwaben übliche Laufbahn der begabten

Söhne ohne Vermögen gewählt: Theologisches Seminar, Tübinger Stift, Vikariat. Da er nicht zum Pfarrer taugte, entschied er sich, „Literat“ zu werden. Doch selbst sein bekanntester Roman, „Der Sonnenwirt“, und seine treffsicheren schwäbischen Erzählungen brachten ihm weder Ruhm ein noch materiellen Erfolg. Auch sein Engagement für die demokratische Bewegung schlägt ihm in den schwierigen fünfziger Jahren zum Nachteil aus. Glücklos versucht er, als Schriftsteller seine große Familie durchzubringen, doch die meisten seiner Projekte scheitern. Psychisch und physisch erschöpft, menschenscheu und pessimistisch geworden, vergräbt er sich in gelehrte Auftragsarbeiten. Am Ende rettet Kurz sich und die Seinen auf einen Posten an der Tübinger Universitätsbibliothek, ehe er 1873 an einem Herzschlag stirbt.

Diesem „lebendig Verschollenen“ setzte die junge Isolde, als Zeugnis ihrer Liebe und Verehrung, auf dem alten Tübinger Friedhof ein prachtvolles Grabmal: „Das Denkmal hatte zusamt den Nebenkosten die tausend Gulden meines ersten großen Honorars verschlungen.“ Sie war es, nicht die vier Brüder, die das väterliche Erbe annahm und vollendete. Der Vater war das Vorbild, nach dem sie sich bildete in ihrem Anspruch auf literarische Urheberschaft. In ihrem Gedicht „Das Lämpchen“, das symbolhaft für die poetische Kraft steht, reicht es der Vater ihr herunter, als der letzten in einer langen Reihe: „Es strahlt und funkelt / Noch unverdunkelt / Und dennoch weiß ich: / In meinen Händen / Mußt Du verenden / Du schönes Licht.“

Für Isolde Kurz war der Akt dichterischer Schöpfung ein männlicher; in eine weibliche kreative Genealogie konnte sie daher nicht eintreten. Zwar verfaßte ihre Mutter Gedichte und Märchen, die auch gedruckt wurden. Nach Meinung der Tochter aber nicht aus literarischem Ehrgeiz, sondern um der defizitären Haushaltskasse aufzuhelfen. Sie schildert ihre Mutter als „ein poetisches Urtalent“, das seine Begabung weit unterschätzte, „da sie auch ihre Verse, zu denen ein inneres Bedürfnis sie von kleinauf trieb, nicht als wirkliche poetische Erzeugnisse, sondern nur als unentbehrliche innere Entfaltung gelten ließ". Was hier anklingt, ist das zeittypische Verständnis von weiblicher Dichtung als Naturlaut oder Seelenhygiene, ohne die Kraft zur Form und den Willen zum bleibenden Werk. Ihre Mutter, eine „Selbstdenkerin" mit eigenwilligem Profil, lebte in der Familie das übliche Modell der dienenden Gattin und erntete dafür hohes Lob von der Tochter, obgleich diese das für sich entschieden ablehnte. Als Autor mußte sie sich mit dem Vater identifizieren, und das hieß mit einer patriarchalen Tradition, in der kein Platz vorgesehen war für eine kreative Frau. „Es hatte eigentlich nur der männliche Dichter das Amt und den Auftrag, weibliches Fühlen, so wie er es verstand, der Welt zu verdolmetschen, und das geschah nach einem angenommenen Kanon. Die Frau selber hatte, wie auf allen anderen Gebieten, auch auf diesem ihrem eigensten zu schweigen."

Isolde Kurz betritt das literarische Forum „mit offenem Visier" und ohne sich „hinter einem männlichen Pseudonym zu verstecken": „Wie hätte ich den Namen meines Vaters verleugnen können, durch den ich mich zu der strengsten Forderung an mich selbst verpflichtet fühlte." Legitimiert durch den Namen des Vaters, wurde sie zur Chronistin der eigenen Familie, hat ihr über Jahrzehnte hinweg eine Geschichte erschrieben. Sie begann 1905 mit der Biographie ihres Vaters, einem zweiten, nun literarischen Denkmal. Später folgten Lebensbilder ihrer beiden früh verstorbenen Brüder, Jugenderinnerungen, ein kleiner Band über ihre Mutter und schließlich eine umfangreiche Autobiographie. Wie die deutsche Historiographie ihrer Epoche neigte die Autorin dabei zu Mythisierungen. In dieser Familienmythe ist ihr Vater ein „König ohne Land", ihre Mutter eine Kreuzung aus Zauberfee und Norne, ihre Brüder sind den griechischen oder germanischen Heroen verwandt, und sie selbst ist eine „allseits abseits Stehende", die inmitten einer Welt der Beschränkung in geistiger Höhe ihren Weg geht. Das ist pointiert formuliert und kann ihr deshalb nicht ganz gerecht werden. Als phantasiestarke, eigenwillige Persönlichkeit hat Isolde Kurz ihre eigenen Widersprüche, die ihrer Familie und die ihrer Zeit in ihr Werk eingeschrieben, bewußt und unbewußt.

In der Familie Kurz verbanden sich die widerstrebendsten Elemente. „Wir bildeten nicht nur eine Familie, sondern eine enggeschlossene Geistesgemeinschaft... Inmitten dieser Familie stand als das A und O das unbegreiflichste aller Frauenwesen."

Marie Kurz, die mit ihrem ererbten Restvermögen 1848 die revolutionäre Bewegung unterstützt hatte, war dreizehn Jahre jünger als ihr Mann, eine wahrhaft brausende Natur, ein zartes, leidenschaftliches, bestrickendes Wesen, chaotisch als Hausfrau, überängstlich und überaus ehrgeizig als Mutter und furchtlos, unbeirrbar in ihren politischen Prinzipien. Für sie galt niemand und nichts im Reich der bürgerlichen Konvention. Bedürfnislos in materiellen Dingen, war sie in geistigen und emotionalen höchst anspruchsvoll. Doch ihre vollkommene Integrität und ihre selbstvergessene Hilfsbereitschaft gegen jedermann verschafften ihr Verehrung und Respekt.

„Die unbegreiflichsten Gegensätze waren in diesem Menschenbild zu einem einfachen und bruchlosen Ganzen zusammengeschweißt", bekennt ihre Tochter aus spätem Rückblick. „Sie war die bedeutsamste, geliebteste, edelste, aber auch in manchem Sinn die verhängnisvollste Gegenspielerin auf der Bühne meines Lebens." Viel tiefer ging ihre Wirkung als die des Vaters, der in einem Kreis schonender Ehrfurcht lebte und dem die zahlreichen häuslichen Katastrophen ferngehalten werden mußten. „Ich erinnere mich nicht einer einzigen Mahlzeit, die er mit uns gemeinsam eingenommen hätte ... Unsere geistige Welt dankten wir weit mehr der Mutter."

Toleriert von einem fernen, schweigenden Vater, der sich in der aufkommenden „Frauenfrage" mit seltener Liberalität für die „völlige Gleichberechtigung des Weibes" aussprach, herrschte im Hause Kurz das Matriarchat: „Ihre Kinder waren ihr Eigentum, das sie allein verwaltete.“ Marie Kurz löste die „nahezu unlösbare Aufgabe“ und zog mit bescheidensten Mitteln fünf Kinder auf. Sie, die selbst in einem Reich der Phantasie lebte, bereitete ihren Kindern mit den bürgerlichen Bildungsschätzen das Fest des Lebens. „Wir wuchsen auf mit dem vereinigten Griechen- und Germanentum ... dessen Doppelmythos als dauerndes Wunderzeichen an unserem Jugendhimmel stand ... Ich trug wie die Brüder Helm und Schild und Lanze aus Pappdeckel und Goldpapier sowie ein mit dem Medusenhaupt geschmücktes Panzerhemd und warf den dicken Alfred, wenn er als Ares anstürmte, im Nahkampf nieder.“

Isolde Kurz verbrachte ihre Kindheit in Esslingen, Kirchheim unter Teck und Tübingen. Man nannte die Kurzschen Kinder die „Heidenkinder“, denn die Mutter lehnte als bekennende Jakobinerin jeden Kirchenglauben ab. Es waren im übrigen auch ihre eigenen religiösen Skrupel, die sie zu dieser Haltung brachten. Das Fehlen einer konfessionsgebundenen Erziehung bestärkte in ihren Kindern das Gefühl des Außerordentlichen, das jederzeit umschlagen konnte in das Gefühl des Ausgeschlossenseins. So empfand es das kleine Mädchen, das in Kirchheim, wo die Familie ein paar bedrückende Jahre lang wohnte, dem Zug der Schulkinder zur Festwiese vom Rande aus zusehen mußte. „Die Brüder waren eingereiht und schritten jeder mit seiner Klasse. An mir aber ging der Zug vorüber ... Da überkam mich plötzlich, was es heißt, nicht dabei zu sein. Es war ein maßloser Schmerz, wie ein erzwungener ewiger Verzicht auf alle Freuden dieser grünen Erde.“ Wie tief der Eindruck gewesen war, beweist das ein Lebensalter später entstandene Gedicht „Das Maienfest“: „O Mutter, wo ist mein Platz im Zug? / Schon ruft der Spielmann mit Schalle. / Komm Kind, du hast am Schauen genug, / das Fest ist nicht für alle.“

Die Ausgrenzung war eine zweifache, denn zu der sozialen kam die des Geschlechts. „Bloß ein Mädle“ lautete das frühe Verdikt der Brüder. Wie vor allem sie, nicht die Eltern, nicht die Brüder, die Vorurteile und sogar den Haß gegen die vom Normalmaß abweichende Familie zu spüren bekam, schildert Isolde Kurz eindringlich. Ihr „Jugendland“ war „voll von Kampf und Not, von Angst und Pein“. Frühzeitig drang „die Nachtseite des Lebens“ in die Vorstellungswelt des Kindes und quälte es mit Albträumen. Später war sie es, die das häusliche Gleichgewicht einrenken mußte, denn die Mutter erwartete von der Tochter weiblichen Opferwillen, Zurückstehen hinter den Brüdern. „Über mich ergossen sich alle Gewitter ihres stürmischen Naturells. Je mehr Leid uns daraus erwuchs, desto zärtlicher hingen wir zusammen.“

Die enge Bindung an die Mutter, aber auch die Singularisierung verstärkte sich dadurch, daß Isolde nie eine Schule besuchte. Während die Brüder Lateinschule, Gymnasium und Universität durchliefen, blieb einem Mädchen damals nur die Volksschule. Das war der ehrgeizigen Mutter ein zu dürftiges Bildungsprogramm für ihre Tochter, die schon mit vier Jahren lesen und mit fünf schreiben konnte. Sie unterrichtete sie deshalb selbst. „Gewöhnlich mußte der Unterricht unter dem Drang der Umstände noch mit irgendeiner häuslichen Verrichtung verbunden werden, so daß die Aufmerksamkeit der Schülerin wie der Lehrerin eine sehr geteilte war. Mir brachte sie des Morgens die Anfangsgründe des Französischen und Italienischen bei und strählte dazu meine langen, unbezähmbaren Haare ... Sie besaß kein wirkliches Lehrtalent, weil alles Methodische ihrer Natur widerstrebte ... Unser Unterricht war also ein sehr sprunghafter, dagegen zeichnete er sich durch außerordentliche Vielseitigkeit aus! Etwas Ordnung und Zusammenhang mußte ich mir später mit Mühe dazuerwerben, was den Brüdern durch die Schule leicht gemacht wurde.“

Schon mit zwölf Jahren verfaßte Isolde Kurz Gedichte und ein Drama. Ihre Mutter war stolz auf die literarischen Produkte ihrer Tochter, doch die Reaktion der adeligen Freunde darauf: Nur ja kein Blaustrumpf werden! wurde von der des Demokraten Ludwig Pfau an Direktheit überboten: „Weiber, Weiber, ihr send net für de Geischt gschaffe.“ Von 1864 an lebte die Familie Kurz in Tübingen.

Isolde trieb Latein- und Griechischstudien, lernte Reiten im Universitätsreitstall und erregte damit Anstoß.

„Die Kultur des Äußeren war ja ebenso verpönt wie die des Geistes ... körperliche Übungen, vor allem das Reiten, galten bei einem Mädchen für einen Frevel gegen menschliche und göttliche Ordnung, der selbst die Behörden beunruhigte ...

Während die Ausbildung der Brüder völlig planmäßig vor sich ging, wurde die meinige durch jeden Luftzug dahin oder dorthin geweht ... Von irgendeinem Zukunftsplan war keine Rede ... Das Schlimmste war, daß ich überhaupt nicht wußte, was ich mit mir selber wollte ... Es gab damals für ein Mädchen keinen Weg ins Leben als durch die Ehe und – in wunderseltenen Fällen – durch die Kunst."

In den sozialen Beschränkungen ihres Geschlechts sah Isolde Kurz im Rückblick „die widrigste von den widrigen Schicksalsmächten an der Schwelle meines Lebens". Selbst ihre der Konvention trotzende Mutter, die dem Bildungsstreben der Tochter jede Freiheit ließ und ihr die weiblichen Handarbeiten entriß, wollte sie „bald unter die Haube" bringen und lamentierte in ihren Tagebüchern über die „kieselherzige Turandot", die seit Jahren alle Freier abwies. Daran fehlte es ihr offenbar nicht. Die Mutter schwärmt von „Huldigungen, die sowohl ihrem Körper als auch ihrem Geiste gelten". Bestätigt wird das in einer eher zur gepfefferten Karikatur neigenden Porträtreihe, dem „Jungfernspiegel" der Tübinger Studentenverbindung Roigel: „Kurz, Isolde ... Eine majestätische Gestalt, die, wo immer sie erscheinen mag, aller Augen auf sich zieht. Ihr Gesicht ist nicht gerade schön, aber interessant. Von dem immer stolz erhobenen Haupt fällt eine Löwenmähne blonden Lockengeringels. Ihr ganzer Körperbau ist voll sinnlich üppiger Schönheit mit einer Büste, wie sie nur der Meißel eines Künstlers zum Modell wünschen kann. Wenig neidisch mit ihren Reizen zeigt sie gerade jenen Teil sinnlich üppiger Schönheit ziemlich unverhüllt den staunenden Blicken ... Ihr Auftreten, ihr ganzes Wesen ist sehr emanzipiert ... Im ganzen ist sie eine hochinteressante Erscheinung, eine eigentümliche Repräsentantin des weiblichen Geschlechts."

In den häuslichen Stürmen trieben auch die Weltereignisse hohe Wellen. Nach dem Siebziger Krieg gegen Frankreich und der Reichsgründung erreichten die politischen Spaltungen in der Familie Kurz eine neue Intensität. „Mein Vater war feurig deutsch ... in der Gründung des Reiches sah er eine lebenslange Sehnsucht erfüllt ... Auch Ströme Bluts waren ihm dafür nicht zu teuer ... Meine Mutter, eine Offizierstochter, sah in jedem Krieg nur immer eine Schlachterei ... Sie konnte sich in das Reich Bismarckscher Prägung niemals finden ... Mit dem französischen Geist war sie ja ebenso durch ihre adelige Erziehung wie durch ihre 48er Vergangenheit verwachsen ... Edgar war das vaterländische Ideal zu eng, er glaubte an die Marxsche Internationale."

Wie die Mutter übersprang der Sohn das „Nationale zugunsten einer künftigen Menschheitsgemeinschaft" und bekämpfte in seiner Schwester „den ästhetischen Aristokratismus". Diese verstand sich selbst als ganz unpolitisch und konnte damit, wie so oft, ausgleichend den Familienfrieden sichern. Ihr hohes Kulturideal fand sie allerdings in der „materialistischen Zeitströmung" des neugeborenen deutschen Reiches nicht verwirklicht. „Diese deutsche Kultur hatte mit dem, was mich umgab, nichts zu tun, sie bedeutete höchstes Menschentum, an keine Scholle gebunden ... Man hörte Stimmen, die zu der Bärenhaut des Urteutonentums zurückverlangten ... Ich konnte also nicht vaterländisch empfinden."

Das schreibt sie 1918, nach dem verlorenen Weltkrieg, in ihren Jugenderinnerungen. Immer deutlicher fühlte sie, daß ihr Tübingen für ihre Entwicklung nichts mehr zu bieten hatte. „Mich verlangte nicht nach Geborgensein, nicht einmal nach dem landläufigen Glücklichwerden. Ich wollte mich selber erfüllen bis zur letzten Möglichkeit."

In ihrem kleinen, engen Heimatland, wo ihr der „Geist bürgerlicher Nutzbarkeit über die ganze Natur verbreitet" schien, war das unmöglich. Keine der schwäbischen Autorinnen ihrer Zeit hat das verfehlte Frauenideal und die Ungeistigkeit ihrer Stammes-Schwestern so ätzend kritisiert wie sie.

„Die Frau als gesellschaftliche Macht versagte ganz. Man sah aller Enden hübsche junge Mädchen, aber äußerst selten eine hübsche junge Frau. Sobald sich die damaligen Schwäbinnen verheirateten, hielten sie nichts mehr auf ihre Person. Nach Pflege des Geistes und Körpers zu streben, galt für ‚Emanzipiertheit' und Eitelkeit und war ein Zeichen mangelnder Hausfrauentugend. Es konnte vorkommen, daß der Mann hohe akademische Würden innehatte und daß die Frau Magddienste verrichtete. Nicht aus Not, sondern weil sie keine höheren Ziele kannte. So vermochte der ganze Lebensstil sich nicht zu erheben."

Da sie nicht „unterkriechen" wollte in einer Versorgungsehe, mußte sie gehen. Kurz ist die erste der schreibenden Landestöchter, die dem biographischen Muster der begabten Söhne Württemberg folgte, um auswärts Karriere zu machen. Selbst dieser Landflüchtigen gelang das aber nur im Verbund mit der Familie. Nach dem Tod des lange schon von nervösen Leiden heimgesuchten Vaters im Jahr 1873 verschärfte sich die Geldnot. Die ältesten Brüder Edgar und Alfred bemühten sich nun, ihr Medizinstudium rasch zum Abschluß zu bringen. Die sprachbegabte Isolde, die mit vierzehn Jahren „zwischen Tanz und Eislauf" ihr erstes Honorar für die Übertragung eines französischen Romans verdient hatte, wagte sich nun auch an anspruchsvolle Texte aus dem Italienischen, Englischen und Russischen. Als ihr Bruder Erwin zum Studium an der Akademie der bildenden Künste nach München ging, zieht sie ihm nach und schafft sich mit Stundengeben und Übersetzen eine eigene Existenz. Über die alten Freunde ihrer Familie, Paul Heyse und Ludwig Pfau, wird sie in die kulturellen Zirkel der bayrischen Kapitale eingeführt. In dieser Zeit übersetzt Kurz die soeben erschienene „Geschichte der Commune von 1871" von Lissagaray. Karl Marx, der die Übersetzung kontrollieren soll, ist mit der Leistung von „Isolde der Holden", dem „Dämchen", nicht zufrieden. Schließlich wurde Wilhelm Blos zur Überarbeitung hinzugezogen, denn der Text erforderte politische Insider-Kenntnisse, die ein junges Mädchen nicht haben konnte. Isolde Kurz war kaum ein Jahr in München seßhaft geworden, als sie sich von ihrem ältesten Bruder Edgar nach Florenz locken ließ, der dort 1877 eine rasch florierende Fremdenpraxis eröffnet hatte und Mutter, Brüder und Schwester nachzog.

Florenz war zu Ende des 19. Jahrhunderts ein Kristallisationspunkt für Künstler und Musiker, Schriftsteller und Gelehrte, ein Traumziel für steinreiche Dauertouristen aus Europa und der Neuen Welt und zugleich Fluchtpunkt der Zivilisationsmüden, die sich vor den Schrecken des Materialismus in die Kunst, in die Welt des Schönen zurückzogen. Die Stadt bot mit ihren Kunstwerken und ihrer historischen Kulisse nicht nur einen Resonanzraum für das alltägliche Fest der Sinne, sondern einen konkret erfahrbaren Rahmen für ein ästhetisch überhöhtes Utopia. Das epochale Werk von Jacob Burckhardt über die „Cultur der Renaissance in Italien" hatte den Weg bereitet für eine neue Kunsttheorie, die im Klassischen gründete, ohne die Auseinandersetzung mit der Moderne zu verweigern.

Isolde Kurz, aufgewachsen mit dem Kulturenthusiasmus ihres Elternhauses, wurde in den rund drei Jahrzehnten, die sie in der Stadt lebte, zur großen Chronistin des florentinischen Fin de siècle. So nennt sie Bernd Roeck in seiner Studie über „Florenz 1900". In ihren Erinnerungen setzte sie Fremden und Einheimischen literarische Denkmale, schildert sie die Zirkel der Künstler und Gelehrten, die Salons, die prominenten Besucher aus dem Norden, Paul Heyse, Cosima Wagner oder König Karl von Württemberg. Im Kreis von Malern und Bildhauern wie Arnold Böcklin und Adolf Hildebrand, Georg Römer und Victor Zurhelle, von Schriftstellern wie dem Essayisten Karl Hillebrand, von Gelehrten wie Robert Davidsohn, Carlo Fasola und später Aby Warburg hat sie den ästhetischen Humanismus und die klassische Formensprache entwickelt, die ihr Werk prägen sollten. Auch versenkte sie sich in historische Studien, am Damentisch der Biblioteca nazionale in Florenz. In Kunst und Kultur der italienischen Renaissance entdeckte ihr poetisches Talent seine künftigen Themen.

Wie vieles bei Isolde Kurz geschah es auf Umwegen. Sie wußte lange nicht, „was sie wollte oder sollte“ und plante, auf der Suche nach einer Aufgabe und nach Einkünften, zunächst gemeinsam mit einem versierten Illustrator einen Florenz-Führer für deutsche Kulturtouristen. Als der Partner für das Projekt starb, war die Form, die sie dem Stoff geben wollte, schon in ihrem Innern vorgebildet: „Werk und Leben lagen in meiner eigenen Hand.“ Fiorenza, „die Schöne im Olivenkranz“, wurde stilbildend, inspirierend für Kurz, wurde zum Geburtsort für die Schriftstellerin. Die Weite der Welt, die langersehnte, tat sich auf, trotz der familiären Wohnungsprobleme und der Geldsorgen in Verlauf der Jahre. Auch für andere deutsche Autorinnen, wie Ricarda Huch, war Italien das „Sehnsuchtsziel“. Isolde Kurz sollte dort Marie von Ebner-Eschenbach, Ludmilla Assing und Malwida von Meysenbug kennenlernen.

„Italien war damals das freieste Land der Erde, und das galt noch mehr als die immerstrahlende Sonne und die ewigen Werke der Kunst. Vielen Freiheitssuchenden, die mit ihrer Heimat zerfallen waren, allen voran den größten, Byron und Shelley, hatte Italien den Luftraum geboten, wo sie nach ihrem Herzen leben konnten. Ebenso meiner Mutter, die das kaiserliche Deutschland nicht liebte ... denn der alte, vom Volk vergötterte Kaiser (Wilhelm I.) war ihr noch immer der ‚Kartätschenprinz‘ von 1848.“

Das meridionale Arkadien war wie geschaffen für die Befreiung von Körper und Seele. Seit Kindertagen kreisten die Träume der Schwäbin um „das blaue, unendliche Meer“. In Gesellschaft zweier junger russischer Aristokratinnen konnte Isolde nun unbehindert von übler Nachrede in Rimini am Strand entlang reiten und im Meer schwimmen. Sie war krank gewesen nach dem „zwecklos Schönen“, und hier fand sie es. Ihr Körperkult, den sie unter südlichem Himmel als etwas Natürliches ausleben konnte, weist schon voraus auf den lebensreformerischen Vitalismus der Jahrhundertwende. In Florenz, in der Toskana, ließ sich der spätbürgerliche, dem klassischen Bildungsideal verpflichtete Ästhetizismus verbinden mit einer sinnenhaften Naturnähe, die in ihren Gedichten nach Ausdruck sucht. In Forte dei Marmi, damals noch ein Fischerdorf, baute sie sich um 1900 am Meerufer ein kleines Haus, das in die Villenkolonie der Florentiner Freunde eingebettet war. Hier hatte die „ewig Heimatlose", wie sie sich nennt, endlich eigenen Grund unter den Füßen.

„Forte dei Marmi, seliges, zur Wahrheit gewordenes Wunschland, das ich selber mit erschaffen half! Was wäre mein Leben ohne dich geworden. Du hast die bange Menschenseele auf ewig dem großen Meer vermählt, das ihr die Kraft gab für das umgetriebene Leben und für das einsame Werk."

Das wurde ihr nicht leicht gemacht. Sie hatte früh Geld verdient mit literarischen Arbeiten, aber damit verband sich keineswegs das Recht auf ein Studierzimmer, das ihr Vater auch unter den beschränktesten Umständen beanspruchen konnte. Als Tochter, Schwester, Tante in der Großfamilie, die vom Feuergeist der zarten, zähen Mutter zusammengehalten wurde, hatte Isolde Kurz keine privilegierte Position. Die symbiotische Mutter-Tochter-Bindung war der Arbeit am Text nicht immer förderlich. „Zwar hatte sie bei meinem Vater das gleiche Ringen mit angesehen und es ängstlich behütet. Aber er war ein Mann und gehörte dem Werk. Die Frau war immer Helferin ... Wenn sie Mannswerk tat, so mußte es nebenher geschehen, ohne die dem Mann zustehenden Rücksichten und Rechte."

Kurz war schon Mitte vierzig, als sie nach wechselnden, teils beengten Familienbehausungen eine eigene Wohnung in Florenz bezog. Nun war die Rettung ins Werk nicht mehr Flucht, sondern Dialog mit „dem unsichtbaren geflügelten Freund", dem „Helfer und Tröster, dem Eifersüchtigen und Vielverlangenden". Mit ihm schuf sie sich ein als männlich imaginiertes Du, eine hybride Kreuzung aus Muse und Schutzgeist, Genius und Dämon. Dieser „Andere“, ein Doppelgänger ihres geistigen Selbst, vertrat die Stelle eines realen Geliebten. Isolde Kurz hat nie geheiratet, obgleich sie Gelegenheit dazu gehabt hätte. Dazu findet sich ein aufschlußreicher Kommentar in ihrer Autobiographie: „Die Liebe ... hat wohl nie im Leben der schöpferischen Frau eine bleibende Stätte. Zwei Götter können sich nicht nebeneinander vertragen. Der Eros will seine Beute ganz und der Genius ebenfalls. Und der Eros bringt für die Frau unausweichlich die Dienstbarkeit mit, das Wesen des Genius aber ist Freiheit. Wie anders liegt der Fall für den schaffenden Mann!“

Die Dichterin, die in der Ehe „die eine noch übrig gebliebene Form der Leibeigenschaft sah“, hat ihre Entscheidung für den „Anderen“ offenbar nie bereut. „Wenn ich an all die Stunden zurückdenke, wo ich wonnevoll berauscht über meinen wachsenden Gebilden saß, so muß ich mir selber gestehen, daß ich zwar niemals eine Stunde im Leben glücklich gewesen bin, aber oft genug selig“, schreibt sie als Greisin. Es brauchte allerdings eine lange Hinführung, ehe die Schriftstellerin Kurz, frühreif, aber spätberufen, 1888, mit 35 Jahren, ihren ersten Band Gedichte veröffentlichte. Sie wurden gut aufgenommen von der Kritik, ihre Formstrenge als außergewöhnlich bei einer Frau gerühmt. Ein Jahr später erschienen die „Florentiner Novellen“ als erstes Werk aus der Welt der italienischen Renaissance, die Kurz den Stoff für viele ihrer schönsten Texte lieferte. Sie wurden damals in die Nachfolge der Novellistik von Conrad Ferdinand Meyer gestellt, wogegen sich die Autorin verwahrte.

„Ich war niemands Schülerin, nur immer Schülerin der Natur und des Lebens ... Ich blieb allein, unabwendbar und vollkommen allein, ohne Vorgänger noch Hintermann.“

Da sie sich als Ausnahme erfahren hatte und als solche stilisierte, will sie keine literarischen Vorbilder kennen, außer Maupassant, will keiner Bewegung, keiner Schule angehören. Ganze Kultur-Epochen sind an ihr vorbeigezogen, Naturalismus, Impressionismus, Expressionismus, ohne daß sie sich davon beeinflußt glaubte. Hohe überzeitliche Kunst und Zeitgenossenschaft sind unvereinbar in ihren Augen. Der einzige, von dem sie „eine unmittelbare geistige Einwirkung erfahren" haben will und mit dem sie künstlerische Ideen austauschen konnte, war Adolf Hildebrand. Der Bildhauer residierte mit seiner Familie im prachtvollen Kloster von San Francesco, am Bellosquardo gelegen, wo Isolde Kurz oft Anregung und Zuflucht fand. Sie teilte seinen Glauben an naturgegebene ästhetische Gesetze, jenseits aller Geschichtlichkeit.

Aber auch sie war eine Tochter ihrer Zeit, auch sie kannte Jacob Burkhardts berühmtes Werk, das die Renaissance als Zeit des Umbruchs neu definierte. „Traumartig und doch wahr" erstanden ihr die Gestalten der Vergangenheit als Gegenbilder zur eigenen, zivilisationsgeschädigten Gegenwart. Sie hatte Nietzsche gelesen, wie ihre Mutter, deren philosophische Neugier stets neue Nahrung suchte. In der „Stadt des Lebens" erstehen die überlebensgroßen Menschenbilder aus dem Florenz der Mediceer im Spiegel ihrer Imagination. „Die italienische Renaissance ... stellte neben ihre großartigen Männergestalten fort und fort ebenbürtige, herrliche Frauen, die teils sichtbar, teils unsichtbar in das Ringen der Zeit eingriffen ... Niemand nannte diese Frauen unweiblich, denn es war gerade die Entfaltung ihrer weiblichen Natur, die sie berechtigte, neben die Männer zu treten, wie siegverleihende Göttinnen neben ihre Heroen."

Es gelingt der jungen Autorin, aus dem historischen „Plasma" auf ganz eigene Weise weibliche Schicksale herauszutreiben. In der Novelle „Anno Pestis" nimmt die betrogene Heldin am Zerstörer ihres Lebens Rache, indem sie ihn durch einen Liebesakt mit der Pest, an der sie erkrankt ist, infiziert.

Ein solches Motiv, das die Frau als aktiv Handelnde, als todbringende Verführerin zeigt, wurde von der Kritik als zu kühn, zu unweiblich empfunden aus der Feder einer Frau.

Ein paar Jahre später erschienen die „Italienischen Erzählungen", angeregt durch den Kontakt mit den „kleinen Leuten", die Isolde Kurz kannte aus der Poliambulanz, in der ihr Bruder mittellose Patienten betreute. Obgleich eine Gegnerin des Naturalismus, schließt sie nicht aus, damit einer „Welle der Zeitströmung" gefolgt zu sein. Detailscharf, ungeschminkt und ungeziert schildert sie die alltägliche Originalität und die Menschlichkeit des toskanischen Volkes. An diesen psychologisch spannenden Geschichten entwickelt sich ihr poetischer Realismus. Eine der packendsten, „Unsere Carlotta", zeichnet das Bild einer Verbrecherin aus verlorener Ehre, die nur eine Dienstmagd aus dem toskanischen Hügelland ist und dennoch nach antikem Tragödienmaß modelliert scheint. Nichts an ihr gemahnt an ein „schuldlos duldendes weibliches Opfer".

Wo aber das ewig Weibliche seinen Platz behauptet, opfert auch Isolde Kurz den alten Göttern. Der amerikanische Literaturwissenschaftler Timothy Bennett, Verfasser einer 1990 erschienenen Studie über die Kurzschen Novellen, vertritt die Meinung, daß in ihren Texten „zwei disparate Stimmen" zu hören seien. „Sie sieht die weibliche Unterdrückung als ein kulturelles Phänomen und vermeidet dadurch, die politische und historische Unterdrückung von Frauen zu reflektieren ... Paradoxerweise versucht sie mit dem Entwurf eines Mythos weiblicher Vitalität eine Subversion der patriarchalen Autorität, aber letztlich wird sie das Opfer der beharrenden Kraft der mythischen Sprache selbst." Bennett bemängelt, daß Kurz keinen „politischen Diskurs" entwickelte, der sie befreit hätte von den unbewußten Zwängen der patriarchalen Weiblichkeitsbilder. Gerade Kurz, die Kunst als zeitlos versteht, deren Poetik sich jeder gesellschaftlichen Rückbindung verweigert, mußte der verführerischen Macht der alten Bilder verfallen, die jene Modelle weiblicher Bestimmung verewigen, gegen die sie in ihren essayistischen und autobiographischen Texten engagiert anschreibt. Sie steht nicht allein mit diesem Widerspruch. Auch entschiedene Vorkämpferinnen für die Frauenrechte wie Hedwig Dohm oder

Helene Böhlau erlagen in ihrem erzählenden Werk den traditionellen kulturellen Mustern und Mythen.

Um die Jahrhundertwende werden in den nun zahlreichen Romanen von Schriftstellerinnen die Konflikte der kreativen Frau mit der herrschenden bürgerlichen Weiblichkeitsideologie intensiv thematisiert. Auf der Suche nach neuen Entwürfen, einer neuen weiblichen Mythographie greift Isolde Kurz auf Vorbilder aus der jüdisch-christlichen Mythologie zurück und veröffentlicht 1908 das faszinierende Vers-Epos „Die Kinder der Lilith". Lilith, nach der Überlieferung die erste Frau Adams, wird ihm von Gott zur Seite gegeben als beflügelndes Wesen. Was die Autorin zur Charakterisierung ihrer Mutter sagt, könnte auf diese mythische Gestalt bruchlos übertragen werden: „Ihr natürliches Amt war einzig, höheres Leben zu entzünden, wachzuhalten und zu verbreiten."

Adam jedoch wünscht sich eine weniger anspruchsvolle Gefährtin, Fleisch von seinem Fleisch, und also schafft ihm Satan aus seiner Rippe Eva. Diese Dienerin, „Bein von seinem Bein ... zu ihm gekehrt, geborgtes Licht empfangend", verdrängt die Licht- und Luftgestalt Lilith: „Verderberin, unwissend schuldige, / In Schmerz und Mühsal tiefgeduldige, / Zieh du mit ihm und sei ihm untertan."

Die Dichterin erzählt die Schöpfungsgeschichte auf ihre Weise. Adam verkörpert gegenüber Lilith, dem Geistwesen, das erdgebunde Prinzip, die Materie, was der biblischen Vorlage widerspricht. Eva ist bei ihr kein Gottesgeschöpf, sondern das Werk des Teufels, eine mindere, abgeleitete Form des Weiblichen. Obgleich Kurz mit der Figur der Lilith dem Weiblichen einen ebenbürtigen Platz einräumt, schafft sie es nicht, ihre weibliche Kosmogonie zu vollenden. Denn die symbolische Spaltung der Frau in die hohe und die niedrige, die Geistige und die Sinnliche vermag sie nicht aufzuheben, sie verstärkt sie sogar durch die Abwertung der Figur der Eva. Letztendlich bleibt die männliche Suprematie unangetastet, denn es ist der Sohn der Lilith, der das „wölfische" Adamsgeschlecht erlöst. Die Frau hat nur als Mutter eine mediale, eine indirekte Möglichkeit zur Transzendenz.

Die „zwei disparaten Stimmen“ sind auch hier und andernorts im Werk von Kurz deutlich zu vernehmen.

Das Versepos stieß bei der Kritik auf massive Ablehnung. „Die männliche Bequemlichkeit, die in dem Evastyp über Küche und Alkoven ihre Bedürfnisse erfüllt sah, schnob vor Entrüstung.“

Schon in der 1905 erschienenen Aphorismensammlung „Im Zeichen des Steinbocks“ ist eine gewisse Radikalisierung der Autorin in der Geschlechterfrage festzustellen. „Gibt es etwas Dümmeres als das Protzen auf sein Geschlecht? Kann sich ein geistreicher Mann auf eine Eigenschaft etwas einbilden, die er mit unzähligen Nullen gemein hat?“ Was die Frau wert ist, darüber „kann man erst reden, wenn sie endlich als ein Gestirn erscheint, das sich um seine eigene Achse dreht“. Kritisch äußert sie sich auch über Nietzsches Haltung zu den Frauen. „Die Werte, die er umwerten wollte, kleben noch an ihm fest, er ringt mit ihnen, bald wird er Meister über sie, bald sie über ihn.“ Auch sie selbst trägt „die Spuren der alten Ketten“, wenn sie zum Auftakt des Buches in einem Gedicht die alte Geschlechtersymbolik beschwört: „Es wird Natur, die dunkeläugige Braut, / Dem Geist, des Lichtes hohem Sohn, getraut.“

Es sind die „tiefsprudelnden Quellen einer klassisch-humanistischen Bildung“, von denen sie allein „die innere, lebenswirkende Kraft“ der Zukunft erwartete. Dieses kulturelle Erbe fesselte ihre Phantasie, überlagerte eine weibliche Imagination, die zwar auch in den Themen und Gestalten ihres Werkes zur Wirkung kommt, aber mehr noch in dessen ethischer Dimension, die alles Lebendige umschließt. Wie in ihrem Sinngedicht „Das bist du“.

„Aus geheimstem Lebensgrunde / Raunt es mahnend immerzu: / Schlag dem andern keine Wunde, / Denn der andre – das bist du!

Wie du kränkst, so mußt du kranken, / Unser Ich ist Wahn und Pein. / Schließ' in deiner Selbstsucht Schranken / Alles, was da atmet, ein.“

Im Jahr 1911 war Marie Kurz, die geborene Europäerin, die Pazifistin gestorben. Nicht in Italien, dem Land, das sie liebte, sondern in München, wo ihre Tochter künftig leben sollte. Der untergründige Kraftstrom zwischen Mutter und Tochter, der Energie und Störung in Leben und Werk der Tochter gebracht hatte, versiegte. Schon mit dem plötzlichen Tod der beiden Brüder Edgar und Alfred im Jahr 1904 bzw. 1905 war Florenz als Lebensmittelpunkt der Familie verloren gegangen. Mehr als drei Jahrzehnte hatte Isolde Kurz unter den Privilegierten einer kosmopolitischen Kunstwelt in Florenz gelebt. Das zunehmende Säbelgerassel im deutschen Kaiserreich war dort nur gefiltert zu vernehmen. In den 1910 erschienenen „Florentinischen Erinnerungen" huldigt Isolde Kurz der „stillen Königin" als dem Ort, an dem die Lebenden und die Toten gleichberechtigt Bürgerrecht genießen. Sie widmete das Buch dem Arzt Carlo Vanzetti, dem „brüderlichen Freund", dem Kollegen des Bruders und Vertrauten der ganzen Familie. Er war der italienische Stützpunkt in den „sieben schweren Notjahren", in denen sie mit der Mutter zwischen den Gräbern in Italien und dem letzten, in München lebenden Sohn Erwin hin und her irrte.

Heimat hatte Isolde Kurz stets im Plural wahrgenommen, Nation immer im Singular. Schon 1912, als sie nach einer hellenischen Totenfeier für die Mutter am Strand von Forte dei Marmi nach Deutschland heimkehrte, um sich endgültig in München niederzulassen, ahnte sie die heraufziehende „Weltkatastrophe", den gefürchteten „Waffengang zwischen den beiden Ländern ihrer Liebe". Die Umsiedlung begleitete eine patriotische Wende, eine vaterländische Rückbesinnung, die einer Selbstvergewisserung gleichkam.

„Ich hatte mich unterdessen in München fest angesiedelt und beherzigte den Rat, mich immer enger an das Eigene anzuschließen. Die Umstellung fiel mit einer völligen Neugeburt zusammen." Sie war zu einer hochgeschätzten „deutschen Dichterin" geworden, die ihren Platz unter den zeitgenössischen Autoren behaupten durfte. „Mit ihren ‚Neuen Gedichten' hat sich Isolde Kurz in die Reihe der wenigen großen Meister der Lyrik gestellt ... Ihre Dichtungen atmen die satte Ruhe erfüllter Kraft", rühmt Theodor Klaiber 1905. Im selben Jahr erhielt Isolde Kurz die „Goldenen Medaille für Kunst und Wissenschaft" der württembergischen Krone. Ihre stiefmütterliche Heimat hatte der Dichterin längst Genüge getan. Im Beisein des Königspaars verlieh ihr die Universität Tübingen 1913 die Ehrendoktorwürde, als der ersten Frau überhaupt.

Das Jahr 1913 brachte Isolde Kurz auch die lange erträumte Reise nach Griechenland, in Begleitung ihres Jugendfreundes Ernst Mohl, der aus Rußland nach München zurückgekehrt war und ihr bis zu seinem Tod zur Seite stand. Mit ihm erwanderte sie im Sommer 1914 „Cheruskaland". Das waren Begegnungen an historischer Stätte mit dem griechisch-germanischen Doppelmythos, der ihre Jugend überwölbt hatte. Als der Erste Weltkrieg ausbrach, waren „alle ihre Gedanken auf Deutschland gerichtet". Ihr Interesse galt nun den „Taten der Väter", sie entdeckt „Cheruskaland", „das Wunder Deutschland", „ein großes Volk". In den ersten Augusttagen 1914 verfaßt Kurz ein Gedicht, das, so glaubt sie, die Jugend von ihr erwartete: „Schwert aus der Scheide". Die erste Strophe enthält die Warnung vor dem Gebrauch des Schwertes, in der zweiten Strophe wird noch der „holde Friede" beschworen, doch in der dritten, unter dem Ansturm der neidischen Feinde, muß das germanische Schwert „sein Amt" tun.

„Wer bleibt uns treu? Unser Gott allein
Die Erde zuckt und der Himmel flammt.
Schwert, nun tu' dein heilig Amt.
Schwert aus der Scheide."

Nachträglich, in der 1938 veröffentlichten Autobiographie, im Vorfeld eines neuen Weltkriegs, versuchte Isolde Kurz eine Rechtfertigung. „Das Gedicht mit seinem balladenhaften Charakter verbreitete sich im Fluge. Es wurde von allen Blättern nachgedruckt, unzählige Male vorgetragen, vertont, gesungen ... auf Postkarten verkitscht. Sah ich aber näher hin, so war es zumeist mißverstanden worden: sie nahmen es für den Ausdruck des Kriegswillens ... Als ich den ersten Kriegsverstümmelten sah, dachte ich an das Lied, und ich meinte, in die vorwurfsvollen Augen meiner Mutter zu blicken, die jeden Krieg, auch den gerechtesten verwarf."

Im Herbst 1914 verfaßte Kurz ihr vielleicht populärstes Gedicht, das häufig den Weihnachtspäckchen an die Soldaten ins Feld beigelegt wurde: „Der Bund Deutscher Frauenvereine bat mich, ein aufmunterndes dichterisches Wort an die Frauen des Volkes zu richten ... Ich schrieb das Gedicht ‚Die deutsche Mutter'. Hier gab es wieder zwei Stellen, die mich innerlich bedrängten: ‚Mutter, wann kehrt der Vater nach Haus – Wann die Ernte geholt unser Fleiß. Er zog zum Ernten nach Frankreich hinaus, Dort sichelt er rot und heiß.'"

Die deutsche Dichterin war zur Kriegsdichterin geworden. „Unsere gefeierte Mitarbeiterin" wird sie in den „Süddeutschen Monatsheften" tituliert, die im ersten Kriegsjahr einen offenen Brief von ihr an den französischen Abgeordneten Vaillant abdrucken. Darin warnt sie den Sozialisten und Jugendfreund der Familie Kurz vor blindem Völkerhaß und rühmt gleichzeitig das eigene Volk für seine „mystische", kampfbereite Vaterlandsliebe. Als junges Mädchen war sie zwei Jahre nach dem Krieg von 1870 bei Vaillants gutbürgerlicher Familie monatelang zu Besuch gewesen und hatte im besiegten Frankreich nie „ein unfreundliches Gesicht noch verletzendes Wort" zu hören oder zu sehen bekommen. Doch das erzählt sie erst 1918, in ihren Jugenderinnerungen, als der verheerende, verlorene Krieg den allgemeinen Hurra-Patriotismus abgekühlt hatte.

Isolde Kurz war nicht die einzige, die in lyrische Militanz verfiel. Die Zahl der Kriegsgedichte von 1914 ging nach heutigen Schätzungen in die Hunderttausende. Der Nationalpatriotismus und die

Kriegsbegeisterung erfaßten Philosophen, Ästheten und Poeten gleichermaßen, und gerade sie betrieben die ideenpolitische Stilisierung des Krieges. Theodor Heuss hat in seiner Würdigung des Werkes von Isolde Kurz zu ihrem 65. Geburtstag im Kriegsjahr 1918 gerade den Band mit ihren Kriegsgedichten hoch gelobt: „Wenige unserer Dichter sind heute so kühn, daß sie so große gedankliche Bildungen wagen konnten und durften, wie Isolde Kurz in der letzten Sammlung ‚Schwert in der Scheide' [sic!], da sie mit wunderbarer geistiger Freiheit und in packender Wucht der Sprache vom Krieg redet ... da sie ‚jenseits des Blutstroms' aber ergreifende Töne für das die Menschen gemeinsam bindende Ethos findet."

Von den Kriegsgedichten, die sie 1916 in einem Bändchen herausgab, hat sie allerdings nur dieses eine, „Jenseits des Blutstroms", in die Gesamtausgabe ihrer Gedichte von 1925 aufgenommen. Darin besingt sie ihr Haus am Meer, die Zeiten des Glücks und den italienischen Freund, der nun, nach dem Kriegseintritt der Italiener, auf der Seite der Gegner steht: „Wir Feinde? Nimmermehr! Was auch geschehe, Nie, nie verlernt's die Seele, dich zu lieben."

„Blut", identitätsstiftendes Symbol der völkischen Gemeinschaft, war für Isolde Kurz nicht stärker als die Liebe. Blinden Völkerhaß hat sie nie gepredigt, und der Schmerz über die Entzweiung mit dem geliebten Süden machte sie am Ende des Krieges zu einer Agentin der Verständigung. Im Jahr 1919 veröffentlichte sie ihren Vortrag über „Deutsche und Italiener". „Isolde Kurz gibt meisterhafte Analysen des italienischen Wesens, sine ira et studio, anschaulich in der gedrungenen Klarheit ihrer Beispiele, unpolemisch, doch sehr ernsthaft." Auch dies ist ein Zitat von Theodor Heuss und liefert, mit dem vorigen zusammengelesen, ein Beispiel für die ethischen Ambivalenzen der deutschen Intelligenzija zwischen Kriegspathos und Niederlage. Nicht ihre Kriegsgedichte wurden Kurz in den folgenden Jahren zum Vorwurf gemacht, sondern ihre Verflechtungen mit der europäischen Kultur, die ihr immer wieder als „Ausländerei" angekreidet worden sind.

Die literarische Mobilmachung der Schriftstellerinnen im Ersten Weltkrieg irritiert uns heute weit mehr als die ihrer männlichen Kollegen. Schon lange vor 1914 hatten sie eine emanzipatorische Selbstaufwertung durch heroische Frauenbilder erprobt. Auch Isolde Kurz imaginiert sich in ihrem Werk als Kassandra, Diana, Antigone, Pallas Athene, Brünnhilde. Solche Heroinen waren mit dem bürgerlichen Modell der Gattin und Mutter nicht kompatibel, aber manche ließen sich in Dienst nehmen als ideologisches Material, mißbrauchen für ein nationalistisches Programm. Germania, „die Mutter Deutschlands", ist das Inbild einer solchen Identifikationsfigur, in der kämpferische Mutterschaft und eine ins Heldische pervertierte, weibliche Opferbereitschaft allegorisch überhöht werden. In den Frauenromanen des Nationalsozialismus wird dieser heroische Muttermythos fortgeschrieben: Die wahre, die autonome Mutter ist hier die Mutter des gefallenen Helden.

Dieser Entwicklung hat sich Isolde Kurz verweigert. Während der Weimarer Republik, dieser von politischen und sozialen Konflikten zerrissenen Zwischenkriegszeit, war 1925 eine sechsbändige Gesamtausgabe ihrer Werke erschienen, aber die aktuelle Kritik interessierte sich weit mehr für die literarischen Inszenierungen einer neuen Frauengeneration. Doch ihr bürgerliches Publikum, gerade das weibliche, schätzte ihren ästhetischen Traditionalismus. Ihre Lesergemeinde wuchs.

Kurz veröffentlichte in den zwanziger Jahren rund ein Dutzend neuer Werke, darunter den farbensatten Renaissanceroman „Nächte von Fondi". Italien und die „Stadt des Lebens" blieben die unversieglichen Quellen ihrer poetischen Imagination. Im Jahr 1924 erhielt sie durch die Bemühungen ihrer Freunde, darunter Heinrich Braun, der jüdische Sozialist, das vom italienischen Staat konfiszierte Haus in Forte dei Marmi zurück, in dem sie nun wieder einen Teil des Jahres verbrachte. Das Unbewußte, das Irreale, das Land der Träume faszinierte sie immer stärker und verleiht den „seltsamen Geschichten" aus der „Stunde des Unsichtbaren" eine magische Aura. In der

Novelle „Solleone" beschwört sie aufs neue, wie schon in früheren Texten, das Unheimliche als meridionale Naturgewalt. Die Geisterstunde des Südens schlägt nicht um Mitternacht, sondern am hohen Mittag, wenn die „Löwensonne" im Zenit steht und die Natur zum Verstummen bringt. Dann treten dem, der wie der Dichter zu sehen vermag, die Gestalten der Vergangenheit ins Leben, den andern aber droht Selbstverlust und Tod.

Am Ende dieses an Werken so reichen Jahrzehnts gelang Isolde Kurz 1931 ihr Opus magnum, der Roman „Vanadis. Der Schicksalsweg einer Frau". Er wurde ihr größter publizistischer Erfolg. „Diese Grand Old Lady des poetischen Realismus verfaßte in hohen Greisenjahren den bedeutenden, teilweise autobiographischen Entwicklungsroman ‚Vanadis' – ein Werk, das die zwischen Liberalismus und Nationalismus schwankende Seelenlage mancher später Realisten ausgezeichnet widerspiegelt", schreibt Ernst Alker in seiner 1969 erschienenen Geschichte der „Deutschen Literatur im 19. Jahrhundert".

Vanadis ist einer der Namen von Freya, der Göttin der Jugend, der Schönheit und des Todes aus der nordischen Mythologie. Die Titelheldin wird in ihrer schlanken Anmut mit Diana verglichen und trägt manche Züge des Mädchens Isolde, ihre Wißbegierde und Klugheit, ihren Mut, ihren Drang zu geistiger Unabhängigkeit. Sie ist, in noch weit höherem Maße als diese, ein Ausnahmegeschöpf. Mutterschaft ist kein zentrales Thema des Romans, denn Vanadis ist nicht nur kinderlos, wie die Autorin, sie ist auch mutterlos. Diese Leerstelle im epischen, autobiographisch unterlegten Familiengemälde läßt ein Tabu vermuten. Dafür hat Vanadis zwei Väter. Der leibliche, ein Professor für germanische Mythologie, der im Wahn endet, erlaubt der Autorin nicht nur eine Entidealisierung des eigenen Vaters. Sie dekonstruiert in dieser Figur, bewußt oder unbewußt, ihre eigene Germanentümelei und in dem durch Selbstmord endenden ältesten Bruder der Vanadis „das irrende Rittertum des Idealismus", eine verstiegene, leibferne Geistigkeit. Den zweiten Vater, Baron Solmar, einen reichen, kunstsinnigen Verehrer ihrer verstorbenen Mutter, heiratet Vanadis, um aus ihrer familiären Misere herauszukommen, und führt mit ihm in Florenz eine Josephsehe in luxurierender Schönheit. Die jungfräuliche Vanadis, „Iris Florentina", die einem präraffaelitischen Gemälde entstiegen scheint, liebt ihren Ziehbruder Roderich, einen schwerblütigen, ungestalten, erfolglosen, aber genialen Maler. Er porträtiert sie immer wieder als sterbende Amazone, im Arm des behelmten Kriegers, mit der Kampfwunde, der Liebeswunde an der Brust. Es ist der Penthesilea-Mythos, in die Moderne transferiert. Denn beim ersten Liebesakt mit dem Ziehbruder hat Vanadis eine Wunde an der Brust davongetragen, die nach innen wuchert und eine Amputation nötig macht. Nicht nur das Amazonenmotiv wird dadurch verstärkt. In einer symbolischen Verschiebung läßt sich die Wucherung als eine entartete Schwangerschaft lesen. Statt des Kindes wächst in Vanadis ein Geschwür, an dem sie stirbt. Das weibliche Begehren, die vom Inzest bedrohte Sexualität, führt zu Schuld und Tod.

Der Roman, im Jahr 1988 im 492. Tausend neu aufgelegt, wurde von Teilen der Frauenbewegung kritisiert: „So bleibt doch am Ende leise Traurigkeit, wehe Enttäuschung zurück: daß ein so reich hochbegabter Mensch wie Isolde Kurz lebt und schafft, als lebten wir um 50 oder 100 Jahre früher", klagt Helene Stöcker. Einer enttäuschten Verehrerin, der Vanadis nicht aktiv genug war, entgegnet die Autorin, Vanadis sei keine praktische Natur, auch wenn es ihr gestattet gewesen wäre, hätte sie keine Reichstagsreden gehalten oder Frauenvereine gegründet. Wesentlich sei für sie, im Sinne Hildebrands, die „Produktivität": „Die innere nämlich, die lebenerschaffende, auf die Umwelt wirkende Fülle."

Vanadis ist keine „neue Frau" und keine Frau der Tat. Im übrigen entsprach diese verwöhnte Heilige in nichts dem nationalsozialistisch propagierten Frauentyp, zumal Kurz Mutterschaft ausblendet oder sogar negativ besetzt. Der Roman war nach Inhalt und Stil, in seinem Bemühen um edle Charaktere und Geistesadel, unzeitgemäß. Gerade daraus läßt sich nicht nur sein damaliger Erfolg erklären, sondern auch die hohe Wertschätzung in der Nachkriegsrezeption.

Kurz hat ihrer Heldin nicht gewährt, was sie selbst erreichte: ein eigenes Werk. Vanadis bleibt das Modell, die „ewige Geliebte", die Künstlerproblematik wird auf den Halbbruder projiziert. Den überhöhten Selbstanspruch kann sie am Ende nicht anders einlösen als durch das notorisch weibliche Selbstopfer. Dem Roman und seiner Titelfigur sind die Widersprüche eingeschrieben, mit denen sich eine Autorin der Wendezeit vom neunzehnten zum zwanzigsten Jahrhundert konfrontiert sah. Daraus gewinnt der Roman seine Modernität. Entlang dieser Brüche, die dem häufigen Namenwechsel der Protagonistin folgen, dieser Inkohärenz einer Heldin, die alles kann und der nichts gelingt, entwickelt Kurz die für sie zentrale Problematik der Identität. „Das Leben ist widerspruchsvoll, und im Dichter, der tausend Leben lebt, kreuzen sich die Widersprüche tausendmal."

Wenige Jahre nach „Vanadis", 1938, veröffentlichte Isolde Kurz ein letztes, groß angelegtes Werk, den Lebensrückblick „Die Pilgerfahrt nach dem Unerreichlichen", den sie den „Mächten der Liebe" widmet. In einer vergleichenden Studie der beiden letzten großen Texte ließe sich leicht aufzeigen, wie sich Autobiographie und Fiktion verschränken, Entwurf und Bilanz eines Lebens spiegeln und korrigieren. Nicht nur Motive und Ideen, sondern konkret Familienmitglieder und Freunde, Schauplätze und Ereignisse wechseln aus dem Erlebten ins Erdachte. Der Palazzo zum Beispiel, den Vanadis mit ihrem Sammler-Gatten bewohnt, ist nach den Residenzen der beiden Künstler Hildebrand und Böcklin modelliert. Wunsch und Wirklichkeit amalgamieren sich zu einem Fresko, mit dem am Ende eines langen Lebens Ängste ausgetrieben, Verluste gerettet und Sinn geschaffen wird.

Isolde Kurz gehörte im Dritten Reich, wie neben ihr nur Ricarda Huch, die offen gegen das Regime protestiert hatte, zu den

„tolerierten Häretikerinnen". So formuliert es Godele von der Decken in ihrer umfassenden Studie über nationalsozialistische Frauenliteratur mit dem Titel: „Emanzipation auf Abwegen": „Beide sind im Dritten Reich anerkannt, werden stolz zum Erbe der Frauenliteratur gerechnet... Obwohl in ihren Gesellschaftsromanen (teils) ähnliche Elemente verwendet werden, sind ihre Werke doch mit denen der anderen Autorinnen nicht zu vergleichen. Der entscheidende Unterschied liegt in der Erzählstrategie. Bei Huch und Kurz wird die Realität aus den wechselnden Perspektiven der Figuren skeptisch beleuchtet. Das Literaturverständnis der Schriftstellerinnen enthält also ein aufklärerisch-humanistisches Element und unterscheidet sich darin deutlich von dem des Nationalsozialimus."

Isolde Kurz war 1933, bei der Machtübernahme der Nationalsozialisten, achtzig Jahre alt. Sie wurde im selben Jahr in die Deutsche Akademie der Dichtung in Berlin aufgenommen, wie sich nun die ehemalige Abteilung (bis 1931 Sektion) Dichtkunst der Preußischen Akademie der Künste nannte, aus der nach ihrer politischen Gleichschaltung Ricarda Huch unter Protest ausgetreten war. Doch die öffentliche Feier zum Geburtstag von Isolde Kurz im Dezember wurde abgesagt, offenbar weil sie im Jahr 1931 dem „Weltfriedensbund der Mütter und Erzieherinnen" beigetreten war. Ihre Mitgliedschaft in der Reichsschrifttumskammer, von der das Recht auf jede weitere Berufsausübung abhing, war unvermeidbar für eine Schriftstellerin, die vom Schreiben lebte. Aber es ist nicht auszuschließen, daß Isolde Kurz sich anfangs geehrt fühlte durch die neue Wertschätzung. Später sollte sie in den neugegründeten Reichskultursenat gewählt werden. „Sie wollte nicht hinein. Aber sie wagte auch nicht zu refüsieren", beschreibt Kasimir Edschmid ihre Haltung. Auch Kurz hat, wie die anderen Akademiemitglieder, ihren Tribut geleistet mit einem Gedicht zu Hitlers 50. Geburtstag. Immerhin fällt auf, daß sie, die in den zwanziger Jahren und davor zahlreiche Beiträge in Zeitungen und Zeitschriften veröffentlicht hatte, nach 1933 kaum noch etwas der gleichgeschalteten Presse zum Druck gab. Das Regime, das sich gerne mit den wenigen nicht ausgetriebenen Autoren von Bedeutung schmückte, hat Isolde Kurz 1943, zu ihrem 90. Geburtstag, die Goethe-Medaille für Wissenschaft und Kunst verliehen.

Isolde Kurz war keine Anhängerin des Nationalsozialismus und seiner Rassenideologie. Das ethische Erbe ihrer Mutter stand dagegen, ihr elitäres Selbstverständnis und ihre Verankerung in der klassisch-humanistischen Kultur. Doch das Ideengut des Bildungsbürgers ließ sich von der NS-Ideologie geschickt instrumentalisieren. Elemente dieses Wertekanons, der scheinbar apolitisch, gerade von den lesenden Frauen des Bürgertums akzeptiert wurde und damit systemstärkend wirkte, finden sich auch bei Isolde Kurz. Die Frau, schreibt sie im Kommentar zu ihrem Roman „Nächte von Fondi", verkörpere „gegenüber dem Zeitgeist ... die höhere Macht der sittlichen Idee".

In ihrer rund 700 Seiten starken Autobiographie von 1938 erscheinen die letzten zwei Jahrzehnte nur als Abbreviatur. Dieses Schlußkapitel ist gezeichnet von den Erfahrungen der Niederlage im Ersten Weltkrieg und von den sozialen Konflikten der Weimarer Republik. In Italien begrüßt sie Mussolini als einen Nachfolger Garibaldis. In Deutschland erhofft sie sich von der neuen Regierung außenpolitisch ein Ende der Schmach, innenpolitisch neue Kraft und Ordnung. Durch den Anschluß Österreichs 1938, in dem sie das Ziel der Achtundvierziger und den Traum ihres Vaters von einem geeinten großen Deutschland realisiert sieht, glaubt sie den Frieden garantiert, ein Jahr vor Kriegsausbruch, den sie diesmal nicht vorausahnte. Im letzten Kapitel ihrer Autobiographie läßt sich verfolgen, wie die innere Zensur arbeitet, wie Begriffe sich verschieben, abrutschen in ein nationalistisches Bedeutungsumfeld. Doch das emanzipatorische Potential, das in ihrem Protest gegen die Abwertung der Frau zum Ausdruck kommt, läßt sie sich nicht abhandeln:

„Kaum dürfte je die Frau in Deutschland niedriger gestanden haben als im letzten Drittel des vorigen Jahrhunderts ... Eine Pflicht zur Ausbildung der Töchter kannte weder der Staat noch die Familie ... Erwachsen hatte ein solches Mädchen keine dringendere Aufgabe, als sich nach dem künftigen Ernährer umzusehen ... So blieb nicht nur der Geist der Frau völlig unterentwickelt und in einen umlaufenden Kreis von Kleinigkeiten gebannt, auch ihr Seelenleben war entwürdigt. Schlimmer noch war es, daß dieses öde, verkümmerte Gebilde als Idealbild der deutschen Frau die bürgerliche Gesellschaft beherrschte. Gehe ich fehl, wenn ich die Gestalt des Gretchens dafür mit verantwortlich mache? Der Gretchenkult war ein allzu bequemer, man konnte ihr in Hemdsärmeln dienen, sie stellte keine kulturelle Forderung an den männlichen Partner und erhöhte sein Selbstgefühl durch ihre tiefe Unterworfenheit. Doch auch dem Mann ist mit der Entwertung der Frau nicht gedient ... Da die Menschheit ein Ganzes ist ... so mußte durch die Verkümmerung des einen Geschlechts das andere mit geschädigt werden und mittelbar die ganze Nation treffen."

Das schreibt Isolde Kurz im ersten Kapitel ihrer Autobiographie. Eine so scharfe Analyse ist erstaunlich zu einem Zeitpunkt, da das „Gretchenideal" als Teil der nationalsozialistischen Weiblichkeitsideologie neuen Glanz gewonnen hatte. Und sie folgert: „Solche Wesenszüge strömen aus der Dichtung ins Leben über und bauen das Wunschbild, dieses hilft die Wirklichkeit bauen." Die Dichterin der überzeitlichen, unpolitischen Kunst hatte nun, am Ende ihres Lebens entdeckt, daß die literarische Produktion, wenn sie nicht dem Zeitgeist verpflichtet ist, doch Identifikationsmuster und Rollenbilder, Denk- und Gefühlshaltungen vermittelt, die politische und soziale Folgen haben. Noch Jahrzehnte nach ihrem Tod, bis in die sechziger Jahre wurde Isolde Kurz gelesen, neu aufgelegt, wurden Dissertationen und Studien über sie verfaßt. Doch dann gerieten sie und ihr Werk in Vergessenheit, während die Frauenforschung andere Autorinnen ins Licht holte. Im letzten Jahrzehnt ist sie von der Literaturwissenschaft wieder entdeckt worden. In ihrem komplexen Werk, das viele Deutungen zuläßt, kann man den eigenwilligen Widerhall der Ereignisse und Konflikte ihrer Zeit deutlich vernehmen, wiewohl sie sich selbst als unpolitisch versteht. Sie kommentiert sogar direkt in ihren zahlreichen Zeitschriftenbeiträgen das politische Geschehen und die gesellschaftlichen Entwicklungen. Isolde Kurz war eine eminente Zeitzeugin, auch wenn sie in ihren gelungensten Erzählungen ihrem Credo von der Zeitlosigkeit der Kunst eine Stimme gibt. Nichts würde ihr weniger gerecht, als daß man sie im Sedimentgestein literaturwissenschaftlicher Ordnungen dem Vergessen überließe.

Zu ihrem 90. Geburtstag schrieb ihr Theodor Heuss eine der schönsten Würdigungen:

„Isolde Kurz hat fast vier Jahrzehnte in Florenz gelebt... Das wurde zum Mutterboden eines großgearteten Individualismus, der nichts von banalen Konventionen wußte... Isolde Kurz paßt nicht in die Größenmaße einer genormten Literaturkartothek; die Eigenwüchsigkeit ihres Wesens sperrt sich gegen die Begriffe, die eine Richtung, eine Schule, einen Typus umschreiben wollen. Sie kennt die Kraft des durchgefeilten Aphorismus wie das verschwebende Spiel phantastischer Märchen, die gelassene Derbheit des Volkshumors wie das strenge Pathos gedanklicher, bekennender Lyrik. Sie verfügt über die Weltläufigkeit des Menschen, in dessen Nähe jahrzehntelang Erscheinungen aus aller Herren Länder vorbeigingen und ist doch mit allen Hintergründen und Abgründen vertraut."

Gisela Schlientz Oktober 2003

# Chronik

Ü: Übersetzungen
P: Neben einigen frühen Zeitschriftenpublikationen sind nur die Erstausgaben verzeichnet.

1813 30. November: Geburt des Vaters Hermann Kurz in Reutlingen. Seinen Namen schreibt er seit 1848 ohne t.
1826 Tod des Großvaters Gottlieb David Kurtz (1783–1826).
6. August: Geburt der Mutter Marie von Brunnow in Ulm.
1830 Tod der Großmutter Christiane Barbara Kurtz, geb. Schramm.
1842 Tod der Großmutter Friederike Wilhelmine von Brunnow geb. von Oetinger (1794–1842).
1848 Ausbruch der Märzrevolution. Beide Eltern engagieren sich.
1850 Tod des Großvaters August Anton von Brunnow (1781–1850).
1851 20. November: Heirat der Eltern in Oberesslingen.
1852 Bezug der Wohnung in der Sophienstraße 5 in Stuttgart.
Bis Ende 1854 arbeitet der Vater als Redakteur des demokratischen Oppositionsblatts „Der Beobachter".
1853 16. Januar: Geburt des 1. Kindes, Edgar. Die Familie wohnt nun in der Paulinenstraße 19. Marie Kurz muß sich im Spätherbst vor dem Schöffengericht in Stuttgart wegen politischer Verse verantworten.
21. Dezember: Geburt von Isolde Kurz (I. K.).
1855 4. August: Geburt des Bruders Alfred.
1856 Umzug in eine Villa neben dem „Königsbad"am Nesenbach (hier entstand später der technische Betrieb der Deutschen Verlags-Anstalt, heute das Landessozial- und Amtsgericht).

1857 13. April: Geburt des Bruders Erwin.
1859 Umzug in eine Dachwohnung im Haus Hopf in Oberesslingen.
1860 18. Mai: Geburt des jüngsten Bruders, benannt nach dem italienischen Freiheitskämpfer Garibaldi (Balde). I. K. lernt bei ihrer Mutter Französisch.
1862 Umzug nach Kirchheim-Teck, zunächst Stadtwohnung.
1863 Frühjahr: Gartenwohnung in der Dettinger Straße. Dezember: Der Vater findet nach Jahren als freier Schriftsteller eine Anstellung als Unterbibliothekar an der Universitätsbibliothek in Tübingen, wo die Familie in die Karlstraße 13 an der Steinlach zieht.
1863 Erste Versuche Isoldes mit Gedichten und dramatischen Übersetzungen aus dem Französischen.
1865 Sie liest Werke in italienischer Sprache, übersetzt aus dem Lateinischen, nimmt Privatstunden in Russisch.
1866 Krieg Preußens gegen Österreich und den Deutschen Bund. Isolde nimmt Privatstunden in Englisch. Verfaßt das Drama „Die Tochter des Aristodemus".
1867 I. K. übersetzt „Die Belagerung von Pfalzburg" (Le Blocus, 1867) von Erckmann-Chatrian für den „Beobachter". April: Umzug in die Kronengasse 11, Marktplatz Tübingen. Der französische Arzt Edouard Vaillant verkehrt in der Familie Kurz. Besuch von Gustav Struve.
1868 Januar: I. K. besucht die Tanzstunde. Sie wird von Ernst Mohl, dem Freund des Bruders Edgar, in Latein unterrichtet. Sie erhält für ihre erste gedruckte Übersetzung, „Die Belagerung von Pfalzburg", 60 Gulden Honorar. Besuch von Moritz Hartmann und Ferdinand Freiligrath.
1869 I. K. beendet die Übersetzung von Tacitus' „Germania". Sie liest Romane von George Sand.
1870 Beginn des Deutsch-Französischen Krieges.
1871 Der Sozialist Vaillant wird Minister der Pariser Commune.

Wilhelm I. in Versailles zum Deutschen Kaiser ausgerufen. Bismarck wird der erste Kanzler des Deutschen Reichs.

1872 I. K. verbringt drei Monate in Frankreich bei der Familie Vaillant in Vierzon, Berry. Sie besucht Paris, arbeitet an Übersetzungen für den „Novellenschatz des Auslandes", den ihr Vater 1872–74 zusammen mit Paul Heyse herausgibt.

1873 Etwa um diese Zeit Schweizreise mit dem Bruder Edgar, Medizinstudent, die sie mit Übersetzungshonoraren finanziert. 10. Oktober: Tod des Vaters Hermann Kurz. I. K. besucht im Winter Eduard Mörike in Stuttgart.

1874 I. K. assistiert Heyse bei der Herausgabe der „Gesammelten Werke" ihres Vaters. Im Sommer Besuch mit der Mutter bei Mörike in Bebenhausen. Reise nach Wien. Ernst Mohl unterrichtet sie in Griechisch. Er geht im Dezember nach Rußland. Edgar Kurz promoviert zum Dr. med. Ü: Stendhal, „San Francesco a Ripa", und Gobineau, „Das rote Tuch", Novellschatz Bd. 13 und 14.

1875 I. K. lernt Reiten. Übersetzt „AK-Tomak" von Karasin aus dem Russischen, abgedruckt in der „Deutschen Rundschau".

1876 Das Übersetzungshonorar von 1000 Gulden für die „Bekenntnisse eines Achtzigjährigen" von Ippolito Nievo, Vorabdruck in der Wiener „Neuen Freien Presse", verwendet I. K. für ein Grabmal des Vater auf dem Tübinger Friedhof. Ende des Jahres zieht I. K. nach München zu ihrem Bruder Erwin, der an der Akademie der bildenden Künste studiert. Sie finanziert sich mit Sprachunterricht und Übersetzungen. Eingeführt in Münchner Kreise durch Ludwig Pfau und Paul Heyse, verkehrt im Haus von Hornstein, lernt Franz Lenbach kennen, befreundet sich mit Rosalie Braun-Artaria, von 1886 an Redakteurin der „Gartenlaube".
Ü: R. W. Emerson, „Neue Essays" (Letters and social Aims), Autorisierte Übersetzung. Mit einer Einleitung von Julian Schmidt. Stuttgart: Auerbach, 1876 (anonym).

1877 August: I. K. nimmt als wagenlenkende Muse am Festzug zur 400-Jahr-Feier der Universität Tübingen teil. September: Sie zieht mit Mutter, Josephine Peterlen (treue, selbstlose Haushälterin) und Bruder Balde nach Florenz, wo Bruder Edgar eine Fremdenpraxis eröffnet hat. Erste Wohnung: Viale Principessa Margaritha.
Ü: Prosper Olivier Lissagaray, „Geschichte der Commune von 1871". Autorisierte deutsche Ausgabe nach dem vom Verfasser vervollständigten französichen Original. Braunschweig: Wilhelm Bracke, 1877 [1878]. Anonym, von Karl Marx und Wilhelm Blos überarbeitet.

1878 Zum Florentiner Kreis gehören Arnold Böcklin, Hans von Marées, Karl Stauffer-Bern, Karl Hillebrand, Heinrich Homberger, Ludmilla Assing. Konrad Fiedler, Kunstfreund und Schriftsteller, Carlo Fasola, Germanist der Florentiner Universität, der italienische Kollege ihres Bruder, Carlo Vanzetti, und besonders der Bildhauer Adolf von Hildebrand sind enge Freunde der Familie. Bruder Alfred, ebenfalls Arzt, eröffnet in Venedig eine Praxis und heiratet später eine Venezianerin.
Ü: „Novellen" von Edmondo De Amicis ... Ins Deutsche übertragen von I. K ..., Leipzig 1878, Bd. 5 der Italienischen Novellisten.

1879 Ü: N. N. Karasin, „Eine Episode aus dem Feldzuge in Zentral-Asien", abgedruckt in: „Grenzboten". Erste Buchveröffentlichung eines eigenen, wahrscheinlich in München verfaßten Textes: „In der Steppe", Nr. 102 in der Reihe: „Reiselectüre. Sorgenlose Stunden im Kreise beliebter Erzähler", hrsg. von F. W. Hackländer, Stuttgart.

1880 P: „Haschisch. Aus dem Tagebuch eines Philosophen", in: „Nord und Süd", Bd. 12, Heft 36.

1881 I. K. sieht für sich keine Aussichten in Florenz. Erwägt Rückkehr nach München, findet keine passende Stelle. Beginnt mit den Studien zur florentinischen Geschichte.

P: „Die goldenen Träume“, Märchen von I. K., in Band 109 der Reihe „Reiselectüre“, verfaßt zwischen 1874–76 für den kranken Bruder. „Der geborgte Heiligenschein“, in: „Die Tribühne“, Jg. 21, Nr. 255.

1882 7. Februar: Tod des Bruders Balde. Beginnt mit den Studien zur Florentinischen Geschichte.
Ü: Erckmann-Chatrian, „Die alte Garde“. Stuttgart: Rieger, 1822, Bd. 10 der Ausgewählten Werke. Eingeleitet und zusammengestellt von Ludwig Pfau, Bd. 10 (anonym).

1883 Gemeinsam kauft die Familie ein Haus in der Via delle Porte nuove 12. Dort stirbt die treue Fini (Josephine). Erwin, der Bildhauer und Schüler Hildebrands, zieht mit seiner Familie ein.

1885 Ü: Giovanni Verga, „Ihr Gatte“, und Marchesa Colombo, „Ein Ideal“, beide für Engelhorn's Romanbibliothek, Stuttgart, Bd. 12 bzw. 21.

1888 Erster Gedichtband bei Huber, Frauenfeld. 2. Auflage bei Göschen, Stuttgart, 1891. Im Herbst in Stuttgart.

1890 Besuch bei Böcklin in Zürich.
P: „Phantasien und Märchen“, „Florentiner Novellen“, beide Stuttgart, Göschen.

1892 In München. Wechselt in den folgenden Jahren zwischen Italien und München hin und her.

1895 P: „Italienische Erzählungen“, Stuttgart, Göschen.

1896 Wohnungssuche in München. In den neunziger Jahren hielt sich I. K. immer wieder in München auf, litt unter dem Zusammenleben mit der Großfamilie.

1899 Gründung einer Sommerkolonie am Meer. In Forte dei Marmi erbauen sich I. K., ihr Bruder Edgar, Vanzetti, Hildebrand, Fasola und andere Freunde Ferienhäuser.

1900 Auszug aus dem gemeinsamen Haus und Umzug in eine eigene Wohnung, zuerst am Poggio Imperiale, dann am Arno-

Ufer, Via de Bardi 24, ihre „schönste Heimstätte“, wo sie ungestört arbeiten konnte.
P: „Von Dazumal. Geschichten aus meiner Jugendwelt“, Berlin, Paetel.

1901 P: „Unsere Carlotta“. Erzählung. Leipzig, Seemann.

1902 P: „Frutti di mare. Meernovellen“. „Genesung. Sein Todfeind und Gedankenschuld. Erzählungen.“ „Die Stadt des Lebens. Schilderungen aus der Florentinischen Renaissance“. Alle Leipzig, Seemann.

1904 April: Bruder Edgar stirbt in Florenz. I. K. veröffentlicht sein Lebensbild, gibt seine Gedichte heraus. Von Juli bis Anfang 1905, unterbrochen durch Reisen, in München, wo die Mutter bei Bruder Erwin wohnt.

1905 Februar: Bruder Alfred stirbt. Beider Brüder Lebensbild nimmt I. K. in die „Florentinischen Erinnerungen“ auf. Juni: Sie erhält die „Goldene Medaille für Kunst und Wissenschaft“, einen Orden der Württembergischen Krone.
P: „Im Zeichen des Steinbocks“. Aphorismen, München, Georg Müller. „Neue Gedichte“, Stuttgart, Cotta.

1906 P: „Hermann Kurz. Ein Beitrag zu seiner Lebensgeschichte“, München, Georg Müller.

1907 P: „Lebensfluten“. Novellen. Stuttgart, Cotta.

1908 P: „Die Kinder der Lilith“. Ein Gedicht. Stuttgart, Cotta.

1909 I. K. wechselt wieder zwischen München und Italien.

1910 P: „Florentinische Erinnerungen“. München, Müller. Dem brüderlichsten Freunde Carlo Vanzetti in Dankbarkeit zugeeignet.

1911 Erste Jahreshälfte in München. 26. Juni: Die Mutter stirbt in der neuen Wohnung von I. K., Ainmillerstraße, 18. Juli zur Erholung in Karlsbad, Oktober nach Forte. An Allerseelen hellenische Totenfeier für die Mutter mit dem Freund Vanzetti am Strand von Forte. Ernst Mohl kehrt als Pensionär aus Rußland nach München zurück, wohnt bis zum Tod im gleichen Haus wie I. K. in der Ainmillerstraße. I. K. erhält den Preis des Ebner-Eschenbach-Fonds.

1912 April–Mai Griechenlandreise mit Mohl. Winter: Auflösung des Haushalts in Florenz.

1913 Sommer in Forte. November: Jahrhundertfeier des Geburtstages des Vaters in Stuttgart. Sie erhält als erste Frau den Ehrendoktor der philosophischen Fakultät der Universität Tübingen.
P: „Wandertage in Hellas", München, Georg Müller.

1914 Juni: Deutschlandreise mit Mohl. August: Ausbruch des Ersten Weltkriegs 1914–1918. Italien bleibt zunächst neutral. I. K. verfaßt Kriegsgedichte.

1915 März: Offener Brief an Edouard Vaillant, sozialistischer Abgeordneter in Paris. Kriegseintritt Italiens auf Seiten der Entente gegen Österreich-Ungarn, 1916 auch gegen Deutschland. Das Haus in Forte wird vom italienischen Staat beschlagnahmt.
P: „Cora und andere Erzählungen", München, Müller.

1916 P: „Schwert aus der Scheide". Gedichte. Heilbronn, Salzer.

1918 November: Revolution, Kaiser Wilhelm II. dankt ab.
P: „Aus meinem Jugendland", Stuttgart, DVA.

1919 Januar: Wahlen zur Nationalversammlung. Frauenstimmrecht. April: Ausrufung der Räterepublik in München, durch die Reichswehr niedergeschlagen. I. K. kommentiert in der Presse das politische Geschehen: „Aus den Tagen der Räterepublik", „Neue Freie Presse", Wien, 11. 7. 1919; „Revolutionstage in München", ebd., 19. 11. 1918. Mai: Vortrag in Stuttgart über „Deutsche und Italiener" (DVA, Stuttgart 1919). Juni: Deutsche Nationalversammlung nimmt Friedensvertrag an. August: Inkrafttreten der Weimarer Verfassung.
P: „Traumland". Stuttgart, DVA.

1920 I. K. besucht Italien zum erstenmal nach dem Krieg. In den

20er Jahren unternimmt I. K. zahlreiche Lesereisen, vor allem in Süddeutschland.

P: „Legenden". Stuttgart, DVA.

1922 Oktober: Marsch auf Rom, faschistischer Staatsstreich in Italien. Mussolini zum Ministerpräsidenten ernannt.

P: „Nächte von Fondi. Eine Geschichte aus dem Cinquecento". München, C. H. Beck.

1923 Sommeraufenthalt in der Villa San Remigio, Lago Maggiore, bei Marchese Silvio della Valle di Casanova. Zum 70. Geburtstag wird I. K. Ehrenbürgerin von Reutlingen. November: Die Inflation erreicht den Höhepunkt.

1924 Mai: I. K. erhält ihr Haus in Forte dei Marmi zurück.

P: „Die Liebenden und der Narr". Eine Renaissance-Novelle. Nürnberg, Schrag. „Vom Strande". Novellen. Heilbronn, Salzer.

1925 P: „Gesammelte Werke". 6 Bände. München, Georg Müller. „Der Caliban". Roman. Nürnberg, Schrag. „Der Despot". Roman. München, Georg Müller.

1926 I. K. ist im Februar in Florenz, im Herbst in Gießen.

P: „Leuke. Ein Geisterspiel". München, Georg Müller. „Meine Mutter". Tübingen, Wunderlich.

1927 März: Vortrag in Florenz vor „Freunden der Deutschen Akademie" über „Die Deutsch-Florentiner von ehedem".

P: „Die Stunde des Unsichtbaren. Seltsame Geschichten". Leipzig, Grethlein.

1928 P: „Der Ruf des Pan. Zwei Geschichten von Liebe und Tod". Tübingen, Wunderlich.

1929 Im Januar stirbt Ernst Mohl. I. K. widmet ihm ein Erinnerungsbuch. Sommer in Forte. Im September Gesichtsverletzung durch ein Motorrad, wird operiert.

P: „Ein Genie der Liebe. Dem toten Freund zur Wohnstatt". Tübingen, Wunderlich.

1930 Wirtschaftskrise, steigende Arbeitslosenzahlen. I. K. unternimmt auch in den 30er Jahren Lesereisen. April bis Ende Juli in Forte, dann in München.

1931 Reise nach Berlin. Oktober: Tod des letzten Bruders Erwin. Lisa Betz wird Haushälterin, Sekretärin und Pflegerin von I. K. Im Winter längerer Krankenhausaufenthalt von I. K.
P: „Vanadis. Der Schicksalsweg einer Frau". – „Der Meister von San Francesco. Ein Buch der Freundschaft". Der Adolf von Hildebrand gewidmete Band enthält auch den Vortrag über die „Deutsch-Florentiner von ehedem". Alle bei Wunderlich, Tübingen.

1932 I. K. verbringt den Winter 1932/33 in Forte.

1933 Januar: Hindenburg beruft Hitler zum Reichskanzler. März: Reichstag stimmt für Ermächtigungsgesetz der Hitler-Regierung. April/Mai reist I. K. nach Griechenland und Kleinasien. Sommer bis Oktober in Forte. I. K. wird auf Vorschlag Ina Seidels in die Deutsche Akademie der Dichtung berufen. Aufnahme in den Reichsverband Deutscher Schriftsteller. 300 Gratulationsbriefe zum 80. Geburtstag. Tübingen benennt „Isolden-Straße" nach ihr. Bronzetafel am Geburtshaus Paulinenstraße 19 in Stuttgart. I. K. verbringt den Tag im Krankenhaus, eine öffentliche Feier in München wird abgesagt.
P: „Die Nacht im Teppichsaal. Erlebnisse eines Wanderers". „Gedichte. Aus dem Reigen des Lebens". Beide Tübingen, Wunderlich.

1934 Sommer in Forte, ab Juli in Südtirol, Kur im Brennerbad.

1936 Mussolini und Hitler begründen die „Achse Berlin – Rom". I. K. einen Teil des Jahres in Forte.

1937 I. K. ist viel krank und muß monatelang liegen. Eine höhere Mädchenschule (heute Gymnasium) in Reutlingen erhält den Namen Isolde-Kurz-Oberschule.

1938 November: I. K. kehrt, gehbehindert wegen einer zerbrochenen Kniescheibe, aus Forte zurück. Letzter Aufenthalt in Italien. Vortragsrundfahrt Ende des Jahres.

P: „Die Pilgerfahrt nach dem Unerreichlichen. Lebensrückblick“. Tübingen, Wunderlich.

1939 Überfall auf Polen. Beginn des Zweiten Weltkriegs. I. K. ist fast immer krank, Nierenbeckenentzündung.

P: „Das Haus des Atreus. Der griechischen Mythe nacherzählt“. Tübingen, Wunderlich.

1940 Juni: Italien tritt an Deutschlands Seite in den Krieg ein. Von 1940 bis zum Tode ist I. K. viel leidend und verbringt ihre Tage im Krankenhaus. Sie erhält einen Ehrensold von 1200 Reichsmark im Jahr von der Stadt Stuttgart.

1943 Herbst: Zusammenbruch des Faschismus. Italien kapituliert und erklärt Deutschland den Krieg. Oktober: I. K. übersiedelt im Krankenwagen nach Tübingen ins Tropengenesungsheim. Zu ihrem 90. Geburtstags wird ihr die Goethe-Medaille für Kunst und Wissenschaft verliehen.

1944 Am 5. April stirbt I. K. im Tropengenesungsheim. 7. April Feuerbestattung in Reutlingen, 12. April Urnenbeisetzung auf dem Tübinger Alten Friedhof.

# Editorische Notiz

Die erste Anregung zu diesem Buch verdanke ich Irene Ferchl, der ideenreichen Publizistin und Herausgeberin des Literaturblatts für Baden und Württemberg. Sie hatte sich mit Blick auf den 150. Geburtstag von Isolde Kurz früh für eine „Wiederbelebung“ der Schriftstellerin und ihres Werkes engagiert. Auch Jutta Bendt, der Leiterin der Bibliothek im Deutschen Literaturarchiv in Marbach, die eine Kabinettsausstellung zu Isolde Kurz verantwortet, möchte ich herzlich danken für mannigfachen, anregenden Gedankenaustausch und vielfältige Unterstützung. Frau Schmidgall hat mir großzügig Einblick gewährt in die von ihr erarbeitete Chronik zu Isolde Kurz. Ich bin ihr dafür dankbar, daß ich wesentliche Teile daraus übernehmen durfte. Michael Davidis, der Leiter des Bildarchivs, hat mir durch seine Beratung und sein freundliches Entgegenkommen die Beschaffung der Bilder erleichtert. Jürgen Schweier in Kirchheim unter Teck, der Werke von Hermann Kurz verlegt, war stets ein hilfsbereiter und kenntnisreicher Gesprächspartner.

Ich habe versucht, aus dem umfangreichen, in Florenz entstandenen oder von Italien, seiner Kultur, seinen Menschen und seiner Geschichte inspirierten Werk von Isolde Kurz aus allen Gattungen einen Text auszuwählen: aus den Gedichten, Renaissance-Novellen, Erzählungen aus dem toskanischen Volksleben, kulturhistorischen Essays, Erinnerungen an den Florentiner Künstler-Kreis, politischen Aussagen zu den deutsch-italienischen Verhältnissen und autobiographischen Aufzeichnungen. Als Druckvorlage diente mir die erste Buchveröffentlichung des jeweiligen Textes, mit Ausnahme der „Frauen in der italienischen Renaissance“. Die damalige

Ortographie wurde in der Regel beibehalten. Die Gliederung folgt, abgesehen von „Anno Pestis“ und den Gedichten, dem Erscheinungstermin, unabhängig von der Entstehungszeit des Textes und ohne einen Vorabdruck zu berücksichtigen.

1. Unsere Carlotta. Erzählung. Leipzig: Seemann [1901]. Vorabdruck im Cotta'schen Musenalmanach für das Jahr 1897.
2. Anno Pestis. Aus: Florentiner Novellen, Stuttgart: Göschen, 1890.
3. Die Frauen in der italienischen Renaissance. Aus: Die Gartenlaube, Jg. 1908, Nr. 31, S. 656–659, und Nr. 32, S. 676–679.
4. Die stille Königin. Aus: Florentinische Erinnerungen, München und Leipzig, Georg Müller, 1910 (Teilabdruck).
5. Die „Allegria“. Aus: Cora und andere Erzählungen. München: Georg Müller, 1915.
6. Von Arnold Böcklin. Aus: Florentinische Erinnerungen. Dritte und vierte, durchgesehene und vermehrte Auflage. Stuttgart und Berlin: Deutsche Verlags-Anstalt, 1919.
7. Deutsche und Italiener. Vortrag, gehalten im Verein für Handelsgeographie in Stuttgart am 23. 5. 1919. Druck: Stuttgart und Berlin: Deutsche Verlags-Anstalt, 1919.
8. Solleone. Aus: Der Ruf des Pan. Zwei Geschichten von Liebe und Tod. Tübingen: Rainer Wunderlich, 1928. Insel-Bücherei Nr. 209, Leipzig, 1933.
9. Die Pilgerfahrt nach dem Unerreichlichen. Lebensrückschau. Tübingen: Rainer Wunderlich, 1938 (Teilabdruck des 6. Kapitels).
10. Gedichte.
    Nekropolis. Deutsche Gespenster. Aus: Gedichte. Frauenfeld: Huber [1888].
    Immer zu Zweien. Aus: Gedichte. 2. stark vermehrte Auflage. Stuttgart: Göschen, 1891 (Teilabdruck).

Nun bin ich stark. Entrückung. Letzte Fahrt. Aus: Neue Gedichte. Stuttgart und Berlin: Cotta, 1905.
Jenseits des Blutstroms. Aus: Das Schwert aus der Scheide. Gedichte. Heilbronn: Eugen Salzer, 1916 (Teilabdruck).

*Gisela Schlientz*

Das Porträt auf der Rückseite des Umschlags zeigt Isolde Kurz in Florenz um 1883. Auf dem Frontispiz ist sie zwischen 50 und 60 Jahre alt. Beide Bilder: Deutsches Literaturarchiv Marbach.